o amor chegou

Marisa de los Santos

o amor chegou

Tradução de
LÉA VIVEIROS DE CASTRO
ANDRÉ PEREIRA DA COSTA

EDITORA RECORD
RIO DE JANEIRO • SÃO PAULO

2008

CIP-Brasil. Catalogação-na-fonte
Sindicato Nacional dos Editores de Livros, RJ.

D423a De los Santos, Marisa, 1966-
O amor chegou / Marisa de los Santos; tradução Léa Viveiros de Castro e André Pereira da Costa. – Rio de Janeiro: Record, 2008.

Tradução de: Love walked in
ISBN 978-85-01-07812-4

1. Pais e filhos – Ficção. 2. Famílias com problemas – Ficção. 3. Romance americano. I. Castro, Léa Viveiros de. II. Costa, André Pereira da. III. Título.

08-1958 CDD – 813
CDU – 821.111(73)-3

Título original norte-americano:
LOVE WALKED IN

Capa: Izabel Barreto

Impresso no Brasil

ISBN 978-85-01-07812-4

PEDIDOS PELO REEMBOLSO POSTAL
Caixa Postal 23.052
Rio de Janeiro, RJ – 20922-970

CÓPIA NÃO AUTORIZADA É CRIME
ABDR
ASSOCIAÇÃO BRASILEIRA DE DIREITOS REPROGRÁFICOS
RESPEITE O DIREITO AUTORAL
EDITORA AFILIADA

Para David Teague

Você é o Nilo
Você é a Torre de Pisa

1

Cornelia

Minha vida – minha vida de verdade – começou quando nela entrou um homem, um lindo desconhecido usando um terno elegante – e, sim, eu sei bem como isso soa. Minha amiga Linny iria debochar e implicar comigo. Uma farpa de implicância feminista ante a simples idéia de um homem mudar a vida de uma mulher, ainda que, tal como as coisas evoluíram, o homem, no caso, tenha se revelado muito mais o arauto da mudança do que a mudança em si. Uma segunda farpa de implicância pela falta de sensibilidade ao dizer que minha vida estava começando quando eu já a vivia há 31 anos. E a farpa final: uma espécie de aversão generalizada pela maneira como as pessoas transformam momentos de suas vidas em cenas de cinema.

Eu me comporto assim mais do que deveria, tenho que dar o braço a torcer nesse ponto, mas *foi* como se de repente uma luz o iluminasse por detrás quando ele surgiu à porta do café onde sou gerente. Se o chão não estivesse repleto de mesas, cadeiras, gente e cachorros, aquele sol outonal de quase final de manhã teria dramaticamente projetado ali sua sombra, numa tomada típica de Orson Welles. Mas, por mais que Linny tente me alfinetar com suas implicâncias, vou continuar dizendo que minha vida começou naquela manhã de outubro, quando um homem entrou pela porta.

Era um dia banal – palpavelmente banal, como se estivesse reafirmando sua serena cotidianidade, se é que isso quer dizer alguma coisa. Um sábado, a fumaça densa já se acumulando e pairando como o tempo sobre mim e os freqüentadores do Café Dora. Sentei-me onde costumo sentar sempre que não estou à espera de alguém – num banco alto atrás do balcão – vendo Hayes e José jogar xadrez. Todo mundo dizia que eles jogavam bem. Eles próprios, inclusive. "Não somos nenhum prodígio", dizia Hayes. "Não jogamos como os russos, aqueles viciados furiosos. Mas até que damos pro gasto." Hayes era do Texas e escrevia a coluna de vinhos do *Philadelphia Inquirer*. Gostava de praguejar de um jeito só dele e de entrar, pegar uma cadeira, virá-la ruidosamente de costas e montar nela.

Enquanto eu assistia ao jogo, José balançou a cabeça desgrenhada, lançou um olhar penalizado para Hayes e moveu uma peça de uma casa para outra. Não sei jogar direito, mas o que quer que José tenha feito deve ter sido muito bem-feito, pois Hayes atirou a cabeça para trás e chiou: "Que droga, rapaz! De onde você tirou essa?" Hayes me deu um sorrisinho zombeteiro e uma piscadela de caubói amigo, e eu ergui um canto da boca como quem encolhe os ombros e exclama: "O que se há de fazer?"

Mas não se atenha a Hayes. Ele já se encontrava no salão, portanto, obviamente, não se trata do homem que entrou trazendo nos ombros a nova vida, e afinal ele nem é assim tão importante nessa história. Não sei ao certo por que comecei com Hayes, só que, por uma série de motivos, ele personifica bastante bem a vida antiga: um autoproclamado conhecedor de vinhos disfarçado de caubói, esnobe, espertalhão, metido a sedutor, não de todo antipático, sempre com a língua pronta para um comentário razoavelmente divertido e, quem sabe?, escondendo em algum lugar uma pessoa autêntica – ou talvez não. Na faculdade, li uma poesia, "Piers Plowman", em que Will, o protagonista, faz uma viagem na qual se depara com personagens como a Santa Igreja e a Gula. Imagine Hayes como um desses personagens: O Típico-Habitante-da-Velha-Vida-de-Cornelia. Sempre achei as alegorias um tanto reconfortantes. Quando você se depara com pessoas chamadas Mentira e Abstinência, pode não gostar muito delas, mas sabe exatamente com o que está lidando.

Outra freqüentadora, Fedra, chegou, com seus cabelos ruivos esvoaçantes, calça de couro, uns seios de mãe que está dando de mamar, e rebocando um enorme carrinho de bebê preto – um daqueles carrinhos ingleses de rodas altas e pneus de lateral branca. Cinco pessoas logo se levantaram e quase bateram de cabeça para segurar a porta para ela. Fedra dirigiu um olhar suplicante a um casal sentado à mesa mais perto da porta, um olhar que se mostrou totalmente desnecessário. O homem e a mulher já estavam recolhendo seus cappuccinos, casacos, estojos de máquina fotográfica e mochilas com armação metálica, sem se importarem nem um pouco.

– Cornelia! – entoou Fedra em minha direção, com aquela voz empostada que combinava tão bem com ela. – Por favor, um café au lait. Muito açúcar. E algo pecaminoso! – Não temos serviço de mesa. Fedra fez um gesto desconsolado, suspiroso, com os ombros e as mãos compridas, como a indicar a criança, seu cansaço, todo o peso ancestral da maternidade. Fedra era um saco. Mas Allegra era outra história. Levando o café e um croissant, saí de trás do balcão e disparei em ziguezague por entre as mesas e os cachorros só por causa de Allegra, a filhinha de Fedra.

E lá estava ela, envolta numa manta de leopardo, acordando naquele instante. Um bebê encantador, de olhos azuis translúcidos, fresquinho como um pão saído do forno em meio àquele salão enfumaçado. Allegra lembrava Fedra: a mesma pele branca, a mesma testa gloriosa de Carole Lombard, mas tinha uns cabelos cor de cenoura que se projetavam em todas as direções. Esperei a agonia; ela veio. Eu simplesmente não conseguia ver Allegra sem querer tocá-la, mais especificamente, fazê-la adormecer em meus braços. Pus o croissant e o café diante de Fedra, e então embalei meus cotovelos com as mãos. Quando estava dormindo, Allegra fazia com a boca movimentos de mamar – afinal, com que mais os bebês haveriam de sonhar?

– Admita. Você quer um – provocou Fedra. Com algum esforço, desviei o olhar da linda criança para a *linda* mãe pé-no-saco. – Está vendo? Você se controla só para não grudar os olhos nela, literalmente! – continuou. Argh, pensei, enquanto me sentava para conversarmos um instante. O uso inadequado da palavra "literalmente" abrira em meu coração um espaço de cordialidade, pequenino o suficiente para permitir uns cinco minutinhos de papo.

– Como vão os negócios? – perguntei. Fedra era designer de jóias.

— Mal. Estou começando a achar que sou mesmo mal compreendida — Fedra respondeu.

Suas peças assinadas, ou o que seriam suas peças assinadas caso alguém as comprasse e usasse, eram feitas de contas de vidro e platina, uma justaposição de ordinário e extraordinário. Fedra dizia que isso obrigava as pessoas a rever sua noção de "valor" e do que era "precioso". Talvez elas não estivessem mesmo a fim daquilo. Ou talvez estivessem mas não se sentissem motivadas a ponto de desembolsar oitocentos dólares por um bracelete todo feito de garrafas velhas de Heineken.

Fedra levou o café aos lábios, olhando-me radiosamente através da fumaça.

— Cornelia, o que você acha de usar umas peças minhas aqui no bar, só para criar in-te-res-se? — Seu tom de voz sugeria que a idéia acabara de lhe brotar na cabeça. Na verdade, era a terceira vez que ela me propunha aquilo.

— Não posso usar jóias no trabalho — respondi, sem entrar em detalhes mas revirando os olhos de modo a dar a entender que eu estava sob o jugo de poderes invisíveis que me proibiam de usar jóias. A verdade é que eu jamais usava jóias, em lugar nenhum. Tenho 1,53m e pareço uma pré-adolescente, 41 quilos quando estou molhada, como diz meu pai, e tenho medo de que, com esse tamanhinho, as jóias me façam parecer um penduricalho, um enfeite de contas para pendurar em árvores de Natal. É uma pena, também, porque eu adoro. Não tanto as do estilo Fedra, objetos angulosos, frios, mas jóias mais clássicas: diamantes, pulseiras e gargantilhas, broches de estrelas cadentes, tiaras. Jóias *à la* Jean Harlow, Irene Dunne no navio em *Duas vidas*. Allegra se mexeu em seu ninho de estamparia de leopardo, bocejou e esticou um punho fechado. Fedra puxou-a para o colo, mergulhando o nariz em seu pescoço de cisne, enfiando o rosto nos seus cabelos de cenoura, respirando aquele cheirinho de neném. Um gesto autêntico, automático, não estudado. Eu sentia os braços formigando. Corri um dedo pela mãozinha de Allegra, ela o agarrou firme e não queria soltar.

– Você devia ter um, sabe? – Fedra voltou à carga, e isso me deixou imediatamente na defensiva, até que vi seu rosto, que me pareceu bastante cordial. Fedra sempre era uma pessoa melhor quando tinha Allegra em seus braços. Então me limitei a dar um breve sorriso.

– Eu, com um bebê. Quem poderia imaginar? – respondi, como quem não quer nada.

– Eu, é claro. Perfeitamente – insistiu Fedra. – E você também pode.

Embora seu sorriso presunçoso me irritasse, embora preferisse morrer a admitir isso para ela, devo confessar que Fedra tinha razão, pelo menos em parte: eu podia não ser capaz de imaginar *perfeitamente*, mas era capaz, sim, de imaginar. Na realidade, já havia imaginado outras vezes. Porém, o que sempre me trazia de volta à realidade nessas ocasiões era minha convicção de que, antes de trazer uma nova vida a este mundo, uma pessoa devia, ela mesma, ter sua própria vida.

A verdade é que eu andava enxugando gelo havia algum tempo. Se você está se perguntando por que uma mulher de 30, que superou todo tipo de obstáculo para cursar uma universidade e se especializar em textos alegóricos da Idade Média, não conseguiu nada melhor na carreira do que ser gerente de um café, eu não o culpo. Eu mesma me faço essa pergunta.

E a melhor resposta que encontro é que não vislumbrei nada melhor... ainda. Para ter uma vocação definida, em oposição a uma ocupação indefinida, eu precisaria sentir amor por ela, e, segundo a minha experiência, nem sempre é fácil descobrir o que se ama. A gente pensa que é uma coisa, mas não é. Da mesma forma, quando se permanece por um bom tempo em algum lugar, como um café, esse lugar se torna um mundo.

De repente me senti deprimida, olhando para Fedra e Allegra e para o luzidio carrinho de bebê preto. E, se é possível dizer que uma mulher que pesa 40 quilos tem que se esforçar para se levantar, fiz um esforço para sair daquela cadeira e me arrastar de volta ao meu posto atrás do balcão.

Tudo isso para demonstrar o quanto era banal aquele dia e como essa banalidade já estava tomando ares de enfado e futilidade. Pois é preciso entender o que era a minha vida "antes" para perceber o quanto ela mudou "depois". Banal, banal. Exceto pelo fato de que – e eu acredito sinceramente, não obstante Linny fazer pouco dos momentos cinematográficos – um pouco antes, um minuto antes de a porta do café se abrir novamente, o dia banal ganhou alguns pontos, em preparação.

A luz que atravessava as janelas altas, em arco, passou do tênue ao radiante, transformando o cobre envelhecido da máquina de café espresso no mais puro ouro. E a música – Sarah Vaughan, que eu venero, cantando George e Ira Gershwin, que também venero – subitamente flutuou e mergulhou como um pássaro no espaço aberto acima da fumaça dos cigarros e da conversa fiada. O cheiro do café era sublime, as flores que eu comprara de manhã romperam o ar com seu azul, as xícaras de café perderam as rachaduras e ficaram lisas como cascas de ovo, e eu, de suéter vermelho e saia de camurça vintage, com minhas botas pisando solidamente o chão, me senti quase alta.

A porta se abriu, e Cary Grant entrou no Café Dora.

Caso você não tenha assistido a *Núpcias de escândalo*, pare imediatamente o que está fazendo e vá pegá-lo numa locadora. Pode parecer exagero dizer que, se você não viu esse filme, está tendo uma vida parcial e sem cor. Ele definitivamente integra a lista das coisas perfeitas. Sabe o que eu quero dizer, a lista que inclui o céu estrelado sobre o deserto, sanduíches de queijo derretido, *O grande Gatsby*, o prédio da Chrysler, Ella Fitzgerald cantando *"It Don't Mean a Thing (If You Ain't Got that Swing)"*, magnólias brancas, e aqueles pequenos esboços de mãos desenhados por Leonardo da Vinci.

Se você já assistiu, então vai se lembrar da cena em que Katharine Hepburn no papel de Tracy Lord vem saindo de um chalé à beira do lago. Ela usa um vestido de sonhos, branco e reto, que lhe desce dos ombros estreitos, um vestido canelado e elegante como uma coluna grega, mas que tem o movimento leve da fumaça. Um vestido paradoxal, um casamento de opostos que faz doer os dentes de tão perfeito.

Eu tinha 14 anos na primeira vez que o vi. Faltavam três dias para o Natal, o que na minha família significava, significa e sempre significará uma sobrecarga sensorial natalina: todos os cômodos abarrotados de decoração típica, a casa toda estremecendo ao som de Johnny Mathis, e uma monstruosidade de árvore erguendo-se como uma torre em plena sala de estar, arriada ao peso de adereços de todos os tipos, incluindo dúzias de algo indefinível que meu irmão, minha irmã e eu havíamos feito na escola ao longo dos anos.

Quatorze anos não foi uma boa idade para mim. Devo ter sido a última das floradas tardias, baixinha e esmirrada como uma gata, comprando roupa ainda na seção infantil, profundamente alérgica a todos os membros da minha família, e convencida de que nada poderia me fazer feliz.

Mas toda aquela minha rabugice me levou a aterrissar no meio de um paraíso em preto-e-branco: Tracy, o vestido.

Fiquei tão fascinada que esqueci até de respirar, e comecei a sufocar de verdade com um gole de 7-Up. E logo depois, quando Tracy desatou a faixa da cintura esbelta e deixou que suas formas irretocáveis deslizassem de dentro daquele traje impecável, eu me levantei e gritei "PQP, e isso é *só* a saída de praia dela!", manifestação que papai, que estava sentado no chão amarrando – sem brincadeira – sininhos tilintantes nas coleiras dos nossos gatos, não apreciou nem um pouco.

Cada átomo do meu corpo concentrou-se no resto do filme. As pessoas devem ter corrido pela sala – todo mundo estava sempre correndo pela sala, principalmente meus irmãos Cam e Toby, que tinham 8 e 9 anos na época – mas, mesmo que um vulcão começasse a vomitar pedra e lava a pouca distância de mim, eu não teria percebido. Sentei e assisti. Se uma garota é capaz de inspirar poesia usando um traje de banho como se fosse uma camiseta velha, o que mais não seria possível?

Alisei o rosto, à procura das maçãs altas de Tracy. E quando Dexter (Cary Grant) repreendeu Tracy, dizendo-lhe "Você nunca será uma mulher ou um ser humano de primeira categoria enquanto não levar em consideração as fraquezas humanas", achei aquilo muito sensato e fiquei me perguntando se eu as levava em conta, as fraquezas humanas, e, se não, como fazer para tanto.

Na faculdade, eu fiz uma matéria sobre cinema cujo título era algo como "subvertendo as regras", em que o professor falava do truque de que *Núpcias de escândalo* lançou mão. Era para nunca ter funcionado: criar uma fantástica cena de amor entre dois personagens que você sabe que não estão apaixonados, conseguir que você torcesse por eles loucamente durante a cena, mas deixar o espectador totalmente satisfeito quando no final eles ficam com outras pessoas.

Antes de ficar com uma impressão errada, convém você saber que não sou nem nunca fui maníaca por cinema, do tipo que fica discutindo horas a fio a tese do autor e se Spielberg é ou não o novo Capra, ou se John Huston sutilmente influencia cada segundo da *american life.* Não sei nada sobre ângulos de câmera, nem possuo um conhecimento enciclopédico sobre o cinema alemão antes da Segunda Guerra Mundial, mas confesso que me senti bem caidinha pelo professor quando ele nos olhou com uns olhos radiantes e proclamou: "Não, aquilo tinha tudo para não funcionar. Mas funcionou!" Ele era tão apaixonado e seguro...

Quando ouvi Mike (Jimmy Stewart) dizer a Tracy, com aquela voz suave e maravilhosa: "Não, você é feita de carne e sangue. Esta é a surpresa completa e absoluta, Tracy. Você é a garota de ouro", bati palmas sob meu queixo pontudo, rezando para que ela fugisse com ele, e jurei a Deus que algum dia um homem haveria de dizer aquelas palavras com aquela voz para mim, senão eu morreria. Mas aí, no final do filme, ao escutar toda aquela gritaria, papai largou aberta a torneira na pia para ir ver sua filha adolescente, sempre distante e ríspida, bater com os punhos nos braços da poltrona e se virar para ele, aos prantos, "com o rosto aberto como uma flor" (nas próprias palavras inverossímeis de papai) e dizer, quase sem fôlego: "Ela vai se casar com Dexter, papai."

Admito: sempre tive muito orgulho de mim mesma por, aos 14 anos e tendo me conservado profundamente alienada em relação a quase tudo, conseguir reconhecer o que seguramente é uma verdade universal: Jimmy Stewart foi e sempre será, indiscutivelmente, o melhor homem do mundo, a não ser que Cary Grant resolva dar as caras.

O nome dele era Martin Grace. Belo nome, que, como você deve ter notado, tem as três primeiras letras de "Cary Grant". Claro, se você não é uma aberração da natureza, provavelmente nem notou, e ficará aliviado em saber que isso não me veio à cabeça assim logo de estalo. Só mais tarde, quando me deitei para dormir à noite, é que fui me dar conta, ao cruzar mentalmente as letras com a ajuda de um lápis imaginário, concentrando-me bastante, mas afetando uma atitude meio indiferente, pouco interessada, revirando a cabeça no travesseiro, mesmo não havendo ninguém no quarto para me ver.

Verdade seja dita, tenho uma certa superstição com nomes. Na época da faculdade, namorei um garoto grandalhão, louro, abobalhado, de Baton Rouge e cuja voz parecia uma sirene, só por causa do nome dele, William Powell, que todo mundo conhece de *A ceia dos acusados*, mas que está bem melhor em *Casado com minha noiva* e que é daqueles homens em cuja beleza você acredita piamente mesmo sabendo que ela não existe.

Minha mãe conheceu o garoto e percebeu imediatamente o que eu estava fazendo. "Seu nariz é parecido com o da Mirna

Loy", comentou ela. "Contente-se com isso." Mesmo assim, só fui dispensar Bill algumas noites depois, quando o vi na caverna úmida de uma mansão em estilo georgiano transformada em república de estudantes dançando sem camisa em cima de uma mesa, a barriga lamentável à mostra, pulsando como uma água-viva nervosa. A água-viva pulsou, e William Powell, com um sutil movimento de ombros, escolheu aquele momento para se desvencilhar de Bill de uma vez por todas e desaparecer na noite que cheirava a madressilva.

São traiçoeiros os nomes. Ainda assim: Martin Grace. Bom, muito bom.

Ele parou no vão da porta, com seus olhos escuros e um meio sorriso na boca. Alto. O terno, o cabelo, o maxilar – tudo impecavelmente cortado. "Elegância imperial" foi a frase que saltou do meu livro de leitura da quarta série direto para a minha cabeça. Mas o homem daquele poema acabava se matando, lembrei-me depois, enquanto esse, o *meu* homem, tinha decerto à sua frente uma vida sem rasuras, sofisticada, bem traçada. Posso estar exagerando – mas não muito – quando digo que à medida que ele caminhava em direção ao balcão – na minha direção – os cachorros, os jogadores de xadrez, os carrinhos de bebê *et cetera* iam-se abrindo diante dele como o Mar Vermelho.

– Olá – saudou ele, e sua voz não era nada melíflua, poderosa, derretida ou sonora, mas sim, inequivocamente, a de um ator principal. Como era de se esperar, ele tinha uma covinha no queixo e por um louco segundo eu pensei em tocar nela e perguntar como é que ele se barbeava naquele ponto, porque, se é para imitar alguém, melhor que seja a Audrey Hepburn.

Não o fiz, mas senti claramente a covinha imprimindo-se no meu inconsciente, se tal coisa é possível.

– Oi – respondi.

– Um café, por favor. Preto. – E dava para ver que era realmente daquilo que ele gostava, e que não havia nada reprimido nele, relacionado a alguma obsessão de masculinidade do tipo "Homem de Malboro", deixando-se entrever idiotamente por detrás do pedido.

Quando lhe servi o café, fiz de um jeito que, ao pegar a xícara, a mão dele roçasse na minha. Gosto de dizer a mim mesma que a xícara foi um pequeno conduíte e que a nossa eletricidade deu choque. O fato é que o café derramou na minha mão, eu gemi e a levei à boca como uma criança de 2 anos.

Ele me olhou preocupado.

– Deviam me prender numa jaula – exclamou.

– Acidente de trabalho – respondi, aparentando indiferença. – Tudo bem.

– Está tudo bem? Mesmo? Porque, se não, é só dizer que eu me atiro no Delaware.

– Não seja bobo! – eu ri. – O Schuykill é mais perto.

– Mas o Delaware é mais fundo. Eu não teria coragem de me afogar numa poça d'água, nem mesmo por você.

Nem mesmo por você, nem mesmo por você!, meu coração cantou.

– Só que... – continuou ele.

– Só que? – ecoei, arrebatada.

– Só que vai ter que ser no Tâmisa. Eu parto para Londres daqui a duas horas.

Pode ser que isso não soe tão arrebatador para você, tão maravilhoso, brilhante ou romântico, mas pode acreditar no que eu digo: foi sim. Desde o começo, tivemos aquela cadência, aquele ritmo intuitivo que eu poderia comparar ao sexto sentido que têm certos músicos de jazz quando tocam juntos, se eu soubesse alguma coisa de jazz. Você já viu os filmes de Tracy-Hepburn, não viu? Então? Era a conversa pela qual eu tinha esperado a vida inteira.

E prosseguimos, para lá e para cá. Ele falou sobre sua viagem de negócios – quatro dias em Londres, assuntos financeiros, essas coisas – e sobre o fog, como Londres vivia sempre envolta em fog.

Eu me sentia tensa, formigando, excitada, como se estivesse vestindo uma pele nova, mas não era exatamente nervosismo. Parece mentira, mas estava pronta para o desafio de encontrar um homem assim, tão perfeito. Eu estava "acesa". Tive até a presença de espírito para, na frente de Martin Grace, continuar fazendo o meu serviço, o que foi uma sorte porque, afinal, a vida é assim mesmo, não é? Justamente quando você e a Encarnação-de-Todos-os-Seus-Sonhos estão tomando pé de seu microssistema meteorológico, dois adolescentes com skates debaixo do braço entram, espalham um monte de moedas em cima do balcão e pedem três *mocha lattes*. E, em geral, não é quando você está vidrada naquelas sobrancelhas escuras, cor de chocolate, que o homem dos seus sonhos carrega no rosto todos os dias como se aparentemente não tivessem nada de extraordinário, mas sim quando está ocupada, guardando as moedas na caixa registradora, que o ouve dizer:

– Por que você não vem comigo?

Pois ele disse. Sim, Martin Grace disse isso. Para mim.

À noite, na cama, eu ouvi a frase de novo, uma memória auditiva sobrenaturalmente precisa, revirando aquela idéia de mais-que-três-letras-de-Cary Grant milhões de vezes na cabeça. Ao ecoar o som da voz de Martin em minha mente, eu me levantei, fui até a janela, com a camisola branca esvoaçando à minha volta como um fantasma, e me sentei na poltrona que havia mandado forrar na primavera anterior com um tecido de seda verde-chumbo estampado que, na década de 1950, tinha sido um vestido de baile monstruoso, e que vi pendurado num brechó de Buena Vista, na Virgínia. Girei a maçaneta para abrir minha janela no terceiro andar, contemplei a Filadélfia – o pedacinho que me cabia – e deixei que meus sentimentos em relação a ela se desprendessem levemente de mim como o cheiro de uma flor e fossem se misturar ao ar fresco. Rua Spruce: carros e luzes; a sinagoga na esquina; os apressados em frente, todos homens e jovens. Senti os dois rompantes que sempre me vêm toda vez que olho para esses rapazes: um, de querer que os carros parem; o outro, de querer que eles não parem.

Eu poderia estar em Londres neste momento, pensei. Agora mesmo, deitada em travesseiros estranhamente ingleses com Martin Grace a meu lado.

Por que não estava é uma longa história – tão longa que nem deve ser chamada de história; apenas, talvez, foi só o meu jeito de ser. Mas o que eu disse em seguida, um fiasco monumental, o equivalente a cair de cara no chão, resume tudo muito bem.

Fiquei ali parada numa agitação só, pesando bom senso e desejo, receio e aventura, cautela e impulso, enquanto por dentro batia com a cabeça na parede porque, agitada ou não, minha resposta foi a mais previsível possível:

– Eu quero, mas não posso. Minha mãe não ia gostar.

– Então dessa vez vamos deixá-la em casa. Ela pode vir junto na viagem para Paris.

Sentada na poltrona perto da janela repassando essa conversa, sozinha, de camisola, o rosto queimando, mas mesmo assim sentindo-me feliz, observei um helicóptero ao longe projetar seu facho de luz para todos os lados. Imaginei um casal em traje de gala executando um número de música e dança na rua lá embaixo, a saia da mulher aberta como um cravo branco enquanto ela rodava.

Em seguida tentei imaginar um mundo em que minha mãe pudesse ir comigo e com meu amante mais velho (talvez uns 15 anos?) para Paris, e deixei escapar um único e sarcástico "Ha!".

Minha mãe é daquelas que organiza a prateleira de temperos em ordem alfabética, usa tênis de tecido e nunca seria capaz de passar com 11 itens por um desses caixas rápidos que os supermercados reservam para um máximo de dez produtos. Ela é a presidente de um clube de jardinagem – tanto na aparência quanto literalmente. Minha vida não se parece muito com a dela; tomei providências para que isto não acontecesse. Mas a verdade é que sou filha da minha mãe, literalmente, figuradamente, eternamente.

Ainda assim, tratei de garantir que Martin Grace não saísse pela porta sem meu telefone. Eu me debrucei, puxei-o pela lapela e enfiei o papel com o meu número no bolso interno do seu paletó. Em seguida, lancei-lhe um olhar de Veronica Lake tão convincente que quase senti minhas mechas louras inexistentes caindo por sobre um olho.

2

Clare

Começou com as toalhas. Dez conjuntos completos, de algodão egípcio grosso em tons de ameixa-escuro, amarelo-claro, rosa-flamingo. A mãe largou as enormes sacolas brancas de compra, pesadas de tantas toalhas, no chão do quarto de Clare, em seguida foi ao carro buscar mais, até que as dez sacolas se alinharam como dentes sobre o tapete de Clare.

– Espere só até vê-las, minha querida. São lindas. As melhores, as melhores.

Clare se encostou ao batente da porta, deixando a madeira pressionar-lhe os ombros, metade dentro, metade fora do quarto. Escutou a mãe tagarelar e ficou vendo-a atirar as toalhas sobre a cama, arremessando-as de tal modo que as de banho tremulavam como bandeiras no ar e as de rosto esvoaçavam feito passarinhos. Verde-limão, vermelho-carmim, azul-piscina. A cama ficou empilhada de toalhas. Clare pôs a unha do dedo polegar entre os dentes, mas não a roeu, apenas deixou-a ali.

– Você já viu toalhas mais lindas do que essas? Chego a sentir as cores nos ossos. Bem dentro dos ossos. Você não sente, Clarey? – A mãe de Clare respirava com dificuldade, quase arfando, como se olhar as toalhas fosse o mesmo que correr ou dançar.

– Nós já temos muitas toalhas – respondeu Clare.

A mãe caminhou em sua direção e a envolveu numa toalha cor de caramelo. A toalha era imensa. Clare tinha acabado de fazer 11 anos e era bem alta para a sua idade, mas a toalha dava umas duas voltas nela e descia pelos pés. Dentro da toalha, a garota se sentiu pequenina e magra. A mãe de Clare pegou o rosto de Clare entre as mãos, carinhosamente. Sob a maquiagem, suas bochechas estavam coradas.

– É importante lavá-las antes de usar pela primeira vez. E lavar cada uma em separado, para que não manchem. Entendeu? – Sua voz, baixa e grave, fez Clare concordar com a cabeça. A mãe afastou as mãos e olhou por cima dos ombros para a cama coberta de toalhas.

– Agora é melhor a gente descer e almoçar, mãe – pediu Clare.

– Oh, elas me dão até vontade de chorar – gemeu a mãe de Clare, deitando em cima das toalhas e caindo em prantos.

Na manhã seguinte, Clare ficou na sala de aula fazendo listas.

Órfãos. Todos os personagens preferidos de Clare eram órfãos, e ela escrevia seus nomes na capa de trás do caderno enquanto a professora repassava as perguntas de interpretação de texto sobre a autobiografia de Helen Keller que a turma tinha lido. As perguntas estavam numa folha de papel sobre a carteira de Clare, com as respostas de Clare escritas a lápis debaixo de cada uma.

A mãe de Clare chamava suas apostilas de deprimentes, não porque as perguntas fossem idiotas e reduzissem as leituras a um amontoado de fatos sem graça; não porque, em vista do que sua mãe estava pagando por uma escola de luxo, eles deveriam apresentar algo bem mais caprichado do que meras folhas de papel; mas sim porque as folhas eram cópias Xerox. Ela contava a Clare sobre os mimeógrafos do seu tempo – o papel liso e brilhante, enrolado, borrado de uma tinta arroxeada, e o cheiro, um perfume como nenhum outro. "Eu ficava *respirando* a folha de papel, Clarey! *Aquele* era o cheiro de escola."

Clare quis dizer alguma coisa boa em resposta àquilo, algo original e positivo sobre sua escola, como era ou não era o cheiro dela, algo que fizesse a mãe saber que elas formavam uma equipe, duas pessoas interessantes capazes de notar cheiros e coisas deprimentes. Clare se esforçava para emitir comentários profundos, sutis, diante da mãe, mostrar-se espirituosa – era assim que ela achava que deveria ser, as garotas dos livros eram sempre espirituosas. Anne of Green Gables, por exemplo, era muito espirituosa. De vez em quando, na escola ou com a faxineira Max – que não era bem uma mulher, e sim uma adolescente de 19 anos com a tatuagem de uma fênix erguendo-se das cinzas no meio de suas escápulas pontudas – Clare até conseguia ser espirituosa. Mas na maioria das vezes, com a mãe, a conversa era complicada. Clare se via correndo atrás, enquanto a cabeça e a voz da mãe disparavam na frente, retornavam, indo e vindo de modo assombroso.

Anne Shirley, Sara Crewe, Mary Lennox eram as três grandes órfãs, Anne muito à frente das outras duas, e portanto

Clare escreveu seus nomes em letras garrafais que se aproximavam o máximo possível da arte da caligrafia, em vista do seu lápis número dois e do seu escasso talento artístico. Quando era mais nova, às vezes desenhava os traços de cada uma ao lado de seus nomes: três rostos pálidos, quase perfeitamente triangulares, com grandes olhos encimados, respectivamente, por cabelos vermelhos, pretos e louros. Depois da Grande Árvore, havia outras. Heidi. Os órfãos de Roald Dahl: James e Sofia. A Pippi de meias compridas, feroz e vagamente assustadora, para os que acreditavam, como Clare, que o pai de Pippi se afogara e não era um rei canibal. Tom e Huck. David, Pip, Estella, Oliver e os demais, lutando em meio ao fog, às ruas soturnas, e suas histórias tortuosas, densamente povoadas. As Crianças Boxcar. O inesquecível Heathcliff; Hareton, que pendurou os cachorrinhos nas costas da cadeira; Jane Eyre. Os órfãos mais recentes, best-sellers: Harry Potter, os Baudelaires com suas carinhas tristes. Havia ainda a subcategoria dos meio-órfãos, que em geral tinham perdido as mães, e uma subsubcategoria dos meio-órfãos com governantas carinhosas: Scout e Jem; os quatro garotos Melendy (cinco, depois que adotaram Mark, um órfão crescido); até Nancy Drew, que era quase adulta e quase não contava.

Clare agrupava e reagrupava seus órfãos, por idade, sexo, cor de cabelo, país de origem, condição econômica. Ia começar uma lista dos pobres que acabaram enriquecendo quando a professora parou de falar. Apesar das apostilas, a Srta. Packer era legal e talvez fosse até uma boa professora, Clare pensava, mas nunca seria como Anne Shirley que – depois que cresceu e se tornou professora – amava todos os alunos como se fossem seus próprios filhos, conquistando o malvado Jen

Pringle e inspirando o bonitão do Paul Irving a se tornar um poeta famoso. A Srta. Packer tinha uma voz forte, cintura grossa, cabelo ralo, e tinha o estilo sandálias Birkenstock com meias, anéis de polegar e, segundo cochichavam, sem sutiã. Mas parecia gostar de livros, e às vezes falava dos personagens como se fossem pessoas de verdade, com lágrimas nos olhos e a voz embargada. Não era casada, e Clare achava que era porque se apaixonara perdidamente por Charles Darnay e nenhum outro homem lhe chegava aos pés.

Na noite anterior, por sugestão da Srta. Packer, Clare pusera algodão nos ouvidos e uma venda nos olhos por cerca de duas horas. Depois de prender o dedo numa gaveta, de quase quebrar a canela numa mesa Biedermeir e de derramar um copo inteirinho de chá gelado no chão, ela se sentou numa cadeira por algum tempo e só então compreendeu que ser cega e surda significava estar sozinha com os próprios pensamentos e sentir uma onda de angústia crescendo em torno de si.

A Srta. Packer parou no meio de uma frase, com o lápis no ar, olhando para o fundo da sala, e quando Clare se virou para olhar, como o restante da turma, viu sua mãe parada à porta. Ela estava usando um vestido abotoado, saltos altos, óculos escuros, batom. Estava toda elegante, com os cabelos caindo nos ombros como um manto de seda. Quando ela olhou para Clare e sorriu, Clare sentiu afrouxar-se um nó que tinha no peito sem perceber. Minha mãe, ela pensou. Olha só! Quem iria se preocupar com uma mulher como esta?

Mas em seguida ela viu a Sra. Jordan, assistente do diretor da escola, por trás de sua mãe, parecendo meio desconcertada, e Clare se lembrou de que os pais nunca visitavam as salas de aula. Eles aguardavam na recepção, e a Sra. Jordan mandava alguém ir buscar as crianças. Clare imaginou sua mãe desfilando como uma top model, descendo as escadas da escola com a Sra. Jordan atrás relembrando-a das normas do estabelecimento numa voz tensa mas educada. O nó voltou a apertar.

– Desculpe interromper, Srta. Packer, mas preciso de Clare – disse a mãe de Clare com um sorriso.

Então, a mãe de Clare agachou-se tal e qual uma bailarina ou uma pantera e jogou os cabelos para trás. Estendeu os braços para Clare, como se ela fosse um bebê aprendendo a andar.

– Preciso de você, Clare – repetiu ela.

Enquanto a Srta. Packer e a Sra. Jordan trocavam olhares espantados e desaprovadores por cima da cabeça lustrosa de sua mãe, Clare escolheu de que lado estava. Olhou da professora para a diretora, depois sorriu para a mãe, um sorriso escancarado que ela fez questão que não parecesse um leve esgar, mas sim que se estendesse até seus olhos. Em seguida, guardou os livros e cadernos na mochila e se levantou.

– A senhorita poderia por favor me mandar o dever de casa por e-mail, Srta. Packer? – Seu tom foi firme, elevando-se ligeiramente só no final da frase para transformá-la de declaração em pedido.

Clare olhou para sua amiga Josie, cuja carteira era colada na dela, e notou que a expressão de Josie era familiar, o misto de admiração e inveja com que a amiga sempre a olhava quando as duas estavam com a mãe de Clare. Uma vez Josie contara a Clare que ela pensava na mãe dela como uma mistura de princesa de conto de fadas com algum animal exótico, como um pavão. Josie era uma menina inteligente, mas não especialmente criativa, e essa foi com certeza uma das coisas mais interessantes que ela disse a Clare, o que só comprovava o quanto a mãe de Clare a deixava fascinada. Mesmo quando a mãe de Clare fazia algo comum a qualquer mãe, como oferecer-lhes um pratinho de biscoitos, Josie a olhava deslumbrada como se ela tivesse acabado de fazer uma mágica. Embora a aparição da mãe de Clare na sala de aula fosse algo esquisito, para Josie, devia ter sido especial e inesperado como tudo o que a mãe de Clare fazia. As normas que se aplicavam às outras mães não se aplicavam a ela.

A Srta. Packer fez que sim com a cabeça para Clare, com as sobrancelhas ainda franzidas. Então Clare girou nos calcanhares, decididamente, como as heroínas dos livros de história, caminhou em direção à porta da sala de aula e, como havia anos não fazia, e sem se importar com o que os garotos da turma pudessem pensar, deu a mão para a mãe.

Clare regulou suas passadas com as da mãe, cabeça erguida, o rabo-de-cavalo balançando, percorrendo os corredores, atravessando o hall de entrada de paredes recobertas por painéis de carvalho, até a saída. Eram cúmplices fugindo juntas para a tarde ensolarada. Mas, no estacionamento, a mãe olhou para o rosto de Clare e disse, com uma ponta de irritação na voz:

– Não há por que se preocupar, Clarey. Sou sua mãe. Tenho o direito de pegar você na escola quando bem entender

– Não, mãe. Não estou preocupada. Não estou nem um pouco preocupada – Clare respondeu, quase saltitando. – A Srta. Packer e a Sra. Jordan, elas seriam legais, se não fossem tão... convencionais. – A mãe de Clare apertou a mão da filha.

– Às vezes, meu coração, uma mãe tem que mandar tudo às favas e levar a filha para almoçar.

– Concordo – Clare ia quase cantando, achando que estava tudo bem, muito mais do que bem. Tinha usado uma palavra ótima, "convencional", e, num tom de voz alegre, jovial, a mãe a chamara de "meu coração", uma forma de tratamento exuberante, meio antiquada, que Clare tinha lido um sem-número de vezes mas que nunca havia recebido antes.

Entre as paredes pintadas de cor-de-rosa do restaurante, antes de sua mãe dizer coisas impensáveis, Clare estava feliz. A princípio porque tinha resolvido ficar feliz, e em seguida relaxou na sua felicidade e se permitiu curti-la.

O restaurante era arejado, de pé-direito alto, os garçons trajavam camisas brancas bem passadas, havia vasinhos com flores vermelhas em cima das mesas. Era de fato o tipo de lugar que tem confiança suficiente em si mesmo para preferir ser barulhento e agitado, em vez de sossegado, e Clare o achou maravilhoso. O jeito como a água era servida nos copos; os cardápios que não se abriam, uma simples folha de cartolina amarelo-claro; os quadros pequenos, bem coloridos e espaçados que cobriam uma das paredes – tudo fascinou Clare.

– Se você souber nos dizer qual desses dois vinhos você recomendaria e por que, então você é o cara – a mãe de Clare falou para o garçom simpático, de cabelo preto. Entregou-lhe a carta de vinhos indicando as duas escolhas, com sua mão de dedos finos e delicados tocando levemente a dele. Falou em voz baixa, e o garçom deu um sorriso. Seu dente da frente estava lascado, o que levou Clare a notar que ele era muito jovem. É desse jeito que os homens sorriem para as mulheres bonitas, ela pensou, e se envaideceu com o fato de que até aquele rapaz, que era quase um garoto, se curvava ao charme de sua mãe.

Quando ele trouxe o vinho, encheu a taça de sua mãe, e em seguida levou a garrafa até a de Clare. Clare já ia dizer que não, mas ele estava olhando para sua mãe, e não para ela, e, surpreendentemente, sua mãe fez que sim com a cabeça. Clare olhou o vinho tinto subindo na taça, olhou a mão do garçom dando uma suave torção no gargalo, e fixou os olhos no vinho, sem saber o que fazer. Deveria ter mencionado a irmã de sua mãe, a tia Patsy, que aos 9 anos, depois de um jantar festivo, desceu sorrateiramente as escadas e tomou as sobras das bebidas de todos os convidados? "Foram encontrá-la no jardim, rindo para a lua. Daquele momento em diante, ela se tornou uma bêbada inveterada. Inveterada." Palavras de sua própria mãe, uma história que servia de alerta; parecia impossível que ela se tivesse esquecido disso.

Mas a mãe estava erguendo a taça e olhando para Clare, com as sobrancelhas erguidas. Era uma taça grande, de haste comprida, que Clare jamais havia segurado e da qual muito menos havia bebido; abraçou a haste com os dedos, cuidadosamente, e em seguida – olhando a mãe – pôs a mão por baixo do globo da taça e a ergueu. A mãe aprovou com a cabeça. Então estava tudo bem, tinha que estar.

– É tão importante saber quando quebrar as regras quanto saber quando obedecê-las. À nossa gazeta! – A mãe tocou com sua taça na de Clare, e Clare bebeu, sentindo um gosto estranho e áspero, mas engolindo assim mesmo. As lágrimas lhe vieram aos olhos, fazendo-a piscar fortemente. Por favor, não deixe que eu me torne uma bêbada inveterada, ela rezou, depois recolheu a prece de volta. Deve ser porque certas pessoas podem virar bêbadas inveteradas e outras não, Clare pensou, sua mãe devia saber disso e devia saber também que Clare é do tipo que não vira uma bêbada. Se a mãe não soubesse disso, jamais permitiria que Clare bebesse, nem em um milhão de anos. Imaginou a mãe arrancando a taça de sua mão, no momento em que Clare a levava aos lábios, a taça se estilhaçando e o vinho manchando a parede de roxo.

A comida era interessante, umas invencionices esquisitas distribuídas no centro de pratos grandes, molho salpicado esparsamente, a carne sobre os legumes e não ao lado. Clare mal começava a desmantelar aquela construção, ou a comer pelas beiradinhas e já outro prato chegava. Era muita comida – demais até – mas devia estar boa porque sua mãe comia com gosto, apreciando realmente, o que surpreendeu Clare pois a mãe não vinha se alimentando bem ultimamente. Ela passava rapidamente pela cozinha na hora do jantar, empoleirava-se – de pernas cruzadas, balançando uma delas – num banquinho alto, mas raramente ficava sentada muito tempo. Clare tentou se lembrar de quando vira a mãe mastigar e engolir para valer comida de verdade. A mãe sempre fora esbelta, mas nos últimos tempos Clare tinha reparado que ela estava muito magra: as mãos ficando translúcidas, quase umas garras, a pele repuxada sobre as maçãs do rosto, os ossos dos quadris ressaltados de maneira alarmante sob as roupas. Parecia uma modelo, Clare dizia a si mesma, mas era um alívio ver a mãe comendo, e Clare se sentia feliz.

– Olha, Clarey – a mãe falou de repente –, este Natal vamos esquecer todo esse ritual americano insuportável e tedioso e vamos para a Espanha. Madri. – Sua mãe tomou um grande gole do vinho, e balançou a cabeça – Não, não. Barcelona! Gaudí! Você não vai acreditar no que vai ver. Parece um reino encantado! O que acha?

E Clare, sentindo-se honrada com a consulta, respondeu "Por mim, sem a menor dúvida, sim!", apesar de adorar seus natais na Filadélfia. Eram sempre só elas duas. Os pais de Clare eram ambos filhos únicos e órfãos, ainda que suas orfandades só fossem completas quando já eram adultos, e Clare nunca via o pai no Natal. O combinado é que ceassem juntos no ano-novo, mas não chegava bem a ser uma tradição porque não era o que geralmente acontecia. O pai de Clare estava sempre viajando ou ocupado demais – o que para Clare até que era bom.

Assim, todos os anos Clare e a mãe pegavam o trem e iam olhar as árvores enfeitadas da cidade, depois se sentavam no chão na Lord & Taylor para assistir ao show de luzes, faziam compras e ouviam canções de Natal até não agüentar mais. As duas adoravam músicas natalinas, e a mãe de Clare lhe havia ensinado as letras de "Noite feliz" e de "Hark, the Herald Angels Sing", que quase ninguém mais sabia. Na véspera do Natal elas jantavam em uma pousada campestre onde um casal – Juno e Lars – servia uma ceia com músicas de Natal, que incluía ganso, peras, castanhas e um autêntico pudim de figo. Clare sentia-se tranqüila e segura ali, em uma mesa com a mãe e cercada de gente estranha e barulhenta, sorridente e bem vestida, com o céu do campo formando uma abóbada por sobre o telhado, e o Natal envolvendo a todos lentamente, como a neve.

Mas sua mãe estava tão empolgada, descrevendo torres cor de confeito, decoradas com tranças e espirais, desenhando-as no ar com as mãos e fazendo planos de aprenderem o catalão, as duas juntas, que Clare nem cogitou de abrir mão de umas férias na Espanha. Se a voz da mãe soava mais alto do que o habitual, denotando uma certa agitação, Clare achou que era pura excitação e provavelmente uma explosão de energia causada por tanta comida.

Então, subitamente, a mãe de Clare parou com aquele falatório transbordante, entusiasmado, olhou para as paredes cor-de-rosa e comentou "Meu marido costumava me trazer aqui" – com uma voz nova, dura, que fez Clare gelar. Os pais de Clare tinham se divorciado quando ela estava com 2 anos. Embora Clare visse o pai de vez em quando, a mãe de Clare nunca falava sobre sua partida, na verdade nunca falava sobre ele, e com certeza nunca o chamara de "meu marido". Porém, o que mais mexeu com Clare foi o modo como a voz e a expressão da mãe se transformaram rapidamente, como se fosse uma outra pessoa interrompendo-se a si mesma.

Quando o garçom se aproximou, segundos depois, os olhos da mãe de Clare se suavizaram ao lhe dar atenção e os cantos da sua boca franziram. Para surpresa de Clare, a mãe tomou a mão do garçom entre as suas, virou-a, examinou a palma, tornou a virar, e aí, com a ponta dos dedos, ergueu-lhe o punho da camisa para olhar seu relógio.

– Vejo que está na sua hora – disse ela, com o mesmo tom de voz baixo que usara antes. O garçom olhou para Clare, e depois sorriu para a mãe.

– Posso lhe trazer a conta? – perguntou ele, ainda com a mão levemente pousada entre as dela, e enquanto fazia que sim com a cabeça, ela abriu os dedos e deixou-a fugir como se fosse um passarinho.

Assim que ele se foi, a mãe de Clare se pôs de pé, dobrou cuidadosamente o guardanapo e o colocou sobre a mesa. Seu rosto estava carregado de carinho por Clare.

– Vou ao toalete de senhoras. Espere-me aqui, meu coração – pediu ela, mas dessa vez o "meu coração" soou falso, como se não estivesse se dirigindo a Clare. Abruptamente, ela voltou a se sentar na cadeira e se inclinou em direção à filha. Num sussurro alto, quase um silvo, continuou: – Jamais deixe alguém lhe dizer que os homens gostam de sexo mais do que as mulheres. Seu pai não era bom de cama, mas, com o homem certo, sexo é uma coisa maravilhosa. Maravilhosa! Ouça o seu corpo, Clare. – E só então se levantou e saiu.

Clare sentiu como se tivesse levado um soco, arfante e enjoada. Cruzou os braços à frente do peito e abraçou os próprios ombros, tentando parar de tremer. O que estaria acontecendo? Queria que a mãe estivesse bêbada, mas sabia que não estava; a taça de vinho dela estava praticamente cheia. A mãe que ela conhecia jamais diria aquelas palavras, jamais a teria tirado da escola para irem almoçar, jamais lhe daria vinho, jamais tocaria num garçom. Será que ela devia contar aquilo a alguém? A quem? A mãe teria problemas caso ela o fizesse?

Clare sabia o que se deve fazer quando morre algum ente querido. A gente se empertiga toda, como uma princesa, recebe as condolências com afabilidade, de olhos secos, e só depois, no travesseiro, soluça violenta e purificadoramente. Porém, todos os livros que ela lera não lhe haviam ensinado nada sobre o que fazer quando a mãe da gente não morre, mas se transforma em uma pessoa que não se conhece, em alguém que nunca mais vai tomar conta da gente.

3

Cornelia

Se você não acredita em sinais, pode crer, temos algo em comum. Se sua impaciência com as pessoas que vivem contando histórias a respeito de coincidências extraordinárias, as quais elas interpretam (após aquela pausa de praxe) como um sinal, beira a náusea, estou com você. E se por acaso notou que essas pessoas, quase invariavelmente, optam por tomar como sinais apenas as coisas que apontam precisamente na direção que elas gostariam de seguir, ignorando uma série de outros sinais igualmente válidos, bem, meu caro, aí estamos empatados.

Por exemplo, esse tal de Luka do café, sujeito arrogante, de cabelo pastoso, outro dia ficou todo exibido por causa de uma mulher que ele arranjou em Nova York, chamando-a de sua "alma gêmea", deixando a frase suspensa no ar como se ele a houvesse cunhado ali na hora e já não fosse tão surrada a ponto de não fazer mais nenhum sentido para qualquer ser pensante. E aí relatou o encontro que os dois tiveram, marcado por insinuações nada sutis, e o subseqüente contato sexual mínimo-mas-promissor. E o grande final, o brilhante arremate com que pretendia gravar a sua historieta em nossos cérebros para todo o sempre, consistia no fato de que os dois estavam totalmente vestidos de marrom. Camisas marrons, calças marrons, meias marrons, sapatos marrons. *Cintos* marrons! *Pulseiras de relógio* marrons! (Os pequenos detalhes de couro é que realmente pareciam impressioná-lo.) Após uma pausa, Luka respirou fundo, reverentemente: "Era o sinal de que fomos feitos um para o outro."

O pior de tudo é que pelo menos umas cinco pessoas escutaram essa história, e ninguém o chamou de idiota, ao contrário, todos ficaram mudos, sorrindo e abanando a cabeça para ele. Luka era insuportável, ninguém gostava dele, mas todo mundo o tratava com uma certa deferência, porque era a pessoa mais rica que qualquer um de nós já conhecera pessoalmente. Embora Luka trabalhasse como passeador de cachorros, o avô tinha arrumado a família inteira por várias gerações patenteando um tubo, uma arruela, uma junta de vedação, alguma dessas invenções insignificantes mas lucrativas. Como alguém tinha que fazê-lo, eu atravessei a barreira que circundava Luka e lhe perguntei: "E o que você me diz de ela ser casada, e com duas crianças pequenas? Isso é sinal de quê?"

Portanto, dá para imaginar o meu embaraço em ter que confessar que no dia seguinte ao meu encontro com Martin eu me pus a listar minha própria coleção de sinais. Não eram muitos, alegro-me em dizer. Apenas três itens; eu diria três *míseros* itens, mas se os dois primeiros podiam de fato ser considerados míseros, o terceiro era realmente espetacular – positivamente, coisa de cinema.

O primeiro sinal sequer me pareceu um sinal até eu enveredar pela porta do Antiquário Fringer, atrás da minha amiga Linny, por volta das dez horas da manhã do dia seguinte, aproximadamente 24 horas após o sinal ter entrado na minha vida. Na verdade, ele não entrou na minha vida; saltou da minha boca. Estou me referindo à minha mãe, àquilo que eu disse quando Martin me pediu que fosse com ele para Londres.

Eu quase não falo com ninguém sobre os meus pais. São gente boa. Eu os adoro. Não espere que eu deixe escapar segredos cabeludos da minha infância – eu torço e rezo para não ser uma filha ingrata que tem vergonha da profissão dos pais, dos seus sapatos fora de moda, e da sua torradeira quebrada (em geral meus sapatos são bastante bons, como você sabe). Digamos apenas o seguinte: desde tenra idade, minha vida familiar foi como um set cinematográfico em que fui parar por acidente. Quem viu Katharine Hepburn como uma revolucionária chinesa em *A estirpe do dragão* vai saber do que eu estou falando. Boas intenções, atores talentosos, todo mundo dando duro. Só que os papéis foram mal distribuídos.

Seja como for, o fato de eu falar com Martin sobre algo que só menciono aos meus amigos mais íntimos já foi algo notável. E tomei isso como um sinal.

– Acho que é um sinal – falei para Linny.

– Sinal de que você pirou – Linny replicou no silêncio frio da loja, batucando com o dedo na lateral da cabeça, que estava envolta numa echarpe. Uma echarpe tenebrosa, um horror de poliéster estampada com nenúfares de Monet.

– Shhh! – fiz eu, ao ver o Sr. Fringer inclinar a cabeça e olhar para nós por cima dos óculos. Sua loja não era das mais requintadas da rua Pine, não tinha exposta nenhuma daquelas escrivaninhas elegantes do século XVIII em perfeitas condições. Ali nada estava em perfeitas condições. Mas era uma boa loja – a minha predileta. O lixo, o mais-ou-menos, as relíquias, tudo convivendo na maior intimidade, peças lindas com pontas rasgadas, sem puxador, manchadas de água, de tampas quebradas. Entre elas, o único traço comum tinha sido um bom polimento dado pelo velho Sr. Fringer.

O Sr. Fringer era durão, mas eu gostava dele por dois motivos. Primeiro, ele era caidinho pela mulher e não escondia isso de ninguém: tinha fotos dela em molduras douradas atrás de sua mesa e dava sempre um jeito de elogiar a sua beleza em qualquer conversa. Ela *era* linda, linda demais, fazia o tipo Ingrid Bergman, de ombros largos, majestosa. E o principal era que ela não tinha morrido, como se poderia pensar. Eu mesma cheguei a vê-la algumas vezes. Achava comovente que um homem pudesse ser tão reverente e embevecido em relação à mulher que via todas as noites.

O segundo motivo de eu gostar do Sr. Fringer era que ele não fugia das nossas propostas de barganha. Certa vez, ele baixou de quinhentos para duzentos dólares o preço de um lustre enorme, da época da Depressão – uma ruína, mas uma ruína recuperável, pelo menos assim eu pensei ao vê-lo, como se eu entendesse alguma coisa de antiguidades. E estava certa. Não é para me gabar, mas levo jeito para essas coisas. Dei um bom polimento no bronze, fucei atrás dos pingentes de cristal que faltavam, e pedi ao meu senhorio para pendurá-lo no teto alto do apartamento. Todos os dias eu posso olhar para cima e vê-lo faiscando como se fosse minha galáxia particular. Desse modo, caso o Sr. Fringer assim o exigisse, eu ficaria feliz de homenagear seu depósito, suas preciosas mercadorias, com um silêncio reverencial.

– Mas você fez bem em rejeitá-lo. O sujeito poderia ser um maníaco homicida – Linny cochichou de um jeito teatral.

Peguei um objeto em forma de furacão de cabeça para baixo, preto, assimétrico, feito de feltro.

– Poderia ser, mas não era. Você não sabe, não viu os olhos dele. Eram castanhos – sussurrei.

– E por que você não disse isso antes? – Linny zombou. – Deu seu telefone para ele? E que diabo é isso?

– Um chapéu. Dei. Escrevi com a minha melhor caligrafia. – Pus o chapéu no lugar. Muito Ninotcka, mas como qualquer outra criatura que não a única que já existiu, eu não sou Greta Garbo. Além disso, certos objetos não conseguem dar o salto do passado para o presente. Era o caso daquele chapéu.

Um rapaz vestindo o que só me ocorre chamar de túnica – de gaze estampada, em estilo pirata, com mangas bufantes apertadas nos punhos – entrou na loja como se estivesse dando um passeio. Carregava uma mochila superpesada em um dos ombros, que ele provavelmente chamaria de saco de viagem, pois parecia mesmo um andarilho. Vi o Sr. Fringer aguçar o olhar e dirigi-lo à mochila, preocupado com sua proximidade das peças de quebrar; inclinou a cabeça e os ombros para trás, como uma cobra pronta para o bote.

Os olhos do rapaz pousaram em Linny. Seu rosto demonstrou tê-la reconhecido, e ele se aproximou, as mangas levemente enfunadas.

– A sua seção de poesia é comida de passarinhos – declarou ele, com as sobrancelhas arqueadas. Linny vinha adiando seu ingresso na faculdade de direito havia anos, e estava trabalhando numa livraria.

– Piu-piu – Linny piou bem alto, após uma pausa na justa medida. Linny é mestra nas pausas. O homem ficou olhando, piscou duas vezes e tratou de se escafeder da loja. O Sr. Fringer deu um sorriso de aprovação para Linny, que riu de volta, encolhendo um ombro em sinal de modéstia. Aí virou-se para mim e arregalou os olhos:

– A camisa dele...

Fechei os olhos para apagar a lembrança.

– ... adorei – completou ela. Abri os olhos e reparei em Linny com sua echarpe, macacão listrado de operário e sandálias chinesas bordadas. Uma onda de amor se abateu sobre mim. Linny é, realmente, a única pessoa que eu conheço que só usa aquilo que gosta, seja o que for. Se ela finalmente se decidisse e entrasse para a faculdade, provavelmente seria mandada de volta para casa para trocar de roupa. Ou talvez não. Ela certamente pularia da cama de manhã, se espreguiçaria, teria um súbito impulso de prestar o LSAT e tiraria uma nota que deixaria toda a Ivy League babando como um cachorro bassê.

– Eu adorei *esta* túnica – mostrei. É divina, perfeita, foi feita para mim. Feita talvez há uns 75 anos, mas para mim, com toda a certeza. Olhe só. Preta, sem mangas, justa, cintura baixa, um toque de pedras pretas, possivelmente autênticas. Leve como uma pluma, e sem qualquer sinal de desbotado debaixo dos braços, graças a Deus. Um vestido de arrasar para um primeiro encontro; um vestido que mataria Louise Brooks de inveja. Eu tenho certeza de que vai caber em mim.

— Isso não caberia num Chihuahua — exclamou Linny. Como uma luva. Segundo sinal.

O que surpreendentemente poucas pessoas sabem é que, antes de ser de assustar, com sobrancelhas que lembravam dois corvos estridentes, Joan Crawford era adorável, engraçada e esbelta como uma sílfide. No final de *Quando o diabo atiça*, um filme que deixaria você encantado mas que não alteraria a urdidura e a trama do tecido da sua vida, Joan descobre que foi seu velho companheiro Clark Gable e não o que ela supunha ser o amor de sua vida, Robert Montgomery, quem, naquele que deveria ser o dia do seu casamento, cobrira seu quarto de centáureas, suas flores preferidas. Quando uma amiga lhe diz isso, seu rosto se enche de luz, as lágrimas lhe caem dos olhos. As flores são um sinal! Ela se transfigura! Clark é o seu homem! Esqueça que, a despeito do jeito maneiroso e da bela estampa de Robert Montgomery, uma escolha entre ele e Clark Gable não chega a ser uma escolha; esqueça que RM ficou bêbado e se casou com uma vagabunda, de voz estarrecedoramente artificial, na noite anterior ao seu casamento com Joan. Na verdade, foram as flores que fizeram Joan sair porta afora, deixando RM na mão no que seriam suas segundas núpcias, e entrar no navio que estava prestes a zarpar levando Clark embora para sempre.

Era meu dia de folga, mas Linny fez questão de me lembrar mais uma vez que Martin Grace não pulara de uma tela de cinema para dentro da minha vida. Depois de dardejá-la com os olhos e empurrá-la para dentro da sua livraria, parti direto para o Café Dora.

E lá estavam elas: duas dúzias de botões enormes. Mandados por um homem a quem, durante toda a nossa meia hora de conversa, eu não dissera uma só palavra sobre flores. Uma nuvem, um rebanho, uma ária, uma *glória* de peônias, viçosas como a esperança, brancas como uma promessa. Eu as saudei com a cabeça, e 24 cabecinhas alvas me saudaram em resposta.

Terceiro sinal.

4

Clare

Clare sentou-se na cama com seu caderninho, classificando exemplos. Os exemplos pareciam se enquadrar em duas categorias: a das garotas que eram meigas e a das que eram decididas. *Mulherzinhas* continha as duas espécies de garotas. Beth March era meiga e tímida, tão medrosa que seu vizinho, o Sr. Laurence, lhe deu um piano. Quando Jo March o olhou bem nos olhos e disse que ele não era bonito como o avô dela, ele riu e disse que ela era espirituosa.

Era importante que Clare tivesse uma noção de como fazer um homem gostar dela, porque tinha resolvido telefonar para o pai. O pai de Clare não era do tipo que mete medo. Não era feio, de cabelo desgrenhado, não gritava, e ela não se lembrava de nenhum momento particularmente ruim com ele. Clare sequer sabia se tinha medo dele, mas só a idéia de ligar para o pai fazia seu coração bater mais forte. Ela nunca antes telefonara para ele. Quando contou isso para a faxineira Max, ela começou a bufar, a resfolegar e a limpar a mesa da cozinha com movimentos bruscos que mais pareciam bofetadas.

– Meu Deus, quase 11 anos, e nunca ligou para o próprio pai! O filho-da-mãe precisa se esforçar para fazer você se sentir mais à vontade com ele. – Clare sorriu pelas costas de Max, vendo dissipar-se por alguns segundos a sua névoa de preocupação graças àquela súbita tirada. Clare achava que a faxineira tinha a voz mais insólita que já havia pertencido a alguém. Se por um lado ela era toda avançadinha, uma garota que chamava a atenção – magérrima, cheia de piercings, cabelos picados e pintados de preto com uma franja caída até o meio da testa, sobre uns óculos modelito olho-de-gato – sua voz lembrava um gorjeio ridículo de desenho animado. Em vez de soar estridentes, suas expletivas sucediam-se em ondas como bolhinhas prateadas num aquário.

– Imagino que ele pense que basta preencher um cheque para que as responsabilidades de pai estejam cumpridas. Esquece de se relacionar. Esquece de participar da sua vida. É um fodido, não acha? – Ela fez uma pausa e olhou para Clare.

– Bem fodido mesmo, é o que eu acho – Clare respondeu, dando de ombros, curtindo o sabor das palavras proibidas na boca, mas sem muita certeza de que elas estivessem corretas.

Clare não havia ligado antes para o pai não porque ele tivesse dito a ela para não ligar, mas porque não lhe ocorrera. Ela se perguntava se devia querer telefonar para ele a fim de falar de uma nova amiga ou de um bom livro ou do seu papel no teatrinho da escola. Talvez ela fosse a única fodida nisso tudo. Clare pensou em pedir a opinião de Max a respeito, mas resolveu não perguntar.

Enquanto Clare observava Max, pensava em como ela espanava e fazia tudo o mais com agilidade mas, ao mesmo tempo, com todo cuidado. Ficava imaginando os músculos mirrados dos braços da moça ondulando sob as tatuagens. E se deixasse totalmente de lado a idéia de telefonar para o pai? E se apenas contasse o seu problema para Max? Talvez ela pudesse ajudar.

Mas Clare decidiu-se, afinal, por não contar. Embora considerasse a faxineira uma pessoa adulta, Clare sabia que nem todos pensavam desse jeito; alguns achariam Max criança, e crianças costumam ter dificuldade em se fazer ouvir, especialmente quando têm tatuagens e usam óculos esquisitos. Além do mais, mesmo se alguém desse ouvidos a Max, no caso de ela conseguir quem ajudasse a mãe de Clare, ela teria que lhes contar como as coisas andavam erradas, como a mãe de Clare não vinha sendo mais uma boa mãe, e só de pensar nisso Clare ficava apavorada.

Clare tentou imaginar-se morando com o pai e não com a mãe, e simplesmente não conseguiu; tinha certeza de que tal coisa também não passava pela cabeça do seu pai. Se algo ela sabia a respeito dele era que o pai jamais permitiria que alguém afastasse dela a mãe de Clare. Se ele resolvesse ajudar, encontraria uma solução que as manteria juntas.

– Eu adoraria botar minhas mãos nesse bunda-mole – Max esganiçou, e Clare pensou que talvez a faxineira fosse exatamente de quem seu pai precisava. Que ela podia ser como Maria irrompendo pela casa dos Von Trapp com sua bolsa e seu corte de cabelo engraçados, acordando todo mundo, transformando cortinas em roupas, e fazendo com que o capitão Von Trapp se apaixonasse por música, pelas crianças, e por ela.

Mas Clare duvidava. Lembrava-se de como os lábios do capitão haviam tremido quando sua filhinha Gretel esqueceu de dizer o nome durante a chamada. Desde o início tinha-se a impressão de que o capitão Von Trapp possuía um coração mole debaixo daquele exterior frio, carrancudo, e Clare nunca teve essa impressão do pai, mesmo ele sorrindo o tempo todo e chamando-a de "meu pardalzinho". Fora que o capitão Von Trapp tinha a desculpa de ser um viúvo deprimido e o pai de Clare não era uma coisa nem outra.

– Ele não é mau comigo nem nada – explicou Clare. – Ele só tem esse...

– Esse o quê? – fez Max, interrompendo sua faxina e olhando outra vez para Clare. Ela tirou o suéter de pescador e se sentou no chão perto de Clare, esticando as pernas compridas enfiadas numa calça jeans. Max costumava se embrulhar em camadas de roupas: capuz, roupas de baixo compridas, camisas de flanela, camisetas de tamanho infantil, e de vez em quando um poncho verde e roxo bem largão e esquisito por cima. Uma vez ela esqueceu o poncho na casa de Clare e Clare deu uma voltinha com ele pelo jardim, adorando sentir-se tão agasalhada, segura e, ao mesmo tempo, como uma borboleta. Hoje Max estava usando uma camisetinha preta em que se lia HAUSFRAU em letras góticas cor-de-rosa.

– Esse jeito de me olhar. O jeito com que mamãe me olha quando vamos ao Shrewsbury's para jantar; ela sorri, fala, dá gargalhadas, mas dá para ver que ela está entediada. É assim que meu pai me olha, como se ele não pudesse esperar para se ver livre de mim – confidenciou. Estava satisfeita por ter contado isto para Max, e satisfeita por ter pensado na forma correta de contar. Na verdade, ela nunca tinha expressado isso em palavras antes, nem mesmo dentro da própria cabeça.

Max pôs um braço em volta de Clare:

– Ele é que está perdendo, querida.

Quando Clare tinha 9 anos, sua melhor amiga, Molly, se mudou para Taos, no Novo México. Dentre todas as perdas que isso representou para Clare – e até recentemente era o sofrimento mais profundo que ela tivera na vida – o mais doloroso foi perder a família de Molly e sua casa em estilo Tudor, grande e em ruínas.

A mãe de Clare tinha tido uma empresa de promoção de eventos – de fato ela ainda detinha a parte maior do negócio, mas aos poucos foi passando o trabalho cotidiano para sua sócia, Sissy Sheehan, tornando-se uma espécie de testa-de-ferro. Na época em que estava à frente, porém, era a mãe de Clare quem cuidava de quase tudo – o planejamento, as encomendas, a organização, enfim, o trabalho "à luz do dia", como ela o chamava – enquanto Sissy acompanhava o evento. Clare se perguntava como a mãe agüentava aquilo: escolher as velas, a comida, a louça, as flores, a música, às vezes até bolava o tema (como Ali Babá ou Os Alucinantes Anos 1920), atenta a detalhes como a cor da iluminação ou se deveria ou não pendurar tapeçarias nas paredes verdes para não ficar parecendo que as pessoas estavam com icterícia, mas sem nunca chegar a ver o resultado do seu trabalho. Quando Clare a questionava sobre isso, a mãe dizia: "Mas eu vejo, Clare. Aqui mesmo." Dava-lhe um tapinha na cabeça, depois sorria e levantava o queixo de Clare com o dedo. "De qualquer forma, eu prefiro ver *você*", concluía, para que Clare entendesse por que a mãe se reservava o trabalho "à luz do dia".

De vez em quando, porém, sobretudo no período de festas, um evento era tão importante que a mãe de Clare tinha que comparecer em pessoa. Então ela punha um vestido longo de crepe ou de jérsei, em geral preto, nada muito cintilante ou reluzente, à exceção, talvez, dos brincos em forma de lustre, quando a ocasião era muito especial. O segredo era ser invisível, ensinava a mãe de Clare, mesmo que Clare soubesse que, de qualquer maneira, sua mãe brilharia como uma estrela. E ela levava Clare para a casa de Molly, algumas vezes conversava com a mãe de Molly, Liv, ou com o pai, Jim, às vezes fazendo algum trejeito engraçado, um rodopio, uma mesura, e vinha buscar Clare na manhã seguinte. A mãe costumava chegar quando eles estavam ainda na mesa do café-da-manhã, e então se sentava um instante para tomar um café com Liv e contar alguma coisa interessante da festa: uma pequena avalanche de profiteroles, o brinde indecoroso proposto por algum convidado bêbado, a anfitriã que desmaiara devido ao espartilho superapertado por baixo do vestido. Clare guardava aqueles momentos como um tesouro: o gosto das torradas com canela, as flores na mesa, a risada cantante de sua mãe, as duas meninas, as duas mulheres, felizes e amigas.

Depois que a família de Molly se mudou, Clare não tinha onde ficar; sua mãe, então, contratou uma assistente para Sissy, Seth, e ambas começaram a fazer todo o trabalho noturno. Mas, antes, a mãe de Clare teve que se fazer presente em mais um evento – um grande fim de semana num resort nas montanhas para comemorar o casamento dos filhos de duas tradicionais famílias rivais.

– Preciso estar lá para garantir que eles não coloquem veneno nos martínis uns dos outros. Quando os convidados saem da festa de maca, é ruim para os negócios. – E em seguida a mãe adocicou a voz: – É só mais essa vez, Clarey.

Assim, após seis anos de curtas visitas diurnas, Clare acabou indo para o apartamento do pai na cidade por um fim de semana inteiro. Não foi assim tão ruim, no começo. O pai preencheu cada segundo com alguma atividade: museu de ciências naturais, museu de artes plásticas, um piquenique no parque com comida de restaurante em caixas caprichadas em vez de sanduíches, uma ida ao shopping, durante a qual o pai lhe comprou um par de botas de couro de salto alto que sua mãe achou inadequadas para uma criança de 8 anos e nunca a deixou usar, e um casaco dupla-face de lã bordado com flores em volta dos punhos, e um chapéu combinando, que poderia ter saído diretamente do armário de Sara Crewe. Na primeira noite os dois foram jantar no Four Seasons e, mais tarde, Clare adormeceu abraçada a um novo urso de pelúcia branco do tamanho de uma criança de 3 anos.

Na segunda noite, entretanto, ela acordou de repente por volta da meia-noite sentindo medo daquele quarto estranho que deixava passar muita luz através de suas altas janelas. Ela foi até uma das janelas e viu lá embaixo os carros em movimento e as pessoas nas calçadas. Sentiu-se sozinha ali no quarto, com toda aquela agitação lá embaixo, todos aqueles barulhos que não podia ouvir. Perguntou-se por que queria voltar para casa, se seu pai era tão bom com ela. Talvez por ele se esquecer dos nomes das pessoas sobre as quais ela acabara de falar com ele, ou por fazer às vezes a mesma pergunta duas vezes. Mas o que a deixava sentir-se meio tola e quase invisível era o jeito dele de ficar olhando para os lados ou por cima dos ombros dela enquanto ela estava falando. Sua atenção era a mesma de uma criança quando há uma televisão ligada na sala, e Clare sentia que os olhos do seu pai ficavam perdidos como se uma outra filha, melhor que ela, fosse aparecer a qualquer momento.

Após algum tempo, Clare resolveu tomar um copo d'água e passou cuidadosamente pela porta do quarto do pai a caminho da cozinha. Ela mal tinha acabado de encontrar um copo e enchê-lo de água quando ouviu um som gutural, quase animal, vindo da sala de estar. Ela quase correu de volta ao quarto de hóspedes, mas aí se lembrou de Mary Lenox, em *O jardim secreto*, ouvindo um grito que vinha de alguma parte da casa senhorial inglesa para a qual ela fora mandada depois que seus pais morreram de cólera e marchando corajosamente pelos corredores fantasmagóricos para ver de onde vinha o som.

Clare prendeu a respiração e foi avançando em direção à sala, com o copo à frente do corpo como se fosse uma vela iluminando o caminho. Ela quase o deixou derramar quando viu a mulher, uma estranha, meio deitada no sofá, o cabelo caído para um lado, a mão balançando, a expressão relaxada, roncando de boca escancarada. Um som agudo saiu da garganta de Clare, e ela correu para o quarto do pai, derramando água pelo chão. O quarto estava vazio. Chorando, ela ligou para o celular da mãe, que na mesma hora abandonou o resort nas montanhas. Clare fez sua mala, com o coração disparado, pegou o elevador e ficou à espera da mãe no hall de entrada do prédio. Nas duas horas que sua mãe levou para chegar, e para Clare poder apertar o rosto quente de encontro à lã macia do casaco da mãe, o pai não voltou, e a mulher que ele deixara tomando conta da filha nem percebeu que ela se fora.

Depois daquilo, Clare sentiu algo novo em relação ao pai, algo que devia ser raiva, mas que veio à tona como um certo desconforto, uma desconfiança que não deixava muito espaço para meiguice.

Então Clare resolveu que teria que ser decidida. Ficou olhando para o telefone. O aspirador era um gemido distante, tranqüilizador, que se misturava à voz alegre e desafinada de Max: *You are lost and gone forever! Dreadful sorry, Clementine!* A voz dela dava um tom divertido à letra da música.

Clare ficou ouvindo Max cantar mais alguns instantes, e então empurrou os livros de cima da cama com violência: decidida ou não, o melhor era ligar com Max em casa.

Além do mais, sua mãe estaria de volta logo, com as sacolas cheias de comidinhas caras e esquisitas que ela encontrava em diversos mercadinhos e delicatessen. Mais ou menos uma semana antes, a mãe de Clare tinha sido tomada de uma fúria culinária, e dera para comprar livros de receitas, exemplares de *Food & Wine* e *Gourmet*, bem como utensílios caros e altamente especializados, como um enorme tacho para fazer paella com o respectivo queimador circular de gás propano.

Clare ficaria vendo a mãe desfazer as sacolas, tomar as embalagens em suas mãos esguias como se fossem presentes frágeis e preciosos, uma oferenda: cogumelos, açafrão, azeite de trufas brancas, linguado, uma embalagem de batatinhas roxas, um talo longo e grosso com couves-de-bruxelas brotando em volta como uma escada em espiral. Em seguida, ela iria cozinhar febrilmente, excitada, às vezes jogando na pia receitas praticamente concluídas e começando tudo outra vez, às vezes tirando do forno suflês e pães dourados, cheirosos, e colocando-os diante de Clare de um jeito estranho, como se aquilo não fosse para comer. Às vezes, Clare despertava no meio da noite e ouvia a mãe preparando comida. Nessas ocasiões, Clare esperava que ela voltasse para a cama, e descia as escadas na pontinha dos pés para apagar as luzes e, certa vez, dois bicos de gás do fogão.

Clare ligou para o escritório do pai, e quando a secretária atendeu, pediu com firmeza:

– Aqui é a Clare. Por favor, chame meu pai. Preciso falar com ele agora mesmo.

Fez-se um silêncio, e em seguida a secretária respondeu:

– Ah. Bem, como vai, Clara? – Parecia jovem, nada intimidada pelo que Clare julgou ser uma demonstração de poder, e também... o quê? Simpática, talvez. Embora tenha falado o nome de Clare errado, a secretária pareceu amável. Clare se sentiu meio desconcertada. Era mais fácil parecer decidida diante de um adversário.

– Tudo bem – fez Clare, com um tom de voz mais brando contra sua vontade.

– Seu pai não está no escritório, mas posso pedir para ele ligar de volta para você, está bem?

Clare se sentiu esvaziada. Não. Ela não acreditava que ele retornasse a ligação, mas, ainda que o fizesse, seria tarde demais. A mãe já estaria em casa. Poderia até atender o telefone.

– Não – insistiu Clare, erguendo a voz. – Preciso falar com ele agora. Por favor.

Depois de outra pausa, a mulher retornou.

– Veja bem, queridinha. Eu acabei de falar com ele ao telefone, tenho certeza de que posso contatá-lo e aí ele vai ligar para você imediatamente. O que acha?

– Está bem – concordou Clare, baixinho. – Obrigada.

Ela desligou e esperou o que pareceu uma eternidade, com a mão no aparelho. Quando este tocou, ela deu um pulo e pôs as mãos para trás como se o telefone de repente estivesse pegando fogo. Em seguida, atendeu.

– Alô.

– Meu pardalzinho! – ouviu a voz do pai. – Que bom ouvir você! Como está a sua tarde? – Falava de um jeito, "como está a sua tarde", como se conversasse com ela todos os dias em vez de quase nunca. Clare ficou se perguntando se não haveria mais alguém com ele na sala, escutando.

– Preciso falar com você – pediu Clare.

– Infelizmente só tenho cinco minutos, mas nesses cinco minutos sou todo seu.

Clare tomou coragem.

– É uma coisa importante. Precisa de mais do que cinco minutos. É sobre a mamãe.

Clare esperou que ele dissesse algo, perguntasse algo, mas não.

– Ela está doente, eu acho. Ou talvez... – Clare hesitou –, ela esteja mudando, está com um comportamento estranho. E isso já está acontecendo há bastante tempo.

– Tenho certeza de que não é nada para se preocupar, Clare – ele quis acalmá-la. – As pessoas mudam. Eu acho você diferente cada vez que eu a vejo. Você só comeu duas colherinhas do seu creme de ovos da última vez que veio aqui, e você se lembra, não é, de como adorava aquilo?

Clare sentiu um lampejo de ódio daquele tom de brincadeira na voz do pai.

– Não, não é nada disso. Não é uma mudança normal, quer me escutar?!

– Estou escutando. – O pai parecia cansado.

– Ela cozinha o tempo todo, a noite inteira às vezes.

– Bom, isso não soa assim tão mal. Que mais? – perguntou o pai.

– Fica comprando coisas, umas coisas esquisitas. Umas panelas enormes e livros de culinária.

– Bom, gastar dinheiro nunca foi um grande problema para ela – comentou ele sarcasticamente.

– Não, você não está entendendo. Coisas como... toalhas. Ela comprou um monte de toalhas, de todas as cores. – Aquilo parecia ridículo, até para Clare. Ela escutou o pai tapando o fone e falando com alguém. Começou a entrar em pânico; sentia que o estava perdendo.

– E foi me pegar na escola para almoçar e me deu vinho! – Ela não queria que sua voz soasse daquela forma, desesperada. Mas estava desesperada.

– Bom, acho que isso é interessante. Crianças francesas menores do que você tomam vinho, Clare. O que você me diz disso?

– O que *eu* digo? Eu odeio isso! E ela flertou com o garçom, um garoto; segurou a mão dele. E me disse umas coisas que não devia dizer. Que jamais diria. Coisas sobre, sobre... – Clare estava chorando.

– Calma, meu pardalzinho, calma. Coisas sobre o quê?

Clare fechou os olhos.

– Sexo. – Pronto, falei, pensou Clare. Agora não passo de uma traidora. Inacreditavelmente, o pai riu.

– Olha, Clare. Sua mãe é uma mulher crescida, separada, e, ao que me lembre, bastante bonita. Se ela quer flertar com um garçom ou com qualquer outro homem, é problema dela.

Pode deixar você meio incomodada, mas é uma coisa perfeitamente natural. E você já está com quase 11 anos. Eu até já me perguntei por que ela ainda não tinha tido uma conversa com você sobre os fatos da vida.

Clare não sabia disso.

– Eu só posso achar que foi por causa do morcego.

– Morcego?

– No verão passado nós acordamos um dia com um morcego dentro de casa. Mamãe falou com o Dr. Aduba a respeito, e ele disse que, por via das dúvidas, nós duas deveríamos tomar vacina contra raiva. Não aquela da barriga. Mamãe não acreditava que alguém pudesse ser mordido por um morcego e não perceber, mas de qualquer forma me fez tomar a vacina. Mas ela não tomou. E agora está doente.

– Sua mãe não está com hidrofobia, Clare. – A voz dele agora era de quem estava fazendo força para ter paciência. Por um momento, apesar dos esforços de Clare, o desespero superou o orgulho. Quando ela falou, sua voz saiu mais fraca do que ela pretendia.

– Pai? O que está acontecendo está me deixando muito assustada... Não consigo dormir.

– Não tem por que você ter medo, eu garanto. E agora tenho que desligar. Sinto muito. – Ele estava quase desligando o telefone. Tenho que ser decidida, Clare pensou, tenho que ser decidida, decidida!

– Você não sente muito. Mas você é meu pai. Você tem que me ajudar. – Fez-se um silêncio.

– Estou lhe dizendo, como seu pai, que está tudo bem, Clare. Em breve eu falo com você. – E desligou.

Clare olhou para o telefone em sua mão, em seguida enfiou-o debaixo do travesseiro para não ter que olhar para ele. Deixou-se deslizar até o chão, escondeu os joelhos sob a blusa e abraçou-os com toda força.

Não queria se sentir daquele jeito depois da conversa com o pai. Afinal, não tinha perdido nada, porque nunca houvera nada para perder. Mas, mesmo assim, ela se sentiu mais só.

5

Cornelia

Menos de vinte e quatro horas depois de ter recebido as flores, ele ligou. Não ligou, apenas, ligou de Londres, muito obrigada. Quando ouvi a voz dele, cheguei a *sentir* a presença de bolo inglês e coalhada com limão numa bandeja ao seu lado e dos ônibus vermelhos de dois andares passando do lado de fora.

– Alô – atendi.

– Você come? – perguntou ele.

– De vez em quando – respondi.

– Não, quero saber o que você come.

– Ah, muitas coisas – respondi. Tomei meu pulso com dois dedos. Pulsação acelerada. Voz calma.

– Vegetariana?

– Onívora.

– Onívora vem de *Omni*, que significa "tudo". Você come de tudo?

– Menos língua. E nada que leve alcaçuz.

Ele deu uma risada pura, calorosa, cor de âmbar, que me fez sentir pura, calorosa e cor de âmbar.

Eu estava usando um vestido com um casaquinho de lã, vermelho, curto e leve, com mangas três quartos, por cima, e minhas botas favoritas, pretas, na altura dos joelhos. A única vantagem de se ser demasiadamente pequena é que os pés acompanham essa pequenice demasiada, o que permite a gente se produzir como uma bandoleira nas liquidações de sapatos. (Não se preocupe que não pretendo brindá-lo com a descrição de cada peça de roupa que visto, embora eu me lembre bem que, no meu tempo de garota, eu adorava isso nos livros de Nancy Drew: "Vestindo uma deliciosa blusa azul-clara, Nancy abriu a porta"; "Nancy jogou um cardigã amarelo suave sobre os belos ombros e deslizou para dentro do seu conversível"; "Nancy tirou a blusa, a saia e os sapatos, e pôs um vestido de seda verde-claro e um colar de pérolas". A verdade é que, às vezes, roupa é *importante.*)

Como boa filha de minha mãe, fiz ouvidos moucos à voz interior que berrava a plenos pulmões "Pode confiar cegamente neste homem!", e assim, quando Martin me perguntou onde poderia me pegar, respondi que o encontraria no restaurante. Cinco dias depois, lá estava ele me esperando. Não quero dar uma de exagerada em relação à aparência dele, só digo que estava lindo como certas peças artesanais de madeira – sem um remendo, lisinha, curvada, lustrosa, tão bem acabada e perfeita que a gente só se dá conta segundos depois e com o impacto de um relâmpago: "Ah, meu Deus, é uma cadeira!" E então se senta ali desejando ficar assim para sempre.

O restaurante era do tipo caixinha-de-jóias: mínimo, bancadas e cadeiras forradas de veludo cinza-prata, com uma lareira embutida na parede como um quadro na moldura. A comida era superlativa, estou certa disso, sem dúvida feita com ingredientes frescos, da estação, sem dúvida apropriadamente crocantes por fora e se desmanchando por dentro, inspirada mas despretensiosa, simples mas original. Eu me lembro vagamente da surpresa que tive com o sabor dos figos, e estou absolutamente segura de haver levado aos lábios uma colherada de algo cremoso e da cor do pôr-do-sol. Entretanto os meus sentidos, seqüestrados por Martin, mal puderam registrar aquela que talvez tenha sido a melhor refeição da minha vida.

Nós conversamos, conversamos, conversamos. É possível que o amor entre pelos olhos, mas nem se compara à forma como chega através dos ouvidos, ao menos na minha experiência. Enquanto conversávamos, luzes percorriam o interior da minha cabeça; lá pelo final da noite, eu era um planetário.

Ele disse que adorava o meu nome, que certos nomes de mulher transformavam todos os demais nomes de mulher em algodão-doce, e meu nome era um desses.

– Que outros mais? – perguntei.

– Eleanor, Mercedes, Augusta – e foi listando mais uns quatro ou cinco, como se estivesse dizendo um poema; aí eu contei da minha primeira colega de quarto na faculdade, uma garota puro-sangue de Savannah com umas panturrilhas impecáveis e uma ametista antiga do tamanho de uma noz pendurada numa corrente em volta do pescoço. Sabia arremessar um Frisbee como uma profissional, falava francês fluentemente, e seu sorriso era encantador, com um canino longo e pontudo, ameaçando derrubar metade dos alunos como se fossem castelos de cartas. Se ela fosse ligeiramente menos atraente ou se a grana da família fosse um pouco menos ancestral, tenho certeza de que ela teria empinado o nariz para mim sempre que tivesse oportunidade. Mas, por causa da sua condição social inatacável, ela podia gostar de quem bem entendesse. E gostou de mim; fiquei sabendo porque dizia para todo mundo, com a voz ritmada e levemente rouca (devido a anos urrando em partidas de lacrosse ou a cavalo para outros também a cavalo, estou supondo) típica de futuras presidentes da Tri-Delt: "Cornelia é uma grande garota!" Eu também gostava dela, porque era legal e porque, ainda por cima, irradiava um fulgor dourado que incidia sobre tudo que estivesse à sua volta, incluindo sua minúscula colega de quarto.

Mas em poucas semanas ela resolveu que meu nome era muito "irreal" e começou a procurar um apelido para "Cornelia".

– Bom, o que me vem primeiro à cabeça é... – Martin esboçou, estremecendo.

– Não me conte. Nem pense uma coisa dessas! – exclamei. – Não me diga no que você está pensando!

Martin balançou a cabeça e jurou que não. Expliquei que ela havia se fixado em C.C., mesmo que o meu nome do meio, Rose, não começasse com "C", e o último nome, Brown, também não. Durante dois semestres eu fui C. C. Brown.

– Juntando um "Little" ou um "Blind" você viraria um músico de blues – acrescentou Martin, tentando ser gentil. – E qual era o nome dessa sua colega de quarto?

– Selkirk Dalrymple – respondi.

Ele deu uma gargalhada escancarada, e eu me senti como uma criança acertando em cheio a moringa de olhos vendados, vitoriosa e com um monte de moedinhas chovendo sobre mim.

Ele me contou sobre seu primeiro colega de quarto na faculdade, um cara que tinha uma queda por garotas de boina e cuja *pièce de résistance* em matéria de técnica de sedução consistia em mencionar casualmente que já lera os sete volumes de *Em busca do tempo perdido*, de Proust (e claro que Martin falou o título em francês, pronunciando-o corretamente mas não ao estilo de Alex Trebek, não se preocupe), o que era um charme. Quando perguntei se seu colega de quarto havia de fato lido a obra, Martin disse que aí é que estava a graça da coisa: as pessoas que tinham mais inveja dele e que, conseqüentemente, mostravam-se mais mordazmente céticas a seu respeito, eram as mesmas que prefeririam morrer a que alguém descobrisse que elas próprias não haviam lido Proust, nem sequer *O caminho de Swann* e que, desse modo, não tinham idéia de quais perguntas deveriam fazer para pô-lo à prova.

Era assim a nossa conversa: descontraída, cada um presenteando o outro com historinhas engraçadas, meio que renovando-lhes o brilho para transmiti-las e torná-las ainda mais interessantes aos olhos do outro. Não encompridamos demais nossas almas secretas nem as fizemos bailar nuas pelo restaurante, mas nossas historinhas foram como uma visão de relance dos cartões-postais coloridos, interiores, das terras de Martin e Cornelia. Um bom começo.

Depois, Martin me acompanhou até a entrada do meu prédio. Sob a luz de um poste da rua, ele me olhou e passou a mão por minha cabeça, demorando-se um ou dois segundos em volta do meu pescoço.

– Fica bem em você, esta touca de cabelo – elogiou.

— E você? — retribuí. — Essas pestanas. Parecem escovas de roupa em miniatura. — Aí ele riu, pegou minha mão e depositou um beijo bem no meio da palma.

Na manhã seguinte:

Linny: Deixe-me adivinhar, você ficou ali, vendo-o ir embora, e depois subiu as escadas de dois em dois degraus, cantando "I Get a Kick Out of You".

Cornelia: Errou. Errou, errou, errou.

Linny: "Embraceable You".

Cornelia: Sua diabinha! Amiga diabinha dos infernos.

Linny (imitando um gorjeio): — *Don't be a naughty baby. Come to mama, come to mama dooooooo.*

Em nosso segundo encontro, comemos com os dedos num restaurante etíope de cortinas em ouro e vermelho; ficamos de boca aberta com a beleza espiritualizada, ultra-refinada, de todo o pessoal do restaurante, da hostess ao ajudante de garçom, com seus pescoços compridos e olhos negros puxados; caminhamos durante uma hora, minha mão enfiada na curva do braço dele de um jeito que me fez gritar por dentro de ódio por estar usando luvas compridas e abotoadas; e então, no saguão do meu prédio, ficamos cinco minutos trocando beijos tão delicados, tão íntimos e insinuantes que, finalmente, eu subi as escadas até o meu apartamento levando aquele momento com o maior cuidado, como se fosse um globo de vidro cheio de borboletas.

Na manhã seguinte:

Linny: Sei como é. Os etíopes são incríveis. Você acredita que o fotógrafo Peter Beard tem todo esse prestígio só por ter descoberto a Iman? Menina, encontrar uma beldade *naquele* país deve ter sido dureza! Requer um olhar realmente perspicaz!

Cornelia: Eu acho que a Iman é da Somália.

Linny: É tudo a mesma coisa.

Cornelia: Legal. Muito legal isso. Quanta consciência cultural...

Certo, eu poderia ter contado a Linny sobre as luvas compridas e o globo de borboletas, ou então eu poderia ter enfiado logo um garfo de *hors-d'oeuvre* no ouvido.

No terceiro encontro, fomos a uma peça de Tom Shepard sobre A. E. Housman que me deixou impressionada e alegre. Na saída do teatro e por quarteirões e quarteirões, fiz comentários entusiásticos sobre a inteligência, os jogos de palavras, a paixão, a compaixão e a crueldade e como, ali sentada no teatro, estremeci ao sentir que o que estava acontecendo no palco ia me transformando numa pessoa melhor. Martin respondeu que se sentiu assim também, mas acrescentou:

– A diferença é que você estava assistindo à peça, e eu estava assistindo a você.

Incrível, não é? Não pode haver nada melhor, certo? Pode.

– Adoro cinema, mas em geral o teatro me deixa indócil – comentei após uma pausa exultante e retraída ao mesmo tempo.

– Ah, indócil. Uma *daquelas* palavras – fez Martin, concordando com a cabeça.

– Eu sei – concordei, quase certa de que sabia.

– Uma daquelas palavras cujo sentido não combina com o som – continuou Martin.

— Eu sei — repeti, porque sabia mesmo, exatamente. — Como enervado.

— Perdulário — fez Martin.

— Atrito.

— Obstar.

— Sulco.

— Sulco — repetiu Martin, que não perdia uma cartada.

À minha porta nós nos beijamos, com urgência, por algo em torno de vinte minutos.

Na tarde do dia seguinte:

Linny: Quer dizer que você e seu novo namorado são dois esnobes inveterados. Que meigo!

Cornelia: Que enxerida!

Mas eu peguei aquela palavra, *namorado*, dobrei-a bem direitinho e guardei no bolso para pensar a respeito mais tarde.

Durante nosso sexto encontro, num restaurante de comida vietnamita, eu comecei de forma descontraída, descrevendo a melhor fantasia de Halloween que já usei (Charlie Chaplin; eu era sua imagem escarrada, a mesma jaqueta curta — não muito fácil de encontrar para uma pessoa pequena como eu —, sapatos grandes, olhos grandes, bengala... e ainda assim umas três pessoas pensaram que eu era Hitler, mas *eu* sabia, e isso é que importa de verdade, certo?) e acabei confessando o que desconfio que seja o pior traço da minha personalidade.

— Medo — revelei. —Sou medrosa. Muito medrosa, cautelosa em excesso, falta-me espírito de aventura. Uma gata medrosa.

– Você não é medrosa, Cornelia – discordou Martin.

– Eu dei um jeito de me livrar de uma viagem três dias antes, à Espanha, para ficar um ano, apesar de querer muito ir. Não entro no mar porque posso ser atacada por um enorme tubarão branco. Nunca tive um cachorro porque esses bichos podem se virar contra a gente num piscar de olhos. Fiz faculdade na própria cidade em que cresci, a mesma faculdade em cuja escola de medicina meu pai leciona. Sou a única pessoa que eu conheço que nunca morou em Nova York. E recusei seu convite para ir a Londres.

– Ser medrosa não é tão ruim. Na verdade, é positivo sob vários aspectos – Martin argumentou, embebendo em molho um rolinho-primavera. Eu me debrucei sobre a mesa e afaguei seu rosto, aparentemente para agradecer a tentativa de me consolar mas no fundo, realmente, porque eu estava adorando saber que podia fazer aquilo. Sua pele era firme e quente sob meus dedos. – Minha ex-mulher costumava me chamar de medroso, mas quando criança eu tive um pug chamado Puggy, portanto ela devia estar enganada.

Passei a mão novamente em seu rosto para demonstrar minha tranqüilidade ao ouvi-lo mencionar a ex-mulher, e a retirei com a leveza de uma mariposa. Ele deu uma dentada no rolinho-primavera. Não caiu um só pedacinho do recheio, sequer uma gota de molho; Martin era o homem que comia da maneira mais educada que eu já vira. Agradeci às estrelas por ter esquecido de incluir o pavor de homens com ex-mulheres na minha lista de medos.

– E faz quanto tempo? – perguntei, examinando com o dedo uma lasquinha de amendoim sobre a toalha da mesa, tentando demonstrar indiferença. Entretanto, quando pensei sobre isso mais tarde, percebi que dar atenção a uma lasca de amendoim é provavelmente uma demonstração cabal de que a pessoa não está indiferente.

– Pouco mais de um ano. Tinha um problema respiratório e o hálito dela era de couve-flor podre. Fui acampar durante uma semana, voltei, e ela havia sumido.

Ergui os olhos para ele, o dedo sempre no amendoim.

– Ela também era maníaca compulsiva por sexo.

Continuei olhando.

– Quatro anos – contou.

– O que aconteceu? – quis saber.

– Nada de muito interessante. Foi uma época boa. Só que não era para durar. – Tão galante e bem-humorado, tão delicado e civilizado, tão Cary Grant. Era uma resposta que eu deveria ter saboreado; em vez disso, deu ensejo àquele momento. Você sabe o que eu estou querendo dizer. O momento na relação em que, ao mesmo tempo que você descobre que andou flutuando no ar durante cinco semanas e meia, também descobre que seus pés baixaram um pouco mais à terra.

– Você a faz parecer um cavalo de corrida. Ou uma peça teatral – comentei. Meio de brincadeira, espero.

– Já que você tocou nesse ponto, Viviana era um pouco das duas coisas. Pernas compridas, ótima linhagem, bem dramática, um tanto melô...

Eu também tenho pernas.

– Viviana. Então ela é latina? – Jennifer Lopez, Salma Hayek, Penelope Cruz, todas elas começaram a dar voltas pela minha cabeça sobre pernas intermináveis. Cameron Diaz também, embora eu tenha minhas dúvidas de que ela seja realmente latina, e se Natalie Wood em *West Side Story* aparecesse, bom, aí tudo o que posso dizer é que eu estava um pouco agitada.

– Viviana Hobbes. O primeiro nome é um desses toques exóticos de que as famílias aristocráticas anglo-saxãs gostam. – E, de imediato, pensei em Grace Kelly, enxotando os amantes latinos e pseudolatinos com um golpe de sua bolsa Kelly.

Aquela noite, ao dar em Martin o beijo de despedida, por sobre seus ombros (eu me encontrava alguns degraus acima dele) eu julguei ter surpreendido Grace Kelly como Viviana Hobbes olhando para nós. Mas seu olhar, quando encontrou o meu, não era aquele olhar azul sereno e firme que costumamos associar a Grace, não o olhar de *Ladrão de casaca* ou de *Alta sociedade*. Era, ao contrário, o olhar de Georgie Eligin em *Amar é sofrer*, todo arrependimento, paciência e solidão.

Durante os ovos pochés com torradas na casa de Linny:

Linny: Posso fazer duas perguntas?

Cornelia: Não.

Linny: Primeira, você ouve "aristocracia anglo-saxã" e fica se torturando com Grace Kelly. Por que isso? Será que Grace Kelly é a única aristocrata anglo-saxã no mundo? Nem passa pela sua cabeça Jackie Frigging Bouvier Kennedy? Você não é capaz de imaginar que Viviana Hobbes possa ter olhos nos lados da cabeça como uma lontra?

Cornelia: Tenho que confessar que não.

Linny: Não me pareceu.

Cornelia: De qualquer forma, não foi isso, não foi essa história de Grace Kelly que me incomodou. Foi a jovialidade.

Linny: Jovialidade?

Cornelia: O tom dele. Como se casamento fosse um restaurante.

Linny: Preciso entender melhor.

Cornelia: Ou uma partida de tênis. Ou ternos de dois botões. Algo que ele tentava ou costumava fazer e que não faz mais.

Linny: Tipo "eu fui casado, mas não era nada pessoal".

Cornelia: Como se quatro anos de casamento não valessem nada.

Linny: Está bem, mas ao menos ele não fez como aquele sujeito naquele filme, aquele que você me fez assistir.

Cornelia: ...

Linny: O sujeito obcecado pela mulher morta.

Cornelia: É verdade. Especialmente porque ele era obcecado por ela porque tinha feito buracos no barco dela e largado o seu cadáver no fundo do mar.

Linny: Pergunta número dois: Alguém promulgou uma lei contra o sexo?

Seis encontros. Tive que admitir que Linny tinha razão.

E então veio o sétimo encontro. Um breve encontro que eu gosto de chamar de *Encontro sete* ou *Aconteceu numa noite.*

6

Clare

Durante os três dias que se seguiram à conversa com o pai, Clare viveu no olho do furacão – o furacão negro do seu medo. À noite, deitava-se com o rugido dele nos ouvidos e, se dormia, escutava-o novamente antes mesmo de abrir os olhos. Não lia. Não ia à escola. Quando ligavam de lá, Clare ouvia a mãe dizer ao telefone que ela, Clare, estava doente, e a clareza e a segurança da voz materna tornavam ainda mais negro o furacão que a engolfava. Que sua mãe parecesse tão bem estando completamente *errada* era algo tão aterrador quanto o fato de que a mãe jamais tomara a temperatura de Clare, jamais lhe trouxera um cobertor ou uma xícara de chá, parecia quase nem notar que ela estava ali.

A pele de Clare parecia crestada pelo vento e empolada; os olhos e as bochechas viviam quentes o tempo todo, mas havia momentos – especialmente aqueles em que Clare se imaginava muito distante no futuro – em que seu corpo era tomado por fortes tremores. "Estou morrendo de medo", dizia a si mesma. "Estou infeliz." Mas, se dar nomes às coisas que a assustavam e confundiam havia ajudado Clare em sua antiga vida, agora isso não estava mais adiantando. Ela friccionava as mãos e os braços para se aquecer, sentindo os ossos por baixo da pele, passava os dedos pelas protuberâncias laterais dos cotovelos e apertava até doer. "Por baixo, eu sou um esqueleto", cochichava com as paredes amarelo-narciso do seu quarto.

Na tarde do terceiro dia, Clare ouviu a mãe subir as escadas com um passo leve e apressado e entrar no quarto, notou o barulho de gavetas abrindo e fechando. A mãe estava meio cantando, meio sussurrando uma música, e Clare ficou quieta, escutando atentamente. Enquanto escutava, quase tremendo com o esforço, Clare sentiu alguma coisa se agitar dentro do peito, os primeiros sinais de raiva. Pulou da cama, e seus pés descalços no chão eram apenas formas surpreendentes, distantes e estranhas, deixando ver o tapete amarelo no curto espaço entre o primeiro e o segundo dedo.

Clare atravessou vacilante o hall em direção ao quarto da mãe. A porta estava entreaberta, e Clare se deteve do lado de fora, sem olhar para dentro, prendendo a respiração e ouvindo a mãe cantar "Wild is the Wind", uma canção do CD de Nina Simone que ela e a mãe adoravam escutar no carro. Era a faixa número dez. A dois era "Mississippi Goddamn", que ela e a mãe também adoravam; aumentavam o volume e ficavam cantando, as duas, bem alto, deixando a palavra "god" vibrar na boca e projetando o "damn" a plenos pulmões. Podiam estar na estrada, os carros passando a toda, mas naqueles momentos elas também estavam em seu próprio mundo, assim parecia a Clare, com o interior do carro, esse espaço compartilhado de ar, tomado por suas duas vozes, quase estremecendo. Agora, ela escutava a mãe cantando uma das suas músicas – dela e de Clare – com uma voz estranha, uma voz que ia e voltava de modo desagradável entre o rascante e o aveludado e que dava tamanha impressão de estar sendo cantada *para* alguém que Clare viu-se entrando no quarto para descobrir de quem se tratava.

No quarto não havia ninguém, a não ser, é claro, sua mãe, que acabara de colocar um vestido justo de verão por cima da cabeça e dançava sozinha, as mãos alisando os quadris e os lados das pernas. Ela nem viu Clare entrar.

– Estamos em dezembro. – A voz de Clare era rouca e áspera como de uma velha.

A mãe pareceu não escutar, simplesmente continuou cantando com aquela nova voz, sentada na poltrona de couro *burgundy* – "clarete", como ela chamava aquela cor – para calçar o par de sandálias de tiras e saltos altos. Clare notou que os sapatos eram exatamente da mesma cor clara dos pés da mãe. Uma bolsa de compras e uma caixa de sapatos estavam jogadas no chão, e Clare as olhou com o mesmo distanciamento com que olhara para os próprios pés momentos antes. Sem compreender bem, ficou observando aquelas duas formas – a forma enrugada da bolsa, seu material plástico de um verde pesado, circunspecto, opaco, com inscrições em um tom mais escuro de verde nas laterais, e as linhas claras da caixa de sapatos retangular e preta. Clare concentrou o olhar, tentando entender o que seriam aquelas duas formas. Meses depois, Clare leria o poema de William Carlos Williams sobre o carrinho de mão vermelho e as galinhas e se lembraria daquelas duas formas. Tanta coisa depende de – quê? Dois objetos comuns. Uma bolsa de compras, uma caixa de sapatos.

Quando Clare percebeu do que se tratavam, elas deixaram de ser o que eram e viraram simplesmente a gota d'água. Algo dentro de Clare transbordou. A raiva, que havia se desembaraçado feito um cacho de cabelo ao som da voz da mãe cantando, recrudesceu, invadindo-lhe os pulmões, todas as células do corpo, como fumaça. Clare começou a gritar sufocada, gritos coagulados, um som terrível aos próprios ouvidos. Enveredou pelo quarto – ossos frágeis, cobertos de pele, o cabelo eriçado e a cabeça tremendo –, chutou a caixa de sapatos, pisoteou-a, pegou a bolsa, torceu e tentou fazê-la em pedaços. O material plástico feriu as palmas de suas mãos.

– Eu te odeio! – ela gritava sem parar. Em seguida emendou: – Você está me matando! – E finalmente, desolada, a voz sem qualquer entonação: – Você não liga para mim, não liga para mim, não liga.

Após algum tempo, Clare desabou no chão aos pés da cama da mãe e puxou – agarrou – a ponta do edredom e o arrancou. Era pesado, recheado de plumas e forrado com um lindo tecido em padrão florentino, com corais escuros e cor-de-rosa e verde vivo. Clare se enrolou nele, acomodou-se em seu interior e olhou para a mãe sentindo-se quase assustada.

Sua mãe parara de cantar e também olhava para ela. Clare se deu conta de quanto tempo se passara desde a última vez que a mãe a olhara assim, bem no rosto. Os olhos da mãe não pareciam chocados ou temerosos, nem eram os olhos de uma mulher que é capaz de ir comprar sapatos deixando a filha de cama, quase delirando de privação e medo. A mãe a olhava cheia de ternura.

– Mamãe – Clare falou, baixinho. – Mamãe. Você não pode sair assim. Nós estamos no inverno, faz frio.

A mãe de Clare sorriu para ela, um sorriso de mãe.

– Seus sapatos novos – sussurrou Clare, preocupada. – Não deviam vender sapatos de verão em pleno inverno.

Ainda envolta no edredom, Clare foi de joelhos até a poltrona vermelho-clarete, fez uma pausa de uns dois segundos e então pousou a cabeça no colo da mãe.

– Fica aqui, por favor, fica aqui. Não vá. Sinto muito a sua falta, o tempo todo – implorou Clare.

A mãe afastou delicadamente a cabeça de Clare do seu colo, usando as duas mãos, como se a cabeça de Clare fosse de vidro, e se levantou, contornando Clare, contornando o tecido desabado que formava como que uma paisagem no chão. Clare olhou para cima e ficou à espera.

– Ah, Clarey – respondeu a mãe, terna e paciente –, o Resort. Você esqueceu.

Clare balançou negativamente a cabeça.

– Roupa para resort. Nas lojas. É desse jeito que a gente compra roupa de verão no inverno.

A mãe de Clare saiu, os saltos ecoando alto nas tábuas de carvalho do chão do corredor, e depois na escada.

Clare se sentou no chão, atordoada. Sua mente ficou vazia por instantes, mas logo começou a se lembrar de uma festa monótona a que havia ido na primavera anterior, pouco antes do final das aulas. Duas garotas bem populares estavam lá, com 12 anos, sobrancelhas feitas e cabelos longos e esvoaçantes. Elas resolveram brincar de "transformação" com a garota mais feiosa da festa, uma garota com quem Clare ia à escola desde os 4 anos de idade e cuja tremenda timidez, no primeiro ano, tinha impedido até mesmo os professores mais durões de chamá-la ao quadro. Seu nome era Candy, um nome que caía tão mal nela que chegava a ser cruel dizê-lo – e quase ninguém o fazia. As garotas bizarras cobriram o rosto de Candy com uma maquiagem horrorosa, vulgar – uma máscara cor de laranja, rosa e azul – e transformaram seu cabelo louro ralo numa juba toda emaranhada. "Você ficou linda, Candy! Parece uma estrela de cinema, juro por Deus", as garotas exclamavam amorosamente para Candy, olhando em redor e acenando com a cabeça para as outras garotas da festa se juntarem a elas. Algumas vieram, cercaram Candy e deram-lhe tapinhas nas costas, enquanto ela, ruborizada e sem fala, batia as pestanas grudentas toda feliz.

Estendida no chão do quarto da mãe, Clare rememorou a própria vergonha por ter ficado olhando a transformação de Candy sem dar uma palavra. Quando afinal falou, foi a tragédia anunciada: "Calem essas bocas, vocês aí. Vocês sabem muito bem que ela está horrorosa. Por que não a deixam em paz?"

Todas as garotas olharam para ela, e então uma das de 12 anos disse: "Sua vaca! Você deve se achar o máximo. Olha, você a fez chorar." E o pior de tudo foi a expressão no rosto de Candy, a desolação que foi se insinuando ao perceber que as garotas a estavam sacaneando o tempo todo. Quando Clare se retirou e foi chamar a mãe para levá-la embora, viu uma delas com o braço em torno de Candy como para consolá-la e Candy deixando-a fazer aquilo.

Clare devia ter sido mais esperta – ela era mais esperta –, mas foi o modo como as garotas tinham falado com Candy, o tom das vozes delas. Tanta maldade disfarçada do modo mais meloso, e dirigida a alguém cuja necessidade de amor era absoluta.

Aquilo foi o pior de tudo, Clare pensou. Pior do que dar uma surra. O pior que alguém poderia fazer. E então seu corpo reagiu, estremecendo como se acordasse de um sonho de queda livre. Novamente a voz da mãe dizia: "Ah, Clarey", infundindo-lhe confiança e esperança, zombando dela. Havia uma pequena parte de Clare que devia saber que não era verdade, mas o restante dela doía, vibrava com a idéia da mãe como uma tirana, da mãe odiando-a.

De volta ao seu quarto, estirada na cama, Clare ouviu a porta da frente se abrindo e fechando, e viu da janela a mãe atravessar o gramado, saltitante, quase dançando. Sem casaco, ela balançava os braços compridos e descobertos como se fosse pleno verão, com uma cesta de piquenique numa das mãos e a outra carregando uma garrafa térmica, até entrar pelo mato que separava a casa delas da casa do lado.

Quando voltou, já era tarde da noite. Clare dormia profundamente, tanto que o barulho da porta da frente batendo não passou de um baque surdo em sua cabeça, abafado – praticamente som algum.

E como Clare tinha 11 anos, estava sozinha e numa encrenca para a qual não conseguia ver uma saída, no quarto dia – um domingo – ela acordou, respirou por um ou dois minutos, pulou da cama e retomou sua rotina.

– Primeiro uma chuveirada, depois o café-da-manhã – determinou com firmeza para si mesma, como se pudesse recusar. Tão logo entrou debaixo do chuveiro, percebeu que devia ter invertido a ordem. Sua cabeça estivera doendo durante dias, porém, sob a água que caía, a dor de cabeça abriu-se como uma rosa – vermelha radiante, cheia de camadas, e complexa.

A dor pulsava dentro do seu rosto, dos seus ouvidos, descia por detrás do pescoço. Clare fechou a torneira e se sentou no fundo da banheira, sem fôlego, uma zoeira nos ouvidos. Comida. Ela precisava comer.

Lá embaixo, na cozinha, envolta no roupão de banho, pegou a primeira coisa que viu – uma banana – devorou e jogou a casca na pia. Em seguida, fez um chocolate com leite. Bom. Enquanto bebia, preparou duas torradas, cobriu-as de manteiga e cortou-as na diagonal, do jeito que ela gostava, aí se sentou e comeu de olhos fechados. Era um daqueles momentos em que se come rezando. Clare reuniu forças. Pôs toda a fé naquele pedaço de pão, no gosto de manteiga salgada na língua; incorporou aquelas preciosidades e, finalmente, sentiu a alma restaurada – pelo menos o bastante para poder subir as escadas, tomar um banho de verdade e se vestir. Enquanto escovava os dentes, examinou sua imagem no espelho.

– A velha Clare de sempre. O mesmo rosto de sempre – balbuciou para o seu rosto, confiante, e era quase verdade. A pele estava um tanto esticada sobre os ossos da face, havia manchas arroxeadas sob os olhos, mas no todo era a mesma de sempre.

– A velha Clare de sempre – repetiu e quase riu aliviada.

Clare pôs um caderno, dois lápis e, de quebra, um exemplar de *Anne of Avonlea* (o livro de Anne que tinha o menor número de passagens tristes, fora *Anne of Ingleside*, de que Clare não gostava devido às bobagens e ao uso excessivo de reticências e que ela jurava que não tinha sido escrito por L. M. Montgomery de jeito nenhum) na mochila. Depois desceu para a biblioteca onde, por motivos que desconhecia, sua mãe tinha passado a dormir.

E lá estava ela agora, no sofá, embrulhada numa velha manta de lã marrom franjada, e virada para o encosto do sofá. Clare ficou contente de não poder ver o rosto dela, mas ficou olhando para o cabelo da mãe esparramado no braço do sofá, cor de mel e brilhando como uma cascata mesmo na semi-escuridão. A mãe era assim, açambarcava toda a luz que houvesse em qualquer ambiente e a tornava parte dela própria. De repente Clare se viu tomada de tristeza; a sala estava carregada dela, por isso controlou a respiração como uma pessoa debaixo d'água e voltou sua atenção para aquilo que fora fazer ali: a bolsa da mãe. Estava numa prateleira da estante. Ela tirou a carteira, pegou o cartão do banco da mãe e, em seguida, sem sequer um olhar para aquela mulher adormecida, saiu da sala. Quando reuniu ar suficiente para falar, Clare chamou um táxi.

Pediu ao motorista que a pegasse na entrada de carro da casa dos vizinhos. Os Cohen eram um casal que devia estar na faixa dos 60 anos, mais perto dos 70, que passava os invernos numa ilha do Caribe cujo nome eles mantinham em completo segredo, mas que o senhor Cohen, um dia, revelou a Clare, de quem ele gostava muito. "Guarde bem o nosso segredo, menina", ele disse, piscando um olho. "Se a cidade inteira começar de fofoca, nós vamos ter que achar outro lugar para ir." Aquilo fez Clare se perguntar o que os Cohens tanto iam fazer lá que não queriam que os vizinhos descobrissem. Porém, a não ser por escrever o nome do lugar no seu caderno, Clare manteve a coisa em absoluto segredo. Os Cohens estavam fora, mas havia uns homens trocando telhas no telhado. Um deles acenou para Clare. Era jovem, de rosto bronzeado e cabelo amarelo de surfista, e Clare pensou que alguém com aquela cara de verão acabaria por pegar um belo de um resfriado ali no telhado. Ela acenou de volta.

O motorista de táxi era um sujeito franzino sentado bem no meio de uma enorme parca acolchoada. Parecia novo demais para estar dirigindo, mas Clare viu a licença dele na janelinha que separava os assentos dianteiro e traseiro; dessa forma, pediu que a levasse ao banco no centro da cidade. Durante o percurso eles não se falaram, só ficaram escutando uma mulher cantando ópera. Pelo modo como a voz da mulher atingia grande altura e, de repente, baixava, Clare seria capaz de apostar que, independentemente do que tivesse acontecido com a mulher, ela tinha começado com raiva e terminado triste.

A mãe de Clare costumava comprar tudo com cartão de crédito, mas quando ela e Clare iam a algum lugar juntas, a mãe deixava Clare tirar dinheiro com o seu cartão porque Clare ainda era suficientemente criança para achar o processo mágico. A senha era a data de nascimento de Clare, que digitava os números e ficava olhando fixamente para os quatro Xs na telinha: 1202. Dois de dezembro. Hoje era dia três.

Clare sentiu uma pontinha de autopiedade, mas deu de ombros. "Dane-se", exclamou para os quatro Xs, uma expressão que quase todas as crianças usam a todo momento e que, por isso mesmo, Clare decidira nunca empregar, mas dessa vez sentiu a força dela. Negação, curta, afiada e dura, como um alfinete de prata capaz de extrair o ar de qualquer coisa; algo a incluir no seu arsenal. Ela apertou outro botão, e os quatro Xs sumiram. Durante toda a vida, Clare não tivera muitos motivos para sentir pena de si mesma, mas, ali parada no caixa eletrônico, compreendeu que esse sentimento pairava sobre ela, enorme e possível, como uma floresta à sua frente. Se entrasse nela, talvez nunca mais conseguisse sair.

Quando o nome da mãe apareceu na telinha, Clare se sentiu uma ladra ou uma impostora, mas pegou o dinheiro assim mesmo, pois precisava dele. Clare não tinha muita noção do que fosse ser sozinha no mundo, mas sabia que os solitários necessitam de dinheiro. Cem dólares. Muito dinheiro – mais do que Clare jamais tivera nas mãos. Rapidamente ela o colocou na carteira e enfiou bem no fundo da mochila, e então começou a descer a rua, afastando-se do banco.

O centro comercial de Clare não passava de uma rua comprida ladeada por belas lojas e restaurantes. Até o depósito de materiais de construção era bonito, com uma placa de madeira em formato de serra e letras douradas na fachada. Clare não tinha ido a muitos lugares, mas sabia bastante sobre centros comerciais para entender que aquele não era do tipo convencional. As calçadas eram de paralelepípedos, para começar, e havia imensos vasos de pedra aqui e ali com plantas que eram trocadas conforme a estação. Hoje estavam cheios de folhagens e pequenas árvores de Natal cobertas de lâmpadas.

Havia uma loja de brinquedos com brinquedos artesanais de madeira, antigos trens Lionel, fantásticos, e bonecas de avental com caras de crianças de verdade. Havia uma butique que sua mãe chamava de "Perua da Hora", que vendia roupas caras e em tons pastel – rosa-bebê, amarelo-margarida, verde-sapinho – e também vestidos para a mamãe e a filhinha da marca Lilly Pulitzer que faziam Clare e a mãe revirar os olhos e dizer "Nem morta!". Tinha uma confeitaria com pães cheirosos e os melhores bolos de aniversário do mundo (certa vez a mãe de Clare encomendou um, em formato de castelo), e uma sorveteria genuinamente italiana que oferecia sabores de caqui, canela, café e rosas. Podia-se pedir uma pizza à calabresa na Pizzaria do Edie, mas também havia as de cebolas caramelizadas, *prosciutto*, queijo Manchego ralado, e um molho de tomates amarelos que era uma espécie de segredo de família.

Clare sabia que os centros comerciais comuns quase não existiam mais, que sobreviviam como cenários cinematográficos abandonados, caindo aos pedaços, e que aqui era como se alguém tivesse tocado num centro comercial comum com uma varinha de condão, e transformado tudo em algo mais novo, mais agradável, muito mais caro que o normal. Se Clare fosse um pouco mais velha, haveria de se sentir culpada por isso. Mas, com 11 anos recém-completados, ela só podia se sentir feliz por morar num lugar tão legal.

A lanchonete em que Clare entrou para comer, chamada Lorelei's, naturalmente servia uma comida bonitinha e interessante. Clare já fora lá muitas vezes com a mãe para jantar. Seu prato favorito era um bolo de carne de peru recheado com provolone picante e manjericão fresco, acompanhado de purê de batatas com alho e creme de leite. Hoje, domingo, era brunch o dia inteiro. Clare reconheceu uma garçonete, que lhe fez um aceno com a cabeça indicando uma mesa para dois próxima à janela. Sobre a mesa havia um jarro de água, um açucareiro cheio de torrões de açúcar mascavo e um vaso com gérberas.

Quando a garçonete se aproximou, trazendo dois cardápios, Clare falou com voz bem clara:

– Sou só eu.

A garçonete parou por um momento, uma linha de interrogação entre os olhos, e Clare começou a montar uma desculpa qualquer na cabeça.

– Mamãe está fazendo compras, e eu estou morrendo de fome – ela já estava a ponto de dizer, quando a garçonete sorriu:

– Tudo bem, querida. Café? Chocolate quente?

Clare deu um sorriso.

– Chocolate quente, por favor.

Depois que o chocolate quente chegou e após Clare ter feito o seu pedido, uma "Frittata da Fazenda", com presunto defumado e muçarela de búfala, e depois de perguntar à garçonete se os búfalos realmente viviam em fazendas e de a garçonete dar boas risadas, Clare pegou seu caderno e começou uma LISTA DAS COISAS A FAZER, conforme escreveu em letras grandes no alto da folha. Embaixo, foi escrevendo:

1. Telefonar para a mãe de Josie. Pedir carona para ir e voltar da escola. Dizer a ela que mamãe começou a trabalhar na parte da manhã. Dizer a ela que mamãe não ligou porque está preparando o jantar. Não esquecer de ligar na hora do jantar.
2. Levar autorização à escola para liberar minha volta com a mãe de Josie. Digitar no computador e falsificar a assinatura.
3. Telefonar para o Supermercado Jordan para entregar em casa macarrão, molho, legumes em conserva, manteiga de amendoim, geléia, manteiga, aveia Quacker, coisas que não estragam. Caixas de leite Parmalat. Pedir pão e colocar no freezer. Biscoitos também. Multivi-

taminados para ficar saudável. Pedir para entregar bem cedinho antes de eu ir para a escola. E antes que mamãe acorde.

4. Telefonar para Max. Cancelar de novo, para que ela não veja mamãe dormindo no sofá. Dizer que vou viajar. Se ela perguntar para onde, dizer Nova York. Não dizer que vou assistir a algum espetáculo porque Max pode perguntar qual.

Entre garfadas na frittata e goles de chocolate quente, Clare repartiu sua vida em blocos de 24 horas e concebeu um plano de sobrevivência.

E deu certo. Mais ou menos certo. Aconteceram alguns furos. Uma vez, Sissy Sheehan, que tocava os negócios da mãe, ficou preocupada com o fato de a mãe de Clare não fazer contato e ter deixado de retornar uma ligação de uma cliente de muitos anos.

– Ela não é assim, Clare, sabe? Está havendo alguma coisa com ela que eu devesse saber? Quero dizer, você me contaria caso ela estivesse doente, não é?

Sim, eu sei que essa não é aquela que você conhece, mas é exatamente quem ela é agora; sim, algo está acontecendo; não, você não pode saber a respeito; ou, sim, talvez possa; sim, eu lhe diria se ela estivesse com alguma doença; sim, sim, sim, ela está doente de um jeito que você não faz idéia. Clare estocou essas respostas sinceras e reservou-as. Não havia motivo para se zangar com Sissy, mas Clare estava zangada. Tenho 11 anos, ela teve vontade de berrar, sou só uma criança. Isso não é da minha conta. Vá procurar as respostas em outro lugar.

— Sissy — Clare começou, toda cautelosa —, mamãe está bem, mas eu acho que ela... que ela está mudando.

— Mudando? Você quer dizer que ela está pensando em vender o negócio? — Sissy parecia excitada. Clare sabia há muito tempo que Sissy gostaria de comprar a parte de sua mãe no negócio.

— Talvez. Não tenho certeza. Ela está um tanto... introspectiva.

— Ah, meu Deus, estamos todos. Ou melhor, não todos. Seth e eu estávamos discutindo sobre isso outro dia mesmo. A gente vai dia após dia, desempenhando os... o que mesmo?... os *atos* da vida, e acaba se cansando, perdendo o foco, não é? Perde o foco de si próprio, do que a gente precisa, das... qual é mesmo a palavra?...

— Prioridades?

— Isso! Meu Deus, Clare, às vezes você nem parece criança. Parece uma adivinha! Você *sabe*, não sabe?

— Sei — respondeu Clare. Então é assim que se fala com os adultos, ela pensou. É só deixar escapar umas palavrinhas difíceis, que eles fazem o resto.

— Então está bem, diga-lhe para descansar bastante que Seth e eu seguramos a barra, sem problema. Dê-lhe minhas lembranças. Felicidades e tudo o mais, certo?

— Certo. Ela vai entrar em contato, tenho certeza — garantiu Clare, embora essa fosse a última coisa de que tivesse certeza.

As amigas de Clare não se mostraram assim tão fáceis de contentar. Uma tarde, Josie e Marie, outra colega de turma da escola, apareceram à porta da casa de Clare inesperadamente. Vieram de bicicleta da casa de Marie, que era logo adiante, mas a rua era cheia de curvas e a distância era bem grande para duas meninas de 11 anos percorrerem de bicicleta. Ao chegarem, rostos vermelhos e resfolegando de cansadas, Clare percebeu que elas tinham vindo por um motivo específico, e então ela saiu de casa, batendo a porta atrás de si e ficou à espera. Não as convidou para entrar porque, apesar de a mãe não estar em casa desde de manhã cedinho, ela podia voltar a qualquer momento. Josie e Marie não poderiam estar lá quando ela chegasse.

– Você não quer mais ser nossa amiga? O que está acontecendo? – foi Marie quem perguntou, porque era dessa forma que Marie agia, mesmo não sendo tão amiga assim nem de Clare, nem de Josie. Clare achava Marie muito espaçosa, e ela tinha uma voz alta, meio rouca, e usava umas camisetas bem coladas no peito. E também formulava perguntas de tal jeito que ninguém sabia bem como responder.

– Não – Clare se decidira pelo "não", mas completou –, eu ainda quero.

– Você nunca mais convidou a Josie para vir à sua casa – Marie continuou. –E está toda hora na dela... Você... você mora lá, hein?

Era verdade. Além de pegar carona na ida e na volta da escola com Josie, Clare muitas vezes fazia seu dever de casa na casa de Josie após as aulas. Ninguém parecia se incomodar. Na verdade, a mãe de Josie, a Sra. Arthur, se mostrava ainda mais simpática com ela do que de costume, lançando-lhe olhares piedosos e empregando um tom baixo e solícito que, na opinião de Clare, os adultos reservavam apenas às crianças órfãs e com câncer. Clare sabia que a Sra. Arthur nem suspeitava que a mãe de Clare estava ficando louca ou algo assim; a

Sra. Arthur apenas considerava Clare como a filha meio enjeitada de uma mãe solteira.

Certa vez, quando Clare sentou-se à mesa da cozinha para ajudar Josie num trabalho escolar, a Sra. Castleberry, que tinha outros filhos na mesma escola de Clare e Josie, passou por lá e, por serem adultos que sabiam bem menos sobre crianças do que pensavam saber, Clare pôde entreouvir as duas conversando a seu respeito.

– Quase todo dia – dizia a Sra. Arthur.

– A mãe dela está ocupada com outra coisa? – perguntou a Sra. Castleberry, mais como quem já sabia a resposta. Mesmo estando na sala ao lado, Clare pôde sentir as sobrancelhas muito finas da Sra. Castleberry subindo enquanto perguntava aquilo.

– Trabalhando – suspirou a Sra. Arthur. Como a maioria das mães de amigas de Clare, a Sra. Arthur não tinha emprego.

– Mas ela não precisa, você sabe. É cheia do dinheiro. Filha única de filhos únicos ricos. Essa gente rica – continuou a Sra. Castleberry. Invejosa, Clare pensou.

– Eu só não entendo por que ela não se casa. Deve ter um monte de homens atrás dela – continuou a Sra. Arthur. Clare olhou para Josie, que revirou os olhos e murmurou a palavra "vaca".

– Ah, homens ela tem – e aí as duas baixaram a voz. Clare enrubesceu. Queria entrar correndo, dizer àquelas mulheres exatamente o que pensava delas com uma voz bem dura, e então bater a porta na saída, fazendo balançar aquelas ridículas fotos de família emolduradas, tiradas em algum estúdio fotográfico ridículo, que a Sra. Arthur pendurara em todas as paredes. Porém, se não pudesse mais ficar na casa de Josie, ela teria que ficar em sua própria casa, e ela não podia enfrentar isso, não todos os dias. Além do mais, a mãe de Josie era sua única forma de voltar para casa.

– Desculpe – Josie se inclinou e sussurrou, e como Clare sabia que Josie era uma garota legal, e como sabia melhor do que a maioria das crianças que as filhas não eram responsáveis pelo comportamento das mães, ela deu de ombros, sorriu e disse "tudo bem".

E, vendo Josie de pé ao lado de Marie no jardim da frente da sua casa, Clare podia jurar que Josie se sentia impotente e desejosa de que nada daquilo estivesse acontecendo, que ela havia falado alguma coisa para Marie e que esta tivesse ficado indignada e envolvido Josie num plano que realmente nada tinha a ver com ela. Clare resolveu perdoar Josie, primeiro porque sabia que ela era fraca, não má, e depois porque precisava dela.

– Minha mãe tem estado muito ocupada ultimamente – Clare falou, olhando bem nos olhos de Marie.

– Fazendo o quê? – quis saber Marie, para quem o conceito "não é da minha conta" não existia.

– Trabalhando.

– Ninguém trabalha tanto assim – retrucou Marie. – Aposto que ela anda se encontrando com algum cara que ela não quer que você conheça.

Clare achou muito estranho todo mundo pensar a mesma coisa de sua mãe. Talvez porque ela fosse bonita, ao contrário da maioria das mães. Ser tão bonita assim talvez fizesse com que as pessoas se sentissem como se soubessem tudo sobre a sua vida. Vocês não sabem nada, pensou Clare, com vontade de soltar uma gargalhada amarga. O que as pessoas achavam não era nada comparado ao que de fato estava acontecendo.

– Quando ela se encontra com alguém, ela me conta. Eu posso conhecê-lo, é só eu querer. – E isso era verdade, embora a mãe de Clare não tivesse namorados com muita freqüência ou por muito tempo. O que a mãe dissera no restaurante sobre sexo veio à memória de Clare, mas ela logo tirou aquilo da cabeça.

– Dane-se – fez Marie, o que não foi nenhuma surpresa para Clare. Essa era a expressão que encerrava toda e qualquer conversa com Marie, mais cedo ou mais tarde. Clare virou-se para Josie.

– Você está zangada comigo? – perguntou. Josie deu uma olhadela para Marie, tomou fôlego e balançou a cabeça.

– Não, não estou zangada – respondeu Josie. Clare sentiu orgulho dela.

– Tenho que entrar agora – anunciou Clare.

– Dane-se – Marie repetiu e, enquanto as duas pegavam suas bicicletas, Clare entrou em casa. A visita lhe tinha sido favorável, ela concluiu, pensando nos "dane-se" de Marie. Como uma pedra jogada num lago, seu "dane-se" no assunto de Clare e a mãe faria a água escorrer para fora, e o pior que suas colegas de classe pensariam era que a mãe de Clare tinha um namorado, um homem misterioso. Clare não gostava da idéia de que todo mundo fosse acreditar nisso, mas aquela seria uma desculpa conveniente, um guarda-chuva para as ausências da mãe ou para suas esquisitices. Além disso, ela sabia que a imaginação de Marie era limitada e lerda, incapaz de dar um salto. Ninguém iria pensar que sua mãe estivesse de caso com algum serial killer, com o presidente ou com um espião internacional. Clare achou essa idéia ao mesmo tempo reconfortante e levemente frustrante.

O principal entrave no plano de Clare consistia simplesmente em não levar na devida conta detalhes do tipo: como proceder estando com a mãe na mesma casa, já que a mãe que ela sempre conhecera escapava mais a cada dia. Teria que fazer listas de tons de voz, de assuntos para conversar, aspectos do comportamento da mãe a ignorar, lugares para descansar as mãos e os olhos enquanto tentava ignorar vivamente esses aspectos, e quanto tempo ela se permitiria ficar olhando para o rosto da mãe para descobrir o que havia ou não havia nele.

Nas primeiras 24 horas, mais ou menos, isso não importou. A casa sempre fora ridiculamente grande para apenas duas pessoas, cheia de quartos em que ninguém entrava a não ser Max, para limpar a poeira da mobília intocada, passar o aspirador em tapetes nunca pisados e "espantar os fantasmas". Às vezes Max fazia "pegadinhas" com elas, como pendurar um quadro de cabeça para baixo para ver se alguém notava. Agora, com uma moradora querendo se isolar, e a outra rodopiando em meio aos dias e aos quartos como um planeta rodeado pela atmosfera de sua própria desordem, a casa era perfeita. Conspirava a favor de Clare, que precisava de todos os aliados que pudesse conseguir para manter as duas à distância.

Entretanto, na quarta-feira de manhã, quando Clare estava acabando de comer sua torrada, a mãe chegou para tomar café com o jornal nas mãos e se sentou em frente a Clare.

— Bom dia, Clarey!

Clare largou a torrada e pensou em como tudo se havia transformado numa decisão. A decisão de largar a torrada, a decisão de olhar para a mãe. Ela olhou. Com seu suéter macio, castanho-claro, sem maquiagem, o cabelo preso com um coque de bailarina na nuca, a mãe parecia perfeitamente normal. Ou melhor, ela estava extraordinariamente linda. Mas Clare não se deixaria enganar. A beleza podia ser uma armadilha, como tudo o mais, e a esperança era um jogo que Clare havia abandonado.

Ela estava certa. A mãe começou a ler trechos de notícias do jornal, o que de início pareceu perfeitamente normal, e Clare respondia com "ahs" e "é mesmo?", mas todas as histórias eram tristes ou violentas. Crianças-soldados na África. Atentados suicidas. Atiradores de tocaia acertando as pessoas que enchiam seus tanques de gasolina ou que levavam os filhos para a escola. A mãe de Clare começava outra história mas parava no meio de uma frase e logo começava outra, a voz cheia de urgência, como quem atravessa um curso de água revolta pulando de pedra em pedra.

– Quanto sofrimento, quanta confusão! Como é que o mundo agüenta isso? – comentava, pesarosa. Clare varreu as migalhas de sobre a mesa para o seu prato e se levantou. Olhou em volta, Mãe, ela pensou em dizer, o sofrimento e a confusão estão aqui mesmo. Em vez disso, caminhou até a pia levando seu prato.

Aí a mãe começou a falar sobre o presidente, irritada com ele, o que de fato não era de estranhar, uma vez que ela sempre o tivera na conta de estúpido e perigoso; dessa vez, porém, as palavras tinham um ritmo estranho, como se a mãe estivesse tão zangada que só fosse capaz de vociferar em vez de respirar.

– Ah, se me pusessem um dia, um único dia, na Casa Branca! – exclamou a mãe.

Clare deu uma sonora gargalhada.

– Tá bom, mãe. Você daria uma tremenda líder mundial... Certamente estaríamos em mãos competentes se você estivesse no poder!

Clare jamais havia falado daquela maneira com a mãe, e quase imediatamente desejou não ter pronunciado aquelas palavras tão mordazes e perversas. Uma olhadela para a mãe foi o bastante para ver que ela sequer escutara, mas o fato de alguém não conseguir perceber a maldade do outro não significa que essa maldade não existe; na verdade, Clare concluiu, não compreender torna a coisa pior, como se você estivesse maltratando uma criança. Preciso ter cuidado, Clare pensou, para não me transformar numa pessoa má.

Ao se sentar em sua carteira na escola naquela manhã, Clare abriu o caderno e escreveu: DANE-SE. Se nada importa para você, nada pode transformá-lo em uma pessoa terrível e cruel. Em seguida, Clare pegou uma folha em branco e começou mais uma lista: Sra. Havisham, Tia Sponge e Tia Spiker, Sra. Minchin, Uriah Heep, Voldemort, Snape. Pessoas que tinham deixado a vida enchê-las de ódio. Personagens que ninguém queria ser.

Clare não fez uma lista das coisas que havia perdido. Se tivesse tido a coragem de fazê-la, teria posto de lado as mais óbvias, as perdas mais sentidas. A mãe, por exemplo, teria sido excluída porque seu nome no topo de uma lista dessas haveria de ser um buraco negro, sugando tudo para o seu interior e acabando com toda luz. Ela teria se concentrado nas perdas do dia-a-dia, suportáveis, talvez tivesse reduzido a lista a algo como "Só Dei Valor Quando Perdi". Quase no topo dessa lista teria ficado o silêncio. Ou talvez não silêncio, mas aquela calmaria segura em que ela, sua mãe, sua casa e tudo que havia dentro dela tinham estado mergulhados durante todas as noites de sua vida. Depois que ela ficou crescida demais para cantigas de ninar, essa calmaria foi sua cantiga de ninar.

Em sua nova vida, a noite se tornou o momento de ouvir, de ficar acordada ou semi-acordada, à espera das panelas batendo, das portas se abrindo e fechando, da música tocando, do assoalho rangendo sob os pés de alguém andando em alguma parte da casa onde não deveria estar andando, fazendo algo que não deveria estar fazendo. "Dane-se" não funcionava à noite. À noite, para Clare, privada da calmaria, tudo importava.

Uma noite, pouco mais de uma semana depois que Clare se sentou no Lorelei's para planejar seus dias, ela despertou sem saber bem o que tinha escutado ou se tinha mesmo escutado alguma coisa, mas tendo certeza total de que havia um estranho na casa. Com frio, sem analisar as alternativas, Clare pulou da cama, foi até o corredor e voltou para pegar o celular. Se fosse alguém perigoso, ela poderia chamar a polícia; paralelamente a isso estava sua necessidade de ter nas mãos algum objeto conhecido para não se sentir muito sozinha.

Enquanto descia as escadas bem devagar, evitando automaticamente os pontos que rangiam mais, os mínimos retalhos de som que escapavam iam formando um tecido. Nada na experiência de Clare a havia ensinado a reconhecer o que estava escutando, mas ela acreditava saber exatamente o que aqueles ruídos significavam. Ela poderia ter retornado, voltado para o quarto, mas queria ser corajosa. É melhor saber, ela pensou, saber e então, sabendo, decidir o que fazer em seguida. "É muito grave?", perguntavam as pessoas doentes. "Quanto tempo ainda me resta?"

Mesmo que Clare estivesse esperando ver o que viu, levou alguns segundos para entender. A letra "L", foi o que primeiro lhe veio à cabeça, um "L" feito de corpos de pessoas. Ou um "T" de cabeça para baixo. O cabelo comprido de sua mãe contrastando com suas costas brancas, balançando enquanto ela se agitava. Um som que não era riso nem era choro. O homem deitado debaixo dela, esticado. O luar entrando pelas janelas, projetando uma sombra comprida na lateral da coxa musculosa do homem, brilhando sobre o rosto do homem. Foi o rosto dele que golpeou Clare, golpeou-a de tal modo que ela vibrou como um sino e a fez sentir-se enjoada. O surfista do telhado dos Cohen, aquele que acenara para ela. De certa forma, reconhecê-lo fez parecer que ela estava vendo algo ainda pior e mais real. Até aquele instante, ela estava bem; reconhecê-lo deixou-a incapaz de suportar aquilo.

Eles não a viram. Ela se voltou e saiu direto pela porta dos fundos. O casaco de pele da mãe, que pertencera à sua avó, estava pendurado perto da porta, e ela o agarrou ao sair. Do lado de fora, o ar estava frio e cheirava a neve, mas o céu estava claro. Clare largou o telefone, vestiu o casaco e contemplou o seu jardim – a cerca viva, o balanço pendurado no carvalho, e por fim, vagamente, a lua branca, alta e ardente. Clare não chorou, apenas se sentou no chão como um esquilo ou um quati com seu casaco de pele. Os olhos abertos e as costas de encontro a uma árvore, ela esperou amanhecer.

7

Cornelia

Se já lhe passou pela cabeça falar da sua vida sexual numa queijaria do sul da Filadélfia, pare logo com isso e trate de torcer o pescocinho desse pensamento.

Por quê?

Vou lhe dizer por que, pode ter certeza. Mas, primeiro, devo confessar que não tenho nada contra as queijarias, de forma geral. Na verdade, eu adoro uma delas em especial – a única do sul da Filadélfia que entra nessa história – com tamanho encantamento e entusiasmo que mais de uma vez ela já me apareceu em sonhos. Uns dois anos atrás, quando sucumbi à pressão irresistível das amigas e da sociedade e resolvi praticar ioga, o professor pediu que começássemos imaginando um lugar familiar e querido. Enquanto todo mundo devia se transportar mentalmente para alguma praia, para a fazenda dos avós ou ainda para a árvore que havia na casa da sua infância, eu fui pousar entre as rodas de Parmigiano Reggiano, as fatias semimacias do Bel Paese, os magníficos punhos brancos da Mozzarella di Bufala, e os provolones gigantes a bambolear do teto como esses sacos de pancada para treinar boxe.

Não que as pessoas que trabalham lá me sejam familiares. Para falar a verdade, não me lembro direito da maioria delas, sempre se revezando, todas mais ou menos parecidas e igualmente simpáticas. Conversa-se sobre queijos – não só sobre queijos, mas também sobre azeitonas, *charcuterie*, patê e por aí adiante, com aquela mescla de pedantismo e paixão mais comumente associada aos bibliófilos. ("Todos nós conhecemos o *American Heritage Dictionary of Idioms*, mas quem conhece *Phrase and Fable*, de Brewer, edição do milênio? Pois então se prepare; você vai fazer a viagem mais divertida da sua vida!"). O que me atrai é a opulência do lugar, e o linguajar – *artesão, revestido de cinzas, crosta lavada* – e a implausibilidade de tudo aquilo. Das mãos de alguém na França, Wisconsin, Itália, Argentina, Irlanda, Grécia, para esta loja simples, singular, bem iluminada da South 9 e daí para mim, se puder me dar a tal luxo. Minha razão diz que essa é a realidade de muitas lojas, fruto de contatos, encomendas; porém, nessa loja em particular, meu coração só consegue ver o acaso. Nessa loja, eu acredito na sorte.

Exceto aquela vez, o dia seguinte ao *Encontro Sete*, quando eu tive a pouca sorte de entrar na loja com Linny, que resolveu, no seu jeito atarantado, reatar o fio de uma conversa que tínhamos iniciado duas ruas antes, fio que ela mesma havia cortado ao irromper por uma loja para comprar um boné verde-néon que estava na vitrine, na cabeça de um manequim. O manequim pareceu feliz por se ver livre dele.

De todo modo, por razões que logo ficarão claras, prefiro contar esta história na terceira pessoa, mantendo, assim, a maior distância possível entre mim e ela. Vamos lá. A queijaria numa tarde calma. Dois homens de meia-idade atrás do balcão. Linny e Cornelia entram. E *bum*:

– Então, sinto muito que o sexo com Martin não tenha sido bom – cricrila Linny.

Os homens de meia-idade sorriem em solidariedade a Cornelia.

Cornelia sibila:

– O sexo não foi "nada bom".

O Homem de Meia-Idade Número Um repete:

– Nada bom. O sexo não foi *nada bom*.

Cornelia protesta, não de forma estridente (ainda não):

– O sexo foi satisfatório!

Uma mulher corpulenta de mais idade, possivelmente a mãe do homem mencionado, surge do fundo da loja sorrindo solidariamente para Cornelia.

– Satisfatório? Por aqui, isso se chama amaldiçoar elogiando – comenta o Homem de Meia-Idade Número Dois.

– É mesmo? – Linny exclama, impressionada.

– Satisfatório não é bem a palavra. – Cornelia tenta corrigir. Ninguém a ouve.

– Essa tirada não é dele! – ruge a mulher corpulenta, enfiando o dedo no peito do Homem de Meia-Idade Número Dois como se ele fosse um plagiário incorrigível e ela não pudesse tolerar aquilo nem mais um segundo.

Agarrando espertamente a chance de desviar o rumo da conversa da sua vida sexual e dos seus usos gramaticais, Cornelia arrisca:

– Shakespeare?

– Pope – corrige o Homem de Meia-Idade Número Um, gentilmente, a voz carregada de compreensão, quase pesarosa. Ela não sabe ler, não sabe falar, e não sabe fazer sexo, é o que ele deve estar pensando.

A mulher corpulenta balança duas fatias circulares de *sopressaeta* na frente de Linny e de Cornelia. Linny pega a dela, sente o aroma por um segundo e logo a empurra para dentro da boca. Babaca, Cornelia pensa, e começa a balançar negativamente a cabeça, mas as sobrancelhas da mulher corpulenta erguem-se e Cornelia não quer pagar para ver que emoção – zanga ou decepção, ela não sabe qual delas – vai se estampar no rosto da mulher. Aceita e come.

– Está se sentindo melhor? – pergunta a mulher.

– Sim. Não. Quer dizer, não há por que me sentir melhor. O que eu estou querendo dizer é por que deveria me sentir "melhor"? Espere, o que estou dizendo é que eu estou ótima. Sinto-me ótima! – E agora Cornelia está esganiçada, como você sabia que ela ficaria, era só uma questão de tempo. Não esganiçada por natureza; ela foi conduzida a isso, tem-se que admitir, por um ataque implacável de piedade e compreensão.

– Então Martin já era, com toda certeza – suspirou Linny.

Tirando Cornelia, todo mundo na loja, talvez todo mundo na calçada da loja, talvez todo mundo na cidade inteira acena com a cabeça, concordando.

– Não, não é nada disso. Claro que não!

Como foi que isso aconteceu comigo?, Cornelia pensa. Ela sente como se o tema de sua vida sexual fosse um bichinho de estimação que ela jamais, em sã consciência, deixaria sem coleira, mas que, de alguma forma, está correndo descontrolado em meio a uma gente totalmente estranha. Levada ao extremo, ela manda o decoro às favas. Sua voz ecoa pela loja como uma sirene de nevoeiro, só que mais alta.

– Foi a primeira vez! Só porque não houve fogos de artifício na primeira vez, não quer dizer que nunca mais haverá. Nós somos seres humanos; somos pessoas adultas; podemos aprender um com o outro; temos como nos comunicar; fogos de artifício não detonam assim, de uma hora para outra; eles *evoluem*!

Paralisados pelo absurdo completo, asinino, daquela metáfora, todos silenciam. Do fundo do silêncio, a mulher corpulenta deixa escapar:

– Engano seu. – E de novo. – Engano seu.

– Ah, só me faltava essa! Agora ela vai começar a contar a história sexual dela – geme o Homem de Meia-Idade Número Um.

– Não estou falando da minha história sexual, muito embora pudesse. Fogos de artifício! Eu sei o que são fogos de artifício. Estou falando de ciência.

– Ciência? – ecoou Linny.

– Feromônios. – A mulher vira-se para Cornelia. – A química do corpo dele fala. A química do seu corpo responde. Isso acontece ou não acontece.

Cornelia é flagrada em sua total ignorância. A mulher dirige-se a Linny.

– Ela nunca ouviu falar em feromônio?

– Já ouvi falar em feromônio, sim – Cornelia choraminga, mostrando-se patética ao extremo.

– Cornelia não é muito dada à ciência. – Linny tenta explicar à mulher corpulenta. – A irmã dela, Ollie, é que é a cientista da família. Geneticista, algo assim. E é linda, também. Alta. E você tem que ver o marido dela...

A mulher corpulenta bate palmas e balança a cabeça, como se aquilo explicasse tudo, e provavelmente explica, mas essa já é uma outra história que não é da conta dela, porra! E, sem querer complicar ainda mais as coisas, Cornelia não chamaria de "alto" alguém de 1,70m.

— Para seu governo, eu sempre tirei ótimas notas em ciências! Excelentes, durante todo o meu tempo de colégio! – clama a pobre Cornelia.

É por isso que não vale a pena discutir sua vida sexual numa queijaria do sul da Filadélfia. Porque a coisa acaba sempre assim: você no meio da loja, aos 31 anos de idade, com a cabeça atirada para trás, alardeando seu boletim escolar a plenos pulmões.

Na volta para o meu apartamento, Linny e eu paramos, como sempre fazíamos, perto do playground entre a 11ª e a Lombard para ficar vendo as crianças através do alambrado. Era dezembro e anoitecia, mas os meninos nem pareciam se dar conta do frio. Corriam de casacos abertos, subiam pelos brinquedos, sem luvas. Eu estava de luvas de couro e segurava um copo de papelão com café quente, mas minhas palmas das mãos eram capazes de sentir a ardência das barras de metal, o entorpecimento me chegando às pontas dos dedos. Ouvi um menino berrar quando a mãe o arrancou do poste em que se pendurara. Ele queria continuar brincando; não queria ir para casa, e eu me lembrei disso, também.

— Você se lembra – perguntou Linny – dessa sensação de nunca querer parar, mesmo quando você estava quase congelando? Para onde você acha que vai essa sensação?

Ela sempre diz aquilo em que estou pensando. Eu queria falar com ela sobre andar de trenó, sobre como o Cam, o Toby, a Ollie e eu, e às vezes também nossos amigos Star e Teo, sentávamos no chão enlameado, tirávamos as botas e só quando nossos pés e mãos começavam a doer muito, com aquela dor intensa de quem volta à vida, é que sentíamos frio de verdade. Mas, como eu estava castigando Linny por causa da queijaria, apenas dei de ombros.

– Você não vai ficar de mal comigo, Cornelia. Você sabe que não consegue, então por que se dar ao trabalho de tentar?

Eu não disse nada. Continuamos a olhar as crianças. Um garoto de uns três anos, com uma parca verde limão e um ridículo chapéu de lã de várias cores, ainda estava no balanço. A mãe o empurrava, e ele cantava algo sem sentido, mas bem alto: "Vou pousar minha espada e meu escudo, rio abaixo, rio abaixo, rio abaixo." Vou ficar com esse, eu pensei.

– Vou ficar com aquele ali – escolheu Linny, apontando o mesmo garoto. – Mas só se o chapéu vier junto.

Eu olhei para ela.

– Não é que eu não consiga guardar raiva de você – comecei –, a questão é que eu não consigo *ter* raiva de você. Se eu ao menos tivesse raiva de você, aí sim seria capaz de guardar raiva. Como você sabe muito bem.

Seguimos andando, "I ain't gonna study war no moooore!" deslizando sobre nossas cabeças como um letreiro.

Não é que o sexo tenha sido ruim. De fato, não foi. É que a noite estava tão especial, irrepreensível em qualquer outro aspecto, que o sexo poderia ter sido uma revelação; poderia ter nos levado à lua. E não levou – não totalmente.

Quando contei isso a Linny, já no meu apartamento, ela comentou:

– Então o que você está dizendo é que a única coisa que faltou a uma noite de sexo perfeito e inesquecível foi sexo perfeito e inesquecível.

Na alegoria da minha vida, não consigo me decidir se Linny é Sarcasmo ou Verdade.

– Não é isso o que estou dizendo. Você tinha que ver o jantar que ele preparou. As flores na mesa. A forma como a luz entrava pela janela. Se você pudesse ver o rosto dele quando me olhava. E se tivesse escutado as coisas que ele falou, não apenas antes, mas depois. Na realidade, o depois foi maravilhoso. Adorei o depois... e você sabe muito bem como o depois pode ser desastroso – argumentei, e aí parei de falar.

Na alegoria da minha vida, se Sarcasmo e Verdade se transformassem na mesma personagem, bom, para mim não seria nenhuma surpresa.

Sou fã do sugestivo, do oblíquo, do discreto, daquele corte para a manhã seguinte, do olho da câmera que se vira para o lado, para fora – para o céu, para o relógio de cuco sobre a cama, para o rio correndo, longe. Nada dessa coisa de corpos suados atracados no chão ou se agarrando em cima da mesa da cozinha. Sensual é Jimmy Stewart e Donna Reed falando no mesmo telefone, a raiva dos dois transformando-se relutantemente em desejo, o mesmo desejo tanto à distância que separa suas bocas como na proximidade um do outro. O que eu quero dizer é que você não capta detalhes – nenhum detalhe detalhado, digamos assim. Se você é um pouco como eu e, como muitas pessoas, eu acredito que muitas pessoas sejam como eu, você se contenta com isso.

Dito isso, e correndo o risco de me acharem maluca, ou no mínimo tremendamente esquisita, vou contar como vejo o *Encontro Sete*, como ele está analisado e catalogado na minha memória. Marcadores, não é assim que chamam isso? Pois aí estão os marcadores:

- Galanteio Um
- Quase *Janela indiscreta*
- *Notório*
- *Casablanca* não
- Galanteio Dois
- Comida
- Dormir/Não dormir

Galanteio Um: Não foi o que me levou para a cama, se é isso que você está pensando. Não porque eu não seja suscetível a elogios; sou, pelo menos ao tipo certo de elogio, e o dele certamente era desse tipo. Mas porque no pré-galanteio – bem pré-galanteio, de fato – com que Martin me convidou para jantar em seu apartamento três dias antes da noite em questão, a parte ir-pra-cama parecia inevitável. Ambos sabíamos que iria acontecer, e ambos sabíamos que ambos sabíamos que iria acontecer, mas não tocamos no assunto, sequer deixamos transparecer a possibilidade de que isso acontecesse, coisa que ambos apreciamos.

O apartamento dele era perfeito – nenhuma surpresa aí. "Um refúgio de solteiro", ele me avisara, mas a própria condição de refúgio de solteiro era sua absoluta coerência. Cada peça do mobiliário, da poltrona ao sofá e às cadeiras da mesa de jantar, e os demais itens – luminárias, pratos, coqueteleira, moedor de pimenta – tudo era *clean*, curvilíneo, arrumado criativamente. Meu apartamento era uma mistura só, superlotado, improvisado, foi crescendo à minha volta organicamente, em camadas, como a cápsula de um argonauta. Eu gostava muito dele e de tudo que havia dentro – gostava de cada coisa de forma diferente. Mas nove entre dez pessoas com toda a certeza haveriam de preferir aquela decoração-de-revista de Martin, que obviamente surgiu na cabeça visionária de algum designer antes de se transformar num ambiente real para se morar. E até eu, essa pessoinha teimosamente agarrada à minha própria idéia – curiosa, bagunçada – de casa, curti a sensação de ser uma quase-estrela-de-cinema no elegante cenário de Martin.

Martin preparou nossas bebidas enquanto eu, diante de uma enorme janela, apreciava do alto a Praça Rittenhouse, agora toda iluminada pelas luzes do Natal, a distância fazendo-a parecer uma cidade submersa. Numa mesinha perto da janela, refulgia uma solitária orquídea branca.

– Na verdade, eu comprei à vista – comentou Martin, oferecendo-me um martíni gelado cintilante numa taça igualmente cintilante. Eu olhei para ele, que olhava para fora da janela. – A corretora teve um acesso poético ao falar de máquinas de lavar pratos silenciosas e sob medida, numa das mais notáveis demonstrações de eloqüência que eu já ouvira. Tudo decorado, muito provavelmente, mas me pareceu algo totalmente extemporâneo. Uma estrofe inteira, se bem me lembro, sobre o piso de parquê, lindamente declamada. Com gestos e tudo. E eu só olhando de janela em janela.

A voz dele parecia música, grave e apaixonada. Um oboé, talvez, ou uma trompa cromática. Ele se virou para mim.

– Ela me odeia, aquela corretora. Eu a encontrei algumas vezes ao longo dos anos, e ela me esnoba cruelmente. Sabe o que eu mais amo em você? – Assim, de repente.

Eu levei quase um minuto para dizer "O quê?", pois esse termo, *amor*, andava esvoaçando pela sala como um pássaro, exibindo suas asas. Eu olhei para o rosto pequenino e luminoso da orquídea em busca de socorro, mas, como qualquer orquídea, ela se achava inteiramente voltada para si mesma, envolta na própria beleza.

– Os seus silêncios. Esses silêncios atenciosos. Não conheço ninguém capaz de se manter tão silencioso enquanto outros estão falando.

O galanteio, a vista, as luzes, a orquídea, as bebidas em nossas mãos, Chet Baker cantando baixinho "Time After Time". Um desses momentos mágicos caídos do céu, em que se é capaz de acreditar que tudo no mundo é delicado, encantador e exato, inclusive e sobretudo você. Pus meu copo sobre a mesa e dei naquela boca que acabava de me presentear com palavras tão lindas um beijo da mais pura prata de lei.

Quase *Janela indiscreta*: Grace Kelly consegue ser muito parecida com uma orquídea, observando o mundo de inúmeras florações em ouro-e-branco. Mas ela também arde em fogo baixo; sabe flertar como poucas. É disso que eu gosto mais em *Janela indiscreta*, como ela se transforma em carne e osso quando avança na direção de Jimmy Stewart, o brilho nos olhos quando abre o compartimento secreto de sua mala Mark Cross para exibir o penhoar e os chinelos que trouxe consigo.

Ela sempre tem planos para você, cavalheiro, dizem o penhoar e os chinelos, com uma franqueza deliciosa.

Ao me inclinar para beijar Martin, nós esbarramos na mesa da orquídea. A orquídea não saiu do lugar, claro, nem piscou o olho; porém, do outro lado da mesa, minha bolsa voou para o chão, revelando não todo o seu conteúdo, mas apenas dois itens. Martin e eu rapidamente nos agachamos para recolhê-los, quase batendo cabeça. Eu agarrei a escova de dentes, e ele o meu conjunto novinho de calcinha e sutiã. Eu cogitei de fazer os desconcertantes pedidos de desculpas; em vez disso, porém, optei pela combustão lenta. Eu mantive o fogo baixo, e Martin – Deus o abençoe – também.

Notório: O fogo baixo foi interrompido pelo timer soando na cozinha, e o meu primeiro pensamento foi "Por favor, por favor, por favor, não permita que ele diga 'Salvos pela campainha!'", porque seria óbvio, inadequado demais, e é claro que ele não disse, e posso garantir que nem mesmo lhe ocorreu dizer aquilo, o que evidentemente é mais do que se poderia dizer em relação a mim. Ele se afastou, não sem antes se voltar para me entregar as roupas de baixo com um sorriso largo; eu devolvi minha versão chocha de chinelos e penhoar para a bolsa e só então fui até a cozinha atrás dele.

Era um pato, bem tostado e com um cheiro divino. Martin ficou espetando-o com uma autoridade que eu raramente demonstro ao cozinhar, muito embora eu cozinhe bem decentemente, e isso me fez querer ficar por trás dele e abraçá-lo. E assim fiz. Graças aos meus saltos ridiculamente altos e a uma vida inteira exercitando a pontinha dos pés, consegui encostar meu rosto em seu ombro. O suéter dele era verde escuro, o suéter mais macio que eu já havia sentido.

– Adoro homem de suéter – falei.

– Eu estou de suéter – ele respondeu.

– Fale-me desse pato – pedi.

Ele se virou entre os meus braços e fez exatamente isso, começando pelo mercado onde comprou o bicho e a tão falada pureza da dieta do pato, dando início assim ao segmento *Notório* da noite. Hitchcock de novo, eu sei, mas o homem conhecia os segredos de uma cena de amor. Ingrid e Cary se beijando e rindo no caminho entre a varanda e a sala de estar, durante uma ligação telefônica, e falando o tempo todo de jantar – que ficariam em casa; que ela faria uma galinha; que eles a comeriam com os dedos. Beijando-o, rindo, ela o acusa de não amá-la. "Quando eu não amar você mais, você saberá", ele responde, beijando-a. Nós não dissemos nenhuma dessas coisas um para o outro – só pus aqui porque a fala é ótima – e falamos de pato em vez de galinha, mas a passagem de um cômodo para o outro, o sorriso em nossas bocas, as sombras incidindo nos lugares certos, sob as maçãs do rosto, ao longo das linhas do queixo, e o prazer que revestia tudo aquilo, a felicidade banhando cada olhar e cada toque, foi tudo igualzinho.

Casablanca não: "A principal qualidade do pato é saber esperar", Martin falou enquanto me beijava, e é neste ponto que a câmera se afasta, talvez percorrendo as linhas sensuais dos móveis *art déco* e modernistas, passeando pela rua embaixo da janela, descansando sobre o pato que assa no tabuleiro, antes de ser desligada.

Se você quer saber se Martin era um desses homens que de roupa parece tão divino que fica menos atraente e de certa forma mais nu do que nu sem ela, saiba que não.

Ele tinha uns lençóis deliciosos.

Nós encontramos aquele equilíbrio difícil de alcançar entre intensidade e delicadeza, urgência e generosidade. Realmente encontramos.

Não houve um único segundo de constrangimento, nem qualquer necessidade de reajuste; nada do tipo "Ai, meu braço está meio torto aqui embaixo... assim, agora melhorou". Nosso ritmo foi natural como o do oceano; dançamos valsa; dançamos tango.

E a terra não se deslocou do seu eixo. Deveria ter se deslocado. Claro que deveria. Os astros não podiam estar mais propícios. Mas ela não se deslocou.

Não consigo entender por quê. Mas pouco depois, antes mesmo de recuperarmos o fôlego, eu olhei para o seu perfil irretocável, para seus cílios em repouso, e para a cavidade na base da sua garganta, que é uma das minhas partes favoritas da anatomia humana e, diante de tamanho deslumbramento, foram essas as palavras que me vieram à cabeça: "Quem você é, realmente? E o que você era antes? O que você fazia, o que você pensava?" Só que quando Rick fala isso para Ilsa no flashback de Paris, você sabe que eles sabem tudo o que interessa a respeito um do outro. Você sabe porque os viu juntos em Casablanca, viu os olhos de Rick no momento em que ela entra na sala com seu vestido branco, seu olhar sombrio, abatido, saudoso, e a viu erguer o rosto para encará-lo, os olhos brilhantes de lágrimas, e você entende que, apesar dos nazistas, dos maridos, da distância, das despedidas e daquela história toda, eles permanecem profundamente ligados para toda a eternidade.

Eu não fiquei decepcionada, não exatamente. Mas continuei deitada na cama de Martin sentindo nos ossos que aquela noite jamais daria ensejo a um instante no futuro em que Martin e eu, estando juntos, a sós e fora do tempo, com o mundo enlouquecendo à nossa volta, diríamos um ao outro: "Nós sempre teremos Filadélfia." Não foi esse tipo de noite.

Galanteio Dois: Martin disse que meu rosto era bonito.

Isso é algo que se deve saber sobre mim: eu tenho um belo rosto. Tenho mesmo. Estaria mentindo se dissesse que não.

Embora longe de ser loura, tenho um quê de Mia Farrow em *O bebê de Rosemary*. E de Jean Seberg. Jean Seberg era um nome muito falado no café – provavelmente você já imaginava isso – sobretudo porque a vontade de falar sobre Jean-Luc Godard fervilhava logo abaixo da superfície das conversas e se usava de qualquer pretexto para deixar esta vontade vir à tona.

É assim que se costuma fazer: comparar as pessoas que se vêem todos os dias com gente famosa. O entregador de pizza tem o cabelo parecido com o de Humphrey Bogart e é ligeiramente dentuço; a garota que está patinando do lado de fora do museu é a imagem escarrada de June Allyson na versão de 1949 de *Mulherzinhas*; o contador dos seus pais, à distância, lembra muito Sidney Poitier em *Uma voz nas sombras*, é de tirar o fôlego. Essas coisas. Então toda mulher famosa de rostinho triangular e olhos grandes, por ser uma mulher famosa, é muito mais bonita do que eu, é assim que eu interpreto.

Ah, e já fui comparada a Audrey Hepburn por exatamente dois homens. Ainda que não haja um pingo de verdade na comparação, eu lhes dei crédito ao menos por saber de que lado estava a manteiga no pão deles.

Portanto, sou bonita – o suficiente. A questão é que o meu tipo de beleza não é bem o que eu própria teria escolhido. Já me chamaram de tudo: falsa magra, pimentinha, jeitosa, o que você imaginar. Já me chamaram de elfo: elfo é dureza. E de duende... *duende?* Um aviso aos espertinhos: Mulheres adultas que querem evocar criaturas de orelhas pontudas escalando cogumelos e usando chapéus de bolotas são muito raras. Nós todas sabemos o que essas palavras realmente significam; significam "eu estou muito perto de ser chamada de engraçadinha". E engraçadinha é o fim. A degradação, a morte, a decadência.

Ainda assim, todos os meus namorados sempre me disseram que eu tenho um lindo rosto. (Eu namorei um único desgraçado que comentou: "Cornelia, você, definitivamente, só tem cara." Tradução [como se fosse preciso]: "Não se pode dizer que você recebeu um corpo quando foi concebida. Seu rosto foi um osso que lhe atiraram, e nem todo homem gostaria disso, mas eu gosto.")

Mas Martin, Martin, Martin. Enquanto eu ficava ali pensando que não tinha sido *Casablanca*, Martin fez algo que, se não chegou a dar um fim a todos esses pensamentos, certamente empurrou-os bem para o fundo da minha mente, para um cantinho na sombra onde nem mesmo suas próprias mães poderiam reconhecê-los. Martin apoiou-se num dos cotovelos e, sério e com o maior cuidado, começou a passar o dedo suavemente pelo meu rosto. Ficou fazendo isso durante um bom tempo, e em seus olhos e na ponta do seu dedo eu senti veneração, a espécie mais doce de admiração reverente. Meus ossos e minha pele viraram ouro ao seu toque. Por fim, ele exclamou:

— O problema com este seu rosto é que ele está me arruinando para outros rostos. Está me fazendo repensar todos os rostos de que eu já gostei.

E então sorriu, e seus olhos não diziam "Que queixinho engraçadinho!" Seus olhos murmuravam: "Garbo, Gardner, Bacall, você não fica nada a dever a elas, Cornelia."

Comida: Nós conversamos; nós rimos; nós comemos o pato. Era o supra-sumo dos patos. Aquele pato estava uma maravilha.

Dormir/Não dormir: Voltamos para a cama. Martin me abraçou. E dormiu. Seu sono era tal como eu esperava: sereno, nobre, sem roncos, sem fala, seu perfil projetando uma sombra elegante na parede, na cama, na mulher em seus braços. Eu era a mulher em seus braços, e a noite inteira não preguei olho.

8

Clare

A história se chamava "Aninha e os Ursos".

O começo da história é de fato o fim: Aninha está fitando de olhos arregalados a escuridão de um negro aveludado. Os olhos que ela arregala já foram castanhos, cintilantes e exatamente da cor de suco de ervas, mas agora são de um azul-celeste esmaecido, quase branco. Aninha está esperando o corpo aquecer para poder dormir e, enquanto espera, relembra a vida fora dessa escuridão, relembra o mundo de que tanto gostava e que mudou tanto. Sua casa já fora conhecida como a Terra da Primavera e do Outono, pois era assim que ela era – um lugar no qual as estações não percorriam o ciclo completo, mas se comportavam como uma gangorra, Outono virava Primavera que virava Outono que virava Primavera. E sempre havia um momento, todos os anos, em que a gangorra encontrava seu equilíbrio perfeito. Era a época favorita de Aninha, porque as flores rebentavam dos galhos cobertos de folhas vermelhas e douradas ao mesmo tempo, o açafrão brotava em meio ao milharal, e animaizinhos nasciam sob os céus outonais. Na Terra da Primavera e do Outono nunca estava frio demais nem quente demais para se brincar lá fora; os riachos não congelavam nem secavam; as folhas nunca caíam das árvores; e as pessoas e os animais jamais ficavam velhos nem morriam.

Mas então uma bruxa apareceu na terra, uma bruxa furiosamente zangada por algum motivo que ninguém conseguiu compreender, e lançou um feitiço que mergulhou a Terra em um inverno sem fim. Na Inverlândia, coisas terríveis começaram a ocorrer. As pessoas e os bichos foram ficando doentes, tendo acessos de tosse e ardendo em febre. Desesperadas atrás de calor, as pessoas começaram a matar seus amigos animais a fim de fazer agasalhos com suas peles. A comida escasseou, e todos começaram a brigar por qualquer coisinha. E o mais estranho de tudo é que, um por um, cada ser vivo da Terra começou a ficar branco feito giz, descorado como a neve quando o sol não brilha sobre ela.

Um dia, Aninha estava sentada perto da janela, a olhar com tristeza para aquele mundo branco, quando viu caminhando penosamente sobre a neve seu querido amigo João, o urso, com sua família de ursos. Alguns eram brancos, outros acinzentados, só João ainda tinha um belo tom de marrom. Os ursos caminhavam com suas imensas cabeças baixas, e alguns choravam, derramando lágrimas na neve. Antes de tocar no chão, as lágrimas viravam gelo. Aninha correu para fora, chamando por João. Ele parou, olhou-a com seu jeito meigo e disse que eles estavam indo para uma gruta profunda em um dos morros altos que circundavam a Inverlândia. "Para dormir", ele falou. "E esperar." Aninha passou os braços em torno de João, afundou o rosto naquele pêlo lindo e macio e ficou observando a procissão de ursos retomar pacientemente sua longa jornada.

Naquela noite, Aninha acordou sobressaltada. Sentou na cama e notou que o cabelo que lhe caía pelos ombros estava branco como leite, e correu para o espelho. Enquanto olhava sua imagem refletida, o rosa começou a sumir de suas bochechas. "Oh, não", ela sussurrou. "Está acontecendo. Estou me transformando em outra pessoa. Numa garota de inverno". Como um raio, botou os sapatos e o casaco mais quente que tinha e saiu porta afora. A trilha de lágrimas cristalizadas que os ursos haviam deixado brilhava à luz do luar que forçava passagem por entre as nuvens e, abrindo caminho na neve, com o frio corroendo-lhe os ossos, Aninha foi seguindo a trilha.

Quando chegou à gruta e removeu a pedra que bloqueava a entrada, todos os ursos já dormiam, menos João, que descansava as patas sobre um trecho de terreno de lama fofa. "Para você, minha querida", ele falou já sonolento. Em seguida, repôs a pedra no lugar e se deitou. Aninha acomodou-se entre João e um outro urso, escutando-lhes a respiração lenta e preparando-se também para dormir. Os corpos dos ursos a mantinham aquecida do frio que vinha do lado de fora. A última coisa a esquentar foi seu coração – e só então Aninha adormeceu.

A história acaba assim: "Imagine o sono mais profundo que você já teve. Agora, multiplique-o pelo número de estrelas no céu e de peixes no mar e terá uma idéia do sono de Aninha e dos ursos."

Era a melhor e mais longa história que Clare já havia escrito. Ela trabalhou nela todo o tempo livre que teve, enchendo folhas do caderno nos intervalos das aulas. A Sra. Packer acompanhou o progresso da história, às vezes pedindo a Clare para ler trechos dela em voz alta para a turma. A Sra. Packer adorou a descrição da Terra da Primavera e do Outono, e chegou a escrever "Linda imagem!" ao lado da parte da gangorra. Em dezembro, quando a história estava quase concluída, a Sra. Packer sugeriu que Clare a desse de presente de Natal à mãe.

– Qual o problema, Clare? – perguntou ela. – É uma história incrível. Tenho certeza de que ela vai adorar, você não acha?

Clare deu um sorriso, concordou com a cabeça, e naquele mesmo dia começou a passar a limpo a história para um papel mais bonito e sem pauta. Na aula de artes, ela criou uma capa: primeiro desenhou a cara de um urso marrom numa cartolina azul-clara e, em seguida, fez flocos de neve com papel de seda e colou-os por toda a capa, até na cara do urso. Passou cola aguada por cima de tudo para dar um certo lustro e, quando terminou, o urso emergiu da capa – embaçado e difícil de se ver em meio a tantos flocos de neve, mas ali.

A Sra. Packer leu o final da história enquanto o restante da turma estava almoçando. Sem fome e ansiosa para ouvir o que ela estava certa de ser um elogio, Clare pediu permissão para permanecer em classe. Sentou em sua carteira, fingindo escrever no caderno. Depois que a Sra. Packer acabou de ler, veio sentar-se ao lado de Clare que, meio assustada, percebeu que os olhos da professora estavam cheios de lágrimas. A Sra. Packer tomou as mãos de Clare entre as dela.

– Ah, minha querida – exclamou com a voz engasgada.

Clare virou o rosto. Suas mãos pareciam duas pedras frias dentro das mãos grossas, quentes, firmes da professora. Clare desejou que a Sra. Packer fosse embora, mas ela não foi.

– O que vai acontecer quando a Aninha acordar? – perguntou.

– O que a senhora quer dizer? – Clare estava surpresa com a pergunta.

– Eu pensei que Aninha ia encontrar um jeito de quebrar o feitiço, mas não. – Clare balançou a cabeça e olhou para os sapatos da Sra. Packer, um par de tênis vermelhos de lona com borracha branca nas pontas. Tênis de garotinho idiota, Clare pensou, furiosa.

– Ela simplesmente adormece – prosseguiu a Sra. Packer, e Clare sentiu os olhos dela sobre o seu rosto, sentiu que a professora esperava algo dela. Clare tentou imaginar o que a Sra. Packer gostaria que ela dissesse.

– Certo. Ela vai dormir e esperar o inverno acabar – explicou Clare. – Eu acho que é um bom fecho. – Clare puxou as mãos. – Achei que a senhora tinha gostado da história – continuou. Não chora, não chora, não chora, dizia a si mesma.

– Não é que eu não tenha gostado. É uma história maravilhosa. Realmente muito boa. Só quero saber o que acontece quando a Aninha acorda. O feitiço foi desmanchado? É primavera de novo?

Clare deu de ombros.

– Pode ser. Não sei. É só uma história.

A Sra. Packer hesitou, então segurou o queixo de Clare com os dedos para virar o rosto da menina para ela. Sem querer, Clare esquivou-se do toque.

– Quero ir almoçar agora – anunciou Clare, começando a se levantar. A Sra. Packer a deteve pondo a mão em seu ombro. Mão firme, não rude, mas Clare se encolheu sob o leve toque e tornou a sentar. Pare de me tocar a cada dois segundos, ela quis gritar, mas permaneceu calada.

– As coisas não vão bem em casa. – A Sra. Packer afirmou.

– Vão sim – respondeu Clare automaticamente. Podia sentir o coração batendo no pescoço e nos lados da cabeça, e concentrou-se em tentar controlar a respiração, puxando o ar para dentro do peito. Clare já tinha percebido que a Sra. Packer olhava fixamente para ela havia umas duas semanas. "Da mesma forma que olha para as palavras cruzadas durante os intervalos", Clare escrevera em seu caderno, "como se eu fosse algum enigma que ela estivesse tentando decifrar." Mas, enquanto escrevia aquelas palavras, sentiu que estava sendo injusta. A Sra. Packer se interessava por ela; sabia disso. A Sra. Packer acreditava que havia algo errado na casa de Clare, e estava certa.

Porém, embora Clare não fosse capaz de explicar exatamente por que, esse algo errado havia se tornado um segredo, e guardar o segredo se transformara no único objetivo da vida de Clare, seu propósito de cada dia. E o segredo não era do tipo simples, que se pode esconder no fundo de um bolso ou dentro de um punho fechado. O segredo era uma criatura viva. Acompanhava-a onde quer que ela fosse, fazendo esvoaçar as cortinas, agachando-se no canto da sala ou disparando pelo chão, e Clare passava horas tentando distrair as pessoas da presença do segredo. Isso esgotava todas as suas energias, mas ela estava conseguindo. Acreditava nisso.

Ela sorria, gargalhava e tagarelava com as meninas da sua turma durante o almoço e no pátio antes de começar a aula. Preparava para si mesma refeições saudáveis, caprichadas, fazia todo o dever de casa, e prestava muita atenção na própria aparência, observando-se meticulosamente ao espelho antes de sair de casa. Roupas limpas, passadas, um belo rabo-de-cavalo, cachecol, chapéu, luvas no tempo frio. Tomava banho e escovava os dentes com mais freqüência e com mais esmero do que nunca. Em resumo, Clare se tornara a imagem da criança perfeita, obviamente muito bem tratada, obviamente amada.

Portanto, quando a Sra. Packer começou com aquelas perguntas, Clare foi capaz de dizer com toda segurança:

– Por que a senhora acha que tem alguma coisa errada? Estou bem. Pareço bem. Não é?

A Sra. Packer deu um suspiro.

– Você parece... – E de repente como que mudou de idéia. – É, você parece bem. – Ela sorriu. – Eu não queria aborrecer você, Clare. Pode ir almoçar.

Clare teve essa conversa com a Sra. Packer três dias antes do início das férias de inverno, e por mais que tenha odiado cada segundo daquela conversa, a experiência se mostrou de certa forma boa. De certa forma, útil. Pois Clare vinha aguardando o final das aulas com enorme pavor. Como alguém suspenso por um fio, Clare se agarrava à imagem familiar da escola. A escola representava um padrão, uma vida arrumadinha, uma porção previsível de rotina. As férias de inverno espreitavam como um inimigo: quase um mês em casa, as horas livres, a mãe – todo dia a mãe –, a sensação de que qualquer coisa poderia acontecer, nada era ruim demais para acontecer, e ainda por cima um Natal que não seria Natal – uma piada sem graça de Natal. Clare fazia o possível para manter longe esses pensamentos, mas eles se aglomeravam à sua volta de repente, a todo instante, um enxame barulhento de que ela não conseguia escapar.

Foi aí que a Sra. Packer disse "As coisas não vão bem em casa" e transformou a escola na inimiga. De repente, semanas em casa passaram a ser um alívio; a oportunidade de que Clare precisava para manter o segredo. Ela só teria que fazer isso por mais três dias.

No terceiro dia, pouco antes de irem para casa, os colegas de classe de Clare tiraram das paredes e das caixas os presentes de festas que tinham feito para os pais que estavam guardados. Clare pegou "Aninha e os Ursos" e passou a palma da mão suavemente sobre a capa. Uma história nada mais é que palavras que vivem dentro da cabeça de alguém, ela pensou, flutuantes e invisíveis. Mas ela havia escrito as palavras e fizera com elas um livro, um objeto que tomou seu lugar no mundo dos objetos. Estava orgulhosa do livro. Nunca um projeto se realizara tão precisamente como ela imaginara. Clare pendurou a mochila nos ombros e começou a descer as escadas, levando a história cuidadosamente nas mãos. As crianças passavam voando por ela, cheias de pressa e excitação. Alguém gritou "Feliz Natal!" e logo todos estavam gritando o mesmo, alegres e animados. Clare ouviu.

Clare parou e ficou de lado, afastando-se do fluxo das crianças. Encostou-se à parede, curvou um joelho, apoiou a mochila na perna e abriu o zíper. Num movimento rápido, zangado, dobrou a história como se não fosse nada – uma revista com a qual se esmaga uma mosca – e meteu-a dentro da mochila, estragando a capa. "Ótimo", ela disse bem alto. Quando olhou para cima, viu a Sra. Packer olhando para ela, e Clare saiu correndo pelo corredor.

Do lado de fora, finalmente, respirando com dificuldade, Clare procurou sua amiga Josie; virou a cabeça de um lado para o outro, examinando a multidão freneticamente, como uma personagem de cinema. Ela estava agitada. Nem lhe ocorreu se preocupar com o que as outras pessoas podiam pensar dela; tudo que lhe importava era sumir dali. Então Clare viu o Volvo azul-escuro estacionado à espera – o carro da mãe de Josie, que lhe dava carona. Ela saiu correndo na direção dele, mas antes mesmo que se aproximasse o carro partiu. Horrorizada, Clare acenou com os braços, e gritou: "Pára! Você esqueceu de mim! Você esqueceu de mim!" Mas o carro já fora embora, e Clare deixou cair os braços. Ela ficou ali parada. A multidão diminuía à medida que as crianças entravam nos carros e seguiam para suas casas.

Uma buzina começou a soar. Os carros eram proibidos de buzinar naquela área, mas alguém não parava de buzinar. O som vinha do estacionamento dos professores, próximo à entrada da escola. "A Sra. Packer"; Clare murmurou, e como tinha certeza de que a buzina não cessaria enquanto ela não se voltasse, Clare se virou lentamente e olhou.

Não era a Sra. Packer. Era sua mãe. Não dentro do Land Rover branco, mas encostada nele. Sua mãe parada ali, empertigada como uma rainha, uma das mãos apertando a buzina pela janela aberta do motorista e a outra no ar, acenando para Clare.

– Ah, não – Clare disse para si mesma. – Por favor, por favor, por favor, por favor.

Clare correu para o estacionamento.

– Ah, por favor, por favor, por favor, por favor.

Quando a mãe viu Clare se aproximando, parou de buzinar, entrou no Land Rover e ligou o motor.

– Por favor, por favor, por favor, por favor – Clare continuou repetindo ao entrar no carro e bater a porta. Ela baixou a cabeça e pôs as duas mãos na testa, se balançando de leve.

– Por favor o quê, Clare? – A mãe quis saber num tom de voz normal, mas Clare não sabia. A palavra não estava relacionada a nada específico ou nomeável, porque isso transformaria em esperança o que se passava na cabeça de Clare. Clare não tinha esperança. Na boca de Clare, "por favor" era mero desejo.

Clare ficou sentada durante alguns minutos, segurando a testa, os joelhos imóveis, os cotovelos pressionando firmemente o corpo, como se estivesse literalmente tentando se manter inteira. Quando, afinal, ela se desdobrou e ergueu a cabeça, não reconheceu a estrada por onde seguiam viagem, rápido – uma estrada estreita cheia de curvas e buracos e grandes manchas marrons de árvores de cada lado. Clare ouvia *thunks* intensos de objetos batendo e escorregando na parte traseira do veículo. Instintivamente, puxou o cinto de segurança.

– Devagar – pediu, também instintivamente, sabendo que a mãe não a ouviria.

A mãe disse algo que Clare não compreendeu, uma série de sons sem sentido. Clare manteve os olhos na estrada. A mãe de Clare repetiu os sons, dessa vez mais alto, e pareceu estar rindo. Pelo canto do olho, Clare viu alguma coisa azul ondulando para trás e para a frente.

– O que você está dizendo? – perguntou. – Você não está dizendo nada. – Clare tomou fôlego e se virou para olhar a mãe, que usava um suéter de gola rulê branco, grosso e macio, calça jeans azul-escura e brincos de diamantes. O cabelo estava puxado suavemente para trás da orelha. Clare detestava aquela aparência de modelo ou atriz em férias. Na mão, a mãe segurava dois envelopes azuis.

— *Bon Nadal i un Bon Any Nou!* – a mãe cantarolou novamente. – É em catalão, querida. Você tinha se esquecido?

Passagens aéreas – dois bilhetes em envelopes azuis. A bagagem batendo na parte de trás. Barcelona. A garganta de Clare deixou escapar um gemido alto, e a mãe se voltou para olhá-la.

— Não, não, não podemos ir para Barcelona, mamãe. Você está doente. Não podemos entrar num avião ou ir para a Espanha ou para qualquer outro lugar com você doente. Você não percebe que tem algo errado com você? Pare o carro, mamãe. Por favor.

Clare falava como se a mãe fosse uma criança. Ela sabia que não podia entrar em pânico. Se entrasse, as duas estariam perdidas. Mas, enquanto falava, Clare notou que havia algo estranho no rosto da mãe: seu olho direito tinha pestanas grandes, pretas, enquanto o esquerdo estava diferente, menor, incompleto, quase como se tivesse sido apagado. Os dois lados não combinavam, e esta desarmonia abalou Clare. O chão desabou e ela caiu. Pela segunda vez na vida, Clare foi tomada – possuída – pelo descontrole, por uma fúria irreconhecível. No acesso de raiva, ela gritou a palavra "Pare!" e chutou e esmurrou o painel com toda a força.

Milagrosamente, a mãe entrou no acostamento da estrada e parou. Levou algum tempo até a raiva de Clare amainar e ela voltar a si. Mesmo depois que a respiração se normalizou, sua cabeça e seu corpo se sacudiam em soluços intermitentes, algo que Clare só vira acontecer com bebês. Ela sentiu vontade de vomitar. Apertou o estômago e olhou para a mãe.

Para seu espanto, sua mãe estava chorando. As lágrimas escorriam-lhe pelo rosto, molhando o suéter. As bochechas e os cantos da boca tremiam, e o tremor prosseguiu por bastante tempo, até que a mãe abriu a boca e gritou como uma máquina.

– Você tem razão, Clarey, isso tem que parar. Tem que parar. Tudo. Tudo. Você tem razão. – A voz de sua mãe era a voz mais triste que Clare já ouvira.

A mãe de Clare se esticou e abriu a porta da menina.

– Eu sinto tanto. Como é que tudo virou este inferno? Eu não sei. Não foi minha intenção. Eu sinto tanto, Clare. – E sentia mesmo, Clare podia jurar que sim; sua mãe sentia por todas as coisas do mundo.

Nada mais havia a fazer. Clare abriu o cinto de segurança, escancarou a porta e desceu do carro. A mãe continuava chorando, a cabeça recostada no apoio de cabeça, olhos fechados.

– Mãezinha – fez Clare, inclinando-se para a frente de forma a deixar a palavra dentro do carro. Em seguida recuou e fechou a porta do carro. O clique daquela porta foi o som mais definitivo que Clare jamais escutara.

O Land Rover partiu. Clare ficou olhando até ele fazer uma curva e desaparecer na estrada. O céu sobre sua cabeça e por trás das copas das árvores era de um cinza pálido.

– Acabou – disse ela às árvores e ao céu.

Não havia alívio em sua voz. Clare ajeitou a mochila nas costas e começou a caminhar.

9

Cornelia

— *O que parte seu coração?* Já partiram seu coração? Diga-me. Quando é que seu coração foi partido? – perguntei a Martin. Porque, se é para fazer uma pergunta idiota e sem graça, melhor fazê-la três vezes seguidas, com um mínimo de variação. Pergunta babaca. Sabia disso antes mesmo de perguntar, antes que ela reverberasse no ar à minha volta como uma nota errada, errada, antes de ver a expressão de "Ah, essa não, lá vamos nós" tremeluzir em seu rosto para logo desaparecer. Não há como fazer com que uma pergunta dessas soe *nonchalant*, especialmente depois que a fiz triplicada, mais especialmente por tê-la feito na cama – na minha, não na dele, portanto me aproveitando da vantagem do foro caseiro – e ainda mais especialmente porque ela surgiu a reboque de uma outra história da minha própria decepção amorosa. Outra história espontânea, se você insiste em sermos exatos, como sei que você insiste. Eu conto com isso.

Antes de perguntar a Martin – dias antes, enquanto considerava se deveria perguntar – eu já estava chateada comigo mesma, com a profunda falta de originalidade da pergunta. Como uma fada má – *puf* – a pergunta me transformava numa personagem hipotética, de um-nome-só, das páginas de um livro de auto-ajuda. Exatamente o tipo de livro que todos desprezamos porque reduz a fórmulas nossa irredutível natureza humana, mas que nós, no mínimo, cogitamos de comprar (desse modo tornando-nos cúmplices dessa piranha devoradora de livros que é a lista de best-sellers do *New York Times*). Estávamos curtindo um resfriado terrível e trocávamos mecanicamente os canais na televisão *diminuta* que quase nunca assistíamos e que até chegávamos a esquecer que tínhamos, quando calhou de a Oprah estar debatendo um desses livros. Achamos que, por mais que nos recusássemos a admitir, o livro soava verdadeiro – parte dele, pelo menos, soava em parte verdadeiro, mais verdadeiro do que se poderia esperar. "Ele não fala comigo", Cornelia se queixa e, veja só, ela não é Cornelia, mas a universal, a alegórica Mulher Lamuriosa. De súbito, Martin é de Marte, e Cornelia, que Deus a proteja, é de Vênus.

Meu único consolo é que deixei minha própria marquinha na lamúria, pintei a lamúria com uma tinta de cor vagamente Cornelia. Não é que Martin não conversasse comigo. Ele conversava, compartilhava, mostrava-se disponível, disponibilizava regularmente montanhas de informações sobre si mesmo.

Fora os fatos sobre ele que você já conhece, eu sabia que ele nasceu e cresceu em Rye, Nova York. Sabia que era louro quando criança. Sabia que cursou a Universidade de Chicago e fez MBA em Harvard. Sabia das coisas que ele sentia que deveria apreciar, mas de que secretamente não gostava: cavalos, romances russos, produtos de papel reciclado, a poesia de Langston Hughes, o cinema francês, a cidade de Nova Orleans, queijo na sobremesa. E das coisas que ele sentia que não deveria apreciar mas de que secretamente gostava: carros esportivos, aquele amendoim ressecado do pacote cor de laranja, tecido crespo de algodão listrado (nunca usou, mas bem que gostaria), patinação artística e o filme de Jerry Lewis *Cinderello sem sapato*. (Eu sei, coisas bem inofensivas se comparadas a prazeres culpados. Ou você estava esperando caminhões gigantes e animação japonesa?) Eu sabia que *O exorcista* ainda lhe causava pesadelos e que a única vez em que ele se sentia patriota de verdade era quando ouvia versões instrumentais de "America the Beautiful". Sabia que aos 13 anos de idade ele foi mandado de volta num avião do Maine após tropeçar num ninho de vespas durante uma caminhada naturalista num acampamento de verão. Sabia que ele gastava somas astronômicas com camisas sob medida e que se sentia culpado por isso. E sabia que ele me achava engraçada, linda e inteligente.

Ele conversava comigo. Eu conversava com ele. Na verdade, raramente parávamos de falar. Do ponto de vista da conversa, éramos Ginger e Fred – sempre rodopiando, deslizando, arrastando os pés, curvando-nos. Leves. Sem esforço. *Tappity tappity tappity tappity boom boom slap*, lá ia eu. *Tappity tappity tappity tappity boom boom slap*, respondia Martin, e aí ele me fazia rodopiar como eu nunca rodopiara antes, meu vestido flamejando, meu cabelo de loura platinada brilhando como a lua.

Mas eu pensei ter descoberto por que nossa vida sexual não era tão espetacular, ou, para ser mais específica, estava muitíssimo longe de espetacular. Apesar de todas as nossas conversas, nossas trocas, nunca nos dedicamos a algo de real importância. Éramos somente risos, frivolidade e brilho. Gostávamos um bocado um do outro, mas eu nunca vi seus pontos fracos, suas mazelas, suas aflições. Ele também nunca viu as minhas. E eu me dei conta de que sexo verdadeiramente estelar não seria possível sem essa espécie de conhecimento. Nem amor, embora, nesse particular, eu ainda não estivesse preparada para fazer mais do que dar ao capítulo "amor" uma olhadela furtiva, um sinal de confirmação. "Seja paciente", eu dizia baixinho ao amor. "A sua hora vai chegar."

Não comecei pela abordagem pesada da pergunta direta. Ele haveria de se revelar quando eu me revelasse – era dessa maneira que eu pensava. Assim, esperei uma abertura, um convite sutil. Mas o convite não vinha, e foi então que eu entrei com a já mencionada história espontânea. Uma noite, eu contei a ele sobre o meu melhor amigo Andie, que morreu de leucemia no começo da quinta série. Depois do enterro, a mãe dele me deu o casaco novo de inverno que Andie nem chegou a usar – uma parca vermelha com pele em volta do capuz que eu pendurei, com etiqueta e tudo, no guarda-roupa de todas as casas em que morei, inclusive no meu apartamento atual.

Disse-lhe que havia abandonado a faculdade na metade do primeiro semestre, o que não foi tão difícil assim porque eu odiava todas as minhas aulas e acreditava que se ficasse ali mais um minuto nunca mais gostaria de nenhum livro. Mais tarde, porém, eu vivi entre as quatro paredes sombrias do meu fracasso, meu primeiro grande fracasso, durante semanas, incapaz de contar a alguém.

Falei-lhe da minha irmã Ollie, dois anos mais velha que eu, e de como nós nos amávamos de paixão quando crianças, mas que agora já não era mais assim. Nem era uma história, na verdade, porque não havia drama, nem enredo, nem precipitação climática em que eu pudesse pôr o dedo, o que talvez fosse a pior parte. Simplesmente deixamos de ser irmãs. Eu estava preparando uma salada enquanto contava isso a ele, e quando comecei a chorar, pus a culpa nas cebolas e joguei a salada no lixo.

Não foi fácil, porque como todo mundo eu não gosto de ser vulnerável, possivelmente menos do que todo mundo, e também porque todos os acontecimentos e condições precedentes estão entre os poucos assuntos cuja importância eu sou incapaz de minar com piadinhas e um tom jocoso. O que demonstra o quanto eu queria Martin. Eu o queria, só isso.

Não que ele tenha facilitado alguma coisa. Toda vez que eu ia começar a falar de alguma das minhas decepções amorosas – e eu era direta, sem dramalhões, recorria ao menor número de palavras possível, chorei apenas uma vez – quase podia vê-lo posicionar de forma estudada cada parte do seu corpo, uma a uma, em atitude de quem pretende prestar atenção, mas que acabava dando muito mais a impressão de paciência, tolerância. Ele tolerava, eu acho, e até parecia terno e simpático. E no final, sempre, dava aquele sorrisinho pesaroso que enrugava os cantos dos seus olhos, e tocava o meu rosto ou passava a mão pelo meu antebraço. Nada de mau nisso – totalmente apropriado e sem reparos, a não ser pelo fato de que esses toques acabavam me dando a sensação de tapinhas na cabeça.

Pouco antes de eu vir com essa história de "O que está machucando o seu coração?" *et cetera*, eu estava contando a

Martin sobre a Sra. Goldberg, Suzette Goldberg. Cheguei à história de Suzette de maneira mais ou menos natural, apesar de que, uma vez iniciada, não tive escrúpulos em incorporá-la ao Projeto Decifrando Martin. O que teria sido ótimo para a Sra. Goldberg, disso estou certa.

Como eu ia dizendo, Martin e eu estávamos na cama, recostados nos travesseiros, eu com a cabeça em seu ombro; estávamos calados, naquele momento, e eu quebrei o silêncio dizendo "mousquetaire".

– Musketeer ou Mouseketeer? – perguntou Martin.

– *Mousquetaire.* – E apontei com o dedo para a parede do meu quarto. – Luva de ópera – expliquei. – Costumavam chamá-las assim.

As luvas de ópera estavam emolduradas. Final do século XIX, pelica branca com botões de madrepérola. Eu forrei a parte de trás da moldura com veludo cor de alfazema. Se meu apartamento um dia pegasse fogo, as luvas na moldura seriam a primeira coisa que eu trataria de salvar.

– A Sra. Goldberg foi quem me deu essas luvas – comecei.

Era nossa vizinha, e embora fosse muito velha para ser minha mãe, aliás não me lembro de quando ela não parecia velha, ela se sentia minha mãe de um jeito que minha própria mãe nunca se sentiu. Há muito o que falar sobre ela e não o suficiente. Ao descrevê-la para Martin, minha descrição me pareceu vulgar e insípida, cheia de clichês, e a Sra. Goldberg e os sentimentos que eu tinha por ela não eram nada daquilo. Ela me dava madeleines e figos frescos. Contava-me histórias da sua vida na cidade de Nova York e do seu marido, Gordon, por quem ela se apaixonou quando tinha 11 anos e ele, 17.

Ficávamos sentadas horas em seu sótão ensolarado admirando seus pertences cuidadosamente guardados, tudo embalado em caixas ou embrulhado em pedaços de pano macio. Um leque pintado, renda veneziana, quatro colares de pérolas luminosas, cada qual com um fecho em forma de um inseto diferente: um besouro-dama (palavras dela), uma libélula, uma borboleta e uma abelha. Ela e suas três irmãs ganharam um de presente quando completaram 16 anos. Havia álbuns de fotografias e um sem-número de retratos de família, uns do tamanho de selos de correio, outros maiores que a vida. A Sra. Goldberg tinha magia nas mãos, de tal modo que qualquer objeto que ela tocasse virava instantaneamente algo raro e profundo, um artefato da Atlântida ou de Tróia.

E cada objeto tinha uma história associada – ou não associada, mas que brilhava delicadamente em volta dele como um halo. As histórias da Sra. Goldberg eram densas e ricas em detalhes, ressaltadas pelas luzes de Nova York, guerras, música e dança, viagens, e até sexo, muito embora a Sra. Goldberg não fosse dessas pessoas que querem mostrar que falam com as crianças como se elas fossem adultas. Quando conversávamos, eu me sentia única e especial. "Sinta a curva desse calcanhar, Cornelia", ela dizia, colocando um sapato na minha mão. "Não foram feitos para longas caminhadas, é claro, mas eu andei quilômetros com esses sapatos, na casa de campo de Lizzie, a irmã de Gordon, no verão em que fiz 19 anos."

Eu a conhecia desde sempre, mas minha verdadeira amizade com a Sra. Goldberg começou quando eu tinha 8 anos, e até depois que entrei para a faculdade eu ia visitá-la ao menos uma vez por mês. Eu a amava mais do que precisava dela, mas eu de fato precisava dela. Sua vida fora tão esplêndida, tão intensa e atentamente vivida, que estar ligada a ela me fazia sentir rica, excitada, esperançosa, por mais que eu estivesse confusa e à deriva.

O nevoeiro começou a baixar quando eu estava no último ano da faculdade – uma névoa que mal se percebia, mas que foi se adensando ao longo dos anos. Alzheimer, suponho, embora ninguém, nem meus pais ou quaisquer dos seus filhos jamais tenha pronunciado essa palavra na minha presença, e ainda que eu saiba o quanto é fútil e pretensioso querer atribuir intenções à natureza, eu podia ver os genes ruins instalando-se em alguma ramificação remota de um cromossomo emaranhado que eles chamam de casa e eu os amaldiçoava com todas as minhas forças. Impossível não ver maldade nessa doença específica atacando aquela mulher específica, uma pessoa que era um receptáculo, uma caixa de jóias viva – com perdão da metáfora desconcertante – de tantas recordações, refinadas e surpreendentes, legítimos ovos Fabergé da memória. Seus filhos a internaram numa casa de repouso maravilhosa, localizada em meio a um vale nas Montanhas Blue Ridge, não muito longe, e já que ela não tivera a coragem de vender a casa, eles também não o fizeram. Sua filha Ruth me ligou na Filadélfia: "Ela quer que você vá ajudá-la a escolher algumas coisas para levar com ela. Mas não pode ser muita coisa." E eu fui.

Foi um belo dia. Na verdade, foi um dia terrível, mas belo considerando que a doença da Sra. Goldberg parecia haver involuído um pouco, o suficiente para conseguirmos selecionar da sua caverna de Ali Babá uma porção mínima dos seus tesouros. Ela me deu as luvas de ópera pouco antes de eu ir embora. "Eram da minha mãe, depois ficaram para mim, e agora são suas, minha filha do coração", ela me disse. Um belo dia – uma dádiva – mas um dia brutal, brutal.

Martin deu-me um tapinha na cabeça. Está bem, ele não me deu um tapinha na cabeça. Um afago não é um tapinha, e foi um afago – na verdade, dois afagos, como se dois fossem melhor do que um, como se se tratasse de uma história de dois afagos. A verdade é que, a despeito do Projeto Decifrando Martin, eu quase havia me esquecido de que ele estava ali. Por isso, quando me afastei dele – de fato dei um pulo para longe dele – e fiquei olhando-o fixamente, eu estava enfezada. Enfezada e desesperada, até mesmo zangada, e a pergunta tríplice, degradante, simplesmente escapou da minha boca.

– O que parte seu coração? Já partiram seu coração? Diga-me. Quando é que seu coração foi partido?

Espero que meu tom de voz não tenha sido desafiador, mas não posso jurar que não. Ou petulante, ou exigente, muito embora uma exigência seja uma exigência, não importa como você a enfeite. Espero que não tenha havido segundas intenções, do tipo "dente por dente", o que seria um desastre. Lamentoso, tenho quase certeza de que foi um tom lamentoso. Há uma antiga canção em que uma mulher está tentando comprar lingerie do tipo se-você-precisa-perguntar-o-preço-é-porque-não-pode-comprar, e não sei bem por que mencionei isso, e obviamente não deveria tê-lo feito, mas tem algo a ver com a(s) minha(s) pergunta(s). Percebe o que estou querendo dizer, afinal? Perguntas que ao fazê-las eliminam-se as razões para perguntar, certo? Algo do tipo "Se você precisa perguntar, não há como obter a resposta que está procurando". Ou talvez mais como "Se você precisa fazer essa pergunta para segurá-lo, garota, já era".

Depois que a exasperação mal controlada sumiu do seu rosto, Martin se recuperou. Sorriu, tomou meu rosto em suas mãos. Ternamente, com todo charme, um sorriso disfarçando a impaciência em sua voz, ele me respondeu:

– Acho que venho guardando isso no gelo. Reservando para você, C. C. Brown.

Ele foi o mais gentil e sincero possível, e eu continuo acreditando nisso.

O que se seguiu à partida de Martin na manhã seguinte – alegre de sua parte, como se não suspeitasse de nada – foram 48 horas miseráveis. Fiquei arrastando os pés pela casa de roupão, chorando e bebendo chá e sopa quente e outras espécies de comida de doente. Abria e fechava livros. Erguia o telefone e tornava a colocá-lo no gancho. Lembrava da voz dele e das coisas maravilhosas que ele tinha falado. Deitei no sofá, tendo ao lado apenas a minha própria infelicidade, e tentei assistir a *Adorável vagabundo* porque, apesar do que todo mundo acha, ninguém consegue ser mais *dark* do que Capra, e procurei lembrar a mim mesma que, comparada à desilusão e ao isolamento da maioria das pessoas, minha desilusão e meu isolamento eram insignificantes. O filme, entretanto, teve efeito oposto sobre mim, porque, como em todos os filmes de Capra, o amor salva o dia, e eu tinha certeza de que ele não iria salvar o meu, não daquela vez.

Na manhã do sábado, bem cedinho, fui acordada por um brilho sobrenatural vindo da janela próxima à minha cama. Neve. Neve sob os postes da rua e um céu luminoso. Azulado, claro e silencioso. Um dia nunca me pareceu tão novo. "Garota boba" sussurrei para mim mesma. "O que está havendo com você?" Como é que eu me deixara convencer de que tudo dependia de uma simples pergunta? Eu o pegara de surpresa, de guarda baixa. Que vergonha! Nem tudo estava perdido. Tudo? Eu realmente pensei uma coisa dessas? Nada estava perdido, nem uma única coisa.

Fiquei à janela, deixando o alívio me banhar. Em seguida tomei uma chuveirada, devorei um baita café-da-manhã e fui andando na neve para o trabalho.

O dia prometia ser bem movimentado no café, com pessoas de férias fazendo compras e turistas, mas ainda não estava movimentado. Jacques, o estudante universitário francês recém-contratado, estava atrasado, mas nem me importei com isso. Não estava me importando com nada. Banhada em felicidade, andando em beleza como a noite, eu preparei tudo, respirando a fragrância da canela e do chocolate, despejando o creme branco e espesso nas jarrinhas. Cumprimentei Bob, o pasteleiro, como um irmão que não via há tempos, cantei uma ária sobre os croissants e as tortas de frutas, e quando Hayes e José apareceram, eu os brindei com um sorriso beatificado.

Dez minutos depois eu estava cortando limões, e ergui os olhos. Na minha frente estava Martin Grace, parecendo exatamente como ele próprio. E ao lado dele uma figura franzina, de cabelos castanhos, trajando um antiquado casaco de mink que ia até o chão.

Pisquei, e sacudi a cabeça para clarear a vista – de fato o fiz – e então olhei novamente para aquela mulherzinha. Uma criança, uma linda garotinha. Tinha uma expressão extraordinária nos olhos: feroz, furiosa, aterrorizada e insondavelmente triste. Ninguém precisaria perguntar àquela menina se seu coração já se partira.

Notei a expressão do seu olhar antes de notar os próprios olhos. Quando notei seus olhos, imediatamente vi que os conhecia. Uma semelhança inconfundível.

– Cornelia, esta é Clare – apresentou-nos Martin com um discreto sorriso. A garota começou a tremer e ergueu o queixo.

– Clare Hobbes – completou ela com a voz clara e cheia de orgulho, e então irrompeu em lágrimas – explodiu em lágrimas. Gemidos longos e sentidos, soluços desesperados. Martin deu um passo atrás. Hayes se levantou, fez sinal para José, e ambos saíram, deixando os cafés ainda fumegando sobre a mesa. Estávamos nós três ali sozinhos, dois adultos e uma criança. E como alguém tivesse que fazê-lo, eu corri para Clare Hobbes e... tínhamos exatamente a mesma altura... dei-lhe meu abraço mais forte e carinhoso.

10

Clare

Clare deitou-se de lado na cama do quarto de hóspedes no apartamento do seu pai, sem dormir, tentando imaginar-se como um pedaço de madeira flutuante. Envolveu os joelhos com os braços, apertando forte, procurando se fazer menor. Ela queria que cada parte do seu corpo tocasse outra parte do seu corpo de modo a ter consciência de todas as suas extremidades, todos os pontos onde Clare acabava e o resto do mundo começava. Flutuar, ela pensou, ficar à deriva, embora não quisesse pensar em absolutamente nada. Olhou para o abajur na mesa-de-cabeceira, um objeto em que nunca precisou pensar, que apenas existia. Pensar, imaginar, decidir, preocupar-se – Clare não queria mais saber de nada disso. Ficar à deriva. Ela chegou a se balançar um pouco na cama, formando ondulações e saliências debaixo dela, que a levavam para onde queriam.

Mas, mesmo ali deitada, sentindo-se um objeto, deixando tudo de lado, ela soube que não estava dando certo. Naquele momento, deixar mesmo tudo de lado significaria pegar no sono, coisa que seu corpo queria desesperadamente fazer. Mas quando ela começava a sentir os olhos pesados e embaçados, prestes a mergulhar no sono, a velha garota de carne e osso aparecia subitamente, dizendo "não", clamando que, da última vez, havia prometido que nunca mais dormiria naquela casa novamente. "E não vou dormir. Nunca mais."

Quem se importa com isso? Ela tentou dizer para si mesma. Quem se importa? Ficar à deriva. Flutuar. Que aconteça o que tiver que acontecer. Já aconteceu, não foi?

Mas aquelas palavras não lhe saíam da cabeça, persistentes. "Não. Nunca. Não. Não. Não." Com relutância, Clare se sentou, e quando o fez, o que tinha sido uma espécie de sussurro, de murmúrio indefinido vindo do outro cômodo, transformou-se em vozes. O pai e a amiga, aquela mulher pequenina com um corte de cabelo masculino que havia abraçado Clare quando ela chorou.

Clare odiou ter feito aquilo, ter aberto o berreiro feito um nenezinho diante do pai, mas não pôde evitar. O choro aconteceu como tudo agora estava acontecendo, como o tempo – uma tempestade que veio e logo passou. A mulher pequenina tinha circundado Clare com os braços, estreitando-a com firmeza, mesmo quando Clare desabou no chão. Quando ela parou de chorar, a mulher ajudou Clare a sentar numa cadeira e, serenamente, sem tirar as mãos dos ombros de Clare, deu instruções a um rapaz alto, de expressão atônita e cabelos desgrenhados, que deve ter entrado sem que Clare percebesse. Em seguida a mulher se agachara na frente de Clare, olhando-a nos olhos. "Você consegue agora?", perguntou. Após um instante, Clare fez que sim com a cabeça, e sem uma palavra, nem mesmo para o pai de Clare, a mulher pequenina saiu com Clare pela porta, desceu a rua, atravessou a praça, rumo ao prédio do pai, e finalmente entrou no apartamento.

Eles estão falando de mim, Clare pensou. E mesmo sem vontade de fazer aquilo ou qualquer outra coisa, silenciosamente saiu da cama e foi até o corredor para escutar o que eles diziam. Sentou no chão e descansou o queixo numa poltrona de couro e metal, um móvel de que Clare se lembrava da última vez em que estivera ali. Na época, quando ainda era uma criança, tinha achado que parecia uma lagarta. Clare sentou ali, sem tentar se esconder. Seu pai e a mulher estavam à mesa da sala de jantar, olhando um para o outro. Clare podia ver o rosto da mulher, mas não o do pai. Se a mulher olhasse na direção certa, veria Clare.

– Esses últimos meses, eu tenho aprendido a ler no seu rosto, Cornelia. Ele fala uma língua sutil, esse seu rosto.

Cornelia. Aquele nome pegou Clare de surpresa. Ela não havia se dado conta de que andara pensando no nome da mulher pequenina, mas tão logo o pai falou "Cornelia", Clare percebeu que estava esperando outra coisa: Meg. Kate. Jill. Um nome curto, como a mulher e seu cabelo, algo instantâneo e marcante. *Cornelia.* Longo – três sílabas, ou três e meia – e antiquado. Havia uma personagem em *Anne's House of Dreams* de nome Cornelia. Era amiga de Anne. Esta Cornelia era amiga de seu pai, e Clare não estava bem certa se queria conhecê-la. Mas se Clare algum dia resolvesse chamá-la de alguma coisa, Cornelia era um nome que poderia pronunciar.

– Martin – a mulher, Cornelia, tentou falar. Clare achou que não tinha problema usar o nome da mulher dentro da sua cabeça, onde ninguém ficaria sabendo que ela estava fazendo aquilo.

– Eu estava conseguindo, entretanto, acho que estava conseguindo. Mas agora devo estar lendo errado, porque não consigo ver raiva nele. Você deve estar com raiva de mim. Qualquer um estaria. – A voz dele era baixa e grave. Clare achou que ele estava correto: o rosto de Cornelia expressava alguma coisa, mas não era raiva.

– Raiva. – Cornelia disse a palavra num tom neutro, como se a estivesse avaliando. Ela estava sentada muito quieta.

– Por aparecer assim, de repente, com ela. Esta situação. Ainda não compreendo bem do que se trata, mas sei que é uma confusão. E sei que não é da sua conta, mas agora você está metida nela. – O pai de Clare esticou a mão por cima da mesa para segurar a mão de Cornelia. Examinou a mão por alguns segundos e falou: – Você foi muito boa com ela, obrigado.

– Não me agradeça. – A voz de Cornelia pareceu tensa e seu rosto endureceu. – Você acha que isso me incomoda? Ajudar uma garotinha? Sua filha. – Cornelia disse a palavra "filha" como se tivesse acabado de aprendê-la, como se fosse um termo estrangeiro que ela estivesse tentando pronunciar corretamente.

Clare viu Cornelia olhar para as mãos deles sobre a mesa. Em seguida Cornelia puxou a mão e se ajeitou na cadeira.

– Nós estamos falando das coisas erradas, Martin. Temos que conversar a respeito de nós, de mim, se estou zangada, esse tipo de coisas, mas não agora. O que aconteceu? O que houve com Clare?

– Não sei bem. Uma garota me ligou hoje cedo, invocada, furiosa. Comigo, eu acho. Por quê, não sei dizer. Ela chegou para fazer a faxina e encontrou Clare sozinha. Ela só dizia que a mãe foi embora.

– O que você quer dizer com "foi embora"? – Cornelia quis saber.

– Só isso. Foi embora. Clare se recusava a dizer qualquer coisa além disso. Quando cheguei à casa, a garota... Max é o nome dela... estava me esperando com Clare sentada no sofá ao seu lado com esse casaco e a mochila no colo, olhando fixamente para o espaço. Max foi até o carro conosco, e durante um minuto eu pensei que Clare não iria largar a mão dela.

Clare notou que os olhos de Cornelia estavam cheios de lágrimas. "Pobre Clare, pobre menininha assustada", mas de um jeito que não deixou Clare zangada com ela, mesmo sem desejar piedade.

– Max cochichou alguma coisa com Clare e colocou algo no bolso do seu casaco. Depois disso, Clare entrou no carro.

– E ela não disse mais nada sobre a mãe? Sobre o que aconteceu?

– Não falou absolutamente nada, e achei melhor não ficar insistindo. Quando perguntei se tinha tomado café-da-manhã, ela sacudiu a cabeça.

– E então você a trouxe ao restaurante. Para tomar café. – Pela primeira vez a voz de Cornelia revelou irritação, ou censura, talvez, só um pouquinho, mas quando o pai de Clare falou novamente, sua voz estava normal, como se ele não houvesse notado a mudança.

– Foi. Achei que ela gostaria de um croissant, de um chocolate quente.

Cornelia olhou para o teto e deu um suspiro.

– Não importa – fez ela. – Você consegue imaginar por que a mãe dela faria isso? Ela já fez algo parecido?

– Eu realmente não sei dizer. Acho que não, mas Viviana sempre foi...

Clare odiou ouvi-lo dizer o nome dela. Então se levantou e gritou:

– Não! Ela não me abandonaria. Ela não teve essa intenção. Aconteceu alguma coisa com ela.

Cornelia deu um pulo, derrubando a cadeira.

– Temos que chamar a polícia, Martin! – E virando-se para Clare: – Alguém a levou? Ela está bem, tenho certeza, mas você precisa contar. Ela saiu e não voltou para casa? Ela estava de carro?

Clare ficou paralisada, tentando imaginar o quanto deveria revelar. Vinha mantendo o segredo há tanto tempo, e mal conhecia aquelas pessoas – nem mesmo seu pai. Não podia confiar nelas. Mas não podia deixá-las chamar a polícia.

– Não chamem a polícia. Vocês não podem fazer isso. Ninguém a seqüestrou. Ela estava doente. Não era ela mesma. E foi embora. E eu não sei se vai voltar. Mas vocês não podem chamar a polícia porque ela não teve a intenção de fazer o que fez. – As palavras saíram de supetão, e Clare viu Cornelia vindo em sua direção. Clare levantou a mão para detê-la.

Clare olhou para o pai, que permanecia sentado à mesa.

– Ela estava doente – Clare falou num tom de voz gelado, decidido. Cornelia olhou para Martin, intrigada.

– Eu não sabia – ele justificou-se para Cornelia, erguendo as mãos como que para provar sua inocência. Clare o ouviu dizer aquilo. Ele não ligava a mínima. Nunca ligara, e continuava não ligando.

– Quero ir para casa agora – Clare disse para Cornelia. – Talvez ela volte.

— Você acha que ela vai voltar? — perguntou Cornelia carinhosamente.

Clare lembrou-se da mãe no Land Rover, dizendo que lamentava com aquela voz triste, triste e definitiva, e sacudiu a cabeça. Sentiu as lágrimas rolando pela face e tratou de cobri-la com as mãos.

— Seu pai vai até sua casa, e vai deixar um bilhete para a sua mãe — resolveu Cornelia. Ela se aproximou de Clare, mas sem tocar nela. Clare não queria que a tocassem. — Assim, ela vai saber que você está aqui e poderá encontrá-la. Mas, mesmo se ela não voltar, nós vamos achá-la. Vamos achar sua mãe e ajudá-la a ficar boa.

Durante semanas Clare tinha lutado para abandonar a esperança, tinha sido muito severa consigo mesma na tentativa de desistir, por isso, embora ficasse tentada, não deixou que as palavras de Cornelia lhe devolvessem a esperança. Mesmo assim, Clare ficou feliz por Cornelia estar ali, dizendo-lhe aquelas palavras. Se ela não estivesse ali, Clare estaria sozinha. Então, quando Cornelia perguntou "Tudo bem?", ela fez que sim com a cabeça.

Clare sentou-se na poltrona-lagarta e Cornelia sentou-se ao lado dela.

— Mas eu não quero ficar aqui. Eu odeio esta casa. Fico num hotel, em qualquer lugar. Talvez eu possa ficar com Max. Ela me deu o número do seu celular. — Clare tirou o cartão do bolso. "A qualquer hora", estava escrito ao lado do número. O "qualquer" sublinhado três vezes. — Só não quero ficar aqui.

Cornelia olhou para o pai de Clare, que balançou a cabeça como se estivesse confuso com tudo aquilo e então cruzou as mãos e as pôs sobre a cabeça. Fez uma expressão infeliz e desamparada, se levantou e foi para a cozinha.

– Por que não vamos nós duas para algum lugar agora mesmo conversar sobre isso tudo? – Cornelia propôs.

– Está bem – Clare aceitou, passivamente, embora não estivesse mais disposta a conversar. Sentia-se cansada. Suas pálpebras estavam pesadas. O casaco de pele pesava tremendamente.

– Espere aqui só um minuto. Eu quero falar com seu pai. – Cornelia se levantou e foi até a cozinha. Clare podia ouvi-los. Eles deviam estar discutindo, mas isso ela não podia assegurar. Quando Cornelia voltou, seus olhos pareciam cansados também, mas ela sorriu.

– Seu pai vai deixar o bilhete para sua mãe na sua casa. E nós vamos para o meu apartamento, se você concordar. Não é longe. Você vai para lá depois, não vai, Martin?

– Claro – o pai de Clare respondeu, dirigindo-se a Cornelia.

Cornelia e Clare foram andando pelo apartamento, e o pai de Clare junto com elas. Quando os três chegaram à porta, ele fez menção de dizer alguma coisa, mas parou e estendeu a mão para tocar num cacho do cabelo de Clare que caía sobre seu rosto. Ele não deu um puxão de brincadeira nem ajeitou-o atrás da orelha como a mãe dela teria feito, só segurou a mecha de cabelo entre o polegar e o indicador por um, dois segundos. Ela esperou que ele tirasse a mão, e aí as duas saíram pela porta. Na rua, Cornelia ia caminhando pela calçada coberta de neve, voltando-se a toda hora para ver se Clare a seguia. Clare, com seu casaco de pele, o bafo quente da respiração à sua frente, caminhava alguns passos atrás, desolada como os ursos da história.

Quando chegaram ao apartamento de Cornelia, Clare entrou e ficou parada, oscilando de leve. Um lustre brilhava no teto, mas tudo o mais na sala parecia embaçado, vago, meio irreal. Cornelia olhou para Clare, pegou-a pelo cotovelo e a foi conduzindo para o quarto de dormir. Clare caiu na cama, e continuou caindo, caindo, caindo. Quando acordou, estava escuro e, no escuro, Clare chamou pela mãe.

11

Cornelia

"*Não tema a paternidade*; alguns nascem pais, alguns conquistam a paternidade, e a outros a paternidade é imposta."

Sim, não obstante o incidente da queijaria, eu conheço bastante de William Shakespeare para saber que a citação não é exatamente assim. Cursei dois meses de um Ph.D. em literatura inglesa, não foi? Foi. E *Noite de reis*, se não é a minha peça favorita, briga pelo primeiro lugar: *Noite de reis,* por sua graça e encanto; e *Rei Lear*, pelo profundo sofrimento. Uma dieta equilibrada, os principais grupos alimentícios, mental e emocionalmente falando, brilhantemente representados. Já fui a banquetes e recepções em que dizer tal coisa seria como despejar um balde de peixes ensangüentados num tanque cheio de tubarões: um monte de dentadas, golpes impiedosos, e ninguém escapando ileso. O tipo de argumento que eu tanto aprecio quanto evito porque, se por um lado a arte é importante, sim, e é algo que incomoda, por outro, eu poderia ficar martelando a cabeça de alguém com a cena de Lear/Cordelia se reencontrando na prisão, ou com o verso "Enforcado o meu bem", e esse alguém poderia retrucar me martelando a cabeça com "Ser ou não ser", e para onde isso nos levaria? Na minha experiência, gosto não se discute. E ponto final.

Ou às vezes as pessoas tentam, mas não conseguem gostar. Isso naturalmente me traz de volta daquilo que você, sem dúvida, notou que foi uma tentativa patética de digressão e diversionismo, que geralmente constituem duas das minhas especialidades, como você também deve ter notado. Mas nem mesmo eu posso esquecer o fato de que só existe um assunto possível aqui, um assunto que não é bem um assunto, e sim uma criança: Clare Hobbes – Clare Hobbes Grace, filha de Martin assim como Cordelia era filha de Lear.

Eu fiz aquela citação meio disparatada no início principalmente para pôr em discussão o fato de que ela é apenas parcialmente correta, porque, até onde eu sei, e não importam as circunstâncias, a paternidade é imposta aos pais. Ninguém nunca está preparado; todo mundo é sempre pego desprevenido. É a paternidade que nos escolhe. E aí você abre os olhos, vê o que está na sua frente, e diz "Ah, meu Deus", reconhecendo que, de todas as bolas que existem, esta é a única que você não podia chutar. Não é uma questão de escolha.

Antes que você me venha com esses pruridos politicamente corretos – e olha que eu gosto disso; são bacanas, eu mesma tenho um monte deles – devo esclarecer que não estou falando de escolha no sentido que costumamos dar ao termo. Não Escolha como em Pró Alguma Coisa. Estou me referindo a pós-escolha, o bebê encarnado, o fato consumado, a criança deixando rastros de glória *et cetera*. E, claro, ao ver surgir esses pruridos de novo, sei que há muita gente com fatos consumados que é suficientemente esperta e corajosa para reconhecer que precisa impor a paternidade a alguém, alguém em melhores condições. Não estou falando mal dessa gente, criticando. Se estou censurando alguém, e evidentemente estou, é esse pessoal que possui recursos materiais (e olha, quem pode ter um apartamento de cobertura, mais de uma fotografia de Edward Weston, assinada e numerada, e uma poltrona Mies Van der Rohe, pode perfeitamente manter uma criança, não acha?); que já é adulto; que está bem de saúde, esplêndido, sarado, corado, escandalosamente bem disposto; e que não está de forma alguma com a corda no pescoço.

Estou falando de Martin. Óbvio, Martin. Porque, enquanto sua filha de 11 anos dormia no quarto ao lado o sono dos exaustos e dos que tiveram o coração partido, numa cama estranha, Martin sentou-se ao meu lado no sofá e declarou "Eu simplesmente não fui talhado para ter filhos", nitidamente tirando o corpo fora, sem sequer um franzido na sua camisa inglesa sob medida.

Mas eu não podia deixar aquilo passar em branco. Podia até admirar sua franqueza. Podia até saborear essa porção tanto tempo aguardada de confissão, sentir sua doçura em minha língua, e seguir em frente. Seria muito fácil deixar passar, mas não podia.

– Para ser pai.

– O quê?

– Pai. Você disse para ter filhos.

– E isso importa? Faz alguma diferença? – perguntou ele, de forma não totalmente retórica, graças a Deus. Mas aquela antiga canção me veio outra vez à cabeça: "Se você precisa perguntar, não pode comprar..." Eu desisti de cantá-la em voz alta, e por isso me atribuí cansadamente um par de pontos.

– Talvez não seja necessário *ser talhado* para ser pai. É algo que você só precisa ser, por causa do filho – falei, finalmente. Em seguida, fez-se um longo silêncio.

– Nós não nos conhecemos há muito tempo, Cornelia. Mas existe alguma coisa entre nós. Eu acho que existe algo entre nós. Tanto que você é uma pessoa que eu seria incapaz de julgar apressadamente. Daria ao menos o benefício da dúvida. Você faria isso por mim? – A voz dele estava muito tranqüila, e havia muito mais coisas que ele poderia ter dito. Coisas como "Você, Cornelia, é gerente de um café, tem 31 anos, é solteira e sem filhos. Que diabos você sabe sobre ter filhos?" ou "Vamos pensar. Você vem gerenciando a sua vida da melhor maneira possível?" Ou ainda: "Deve ser bom ficar aí, no alto dos seus padrões morais, Cornelia. O ar puro aí em cima permite que você analise em detalhes os erros dos outros."

Mas ele foi mais terno, mais conformado e justo do que eu merecia e, havendo ou não uma criança rejeitada no quarto ao lado, eu queria continuar apaixonada por Martin. Não havia desistido disso. Queria que nosso amor continuasse no reino do possível. Além disso, sabia que todas as coisas que ele não disse mas poderia ter dito eram respostas verdadeiras, inteiramente justas, e me senti mal com isso. Não me importa estar errada, mas não suporto estar *no* erro, ou do lado do erro.

– Desculpe, Martin – pedi. – Desculpe. – Com os olhos cheios de lágrimas, tomei a mão dele e a beijei. – Mas, já que estávamos falando sobre nós, quero perguntar... – cala essa boca, Cornelia, cala a boca, cala a boca. – Por que você não me contou da Clare? – Meu bom Jesus, por que eu não consigo ficar de boca fechada? Será que nunca vou aprender?

E foi aí que eu vi aquela expressão atarantada, desprotegida em seu rosto. Uma expressão que dizia "Não lhe contei sobre Clare porque simplesmente não me ocorreu" e em seguida "Porque não me pareceu importante falar disso com você". Ainda com essa expressão no rosto, Martin balbuciou:

– Não sei, eu não achei que pudesse... – e a palavra suspensa no ar era "interessar". Eu era capaz de vê-la ali, pendurada, preta e pontuda, mas Martin se recuperou. – Eu quis lhe contar. De verdade. Só precisava pôr uma palavra após a outra, mas não consegui. Como você pode ver, não é uma relação feliz e tranqüila, a minha com Clare. Talvez eu tivesse medo de que você me deixasse.

Era, evidentemente, uma boa saída. Nota 10, magnífica resposta. Ele estava demonstrando vulnerabilidade, e era isso que eu queria, certo? Da mesma forma, estava expressando o desejo de ficar comigo – eu também queria isso, certo? Mas era tarde. Dei uma olhada por trás das cortinas, para o homenzinho que manejava a engrenagem do Grande e Poderoso Martin.

Eu ia ter que pensar a respeito – definitivamente ia ter que fazê-lo, sem dúvida. Porém, embora não seja fácil para mim, sei evitar verdades duras, ao menos por algum tempo, e o fato de Martin ser um homem capaz de descartar a filha como se fosse um velho molho de chaves era o tipo de verdade dura para o qual foi criada a expressão "depois". Além disso, eu tinha outros assuntos me pressionando. O fato era o seguinte: Eu nunca antes tivera uma menina dormindo na minha cama. Até ontem. Até esta manhã. Agora, havia uma menina, havia Clare.

— O que vamos fazer agora, Martin? Por Clare – perguntei.

— Certo. Bom — Martin era todo animação e profissionalismo —, precisamos encontrar Viviana, é claro. Tenho que fazer um comunicado de pessoa desaparecida. Se Clare está certa e Viviana está mesmo doente ou sofrendo de algum tipo de esgotamento nervoso, ela pode representar um perigo para si mesma. Quase chamei a polícia esta tarde, mas achei melhor não. Não entendo bem de leis, mas é possível que Viviana tenha sérios problemas por abandonar Clare. Problemas legais. Isso pode ter graves conseqüências. Viviana é também uma figura de certa projeção em alguns círculos sociais daqui; seria desagradável para ela e para Clare se essas coisas viessem a conhecimento público. Clare precisa da mãe. Precisa que sua vida volte ao normal o mais cedo possível, e com o mínimo de confusão.

"Tal como você", pensei, de modo bem pouco caridoso.

— Sendo assim, tomei uma decisão bastante ousada hoje: contratei um detetive particular — declarou Martin.

— Você fez isso? — perguntei, e Sam Spade, Philip Marlowe e todos os detetives de filme noir aos quais a palavra "durão" vinha normalmente associada começaram a passar furtivamente pela minha cabeça. Quando olhei para ele, o Martin normalmente refinado, espirituoso, impecável tornou-se meio granulado, seus ângulos imaculados ficaram um tanto rombudos. Fiquei intrigada.

— Uma ótima firma de detetives, eu acho, muito respeitada. Obtive a indicação com um colega de trabalho que já recorreu a eles algumas vezes com bons resultados. Entendo que esse tipo de serviço geralmente envolve uma parcela inevitável de inescrupulosidade, mas essa firma parece tão discreta e judiciosa quanto possível nessa espécie de negócio. Você não acha que eu agi corretamente? – Eu me flagrei adorando, como de outras vezes, o jeito como Martin pedia a minha opinião, como se ela tivesse um imenso valor.

– Suponho que sim – respondi. – Se a agência é de fato confiável. – Eu não tinha certeza, entretanto, certeza absoluta. Como já mencionei anteriormente, sou filha da minha mãe, e minha mãe é a alma mais criteriosa e obediente à lei que já se viu. De forma alguma ela recorreria a algo parecido, como um detetive particular durão. Ela entraria em contato com as autoridades constituídas e faria as coisas como deveriam ser feitas. Foi assim que fui criada. Mas quando se está no meio da confusão, como eu estava, o mais sensato é se apegar às coisas que você já conhece. Um fato cristalino era que Clare precisava da mãe, e como esse era o único fato cristalino, a providência mais adequada a se tomar seria trazê-la de volta.

– Mas, nesse meio-tempo... – ensaiei, porque antes de Martin revelar sua solução detetivesca, eu nem tinha pensado em procurar Viviana. Estava pensando naquela criança de casaco de pele na cama que não iria dormir para sempre e nem até que sua mãe voltasse para casa, embora eu pudesse apostar que era exatamente isso que ela queria fazer. Clare iria acordar. Iria acordar precisando do que as crianças precisam. – E quanto a Clare?

Martin ficou abalado, diria até aterrorizado.

– Não, não sei. Não sei o que fazer. Ela precisa... bom... – Martin estava confuso. Então seu semblante desanuviou por um instante. Pegou uma mochila do chão e me entregou. Era uma L.L. Bean, em dois tons de cor-de-rosa, com o nome CLARE costurado no bolso da frente. – Ela largou isso no carro. Talvez tenha alguma coisa aí dentro de que ela precise.

Eu a abri e encontrei um caderno em espiral cheio de coisas escritas e uma espécie de livro, todo amarrotado, provavelmente algum trabalho de artes. Não li nenhum dos dois. Martin me olhou, esperançoso.

– Provavelmente ela vai querer isto, Martin – concordei calmamente. – Mas eu estava me referindo mais a coisas como escova de dentes, roupas. Pijamas. Comida. Uma cama. Você vai ter que tirar uma folga no trabalho para ficar com ela, eu imagino.

Nunca subestime o poder da beleza física. A beleza física é sonsa. Age sobre você de formas que você não percebe e sobre as quais não tem o menor controle. Há, provavelmente, uma explicação genética ou evolucionária para a beleza e nossa resposta a ela, assunto sobre o qual eu poderia consultar a minha irmã geneticista, que investiga exatamente esse tipo de coisa como bolsista em um laboratório chique de Long Island e em sua própria vida também, já que não faz feio no setor de beleza. Mas, como eu já disse, Ollie e eu não somos irmãs muito chegadas.

De qualquer modo, existe algo que é simplesmente irresistível num homem tremendamente bonito em apuros. E quando eu perguntei a Martin o que iríamos fazer com Clare, ele se transformou num homem tremendamente bonito em apuros. Eu fiquei comovida.

– Ah – fez Martin, com a voz mais fraquinha que eu já o ouvira usar. Ele abriu a boca para falar, e a fechou sem dizer nada. Olhou em volta, à procura de respostas para o problema de Clare, mas só encontrou as almofadas do sofá. Bateu com os nós dos dedos de uma das mãos de leve, repetidamente, contra a covinha do queixo. *Pense, pense, pense*, eu quase podia ouvi-lo pensando.

Então, por debaixo de sua testa clássica, por debaixo de suas sobrancelhas pretas, espessas mas não espessas demais, proporcionais mas não aparadas de um jeito feminino, ele ergueu os olhos negros em sua notável moldura de cílios de forma a encontrar os meus, e o que vi em suas impressionantes profundezas foi, pura e simplesmente, pânico. Eu não sou de pedra, e resolvi:

– Ela pode ficar aqui. Comigo. Se quiser.

– Eu virei aqui sempre, claro, o máximo que puder. Vou fazer tudo o que você me disser. Obrigado, Cornelia. Obrigado por me ajudar. – Martin estava a ponto de pular de alegria. Sua gratidão era fantástica, oceânica. – Nem sei como agradecer.

– Você já agradeceu o suficiente. – Martin nunca foi do tipo que não se importa com o modo como as pessoas o vêem, e, neste momento, a magnitude do seu alívio chegou a ser indecorosa, claramente indecorosa. O fato de ignorar isso é um sinal do quanto ele ficou aliviado, do quanto o deixava apavorado a perspectiva de dedicar seu tempo à filha. Isso me deu raiva.

Concentre-se em Clare, eu disse a mim mesma, nas necessidades dela. E a ironia disso me atingiu com toda a força. Durante toda a minha vida adulta, eu jamais tive um bichinho de estimação. Como é que uma mulher que nunca confiou em si mesma para atender às necessidades de um hamster podia ter a menor idéia do que fazer por uma criança? Afastei esse pensamento. Concentre-se.

– Roupas. Você pegou alguma roupa para ela quando foi à casa deixar o bilhete? – eu perguntei a ele.

Ele pareceu envergonhado.

– Eu disse a ela que você iria. E você não foi!

– Amanhã eu vou. Eu só conseguia pensar em encontrar Viviana. Passei o dia procurando a agência e contratando o detetive. De qualquer forma, o detetive (o nome dele é Lloyd) precisa ir até a casa, descobrir o que puder. Fiquei de levá-lo lá amanhã. Temos que lhe dar todo o apoio que pudermos.

– E na volta traga roupas para Clare – tratei de lembrar.

– Eu vou trazer roupas para Clare. E o que mais ela quiser. Pergunte a ela. Eu trago o que ela quiser – enfatizou.

Naquele exato instante, veio do quarto o som mais angustiante e mais desamparado que eu já tinha ouvido na vida. Clare. Dizendo-nos o que queria.

– Mãezinha, mãezinha, mãezinha.

Dei um pulo. E parei. Olhei para Martin, que se levantou lentamente e se dirigiu para o quarto. Ele ficou lá menos de um minuto.

– Ela não me quer – explicou. – Está chamando por você. Ela quer você.

Não acho que ela me quisesse, não especialmente, mas não o queria, isso eu sabia muito bem.

– Pode ir. Pode ir para casa. Está tudo bem. Telefone-me de manhã – pedi.

Ele segurou meu rosto entre as mãos, me deu um beijo e saiu.

Dessa forma, pela segunda vez num só dia, abracei uma criança enquanto ela chorava convulsivamente. Alisei seus cabelos e disse "Shh, shh", e o mais incrível é que isso pareceu ajudar. Abraçando Clare, sussurrando-lhe palavras tranqüilizadoras, ela pareceu se sentir melhor. Talvez as crianças sejam assim. Mas o mais incrível é que aquilo também me fez bem. Doze horas atrás, eu nunca tinha visto aquela garota. Podia contar a quantidade de palavras que havíamos trocado. Ela não me pertencia. Mas se encaixou direitinho em meus braços; sob medida. Eu não a amava. Mas de repente compreendi, para meu espanto, que faltava pouco para isso.

Existe uma espécie de sossego na escuridão, uma tranqüilidade serena, imprecisa, que borra as linhas entre uma pessoa e outra. A luz direta de uma cozinha é coisa bem diferente. Quando Clare parou de chorar e nós saímos do quarto e ficamos paradas em meio a superfícies reluzentes e quinas agudas, eu subitamente me senti envolta por um nervosismo incômodo, parecido com eletricidade estática; se tocasse em Clare, acho que nós duas tomaríamos um choque. Por isso fiquei parada, olhando para ela, esperando para saber o que fazer. O rosto dela tinha aquela expressão límpida, quase incandescente que as crianças assumem depois de chorar, e esse brilho pareceu colocá-la fora do meu alcance, como se ela fosse meio anjo, envolta num halo de tristeza. Diga-me o que fazer, eu pensava, e em questão de segundos, numa voz reconfortantemente humana, Clare declarou.

– Minha barriga está roncando. Acho que estou com fome. Você não está?

– Estou faminta – respondi.

Eu tinha feito uma canja de galinha na véspera, e esquentei duas tigelas para nós. Enquanto comíamos, eu contei a Clare que seu pai não havia chamado a polícia, mas que contratara alguém muito esperto para ajudar a encontrar a mãe dela. Perguntei se ela gostaria de ficar comigo, e ela concordou com a cabeça. Não contei que seu pai não deixara o bilhete, como eu prometera, mas falei que ele iria à casa dela no dia seguinte para pegar umas coisas, tudo o que ela quisesse. Tive uma idéia.

— Clare – falei –, quando eu era criança, adorava fazer listas. Você costuma fazer listas?

E eu seria capaz de jurar que, quando perguntei isso, Clare sorriu.

12

Clare

Clare sentou-se à mesa do Café Dora e ficou olhando dois homens que jogavam xadrez. Um deles era alto, de nariz encurvado, olhos azuis, e usava uma camisa vermelha com uma tira branca perolizada na frente e nas abas dos bolsos. Um garoto da turma de Clare, anos atrás, se fantasiou de caubói no Dia das Bruxas e usou uma camisa parecida na festa da turma, e Clare achou curioso que fabricassem esse tipo de camisa para homens. O outro sujeito tinha cabelos encaracolados, cheios, negros, viçosos, olhos tristes de cachorro bassê, e um sorriso surpreendente – um sorriso aberto de estrela de cinema, com os cantos da boca voltados para cima e covinhas em cada lado do rosto. O caubói assustou Clare ao bater com as mãos e falar bem alto "He-he, Josie, você me pegou desprevenido!", ao que o outro homem, cujo nome evidentemente era Josie, respondeu balançando a cabeça, fazendo os cachos se agitarem ainda mais que o normal, como se fossem vivos, e deixando o sorriso lhe tomar o rosto todo.

Quando isso aconteceu, Clare olhou para o balcão à procura dos olhos de Cornelia. Os olhos de Cornelia eram grandes e puxados para cima nos cantos como olhos de gato, mas não eram cor de mel, nem verdes, nem azuis, como costumam ser os olhos dos gatos; eram castanho-claros, talvez com um toque de avelã, mas predominantemente castanhos. O nariz era bonito, levemente arrebitado; seu sorriso retangular deixava à mostra tanto os dentes de baixo como os de cima, e seu queixo era pontudo. Na verdade, o rosto dela se parecia demais com os desenhos de Anne, Sara e Mary que Clare costumava fazer em seu caderno. Um rosto de órfã, embora Clare não soubesse se Cornelia era órfã. Quando olhou para Cornelia, ela revirou os olhos castanhos puxados para a gritaria do caubói e, apesar de não sorrir, Clare revirou os olhos de volta.

Mais do que nunca, mais do que quando vivia na casa da sua mãe caprichosa e irreconhecível, os temores de Clare eram uma tempestade tonitruante, capaz de levantá-la e tragá-la antes que ela pudesse se dar conta do que estava ocorrendo. "Minha mãe pode estar morta", berrava a tempestade, e nesse instante Clare seria levada, perdida, varrida do mundo ensolarado em que as demais pessoas viviam.

Na noite anterior, enquanto tomava a canja de galinha – uma sopa saudável e deliciosa com pãezinhos e torradinhas na manteiga – no apartamento de Cornelia, Clare tinha descoberto um jeito de evitar que isso acontecesse. Descobriu que, se prestasse muita atenção no que estava ao seu redor, se realmente se concentrasse bem, observando cada detalhe, o pavor desaparecia.

Clare atentou para o brilho dourado da superfície da sopa, a borda ondulada do prato onde estavam as torradas, a manta bordada de azul-pavão e ouro que cobria o sofá de veludo de Cornelia, numa das paredes uma seqüência de quadrinhos antigos, todos com retratos de mulheres. Vendo mais de perto, Clare percebeu que havia qualquer coisa sutil em cada quadro: um cachorrinho feioso com uma expressão quase humana, um ovo marrom quebrado num recipiente para ovos quentes, uma porção de galinhas ciscando e um porco do lado de fora de uma janela. Uma das mulheres tinha cabelos encaracolados de cada lado do rosto que pendiam como cachos de uvas e, em torno dela, um caramanchão com parreiras retorcidas cheias de cachos de uvas pendurados. Clare pensou inicialmente que aquelas mulheres fossem antepassados de Cornelia, mas, após observar esses detalhes inusitados, entendeu que Cornelia as vinha colecionando ao longo do tempo e que simplesmente gostava delas.

Depois do jantar, Cornelia perguntou se Clare não gostaria de tomar um bom banho de banheira. Clare não tomava banho de banheira havia muito tempo, só de chuveiro, mas ainda estava se sentindo muito cansada e, como a agitação de uma chuveirada não lhe agradava, aceitou. Por alguns segundos, ela se agarrou às lapelas do casaco de mink, relutando em tirá-lo, até que Cornelia propôs "Quero lhe mostrar uma coisa", e Clare seguiu-a até o quarto. Ao lado da cama havia um cabideiro com chapéus, cachecóis, xales, uma estola de pele e um par de blusões; Cornelia mostrou-lhe um lugar vago no cabideiro.

– A gente pode deixar o seu casaco aqui pendurado, e assim, se você precisar dele durante a noite, é só esticar a mão e pegá-lo. Não precisa nem sair da cama.

Clare havia tirado o casaco, e imediatamente desejou não tê-lo feito. Ela adorava o jeito como ele a fazia se sentir meio ursa, a ponto de ser outra coisa que não ela própria, e adorava se sentir maior, como se ocupasse um grande espaço e, sobretudo, adorava se sentir segura com ele. Também, é claro, porque pertencera à sua mãe – mas isso não era algo em que Clare estivesse a fim de pensar naquele momento. Clare olhou para Cornelia, que a encorajava com a cabeça, e pendurou o casaco.

Após o banho, Clare vestiu o pijama que Cornelia deixara para ela – um pijama tão lindo que até parecia outra coisa. Tudo no apartamento de Cornelia era assim, Clare ficou pensando enquanto se olhava ao espelho. Diferente e bonito, e obviamente *escolhido*. Cornelia tinha entrado numa loja, deixando o tecido branco e liso aquecer-lhe as mãos. "Eu não quero levar aqueles, quero levar esses", teria dito.

– Elegante – Clare disse à sua imagem no espelho. – Eu estou elegante. – Ela notou as bordas bisotadas do espelho, os botões em formato de flor do seu pijama, o modo como o pijama captava a luz.

Dessa forma, Clare lançou âncora no momento, no aqui-e-agora, e manteve o futuro, o desconhecido, o cenário pessimista a uma boa distância. Assim, na manhã seguinte, quando Cornelia contou a Clare que estava pretendendo tirar o dia de folga, Clare pensou um pouco e perguntou:

– Você não acha que poderia me levar com você para trabalhar? Eu não vou atrapalhar ninguém, prometo. Você nem vai me notar lá.

Estar no mundo comum, agitado, em um lugar com gente e coisas novas para olhar soava bem para Clare. Quando ela perguntou isso, Cornelia quis abraçá-la forte; Clare não estava bem certa, mas podia imaginar pelo olhar que Cornelia lhe dirigiu. Cornelia não a abraçou, mas respondeu:

– Sabe de uma coisa? Nós vamos ao café, mas só se você me prometer que vai atrapalhar o quanto quiser.

O pai de Clare passou para pegar a lista que Clare havia feito – uma lista detalhada. Com certos adultos, só precisaria escrever "roupas" e confiar neles para encontrar o que ela queria, mas não com o pai. O pai beijou Cornelia, chamou Clare de "Pardalzinho" e perguntou se ela havia comido, se tinha dormido melhor, e se havia alguma coisa especial que Clare queria que ele trouxesse da casa, embora já estivesse com a lista dela nas mãos.

Depois que ele saiu, nem ela nem Cornelia fizeram qualquer comentário a seu respeito. Pelo contrário, Cornelia se virou para Clare e sorriu:

– Que tal se eu emprestasse umas roupas minhas para você?

Cornelia deixou Clare escolher, e Clare acabou vestindo um suéter azul-marinho grosso e macio, calças de veludo cotelê marrom-chocolate e botas marrons, tudo caindo como uma luva, e tudo fazendo-a sentir-se sofisticada e adulta. Ela até permitiu que Cornelia a convencesse a deixar o casaco de mink pendurado no cabideiro e, em vez dele, usasse um adorável blusão marrom-claro de lã bem fininha.

– Você está uma graça – exclamou Cornelia.

– É como se eu estivesse vestindo uma fantasia – respondeu Clare – mas estou gostando.

Quando Clare olhou em torno no café, teve a impressão de que *todo mundo* ali estava usando fantasia, ou parte de um traje à fantasia. Havia o caubói. Havia um homem de barba em estilo Amish com uma camisa de frentista e a palavra "Bub" bordada. Havia um homem de cavanhaque e boina preta; uma garota loura pequenina com uns óculos escuros imensos; e uma linda mulher de cabelo ruivo trajando uma túnica chinesa de seda azul (Clare conheceu a túnica chinesa na semana multicultural da escola) com calças jeans por baixo. A mulher de túnica ficava dando pedacinhos de bolo na boca de sua filhinha ruiva, que estava sentada em seu colo vestindo uma roupa de marinheiro de lã, boina e sapatinhos vermelhos, acenando imperativamente para as pessoas e de vez em quando jogando beijinhos.

Cornelia sentou-se à mesa com Clare. Quando o homem de boina preta na mesa ao lado pegou um cigarro e se preparava para acendê-lo, Cornelia bateu-lhe amigavelmente nos ombros.

– Não, Egon – pediu, agitando um dedo para ele. – Crianças a bordo. Você conhece as regras.

Egon grunhiu feito um cachorro danado, e aí se virou para Clare.

– Cuidado com essa aí. É uma ditadora. Governa com mão de ferro.

Clare o olhou bem séria e disse, em voz também séria:

– Pode deixar, eu vou tomar bastante cuidado. Muito obrigada.

Egon jogou a cabeça para trás e deu uma boa gargalhada, depois vestiu o casaco e foi para fora fumar.

– Eu disse alguma coisa engraçada? – Clare perguntou baixinho a Cornelia.

– Não leve a mal, mas não disse não. Você foi engraçada, mas nem tanto. Não se pode dizer que tenha sido a cena mais engraçada da história da humanidade. Mas você acha que se o Egon tivesse rido como qualquer ser humano normal o salão inteiro teria se virado para olhá-lo e ver que piada era aquela que eles estavam perdendo?

– Não? – Clare quis saber.

– Não – afirmou Cornelia. – Você está morrendo de tédio?

– Eu gosto daqui – respondeu Clare – mas todo mundo é sempre assim?

– Assim como? Como se estivessem no intervalo de vinte diferentes sets de filmagem? É pior um pouquinho. É por isso que a minha amiga Linny nunca vem aqui. Ela também diz que precisaria perder uns quatro ou cinco quilos, fazer implante dos ossos da face e mudar o nome para Luna antes de a deixarmos entrar. Mas adivinha só?

– Ela vem – Clare arriscou.

– Vem mesmo – confirmou Cornelia. – E preste atenção no que eu vou dizer: ela vai cair de quatro... – Cornelia apontou para o caubói.

– Ela vai se apaixonar pelo caubói? – Clare perguntou.

– Não, pelo Hayes não. O nome dele é Hayes, e não é má pessoa, de jeito nenhum. Pela camisa. Essa camisa danada de horrenda, cafona, um autêntico pesadelo que ele está vestindo. Linny vai adorar. Vai querer para ela.

– Não cobiçarás – Clare recitou.

– Diga isso para Linny – retrucou Cornelia.

– Posso fazer uma pergunta pessoal? – perguntou Clare.

Cornelia deu um sorrisinho enigmático.

– Parece justo – respondeu. Clare não entendeu o que aquilo queria dizer, mas resolveu ir em frente e perguntar assim mesmo.

– Não precisa responder, mas eu andei me perguntando, você fez faculdade?

– Fiz. – Faculdade e dois meses de pós-graduação.

– Porque eu acho você tão inteligente – comentou Clare.

– Eu sou muito inteligente. Mas não do tipo violento e ofuscante – riu Cornelia.

– Ótimo. Quem quer ser ofuscado e agredido? Eu não ia querer – comentou Clare. Conversar desse modo com Cornelia fazia-a sentir-se bem e à vontade. Talvez fossem as roupas de gente grande. Ou talvez porque ela estivesse participando ativamente da conversa; dizendo coisas que às vezes pensava mas nunca dizia, ou que só pensava depois, quando já era tarde.

Cornelia deu uma boa gargalhada.

– Há uma outra parte da pergunta, mas essa você REALMENTE não precisa responder – continuou Clare.

– Se eu sou assim tão inteligente, por que trabalho aqui, servindo café a um bando de maníacos arrogantes, auto-referentes e eurófilos?

– Eu não ia falar eurófilos – rebateu Clare.

– Porque você é muito bem-educada.

– Não sei o que quer dizer – corrigiu Clare, e Cornelia riu novamente, mas logo ficou séria.

– Quando eu era um pouco mais velha do que você, caí de amores por um filme chamado *Núpcias de escândalo*, conhece?

Clare sacudiu a cabeça.

– Bom, acho que sabemos o que encabeça a lista daquilo que Clare deve assistir. De qualquer maneira, foi por isso que eu vim para a Filadélfia. Não é uma bobagem? – perguntou Cornelia. O tom era casual, mas Clare podia jurar que se tratava efetivamente de uma pergunta.

– Não. Você não devia ter motivos para ir a outros lugares e já que tinha um motivo para vir para cá... – arriscou Clare.

– Exato. O filme não se passa exatamente na Filadélfia, e sim nos bairros chiques dos arredores. Mas eu achei que devia tentar. Depois que abandonei a pós-graduação, não sabia o que fazer. Queria me cercar de gente interessante, capaz de dizer coisas interessantes de formas interessantes sobre assuntos interessantes, mas eu era muito medrosa para ir para Nova York ou Paris. Por isso consegui um emprego num lugar onde todo mundo vinha ou parecia que vinha ou parecia estar a caminho de algum lugar fascinante – explicou Cornelia.

– Faz sentido – respondeu Clare.

– Você é uma garota muito legal, Clare. Eu vim para cá, acabei virando gerente e não consegui mais pensar em outro lugar para ir.

– Você acha que vai ficar? – Clare quis saber.

– Não, não creio. Ainda não tenho certeza do que vou fazer. O meu problema é que eu gosto de trabalhar; gosto de fazer as coisas muito bem; e simplesmente não tenho vocação alguma. Pelo menos ainda não. – Cornelia encheu as bochechas de ar, e então pôs o ar para fora. – Mas se você pensar em alguma coisa, por favor me diga.

– Pode deixar – prometeu Clare solenemente. Cornelia sorriu, e aí se levantou para cumprimentar uma mulher que acabara de entrar.

Clare se virou e viu uma mulher com um casacão comprido, cor de vinho, chapéu de Sherlock Holmes, um cachecol de lã nas cores do arco-íris e aquelas botas compridas de borracha que os homens costumam usar para pescar trutas. Botas amarelo-neón. Ela parecia estar no intervalo de quatro diferentes sets de filmagem, não de um apenas.

– Linny – apresentou-as Cornelia. – Por falar em violento e ofuscante.

Da porta Linny percorreu o salão com os olhos, e depois olhou para Cornelia.

– Você deve estar brincando comigo! – berrou.

Cornelia acenou para ela, entra, entra. Linny entrou pisando duro pelo chão, dando uma paradinha para um exame superficial na camisa vermelha e branca de Hayes. Cornelia ergueu as sobrancelhas para Clare.

Quando Linny desabou na cadeira ao seu lado, Cornelia comentou:

– Já sei. A camisa.

– *Magnifique!* – exclamou Linny. – Uma pechincha para mim! Você é a Clare? – Clare fez que sim com a cabeça.

– Belas botas. Eu preciso voltar para lá – anunciou Cornelia. – Mas vê se não fica contando histórias a meu respeito, Linny. E você, Clare, é bom pôr uma pitada de sal em tudo o que ela contar.

Linny empurrou um vidro grande com uma substância branca para Clare no outro lado da mesa.

– Que tal isso? – perguntou Linny, sorrindo de forma angelical para Cornelia.

– Isso deve ser açúcar – respondeu Cornelia, começando a se virar para ir embora. Clare botou a mão no braço de Cornelia, e Cornelia imediatamente se agachou para as duas ficarem face a face.

– Barcelona – Clare disse baixinho. – Estávamos no carro, ela estava chorando, e parou para me deixar sair. Eu caminhei durante um bom tempo, até que escureceu. Uns adolescentes me pegaram e me levaram de carro até a minha casa. Mas ela tinha duas passagens. Para Barcelona. Queria passar o Natal lá. Portanto, deve ter sido para lá que ela foi. – Cornelia ficou completamente muda, ouvindo Clare. Então segurou com as duas mãos o rosto de Clare e balançou a cabeça.

– Ótimo. Muito obrigada. Isso vai ser de grande ajuda. Grande garota. – E beijou Clare na testa, o que deixou Clare surpresa e pareceu surpreender igualmente Cornelia. Mas tudo bem, Clare havia sorrido. Não um sorriso despreocupado, radiante, mas o melhor que ela dava havia muito tempo. Pelo menos, pareceu verdadeiro.

A sós com Linny, defrontada com o chapéu e as botas e o que se revelou ser um suéter Fair Isle bem comum e jeans por baixo do casaco monstruoso, Clare se retraiu.

– Agora que aquela pestinha se foi, o que *você* acha da camisa vermelha do caubói? Honestamente. Maravilhosa, não é? – Linny se debruçou em atitude conspiratória.

Clare olhou novamente para a camisa.

– Bom, se você gostou, por que não pergunta onde ele a comprou?

– Muito diplomática você, garota. Eu vou fazer isso mesmo.

– O nome dele é Hayes – revelou Clare.

– Claro que o nome dele é Hayes – Linny resmungou. – Ninguém tem nome normal nesta espelunca.

Um cone de creme, uma torta de frutas com cerejas incrivelmente perfeitas em cima, e um baita croissant de chocolate materializaram-se sobre a mesa diante de Clare e Linny. Em seguida, outro chocolate quente para Clare e um café com creme para Linny. Clare se virou para apreciar a rapidez e a competência do atendimento de Cornelia por trás do balcão.

— Ela é uma provedora – elogiou Linny. – Herdou isso da mãe, ambas adeptas da filosofia de que todos os doentes do mundo poderiam se curar se lhes dessem bastante comida, embora Cornelia provavelmente não admita isso.

— Então ela tem mãe – comentou Clare, pensativamente, quase para si mesma.

— Você já ouviu falar de Platão? – perguntou Linny após uma pausa, durante a qual partiu um pedaço do cone de creme e o comeu.

— Mais ou menos – Clare respondeu. – Nós estudamos os mitos este ano, mas no ano que vem acho que vamos estudar filosofia.

— Os mitos são mais interessantes. Aquele pessoal todo se transformando em outras coisas, árvores, vacas, cisnes. Eu acho que seria um pavão. Seria legal ser linda e burra, ao menos por algum tempo. De todo modo, a mãe de Cornelia, Ellie, é o modelo platônico de mãe. E não é devidamente valorizada por isso, se você quer saber. O pai dela também é um doce.

— Cornelia é namorada do meu pai? – quis saber Clare.

— Hmmm. É, eu diria que isso descreve bem quem ela é. Por ora, pelo menos – Linny refletiu em voz alta, com a boca cheia.

— Você acha que eles vão se casar? – Ao perguntar isso, Clare percebeu que era incrivelmente importante para ela saber isso. Depois ela ia tentar entender por quê.

Linny parecia estar se decidindo entre duas respostas, ou talvez parecesse estar tentando decidir qual delas Clare preferiria ouvir. Por fim, suspirou.

– Nós não conversamos sobre isso especialmente. Mas se você quer a minha opinião sincera, eu diria que não. Não acho que Cornelia vá se casar com seu pai. Mas nem sempre eu acerto. Acerto bastante, mas nem sempre. Mas ela está bem caidinha por ele, disso você pode ter certeza.

Clare não sabia mais o que dizer, mas isso não teve a menor importância porque naquele momento ela relanceou o olhar para a porta do café onde, alto e elegante, num discreto sobretudo azul pavão e lindas botas – nada fantasiado – estava parado o homem mais bonito que Clare já vira na vida. Tinha um rosto moreno claro, estava precisando cortar o cabelo, e, mesmo à distância, Clare foi capaz de notar que os olhos dele eram verde-garrafa.

– Puxa – Clare engoliu em seco. Linny se virou para olhar.

– Olha só quem está aqui – exclamou. – De repente eu também fiquei com os olhos brilhando...

O homem olhou na direção do balcão. E sorriu.

E aí, por sobre o burburinho do café, uma voz sobressaiu, cantando alegremente uma canção que Clare reconheceu na hora. Era a voz de Cornelia: *Taaayyyyo! Tay-ay-ay-yo-oh*!

Várias pessoas, Linny e Clare entre elas, fizeram coro: *Daylight come and me wanna go home.*

O homem parado à porta baixou depressa a cabeça, timidamente, sorrindo de novo. De novo Clare engoliu em seco. Em seguida, enquanto as pessoas no café voltavam às suas conversas, o homem foi atravessando o salão até o balcão, Cornelia saiu lá detrás e os dois se abraçaram tão apertado que Cornelia chegou a ser levantada do chão.

13

Cornelia

Eu nunca me senti tão feliz na vida por ver alguém. Sei que soa melodramático, mas é a pura verdade.

O choque do novo. Eu gosto; você gosta. Não existe surpresa igual a uma nova surpresa. Mas eu sou fã ainda mais ardorosa do choque de reconhecimento, e quando Teo entrou no café, eu já estava farta de novidades; novidade era uma coisa requentada. Eu queria prazeres bem familiares, e para mim nada poderia ser mais familiar do que Teo. Embora eu não pensasse nele há bastante tempo, tão logo o vi com aquele seu casaco de séculos e o cabelo caindo nos olhos, eu soube que ninguém mais serviria. Ninguém mais senão Mateo Sandoval, o Teo. Taaayyyyo. Meu cunhado. Um pedacinho de casa.

E, pensando bem, na verdade não estou querendo dizer que não pensava nele há muito tempo. Ao contrário, o que estou dizendo é que não pensava *diretamente* nele há muito tempo. Porque ele não faz parte dessa infinidade de pessoas que conheci na vida ou que continuo conhecendo e que entra na minha cabeça, fica um pouco e se vai. Ele está sempre lá, como Linny, minha mãe, meu pai ou meus irmãos. Faz tanto tempo que eu nem sei quanto tempo faz. Teo tem residência permanente em mim.

Até "cunhado" me soou estranho, e não só porque o casamento às escondidas dele e de Ollie dois anos atrás tenha sido completamente inesperado e tenha nos deixado absolutamente perplexos, mas também porque eu o conhecia muitos anos antes de ele se tornar meu cunhado. Sua família mudou-se para a minha rua quando eu tinha 4 anos e Teo 7. Tal como o meu pai, o dele também era médico. Jogavam golfe juntos. E nossas mães eram grandes amigas, sócias do clube de jardinagem, parceiras de tênis e ambas eram pilares da comunidade – a despeito do fato de que, diferentemente da minha mãe, que é sem dúvida uma mulher bonita, a mãe de Teo, Ingrid, era e continua sendo um mulherão, aquela loura sueca clássica, que ficaria bem melhor no festival de Cannes, de braços dados com algum diretor vinte anos mais moço do que ela, do que numa reunião da Junior League vestindo um conjuntinho da Talbots.

Teo, Estrella (sua irmã mais nova, a quem chamamos de Star – nome perfeito para ela), Ollie, Cam, Toby e eu passamos a infância de lá para cá, uns nas casas dos outros, nos quintais e até nas camas, sem nenhum sentido sexual. (Muito embora tenha sido Teo quem me deu o primeiro beijo, pela simples razão de que eu já tinha 14 anos e me encontrava no mais absoluto desespero para ser beijada, depois do que eu agradeci a ele e nós dois, mais o resto da garotada da vizinhança, voltamos às nossas guerrinhas de bola de neve.) "Cunhado" não tinha nada a ver. Melhor seria irmão-de-armas. Ou apenas irmão. Independentemente do nome, eu amava aquele cara.

Não do mesmo modo como minha irmã Ollie o amava, imagino, embora o casamento deles tivesse sido uma surpresa para todos. Quando eles apareceram juntos em nossa casa na Virginia numa manhã de Natal, casados, papai pediu para ver a certidão de casamento para poder acreditar. "Desde quando vocês passaram a gostar um do outro?", deixou escapar Cam, que é um bom rapaz mas nada sutil, o que fez Ollie rir e Teo ficar envergonhado, mas nenhum dos dois respondeu, por mais que todos estivéssemos mortos de curiosidade.

Mas tão logo as duas famílias se recobraram do choque, alguns de nós ficamos extremamente felizes com a união daqueles jovens lindos, brilhantes, bem-sucedidos, bem como das duas famílias lindas, brilhantes e bem-sucedidas, enquanto outros nem deram muita bola para o fato, já que o homem em questão sempre pareceu mais um membro da nossa família e os dois pombinhos não se mostravam especialmente ardorosos na nossa frente e se relacionavam praticamente da mesma forma como sempre o fizeram.

Tanto quanto eu sei, as duas únicas diferenças eram que eles dormiram no mesmo quarto na casa da minha família e, alguns dias depois do Natal, partiram juntos de volta para o apartamento de Teo, em Park Slope, que passava a ser agora o apartamento de Ollie e Teo, em Park Slope, mesmo ela permanecendo na casa dela, próxima ao laboratório, quando estava trabalhando.

Mas ao ver Teo ali no café, não pensei em Ollie, em nossas famílias, em qualquer dessas coisas. Na verdade, não pensei em nada: apenas senti, e o que eu senti foi muita alegria.

Fui puxando Teo pelo salão até a nossa mesa, peguei outra cadeira e estalei os dedos no ar para Jacques ir tocando o trabalho sem mim, pois eu descobrira que as pessoas respondem melhor ao comando quando o chefe se mostra meio idiotizado ao comandá-los.

– Você está com uma aparência maravilhosa, Teo – exclamou Linny, quase sem fôlego. – Quer dizer, olá, Teo. Você está... maravilhoso.

Teo é o único homem no universo capaz de tornar meio incoerente minha amiga Linny, sempre inexoravelmente coerente. Ela proclama aos quatro ventos que Teo é o homem mais lindo da face da Terra, que deveria haver uma lei contra tamanha beleza, que Teo emana uma luz sobrenatural, possivelmente radioativa, que só essa beleza daria a Teo um lugar à mão direita de Deus. Não sou eu que estou dizendo. Linny manifestou essas e outras impressões igualmente hiperbólicas toda vez que viu Teo em diferentes ocasiões e, sempre que falava, seu rosto irradiava aquela espécie de êxtase divino que seguramente transfigurou as feições de Sir Galahad quando ele se viu ante o Cálice Sagrado.

"Mistura de raças", é desse jeito que minha irmã Ollie, uma sentimentalóide incurável, explica a aparência dele, referindo-se ao fato de Teo ser o produto de mãe sueca e pai filipino – uma combinação genética que, muito provavelmente, também o deixa menos vulnerável a doenças como o mal de Alzheimer e a malária. (Certo, talvez eu não esteja me lembrando exatamente do que ela disse, mas foi algo parecido.)

Eu sabia que a reação de Linny a Teo beirava a insanidade, mas sabia também que ele era muito bonito. Mas sabia disso da mesma forma que sabia que George Washington foi o primeiro presidente dos Estados Unidos da América. Não duvidava, mas beleza é algo que se conhece objetivamente e também algo que se aprende por experiência própria, e eu não tinha experiência própria da beleza de Teo. Linny assegurava que eu via Teo como certos autistas vêem os outros, como um conjunto de traços distintos. Ela afirmava que eu via a soma das suas partes e não o todo, um todo que transforma mulheres inteligentes – não todas as mulheres inteligentes, mas não só Linny – em macacas-de-auditório. Talvez ela tivesse razão. Quando olhava para ele, eu via um homem de olhos verdes, tranqüilão, meio descabelado, cujo estilo pessoal não havia mudado muito desde os tempos de escola, se é que mudara alguma coisa. Mas o que eu via, basicamente, era Teo – só o Teo normal, comum. Em vez de um ser banhado em luz celestial, eu continuava vendo o garoto que passou um verão sufocante inteirinho fantasiado de Homem-Aranha, tentando escalar as paredes.

– Que bom ver você também, Linny – reagiu Teo distraído, sem se dar conta de estar perturbando a imperturbável Linny. Mesmo se ele tivesse notado, não faria muita diferença. O único efeito que o efeito Teo sobre mulheres como Linny parecia ter sobre ele era constrangimento, o que sem dúvida servia apenas para torná-lo ainda mais adorável para elas. Um ciclo demasiadamente fútil para ser chamado de vicioso.

– Ah, muito obrigada, Teo – Linny babou, afofando inconscientemente o cabelo.

– E acho que ainda não tive o prazer de conhecê-la – Teo dirigiu-se a Clare. Falou naturalmente, sem jogar charme, mas quando vi Clare ficar vermelha, percebi que ela estava nitidamente encantada e lisonjeada. De fato, estava absolutamente claro que Clare fora mordida pelo mosquito Linny, e como!

– Clare, este é meu cunhado Teo. Teo, esta é Clare – eu os apresentei. Clare não conseguiu falar, mas balançou a cabeça com todo o vigor, como a demonstrar que eu estava correta, sim, ela era mesmo Clare!

– Vamos dar um tempinho para essas duas se recobrarem, Teo. Seria bom se você parasse de ficar sorrindo para elas – brinquei. – Enquanto isso, me conte o que o traz a esta minha linda cidade.

– Um congresso de medicina. Um congresso terrivelmente chato. Eu estava lá escutando umas conferências tremendamente chatas, quando senti que meus ossos estavam começando a petrificar. Então, pulei fora e vim visitar minha amiga Cornelia – Teo explicou.

– Boa idéia. E onde está a deusa do DNA? Perseguindo ferozmente o Prêmio Nobel? – perguntei, e posso até estar enganada, mas acho que vi Teo se contrair, mesmo que ligeiramente. Ocorreu-me que talvez meu comportamento falastrão em relação à sua mulher poderia tê-lo magoado, o que seria a última coisa que eu gostaria de fazer. Ele a ama, eu disse a mim mesma. Eu deveria ser capaz de entender isso, já que passei a maior parte da minha vida amando-a também.

– Mais ou menos, eu suponho – respondeu, com um sorriso forçado. – Ela está fora, fazendo uma pesquisa. Vai demorar um pouco para voltar.

– E o Natal? – Clare quis saber, depois de se juntar a nós no planeta Terra e parecendo preocupada.

– Gente superdotada, como Teo, Ollie e eu própria, vive num plano bem superior a isso que a plebe chama de "período de festas" – falou Linny, também de volta à Terra, num tom antipático.

– É, Ollie realmente trabalha demais – assentiu Teo. E aí se animou. – Ei, Cornelia, você se lembra daquele período de festas em que obrigou toda a vizinhança a assistir a *A felicidade não se compra* todos os dias, durante... deixe-me ver... um mês inteirinho?

– Que história é essa? – estranhei.

– Um mês, no mínimo – Teo confirmou. Virou-se para Clare. – Sorte sua ainda não ter nascido, Clare. Ela chegou até a arrancar à força crianças de fraldas do calor de suas casas para botá-las de castigo diante da televisão. Foi uma coisa brutal.

Clare riu. Um som maravilhoso.

– Faz só um dia que eu a conheço, e ela já está preparando uma lista de filmes a que eu tenho que assistir – Clare falou, rindo de novo.

– Muito bonito, agora você está mancomunado com ela contra mim. – Eu estiquei o braço e dei um beliscão em Teo.

– É bom para ela, você não acha? – Teo perguntou a Clare. – Ter alguém com quem se mancomunar.

– Acho que sim – fez Clare, balançando a cabeça gravemente.

– E quais são os *seus* planos para o Natal? – perguntei a Teo, e na mesma hora percebi que tinha feito uma besteira.

– Não tenho plano nenhum. Meus pais vão passar o Natal com Star, em Londres. Ollie e eu tínhamos pensado em ir para a casa dos pais de vocês, mas apareceu essa pesquisa e eu resolvi não viajar sem ela. Talvez eu passe uns dias lá em janeiro. E você? Com quem vai passar o Natal?

Estávamos todos tentando manter uma conversa leve, permitindo que Clare mantivesse seu sorriso doce, mas estava escrito que, mais cedo ou mais tarde, chegaria a hora de uma pergunta que puxaria uma série de outras perguntas, todas requerendo respostas difíceis, complicadas.

"Bom, Teo", eu poderia ter dito. "Não planejei viajar para casa porque tive a intuição de que meu namorado emocionalmente distante tinha programado uma viagem romântica de surpresa, durante o qual eu esperava superar essa distância emocional, mas aí a filha dele, que eu nem sabia que existia e que acabou de ser abandonada pela mãe, apareceu no café ontem e, agora, está aqui sentadinha, toda tristonha e encantadora, e por isso o que vamos fazer no Natal agora é uma incógnita." Mas eu não disse isso, é claro. Não disse nada. Ninguém disse nada. Clare ficou olhando fixamente para o centro da mesa, depois para o próprio colo.

Linny olhou em volta e se levantou.

– Desculpem-me, preciso falar com um cara a respeito de uma camisa.

Antes de ir, fez um carinho na cabeça de Clare. Linny não estava fugindo, eu sabia. Eu já lhe havia contado o suficiente sobre Clare para ela saber que a história, o pouco que eu conhecia dela, era carregada de tristezas, e se essa história – ou partes dela – fosse ser contada aqui num café cheio de gente, quanto menor a platéia, melhor. Linny caminhou em direção a Hayes, chamando "Halliburton!".

Clare ergueu os olhos, e eles se depararam com os meus.

– O nome dele é Hayes – ela corrigiu numa voz sem expressão.

Involuntariamente, dei um suspiro.

– Eu sei. – É um clichê dizer que o ar estava carregado de todas as nossas palavras não ditas, mas às vezes os clichês exprimem a verdade. Eu estava tendo dificuldade para respirar.

– Clare – Teo chamou com suavidade –, veja isto. – E começou a fazer uma moeda rolar rapidamente por entre os dedos de uma das mãos, depois por entre os dedos da outra mão, para frente, para trás. Era um truque que eu já o vira fazer, e outras pessoas também, mas em geral com apenas uma das mãos, e sabia que não era o maior truque do mundo. Mas Teo o fazia excepcionalmente bem, de tal maneira que a moeda ondulava como água pelos seus dedos compridos. Para uma criança abatida e magoada, o truque devia parecer um milagre.

Os olhos de Clare se arregalaram.

– Você me ensina? – ela quase sussurrou e, sem que se possa explicar, o ar no salão subitamente ficou normal.

Eles ficaram naquilo por uns dez minutos, e Clare não estava indo lá muito bem, mas não era isso o que importava, pois a cada minuto ela se parecia mais com uma menina de 11 anos. Fui dar uma controlada em Jacques e, ao voltar, Teo estava dizendo:

– São duas etapas. Na primeira, você precisa aprender a fazer a coisa. Na segunda, tem que esquecer como se faz e simplesmente fazer. Desligar o cérebro e confiar nas mãos.

Clare balançou a cabeça, e posso jurar que ela estava registrando tudo na mente, palavra por palavra.

Então Clare fez uma coisa incrível: pôs a moeda entre as palmas das mãos, apertou as mãos com força com a moeda no meio e perguntou:

– Teo, você já conheceu alguém que enlouqueceu?

Era uma pergunta surpreendente, mas Teo não demonstrou surpresa, apenas ficou pensativo.

– Já, acho que sim.

– E as pessoas melhoram? – Clare quis saber.

– Sim. Essas pessoas que eu conheci melhoraram. Eram pessoas que foram normais por muito tempo, e aí começaram a mudar. Ficaram confusas ou começaram a esquecer coisas, e se comportavam de formas muito estranhas. Às vezes, ficavam até assustadoras.

– Elas deixaram de ser elas mesmas – ensaiou Clare, sem nunca tirar os olhos do rosto de Teo. Ele também não afastou o olhar.

– Bom, não, não exatamente, embora pudesse parecer. Elas continuavam tendo dentro delas tudo aquilo que as fazia elas próprias e não outra pessoa. Tinham suas vidas e pessoas que amavam, e tudo isso estava dentro delas, em algum lugar.

– Você acha que elas ainda amavam as pessoas que tinham amado quando estavam bem? – perguntou Clare.

– Acho, sim. Pode ser que não tenham tido muita facilidade em demonstrar seu amor, e não tenham agido da forma que o amor normalmente faz as pessoas agirem, mas o amor não desapareceu. De maneira alguma. O que aconteceu com as pessoas que eu conheci foi que a química delicada em seus cérebros perdeu o equilíbrio, fazendo com que houvesse muito de uma coisa e não o suficiente de outra.

– Como ficar doente?

– Exatamente. E foram os remédios e os médicos que sabem ouvir que as ajudaram a ficar boas.

– Todas ficaram boas?

Teo hesitou.

– Nem todas. Mas muitas ficaram. E os cientistas estão aprendendo cada vez mais a fazer com que mesmo as mais doentes melhorem. – Na voz calma e serena de Teo, a resposta não foi uma selva escura. Eu pude ver Clare atravessá-la e sair do outro lado, inteira. Então ela pôs a moeda sobre a mesa e segurou a borda com as duas mãos.

– Minha mãe está doente assim. Ela começou a mudar no início de outubro. Éramos só nós duas na nossa casa, e eu a vendo piorar, piorar. Ela comprava as coisas mais estranhas, e um dia me tirou da escola sem qualquer motivo e me deu vinho para beber.

Eu escutava Clare, assombrada. Seu rosto era o mais expressivo que eu já vira, e o que havia naqueles olhos negros, no formato do seu queixo, e em sua testa sem rugas era algo inequívoco: confiança. Eu já vislumbrara isso anteriormente, quando Clare me falou de Barcelona. Mas agora não era só um vislumbre, e sim um clarão de confiança firme e radiante brilhando na direção de Teo. Sob outras circunstâncias, eu teria me sentido rejeitada – por que ele e não eu? – mas isso não tinha a menor importância. Boa escolha, Clare, eu pensei comigo, muito bem, garota.

– Deve ter sido muito difícil – fez Teo, e Clare concordou com a cabeça, os olhos cintilantes de lágrimas. Mas não houve uma tempestade, não houve um colapso. As lágrimas sequer caíram.

– Ela parou de tomar conta de mim. Ela sempre teve muito cuidado comigo, muito, e parou de ter. Mas ela não queria isso. Por isso é que eu não podia permitir que soubessem que ela estava doente.

– Porque você tinha medo que as pessoas não entendessem, não é? Tinha medo de causar problemas para ela?

Clare concordou com a cabeça.

— Ela foi me pegar na escola no último dia antes das férias, e estava diferente outra vez. Diferente em relação ao jeito diferente de antes. Chorava muito, e me pedia desculpas. E aí me largou na beira da estrada. É por isso que eu estou aqui.

— Cornelia é amiga da sua mãe? — Teo perguntou.

— Não, o pai dela é meu... — eu ia dizendo, mas parei, recusando os rótulos, recusando-os e descartando-os. De repente, todas aquelas palavras me pareceram vazias e sem sentido, como se transportassem peso de mais ou de menos. Pensei, por breve instante, no meu favorito dos nomes de personagens alegóricos do poema "*Piers Plowman*": Tom-Língua-Fiel-Não-Me-Conte-Histórias-Nem-Mentiras-Risíveis-Pois-Eu-Jamais-Gostei-Delas. Exatamente o tipo de nomenclatura precisa de que eu necessitava, mas antes que eu pudesse explicar alguma coisa, Clare interveio:

— Namorado. Cornelia é a namorada do meu pai.

— Entendo — Teo disse, mas ele, claro, não estava entendendo nada, pelo menos não o quadro completo, e eu resisti ao impulso de explicar. Por que eu queria explicar a Teo o que nem para mim fazia sentido ainda? Não tenho certeza, mas sentada nessa mesa eu testemunhara duas pessoas sendo mais honestas e corajosas do que a maioria das pessoas costuma ser. Talvez eu quisesse ser corajosa e honesta também. Por ora, entretanto, eu mantive minha paz intranqüila.

— Sabe o que eu acho? — Clare estava com o rosto radiante. — Acho que você devia passar o Natal com a gente, Teo. Cornelia e eu podemos dormir na cama dela, e você pode dormir no sofá. — Ela lembrou de algo, e se virou para mim. — Se você estiver de acordo, Cornelia.

Eu ri.

– Por mim, tudo bem. – Clare voltou-se novamente para Teo. – O sofá é bem grande – enfatizou ela.

Então, o sorriso que deu para Teo fez de Clare uma garota que nem o coração mais insensível seria capaz de rejeitar, e assim meu velho amigo Teo, um homem bom, não teve a mínima chance.

14

Clare

Na cozinha de Cornelia, Teo ensinava Clare a cortar carne.

Enquanto Cornelia estava trabalhando, eles foram passear em Chinatown, compraram um saco enorme de arroz aromático, pequenas mangas amarelas e ingredientes para um prato de macarrão filipino chamado pancit. Também se divertiram bastante escolhendo sobremesas de que Clare nunca ouvira falar, feitas com ingredientes inusitados como arroz, leite de coco e, o mais inusitado de tudo, legumes de raiz como aipim, batata-doce e um inhame vermelho chamado ube.

A mulher da confeitaria, idosa e mal-humorada, deixou Clare provar algumas sobremesas antes de escolher, mas só depois de muito relutar e dizer que não costumava fazer aquilo. Clare entendeu que a mulher só fez isso porque Teo tinha pedido. Ele disse que seu pai era de Manila, e não se importou quando ela botou o dedo na cara dele e o chamou de mentiroso por causa dos olhos verdes e por ele não saber falar Tagalog.

Teo ensinou a Clare uma das poucas frases que sabia, Maligayang Pasko (Feliz Natal) e, antes de irem embora, tomou a mão da senhora e a pressionou de leve contra a testa. Salamat, ele disse. Obrigado. O gesto era uma bênção, conforme ele contou a Clare mais tarde, e era algo que as crianças faziam com os adultos em sinal de respeito. Clare amou aquilo. Quando ninguém estava olhando, ela tentou imitar erguendo uma das suas mãos enluvadas com a outra.

Após as compras, Clare empurrou o carrinho de Cornelia até o apartamento, enquanto Teo carregava o saco de arroz nos ombros como Papai Noel, com a diferença de que ele não tinha nada de Papai Noel, é claro. Ele não se parecia com ninguém mais neste mundo, até onde Clare podia saber, mas ela não estava se sentindo o tempo todo embasbacada ante a beleza dele como achou que se sentiria depois que o viu pela primeira vez no café.

Enquanto caminhavam pelas ruas da cidade enfeitadas para o Natal, o que realmente deixou Clare embasbacada foi verificar como era fácil. Os músculos do seu corpo, especialmente os do pescoço e entre as escápulas, finalmente estavam relaxados depois de tanto tempo. Seu corpo se sentia tal como era, não como aquela coisa pesada que tinha que carregar para todo lado. A enorme árvore do Fórum; toda vermelha, verde e dourada; as guirlandas e as luzes serpenteando pela Broad Street e descendo pela Walnut não lhe doeram tanto quanto tinha temido. O céu se estendia por sobre tudo, de um azul-claro e uniforme como um lençol lavado e passado. No ar perfumado de neve, sob o céu, ela conseguiu até pensar na mãe e em todos os Natais que as duas tinham passado juntas andando por aquelas ruas, sem entrar em pânico.

Clare não era mais uma garotinha para achar que tudo ia ficar bem depois de passar uma única manhã num café conversando com adultos. Mas depois de suas conversas com Cornelia e Teo, Clare penetrara num mundo em que ficar bem era uma possibilidade, em que ficar bem não parecia um universo distante, tremeluzindo vagamente, no qual ela jamais voltaria a entrar. Vendo Teo à sua frente carregando o saco e virando-se para sorrir, ela de repente entendeu a diferença, uma simples mudança: ela estivera sozinha por muito tempo, e não estava mais.

Clare alcançou Teo. Não queria falar – não muito. Gostava da bolha de silêncio tranqüilo dentro da qual caminhavam, mas queria fazer uma pergunta.

– Não faz mal eu estar contente, faz? – Ela esperava que ele soubesse do que ela estava falando.

– Nenhum problema. Tudo certo – respondeu ele, sem olhar para ela, sem diminuir o passo nem se deter, mas sorrindo de longe um sorriso especial, mais olhos do que boca, mais para si mesmo do que para ela. Então quis saber: – Você sabe picar carne?

Nada mau. Depois que Teo ensinou, ela manejava o facão como um balanço sobre as cebolas, deixando uma trilha de fatias pequenas e quase do mesmo tamanho.

– É mais ou menos como o truque da moeda. A gente só tem que desligar a cabeça e confiar nas mãos, não é? – Clare comentou.

– É parecido. Mas não convém confiar demais nas mãos. Ainda não. – Teo deu um sorriso.

Teo era muito bom naquilo, de provocar admiração, rápido e controlado ao mesmo tempo. *Zip, zip, zip* – e a cenoura se transformava numa fila de rodelas, umas caindo sobre as outras como dominós derrubados, e todas da mesma largura.

– Exibido! – Cornelia gritou do sofá.

– Você é cirurgião? – Clare perguntou, sem fôlego só de olhar.

Teo riu.

– Se os cirurgiões cortassem desse modo, não ficariam muito tempo como cirurgiões. Não, eu me especializei em radiologia terapêutica.

– O que é isso? Raios X?

– Ele é oncologista – explicou Cornelia, levantando-se e pegando uma rodela de cenoura. –Trata os doentes de câncer. Só não gosta muito de falar disso.

– Mas é bom tratar doentes de câncer – observou Clare.

– Claro que é bom, mas falar a palavra "câncer" é o mesmo que baixar o volume do som de uma festa. Eu já vi isso acontecer. "Puxe outra cadeira, querido, a morte acabou de entrar!" – comentou Cornelia.

– É como um feitiço. Você diz a palavra e instantaneamente todo mundo ao seu redor entra em depressão – Teo falou, cortando uma lingüiça sem o menor esforço, como quem assina o nome ou embaralha cartas.

– Você podia virar gerente de um café. Quando eu digo que sou gerente de um café, logo todo mundo em volta pensa que eu sou mal aproveitada – riu Cornelia.

Clare ficou preocupada achando que Cornelia pudesse estar se referindo ao que ela havia perguntado pela manhã, mas Cornelia passou os braços em torno dos seus ombros e apertou.

— E não pense que estou falando de você, minha querida. Além do mais, existem coisas bem piores que se pode pensar de mim. Pelo menos o termo "mal aproveitada" mostra que eu sou capaz de muito mais. Muito, muito, muito mais.

— Por outro lado, talvez você esteja se auto-elogiando. Talvez eles só achem que você é uma fracassada — sugeriu Teo inocentemente, e Clare ficou meio chocada com aquilo, mas Cornelia riu e atirou um pedaço de lingüiça em cima dele. Pegou bem no meio dos olhos.

— Lembra de umas horas atrás, quando eu disse que você era um cara legal? Esquece. Pode apagar.

— Cornelia, essa é a sua história. — Teo começou a dizer a Clare.

— Oh, que jeito adorável de começar o que, eu tenho certeza, será o assassinato de uma personagem maravilhosa — brincou Cornelia. Clare não estava mais nem um pouco preocupada com o que um dizia para o outro. Ela imaginava que um dia teria uma amizade em que ela e seu amigo pensariam tão bem um do outro e estariam tão seguros disso que poderiam dizer qualquer coisa.

— A história de Cornelia é que ela é indiscutivelmente inteligente — continuou Teo.

— Indiscutivelmente. Sem discussão — concordou Cornelia.

— Quando éramos crianças, todas as garotas e garotos da vizinhança escutavam: "Por que você não tira notas iguais às da pequena Cornelia Brown?"

— "Pequena" era a palavra-chave — observou Cornelia. — Quando a gente chega aos 13 anos de idade aparentando 9, tem que desenvolver aquilo que pode ser desenvolvido.

– E ela é talentosa, também. Mas seus talentos prediletos, aqueles que ela resolveu aproveitar melhor, não são necessariamente do tipo que conduz a uma profissão – acrescentou Teo.

– Facilmente – corrigiu Cornelia. – Que conduzem *facilmente* a uma profissão.

Teo ergueu os olhos da tábua de cortar e lançou-lhe um sorriso maligno. Clare quase deu um grito, mas deteve o som no fundo da garganta e o controlou lá, como uma criança que é pega com um cigarro e fumaça na boca. Vinha dizendo para si mesma que estava se acostumando com o rosto de Teo, mas se enganara. Ao se dar conta de que estava prendendo a respiração, não teve escolha senão arquejar para ganhar um pouco de ar. Quando notou que Cornelia tinha notado, Clare transformou o arquejo numa tosse.

– Enquanto os demais estavam fazendo medicina, direito, pós-graduação ou administração, algo assim – Teo prosseguiu –, Cornelia também estava estudando muito, mas assuntos como papo agradável. Sarcasmo. Esperteza. Estou esquecendo algum?

– Finura. Ao menos, conceda-me a finura. E dar leveza a coisas sérias. E bajulação. Insincera, claro. – Cornelia fingiu contar nos dedos.

– E estilo. Segundo minhas fontes, Cornelia não tem onde cair morta, mas sempre teve muito estilo – emendou Teo, abarcando o apartamento com seus gestos.

– Verdade – Clare concordou entusiasticamente. – Você tem muito estilo. Lindos pratos e pijamas.

Cornelia soltou uma gargalhada.

– Eu nasci no século errado. Devia ter sido uma grande cortesã. – Aí ela olhou para Teo com uma expressão séria, reflexiva. – Mas é isso mesmo, Teo. Você tem razão, tem toda a razão. Como você disse: essa *é* a minha história.

– Claro que é – fez Teo.

– Só que eu achei que ninguém mais soubesse disso. Se puder pedir desculpas antecipadamente por parecer uma dessas universitárias idiotas, direi apenas que me sinto... *comovida*. – Cornelia levou as mãos ao coração e empregou uma voz alta e arrebatada para dizer a última parte, mas não estava brincando inteiramente.

Teo deu de ombros.

– Desculpas aceitas – e voltou o olhar para a carne picada e os legumes, feliz, mas intimidado, como naquela manhã em que ele entrou no café. Teo, Cornelia e Clare ficaram ali parados na cozinha algum tempo, em silêncio – Teo olhando para os legumes, Cornelia olhando para Teo, e Clare de olho nos dois. Por alguns segundos, Clare se sentiu tão animada, tão bem e em paz como se estivesse parada sob o sol num lugar familiar. Em casa. Por alguns segundos, aquele lugar pareceu sua casa.

Então bateram à porta, Cornelia foi atender, e era o pai de Clare. Antes de perceber que havia mais alguém, ele abraçou Cornelia e se inclinou para descansar a cabeça no ombro dela por um instante, e em seguida beijou-a no alto da cabeça. Quando se afastou, ficou com os braços caídos ao longo do corpo, e Clare viu que havia uma expressão sombria em seu rosto, quase de tristeza. Parecia preocupado, também. Seus olhos pareciam preocupados. Clare pensou no que o pai dissera, que estava aprendendo a ler o rosto de Cornelia.

Clare não achava que soubesse muita coisa sobre o rosto do seu pai, mas qualquer que fosse a expressão, era autêntica, isso ela podia assegurar.

Então o pai de Clare notou-a parada ali, e em seguida viu Teo.

– Olá, pessoal – exclamou, e toda a tristeza sumiu. Seu sorriso se restabeleceu, cheio de expectativa, e perfeitamente simétrico.

– Oi – respondeu Clare. E então, como o tinha visto com aquele ar infeliz, com os braços pendurados dentro das mangas do paletó, e tinha sentido pena dele, e como ter pena do pai era um sentimento novo para ela, Clare acrescentou: – Papai.

– Martin, este é Teo Sandoval, o marido da minha irmã Ollie. Ele apareceu esta manhã lá no café, morto de fome e com os ossos petrificados, por isso nós o acolhemos – disse Cornelia, animadamente. – Teo, este é Martin Grace.

– Prazer em conhecê-lo, Teo, com ossos petrificados e tudo – o pai de Clare estendeu a mão. – Ou já estão melhores?

Teo esfregou as mãos uma na outra, e em seguida apertou a mão do pai de Clare.

– Os ossos estão melhores, mas as mãos estão cheirando a alho. Desculpe.

– O que você está cozinhando, meu Pardalzinho? – o pai de Clare desabotoou o paletó, enquanto Cornelia o tirava dos seus ombros. Ela primeiro atirou-o nas costas do sofá, mas logo o pegou de novo.

– Você fica para o jantar, Martin? – perguntou. – Quer dizer, claro que você vai ficar para o jantar. – Ela passou a mão nos cabelos, depois pegou o paletó do pai de Clare e foi pendurá-lo no armário.

Clare se viu contando ao pai sobre as compras com Teo e sobre como os dois trouxeram as coisas para casa no carrinho, com Teo carregando o saco de arroz nos ombros, e sobre o jantar que ela e Teo estavam preparando. Agora era fácil conversar com o pai, e ela lembrou que no passado, na maioria das vezes, conversar com o pai fora algo bem tranqüilo. Durante grande parte da vida de Clare, houve muita distância entre o pai e ela, um espaço vazio que ela podia preencher com histórias ou informações porque contá-las para ele não importava muito. Ela só começou a ter dificuldades quando quis que ele gostasse dela, o que acontecia vez por outra ao longo dos anos, ou quando precisava dele para algo, o que nunca tinha acontecido até recentemente, ou quando ficava furiosa com ele, como ficara na véspera. Ao menos por ora, essa fúria tinha passado. Ele era apenas o quase-estranho que sempre fora.

Ela contou como Teo tomara a bênção à mulher na confeitaria.

– Por que você não mostra a ele? – Teo sugeriu. E então Clare fez o que vinha querendo fazer desde que saíram da confeitaria: foi em direção a Teo, pôs a palma da mão cuidadosamente debaixo da dele, levantou-lhe a mão e a levou à sua testa. Teo sorriu para ela, mas logo olhou rapidamente para o pai de Clare. Clare percebeu preocupação no rosto de Teo e, intrigada, também olhou para o pai. Ele estava encostado na parede, bem à vontade, uma perna cruzada na outra, comentando sobre um outro país em que ele estivera onde as crianças faziam um gesto igualmente encantador. O pai estava bem.

Mesmo assim, ela se sentiu feliz porque seu projeto de cozinhar deixava-a ocupada demais para conversar com ele. Teo ensinou-a a descascar e a limpar os camarões e, em seguida, a cortá-los ao comprido. Enquanto ela fazia isso, ele cortou a carne de porco, o frango e o repolho. A lâmina afiada cortando o repolho fazia um som maravilhoso. Depois ele cortou as pontas das vagens fresquinhas.

Enquanto os dois cozinhavam, Cornelia preparava duas travessas de tira-gostos: fatias de queijo, pão francês cortadinho, tangerinas e uvas de um roxo tão escuro que pareciam pretas. Ela pôs uma travessa na cozinha para Teo e Clare e outra na mesinha em frente ao sofá, e depois sentou-se no sofá ao lado do pai de Clare.

Cornelia tinha deixado um pequeno espaço entre ambos, e o pai de Clare se esticou e levou a mão à parte de trás do pescoço de Cornelia, como se fosse puxá-la para ele. Cornelia não chegou mais para perto, só ergueu a mão e apertou a mão dele, rapidamente. Aí pegou uma tangerina e começou a descascá-la com as suas mãos ágeis e delicadas. Clare imaginou como o pai devia estar desapontado. Se nada disso tivesse acontecido, se Clare não estivesse ali, ele teria Cornelia só para si. Ele provavelmente tinha altos planos de um Natal fantástico para os dois – planos românticos. Clare imaginou uma viagem de avião, caixas e mais caixas. Embora ela também não quisesse estar com ele, e, claro, não desejasse que a mãe tivesse ficado doente e a abandonado, Clare sentiu uma breve, malvada, onda de satisfação. Nem seu pai podia ter tudo do jeito que queria o tempo todo.

Cornelia deu metade da tangerina descascada para o pai de Clare. Ele não a comeu, apenas ficou rolando-a distraidamente na mão.

– Falei com Lloyd. A boa notícia é que as passagens para Barcelona não foram utilizadas. Na verdade, não há nenhuma indicação de que Viviana tenha pegado um avião para qualquer lugar – contou o pai de Clare. – A má notícia é que, antes de pegar Clare na escola naquele dia, ela sacou uma grande quantia do banco. Se estiver pagando tudo em dinheiro, não teremos como rastrear as despesas dela com cartão de crédito.

– Estou ouvindo – Clare quis gritar da cozinha. – Não sou surda, e você sabe disso, não sabe?

De imediato, Cornelia voltou suas atenções para Clare. Os olhos delas se encontraram.

– Clare – Cornelia chamou, acenando da sala –, seu pai está me contando as notícias da busca da sua mãe. Vem sentar aqui conosco.

O pai de Clare pareceu atônito, o que desgostou Clare. Ele nunca se dava conta da sua idade. Ela se lembrou de quando estava no carro com ele na manhã anterior, depois de deixarem a casa dela, e de como ele falara "Aposto como um bom chocolate quente vai dar logo um jeito em você". Agora ela o imaginava pensando: "O neném está lá, às voltas com o macarrão e os camarões; nem vai notar que estamos falando da vida dela bem na sua frente."

– Não, obrigada – respondeu Clare, afetando indiferença. – Talvez você possa me contar mais tarde, Cornelia.

Enfiou uma uva na boca, voltou as costas para eles, e ficou ali desejando ter alguma coisa para fazer com as mãos quando Teo lhe passou uma enorme frigideira e perguntou:

– Preparada?

Enquanto refogava o alho e a cebola, Clare se concentrava em reduzir seus sentimentos à mera felicidade pelo fato de sua mãe não haver deixado o país. Tudo que eles não sabiam a respeito de onde sua mãe estava ou do que ela estava fazendo tentou se infiltrar com sua escuridão e clamor, mas Clare se obrigou a ignorar tudo aquilo, colocar para fora e bater a porta. Só quando Teo pôs a mão sobre a dela – a que estava segurando a espátula de metal engraçada, que parecia uma pazinha de areia de criança – foi que ela se apercebeu de como a estava agarrando com força.

– Muito bem – aprovou ele, mexendo o alho e as cebolas na frigideira. – Perfeito.

O pancit ficou delicioso; todo mundo gostou, até Teo e Clare – especialmente os dois. Clare disse que era melhor do que espaguete, *lo mein*, *pad thai* e *spaetzle* juntos, e Cornelia deu-lhe os parabéns pelo paladar apurado.

– Quando eu tinha 11 anos, não distinguia *spaetzle* de *pretzel* – riu Cornelia.

– Nem *pad thai* de – brincou o pai de Clare.

– Nem *lo mein* de Rogaine – continuou Clare, que pensou aquilo na hora, e todos riram.

– Quando você era pequeno, sua mãe fazia isso? – Clare perguntou a Teo.

– Meu pai é que fazia. Minha mãe gosta de contar que, antes de eles se casarem, o batalhão inteirinho das tias do meu pai foi conhecê-la, levando um enorme anel de pérolas e uns trajes para ela vestir na cerimônia de casamento, mas ela percebeu logo que aquilo era só um pretexto. A verdadeira missão delas era ensiná-la a cozinhar.

– E ela aprendeu? – perguntou Clare.

– Aprendeu, claro. Mas aí, depois do casamento, as tias tomaram o avião e voltaram para casa, e ela prontamente esqueceu tudo. Passou a cozinha para o meu pai, pelo que todos nós lhe somos eternamente gratos – contou Teo.

Cornelia brandiu seu garfo em direção a Teo e começou a mastigar furiosamente até conseguir dizer o que queria.

Teo gemeu e pôs o garfo cheio de *pancit* de volta no prato com um tinido, à espera.

Cornelia engoliu, e em seguida gritou "Teo!", censurando-o.

Teo revirou os olhos, e em seguida ergueu o dedo indicador.

– Um prato – Teo disse. – Um.

– Não vou deixar isso passar assim. Não posso. Ingrid Sandoval é uma grande cozinheira! Maravilhosa! – exclamou Cornelia, indignada, mas seu rosto ardia, vívido e iluminado pelo riso contido.

Teo riu e sacudiu a cabeça.

– Um prato. Na verdade, nem mesmo um prato – corrigiu-se, olhando para Clare e o pai dela.

– Panquecas suecas. As panquecas da mãe de Teo eram dos deuses – contou Cornelia, fuzilando Teo com os olhos. – Toda vez que eu dormia na casa de Teo, a mãe dele fazia panqueca para nós. Panquecas no *jantar*, o que na minha casa seria tão inconcebível como podar o jardim pelado. Panquecas no jantar era *celestial*!

Clare percebeu seu pai escutando Cornelia e Teo conversarem, seus olhos indo de um para o outro, como se assistisse a uma partida de tênis. Havia um sorriso divertido em seu rosto, mas Clare achou que ele parecia inseguro, posto de lado – talvez por questão de centímetros, mas até então ela não era capaz de se lembrar de já tê-lo visto ser qualquer outra coisa que não o centro das atenções.

– Com açúcar e mirtilo? – ele quis saber, o que deixou Clare surpresa e depois aborrecida. As panquecas pertenciam a Cornelia e Teo, não a ele.

– Mirtilo quando ela conseguia, mas geralmente morangos – respondeu Teo.

– Ou às vezes calda de morango. Lembra da calda de morango? E elas eram fininhas, muito, muito, muito fininhas... – a voz de Cornelia foi sumindo, e ela se deixou largar na cadeira, de olhos fechados.

– Que vergonha, Cornelia – riu Teo. – Doida por panquecas...

– Doida pela lembrança das panquecas, pelas panquecas virtuais. Pobrezinha – fez o pai de Clare, corrigindo Teo, ou assim pareceu a Clare, e ela ardeu de raiva. Virou-se para Teo, mas ele não parecia estar com raiva. Ele sorriu para ela, e ela notou que ele tinha as sobrancelhas mais escuras do que o cabelo, retas como travessões, mas ligeiramente inclinadas para cima. Acento grave, acento agudo, ela pensou. Mas, mesmo enquanto pensava nas sobrancelhas de Teo, a raiva que sentia de Martin cozinhava em fogo brando dentro dela.

Cornelia se ajeitou na cadeira, piscou os olhos e sorriu para todos com aquele ar de quem está despertando de sonhos agradáveis.

– Ela está viva! – exclamou o pai de Clare. – E é bom, porque precisamos discutir assuntos importantes.

Abruptamente, sem sequer olhar para o pai, Clare se levantou para pegar as sobremesas que ela e Teo haviam comprado. Ela passara um bom tempo arrumando as sobremesas numa travessa comprida de um jeito que acreditava e esperava que fosse artístico. Estavam lindas.

– Que assuntos? – Cornelia perguntou.

– Por exemplo, amanhã é véspera de Natal – falou o pai de Clare. Ele se esticou para pegar uma das sobremesas, sem perguntar o que era ou dizer alguma coisa sobre a travessa. A sobremesa repousava sobre um pedacinho de casca de banana, e Clare se perguntou, furiosa, que espécie de gente se serviria de uma sobremesa em cima de uma casca de banana sem perguntar do que se tratava.

– Teo, eu espero que você tenha planos para as festas, ao contrário de nós três que estamos por aí sem nada para fazer. – O pai de Clare virou-se para ela e sorriu. – O que, como todos sabem, acaba sendo o melhor a fazer.

– Isso é um pedaço de *bibingka* – anunciou Clare, com toda a calma. – Essa sobremesa que você está comendo. É cozida na casca da banana. E Teo vai passar o Natal aqui comigo e com Cornelia.

O pai de Clare pareceu desconcertado outra vez, para alegria de Clare, muito embora só tenha durado um instante. Ele deu uma olhada para Cornelia, e em seguida voltou a atenção para Clare.

– Ótimo – respondeu o pai de Clare, cordialmente. – O *bibingka* e os planos de Teo.

– Na verdade, os planos não foram dele – explicou Cornelia. – Ele foi recrutado. Ollie está viajando a trabalho, e nós não podíamos deixar Teo passar o Natal sozinho, vendo futebol e comendo salada de atum direto da tigela, podíamos?

– Definitivamente, não podíamos – ecoou o pai de Clare.

Você não, Clare pensou, dura, na direção do pai. O "nós" de Cornelia não o incluía; "Clare e eu", era isso o que Cornelia pretendia dizer com o "nós".

O pai prosseguiu.

— Já que estamos na véspera do Natal, Clare, e como você talvez não tenha tido tempo para fazer compras – Clare viu Cornelia olhar para ela com preocupação – acho que talvez você e eu pudéssemos tirar o dia para isso. Quem sabe podemos ir assistir ao show de luzes da Wanamakers?

— Atualmente se chama Lord & Taylor – Clare corrigiu-o – e acho que não posso ir sem... – De jeito nenhum Clare choraria diante dele outra vez, de jeito nenhum. – Acho que não quero ir este ano.

— Entendo – fez o pai. Por dentro, Clare se sentiu enregelar e enrijecer.

— Você não entende nada – retrucou ela com uma voz dura. Dizer isso não lhe trouxe alívio nem satisfação. Porém, ainda que mais tarde ela pudesse desejar não ter dito aquilo, não era o que desejava agora. Ergueu o queixo.

— E eu já tenho planos para as compras. Teo vai me levar – continuou ela. E, ao dizer isso, lembrou que era apenas o que ela esperava, não o que ela e Teo haviam planejado. Eles não haviam conversado a respeito de compras de Natal. Oh, não, ela pensou. Mas Teo não pareceu ter ficado zangado, ou mesmo ter sido pego desprevenido. Ele não disse nada. Durante o que pareceu um bom tempo, ninguém disse nada.

— Clare – Cornelia praticamente sussurrou, e Clare viu que o rosto dela estava transtornado e que ela estava implorando. Clare ficou um pouco mais sociável. Sabia que não tinha magoado o pai, pois nada do que ela lhe dissesse poderia magoá-lo. Talvez ele tivesse se sentido constrangido, por Teo ter ouvido como se dirigia a ele, mas seus sentimentos não foram magoados. Clare sabia disso, mas Cornelia não, e Clare não queria que Cornelia ficasse aborrecida.

– Teo vai me levar porque eu quero comprar um presente para você, papai. – Clare falou com o pai, mas olhando para Cornelia que, quase imperceptivelmente, meneou a cabeça para Clare, e as duas linhas entre seus olhos ficaram menos pronunciadas.

– Ah, entendo – reagiu o pai. – Então está tudo bem, Clare. – A expressão e o tom de voz dele eram cuidadosamente gentis, cuidadosamente pacientes, com se dissessem: "Eu sou um adulto falando com uma coitada de uma criança magoada."

– E isso vai ser bom porque... Martin, preciso relembrá-lo do incidente da abóbora? – Cornelia tomou a mão do pai de Clare enquanto ia falando. As linhas entre seus olhos estavam totalmente suavizadas, mas Clare via como as palavras de Cornelia faziam seu pai mergulhar calmamente num círculo de dois. Fosse qual fosse o incidente da abóbora, só dizia respeito a eles dois. As palavras e o jeito como ela segurava a mão dele tinham o sentido de trazer conforto, talvez porque Cornelia estivesse apaixonada, Clare pensou.

O pai de Clare riu.

– Se você precisa, precisa, mas eu preferia que não.

– Mas você sabe que se me deixar sozinha para comprar as coisas da ceia de Natal eu vou comprar o suficiente para alimentar 25 adultos. Vamos ter que alugar um caminhão, e você já imaginou como isso vai ser simples de fazer numa véspera de Natal? Eu preciso de você comigo.

– Vinte e cinco jogadores de futebol famintos, você quis dizer – o pai de Clare falou rindo. – Você está certa. Você precisa de mim. – Ele levou a mão de Cornelia à boca e a beijou, parecendo mais feliz do que estivera a tarde toda. Cornelia pareceu aliviada.

A idéia veio de repente à cabeça de Clare. Se Cornelia se casasse com o pai de Clare, poderia ser dela. Pertenceriam uma à outra de forma oficial. Visitar o pai significaria visitar Cornelia. Ela se lembrava de como, nos últimos livros, Anne Shirley bancava a casamenteira e todo mundo acabava feliz. Talvez Linny estivesse enganada a respeito de seu pai e Cornelia. Talvez com um pouco de ajuda da parte de Clare eles terminassem se casando. Por que não tentar? Ela imaginou uma cena na qual ela e Cornelia tomavam café-da-manhã na mesa da sala de jantar do pai, ambas usando pijamas deslumbrantes, rindo e bebendo chocolate quente em xícaras idênticas, brancas, enquanto o pai ficava sentado atrás do *Wall Street Journal* a uma boa distância das duas, no fundo da cena.

Enquanto Clare ficava com aquela idéia rondando na cabeça, o pai pegava outra sobremesa, cortava ao meio, botava uma metade no prato de Cornelia e enfiava a outra na boca. Cornelia pegou a sobremesa, um bolo pequenino, precioso, recheado com creme de *ube*, e perguntou:

– Agora, Clare, Teo, o que torna esse aqui roxo?

A cena dos três juntos perdeu as cores brilhantes e ficou embaçada. Cornelia era muito legal. Merecia coisa melhor do que o pai de Clare. Clare suspirou e deixou que a cena se desvanecesse por completo.

15

Cornelia

Eles acabaram indo ao show de luzes, Teo e Clare. Eles tinham feito compras e conversado por algum tempo – principalmente Clare tinha conversado – e enquanto comiam uma pizza, Clare tinha dito de repente: "Sabe aquela águia de metal? A águia grande de metal entre a seção de calçados e a seção de jóias?" Teo pensou um pouco e perguntou, daquele seu jeito esquisito: "No Lord & Taylor?" Embora eu tenha certeza de que ele nunca tinha estado lá, uma vez que Teo não mora na Filadélfia; não gosta de fazer compras; e afirma ser alérgico a grandes lojas de departamentos – literalmente alérgico, não metaforicamente. Eu já o ouvi dizer isso mais de uma vez, ou melhor, resmungar meio sem graça, normalmente quando recusa um convite para entrar numa loja dessas. O resmungo padrão inclui referências incoerentes a ventilação e produtos de limpeza, o que estranhamente as pessoas tendem a aceitar, talvez pelo fato de ele ser um médico ou talvez porque se sintam desarmadas por seu jeito desarmante. Embora eu deva dizer que Teo não explora sua capacidade de desarmar tanto quanto outras pessoas o fariam.

De todo modo, apesar da sua prudente ignorância no que se refere a lojas de departamentos, Teo perguntou "No Lord & Taylor?" e Clare disse: "Sim. Bem do lado da águia, é o melhor lugar para sentar. Se você ficar muito perto, ela machuca o seu pescoço, e se ficar muito para trás, as pessoas que estão comprando chapéus e echarpes vão pisar em você." Então eles foram. Sentaram-se no chão de mármore, à direita da águia de metal, para ver um show de luzes que era apresentado, com ligeiras modificações, desde 1955. Você acha que as crianças de hoje, com seu acesso fácil aos desenhos animados da Pixar, a Imax e a videogames que saem da tela dos seus computadores e se espalham por seus quartos, não ficam hipnotizadas com música de órgão e quebra-nozes e fadas de luzes levantando uma perna e depois a outra numa dança formal? Se acha, está errado. Elas ficam hipnotizadas.

– Ela ficou hipnotizada? – perguntei a Teo.

Nós estávamos sentados no que seria a cama de Teo pela segunda noite consecutiva mas que naquele momento ainda era o meu sofá. Clare estava adormecida no meu quarto.

– Sim, esta é a palavra perfeita para descrever como ela ficou – respondeu ele.

Isso me pareceu uma ótima notícia, e eu senti alívio e esperança ao ouvi-la, o que me fez comentar animadamente e um pouco demais a respeito do incrível poder de recuperação das crianças, até notar a expressão de Teo, que não denotava alívio e esperança e, sim, preocupação e perplexidade.

– O que foi?

– Eu não tinha pensado nisso sob este ponto de vista.

— E como foi que você pensou? — perguntei, nervosa.

— Você sabe que Clare tem ido assistir a esse show de luzes todos os anos desde que nasceu? Quando ela pediu para ir hoje, eu só pensei, ela tem 11 anos e hoje é véspera de Natal, a mãe dela está Deus sabe onde, e ela quer ir ao show que elas assistem juntas desde que ela nasceu. Eu quase disse não — relatou Teo, com o ar de alguém que desejaria ter dito não.

— Você não podia dizer não — tentei consolá-lo.

— Eu não podia. Foi só por isso que eu não disse. Mas quando estávamos sentados ali, junto com um milhão de famílias felizes, esperando a coisa começar, eu só consegui pensar, como se me dirigisse a ela: "De onde você tirou a idéia de que tinha que ser tão corajosa? E o que isso irá custar a você?"

— Ah — exclamei, e por algum tempo foi só o que consegui dizer. Então acrescentei: — Aposto que você tem razão. Aposto que foi demais. — E o tempo mostrou que ele tinha razão. É claro que tinha. Mas antes de chegar lá, e no resultado disso, eu quero parar e contar o que estava acontecendo comigo mais ou menos na mesma hora em que Clare estava sentada de pernas cruzadas num chão de mármore esperando por um show de luzes que poderia mais adiante partir seu coração.

E é engraçado porque eu me sinto culpada por interromper a história para contar uma coisa que, pouco tempo antes, teria sido um grande momento na minha vida, possivelmente o melhor momento, possivelmente o eixo brilhante ao redor do qual tudo o mais giraria. Houve um tempo em que eu teria cantado a plenos pulmões dos telhados dos prédios o que Martin me disse no parque na véspera de Natal.

Mas não me parecia correto que, enquanto a história do coração partido de Clare estava se desenrolando na minha presença, a história do meu romance com Martin não tivesse uma pausa respeitosa. Nosso caso não esperou discretamente num canto por uma ocasião mais apropriada. Em vez disso, no seu jeito incerto, inquietante, continuou a se desenrolar também.

Você conhece aquele poema de Auden sobre o sofrimento? Aquele onde ele diz que no instante exato em que Ícaro mergulhava para a morte o camponês continuou a arar o seu campo, imperturbável? Bem, com relação a sofrimento, e a muitas outras coisas, Auden nunca se enganava. Acho que você está vendo aonde eu vou chegar com isso. Enquanto Clare sofria, Martin e eu continuamos arando, embora de uma maneira discreta e com certeza não no sentido metafórico a la Shakespeare, Sófocles, *et cetera*, o que teria sido abominável de nossa parte.

Eis o que aconteceu. Nós estávamos atravessando a praça para comprar, entre outras coisas, um peru de tamanho razoável quando, de repente, Martin me fez sentar num banco e me olhou com intensidade. Eu posso ter mencionado que seus olhos eram incrivelmente lindos, um fato que, naquele momento no banco, eu não ignorava. De fato, eu estava profundamente consciente disso. E Martin tinha um jeito de olhar para mim que me dava a impressão de que ele estava tocando em mim, mesmo que não estivesse.

Ele me olhou. E começou com um "É a hora errada para lhe dizer isso", e eu soube o que ele ia dizer, e me senti puxada em tantas direções ao mesmo tempo que não consegui ir para nenhuma e fiquei paralisada. Eu deveria explicar que sabia em termos gerais o que Martin ia dizer porque, como sempre, a linguagem de Martin era puro Martin.

– Todo dia eu me sinto maravilhado. Eu ando assim, me deito assim, acordo assim, não importa onde esteja. Nunca conheci ninguém como você porque não existe ninguém como você. E como não existe ninguém como você, eu nunca desejei ninguém como desejo você.

As palavras não foram ditas de forma leve; custaram um esforço a ele e tinham peso. Não soaram ensaiadas, se é isso que você está pensando.

– Cornelia, eu amo você. É a hora errada para dizer isso, mas estou dizendo. Eu amo você. E tudo o que está acontecendo com Clare, por mais difícil que seja e que vá ser, acho que poderia se transformar em algo bom para nós porque, se vamos partilhar nossas vidas, você precisa entender como é a minha vida, toda ela. E eu quero que partilhemos nossas vidas, Cornelia.

Susto. Ao ouvir, eu fiquei assustada.

– Martin... – tentei.

Mas ele me interrompeu com um sorriso enviesado:

– Não, eu não estou pedindo você em casamento. Nem o *meu* timing é tão ruim assim. E não quero que você diga nada agora. De fato, eu a proíbo. Eu só queria dizer que te amo.

Ele me beijou e eu perguntei:

– Pelo menos posso dizer obrigada?

– Não – respondeu ele sorrindo.

– Obrigada – eu disse, sorrindo de volta.

Você deve achar que sabe o que eu deveria ter sentido e desejado, no que se refere a Martin. Sem dúvida isso está muito claro para você. Mas o que você precisa entender é que todos aqueles clichês e metáforas que as pessoas usam para descrever um estado de confusão ganharam vida subitamente: minha vida era uma montanha-russa; tudo estava acontecendo depressa demais; eu não conseguia recuperar o fôlego; minha cabeça estava girando; excesso de informação; dados não computados.

Não, Martin não era exatamente o homem que eu tinha esperado que ele fosse. Sim, ele era frio com a filha, mesmo quando ela mais precisou dele. Sim, esta frieza me perturbava. E sim – eu não tinha me esquecido disso – minhas dúvidas em relação à franqueza dele para comigo tinham começado antes de Clare surgir em nossas vidas. Quer dizer, na minha vida, porque na dele ela já estava desde que nascera – embora obviamente não da forma que era de se esperar e desejar.

Mas, embora isso soe bastante simples, pensando bem não é tão simples. Em primeiro lugar, todas as razões listadas acima para no mínimo manter Martin à distância ou no máximo terminar com ele na mesma hora não apagavam tudo o mais que era verdadeiro em relação a Martin e em relação a nós dois. Mesmo que elas devessem ter apagado tudo isso, não apagaram. Quando éramos só nós dois, Martin me animava e iluminava; ele me tornava mais rápida, mais esperta, mais engraçada; ele era meigo quando eu precisava de meiguice; nós gostávamos das mesmas coisas da mesma maneira, pelo menos em grande parte, e isso não é de se desprezar.

Além disso, ele não era uma lista de atributos, e sim um homem de carne e osso, uma presença física mais do que qualquer outra pessoa que eu tenha conhecido. Quando ele me disse que me amava, foi com aquela voz característica que fica presa na garganta, e os ossos e músculos do seu rosto movimentaram-se de um jeito familiar e também de um jeito que eu nunca tinha visto antes. Você consegue entender o que estou dizendo? Eu não estou falando outra vez sobre o poder da beleza física. Não obstante um sexo menos que fantástico, nós éramos íntimos; eu tinha respirado o seu hálito; minha pele conhecia a sua pele; minhas terminações nervosas tinham vibrado sob seu toque. Esse tipo de conhecimento era profundo e eu nunca tinha conseguido me afastar facilmente dele. E ele tinha bom gosto, humor e elegância. Ele era distinto, e você pode dizer isso de quantos homens? E, tudo bem, ele era... muito bonito.

Um lembrete: estranhos o paravam na rua para dizer que ele se parecia com Cary Grant.

E ele estava apaixonado por mim. Me poupe.

Eu estava confusa. Não sabia o que fazer, então o que fiz assim que tive chance foi comportar-me como uma imbecil com a pessoa que menos merecia isso.

Depois de me contar sobre o show de luzes, após um longo silêncio em que ficamos ali sentados juntos, partilhando uma tristeza mútua pela tristeza de Clare, Teo virou-se para mim e perguntou:

– Cornelia, você está segura a respeito de Martin?

Esta não era uma pergunta que eu estivesse preparada para responder ou mesmo para escutar com um pingo de boa vontade. Eu me senti nervosa e pressionada, pronta para lançar faíscas. Eu sabia que a pergunta era verdadeira, mas fingi achar que era retórica, e fazer isso é mesquinho – mesquinho e injusto, além de covarde. "Titica de galinha", é o que Linny diria. Quando confrontada com perguntas diretas sobre Martin, eu era uma titica de galinha.

Não me orgulho do meu comportamento. Eu lancei faíscas. Peguei fogo.

Peguei fogo, mas minha voz era puro gelo:

– Então você está aqui há dois dias e já é um especialista em Martin?

O que a maioria das pessoas faria em resposta a esta resposta? Ficaria uma fera, provavelmente, o que seria inteiramente apropriado, ou recuaria, sapatearia, pediria desculpas, faria uma piada, mas Teo sabe usar o silêncio. Ele consegue ficar calado de um jeito eloqüente, vigilante, imóvel, e sabe identificar uma pergunta irrespondível. Eu sempre admirei esses traços em Teo, mas não estava num humor admirativo. Comecei a preencher seu silêncio firme, de olhos verdes, com o meu veneno.

– Você decidiu que ele é um pai ruim e um homem ruim. Você decidiu que ele é emocionalmente mesquinho e desinteressado e Deus sabe o que mais.

Silêncio.

– Mas o que você entende de ter filhos, Teo? É muito fácil entrar na vida de uma criança num momento vulnerável e se transformar num herói. Mas achar que agora você é um especialista em Clare e Martin, achar que pode julgar, bem, isso é ir um pouco longe demais, não acha? – Quando terminei, eu estava sem fôlego.

– Eu não conheço Martin – respondeu Teo. – Eu estava imaginando o quanto você o conhece. – Teo estava zangado; reconheci a tensão em volta dos seus olhos e a mancha vermelha que se espalhava pelo seu rosto. Mas zangado ou não, quando discute assuntos importantes Teo tende a não ser sarcástico e ele não estava sendo sarcástico agora. Não importava. Eu estava inflamada, fora de controle e, aparentemente, não havia nada que eu não fosse capaz de dizer.

– Ah, então você não está julgando o relacionamento de Martin com Clare, e sim comigo. É isso? Acertei agora? – Ficou pior. – Ótimo. Maravilhoso. E quanto a você? Você é tão feliz no casamento que a sua mulher o deixa sozinho no feriado. Será que você conhece bem a Ollie, Teo?

Isso teria sido grosseiro sob qualquer circunstância, mas não teria sido tão terrível, tão baixo, se eu não tivesse sérias dúvidas a respeito do casamento de Teo. Em minha defesa, se é que eu mereço defesa, posso dizer que minhas suspeitas em relação a isso não passavam de suspeitas. Era possível que Teo e Ollie tivessem passado os últimos dois anos na maior felicidade possível, e nesse caso a minha flecha envenenada em forma de pergunta teria resvalado na armadura dessa felicidade sem deixar nenhuma marca. Minha mãe sem dúvida achava que eles eram felizes. Mas eu tinha minhas dúvidas.

E, ao contrário da maioria das minhas dúvidas, estas não tinham sido provocadas pelo meu cinismo natural e bem desenvolvido, porque, embora eu possa ser cínica sobre certas coisas, você pode ter notado que sou um tanto romântica a respeito de outras. Eu acredito em amor verdadeiro. Na lista das coisas nas quais acredito, amor verdadeiro é a primeira.

E até onde posso dizer, Ollie também acredita em amor verdadeiro, porque menos de dois meses antes de se casar com Teo, ela me apresentou à sua "alma gêmea" (expressão dela, não minha, Deus me livre). Ele era seu colega de bolsa de estudos e estrela em ascensão no laboratório e era incrivelmente bonito, razão provável pela qual Ollie quis que eu o conhecesse. Um metro e noventa, jamaicano, educado em Oxford, ótimo ciclista que não venceu o Tour de France apenas porque seus ombros largos, suas incríveis maçãs do rosto e seu enorme QI pesaram demais, imagino.

Ainda mais fantástico do que seus atributos físicos e mentais era o modo como minha fria e indiferente irmã se tornava uma garota apaixonada, enfeitiçada, coquete na sua presença. Quando ele entrava numa sala, Ollie por um triz não se comportava como uma daquelas garotas beatlemaníacas, aquelas que choram abertamente, apertam o rosto com as duas mãos e gritam. Durante a hora e meia que passei com eles, ela chegou até a se submeter à inteligência dele em questões científicas, duas vezes.

Bem, em algum momento eles se candidataram juntos a uma bolsa para trabalhar em algum projeto nas ilhas Galápagos, e o que matou o relacionamento deles foi que a bolsa foi concedida apenas a Edmund (esse era o nome dele, Edmund Battle) e ele a aceitou entusiasticamente, sem insistir que Ollie fosse também, seus encantos consideráveis perdendo para o canto da sereia, de tartarugas, tentilhões e oportunidades profissionais. Edmund partiu, e logo em seguida eu soube: Ollie e Teo, até que a morte os separasse. Tire suas próprias conclusões.

Zap. A flecha envenenada atingiu o alvo. E embora o meu comportamento fosse indefensável, quero saltar em minha defesa mais uma vez dizendo que, antes que ela atingisse o alvo, antes que eu visse o leve mas inegável encolher de Teo e sua careta de dor, eu desejei poder recolher minhas palavras. Teo se levantou, foi até a cozinha, e ficou lá parado, com uma das mãos apoiada na bancada, olhando para o chão. Eu o vi ali parado, o homem que tinha entrado pela porta do Café Dora, tinha se metido numa enorme enrascada e que não tinha tornado a sair imediatamente, como qualquer pessoa teria feito, mas que tinha resolvido consertar o que pudesse como se aquilo fosse a coisa mais natural do mundo. O homem que tinha acabado de dedicar a véspera de Natal e toda a sua energia para deixar a solitária e infeliz filha do namorado da sua cunhada menos solitária e menos infeliz. Meu amigo mais antigo, um homem de uma bondade rara.

Eu fui até ele, patinando no pântano de vergonha que tinha criado e onde merecia afundar para sempre, peguei na mão dele e implorei o seu perdão.

E Teo me perdoou.

Ele sorriu para mim, embora seus olhos ainda estivessem magoados, uma mágoa provocada por mim:

– Você está enfrentando uma situação difícil. Eu gostaria que não fosse tão difícil. Gosto quando você está feliz. – Então seu sorriso alargou-se. – Você fica mais simpática.

– Você tem razão – respondi, e terminamos a noite rindo.

Teo também estava certo em relação a Clare. A coragem dela teve um preço. Às quatro da manhã, acordei com ela soluçando.

Eu me levantei e esfreguei suas costas com movimentos circulares, que sempre achei que fossem calmantes. Após algum tempo, ela pôs a cabeça no meu colo e balbuciou:

– Quero a minha mãe.

Eu refleti sobre essas palavras, sobre como continham muito mais do que pareciam conter, mais do que quatro palavras podem conter. Elas significavam o que significavam e eram também um grito universal, talvez *o* grito de consolo universal, queixoso, franco. Soldados no calor da batalha; prisioneiros no corredor da morte; exploradores perdidos em desertos, selvas ou no alto das montanhas; qualquer um que estivesse doente ou perdido ou simplesmente cansado e confuso: nós todos queríamos nossas mães. Eu pensei na minha própria mãe – firme, sempre sorrindo, nunca sem lenços de papel, band-aids, batom, aspirina, otimismo e consolo. Mães – como é que elas não desmoronavam sob tanto peso? Eu estremeci.

Clare queria que a mãe estivesse ali e também queria que a mãe a consolasse pela perda da sua mãe. Temporária. Perda temporária. Por favor, meu Deus.

– Eu sei – eu disse a ela.

– Ela podia vir para casa para o Natal. Ela não ia querer passar o Natal longe de mim.

Não, ela não ia querer. Eu tinha certeza disso. Olhei para o perfil de Clare no meu colo; no escuro só dava para ver a curva do seu rosto e da sua sobrancelha sobre o olho bem aberto. Filha de Viviana, eu pensei. Viviana deve adorar este rosto.

– Você quer ir para casa? – perguntei.

Clare fez que sim com a cabeça. Debaixo do edredom, seu corpo todo tremia.

– Então nós vamos – prometi.

Foi assim que eu fui parar na Zona do Crepúsculo – ou seja, preparando a ceia de Natal na cozinha top de linha da desaparecida ex-mulher do meu quase-namorado e talvez futuro ex, com meu cunhado – Deus o abençoe – enquanto o meu namorado (meu quase futuro noivo, na verdade, embora eu tivesse certeza de que isso não aconteceria) e sua quase ignorada e até recentemente, até onde eu sabia, inexistente filha redecoravam minha árvore de Natal na sala de estar top de linha saída diretamente de *Núpcias de escândalo* da desaparecida ex-mulher. E se você teve dificuldade em acompanhar o que acabei de contar, imagine o que foi vivenciar isso.

Antes disso, assim que o céu do lado de fora da janela do meu quarto mostrou indícios de que num futuro não muito distante tudo seria menos negro, eu acordei Teo, que afastou o cabelo comprido dos olhos, piscou umas duas vezes e então começou a retirar os enfeites da minha árvore de Natal.

– Ela vai querer isto, você não acha?

Clare já estava vestida e arrumando sua mala no quarto. Tinha se transformado na própria encarnação do espírito de Natal – olhos brilhantes, bochechas coradas, cantarolando "Alegria para o mundo" – ansiosa pela nossa partida, uma transformação que teria ao mesmo tempo me comovido e preocupado se eu tivesse tido mais tempo para processá-la. Mas eu estava guardando – freneticamente – peru e tortas (tinha parecido ser um bom ano para barganhar e comprar), um tacho de pão de milho (para o recheio), ervas frescas, batatas, vinho, creme de leite, manteiga e assim por diante e, na pressa, vários itens desnecessários também, como dois potes de Nutella e uma caixa de Cheerios, em sacolas de papel e caixas de papelão que tinha surrupiado do porão do meu prédio.

No meio dessa confusão eu me lembrei de ligar para Martin, que, após uma longa pausa, reagiu ao meu um tanto delirantemente animado anúncio – "Houve uma mudança de planos!" – com um seco "Devo dizer, Cornelia, que essa é uma idéia ridícula". Ao ouvir isso, eu parei no meio do processo de empacotar, larguei o saco de ervilhas que estava segurando e levei o telefone para o corredor para que a filha de Martin não tivesse que me ouvir lembrar o pai da regra universal a respeito de crianças infelizes: Se estiver ao alcance da possibilidade humana atender os seus pedidos, você atende.

Eu sabia que Clare poderia acabar sofrendo – mais ainda. Eu sabia, com certeza quase absoluta, que sua mãe não ia chegar no momento em que a faca de trinchar estivesse parada no ar, refletindo a luz dos castiçais, com "We Wish You a Merry Christmas" tocando na vitrola, como Clare podia estar imaginando; mas eu também sabia que Clare queria estar em casa. Eu sabia que parecia errado para ela não estar em casa no Natal. E eu também sabia que nem Clare, apesar de ser criança, acreditava que a mãe viria. Ela apenas tinha esperança, e sua esperança era tênue – um fiapo de esperança, um fantasma. Eu sabia disso porque sou inteligente, mas também porque, pouco antes de ir acordar Teo, Clare tinha segurado a minha mão e dito: "Não se preocupe. Eu sei que ela não deve vir."

Eu estava pronta para dizer tudo isso a Martin, para acalmar seus temores em relação a Clare, quando Martin objetou:

– Quando fui apanhar Clare outro dia, foi a primeira vez que pus os pés naquela casa em sete anos. Passar o Natal lá seria duro demais. – E então ele amoleceu. – Você entende, não é, Cornelia?

E eu entendi, entendi muito bem. Entendi que os temores de Martin com relação a Clare não precisavam ser acalmados por mim nem por ninguém porque ele não estava pensando absolutamente em Clare. Eu peguei esta informação e guardei-a tristemente na pasta "Motivos para não ficar com Martin", uma pasta que estava ficando cada dia mais cheia e que eu jurei que iria ler do início ao fim mais tarde, num futuro em que eu tivesse tempo para duras verdades e meditação, depois de ter enchido o carro de Teo com a ceia de Natal e amarrado a árvore de Natal na capota.

– Martin, nós vamos. Você pode ir conosco – insisti, mantendo a voz firme –, ou não.

– Entendo – fez Martin, e não pareceu zangado, como eu tinha esperado. Esta era a característica de Martin, ele era gentil e civilizado quando poucas pessoas o seriam. Sempre que você era tentada a considerá-lo um homem mau, ele lembrava a você que não era. – Desculpe. Eu não sabia que era tão importante. Me dá 15 minutos.

Apesar de tudo o que conspirou contra, o Dia de Natal transcorreu melhor do que você teria imaginado por mais tempo do que você teria imaginado.

A casa estava imaculada, graças a Max, e mostrava pouquíssimos sinais de ter sido habitada por diversos meses por uma mulher mergulhando no seu estranho mundo e por uma criança desesperada fazendo tudo para se agarrar ao mundo normal. Havia poucos indícios – dolorosos. Num certo ponto, Teo me levou até a despensa para me mostrar as fileiras cuidadosamente arrumadas de ervilhas e cenouras e canja de galinha em lata e as três prateleiras carregadas de caixas de leite Parmalat. Depois encontrei o recibo pregado no quadro da cozinha; Clare tinha mandado entregar as compras e tinha pago com cartão de crédito. A despensa doeu. Pior do que a aparência de abrigo contra bombas era a simples quantidade. Eu cobri a boca com a mão e meus olhos se encheram de lágrimas quando imaginei minha doce menina (eu já pensava nela assim; não podia evitar) antecipando meses, meses intermináveis, de isolamento e segredos.

E quando ajudei Clare a levar suas malas para o quarto, não tive a intenção de bisbilhotar, mas depois que ela saiu eu fiquei mais um pouco e vi outro quadro de avisos e, preso nele, outro artefato de uma vida solitária e assustada. Uma lista. Ela se chamava LISTA DE CLARE DE COISAS PARA NÃO ESQUECER (com "não" sublinhado três vezes) e dizia:

1. Tomar um bom café-da-manhã; não pode parecer faminta; não pode perder peso.
2. Tomar banho todas as manhãs; cabelo lavado, escovado, penteado.
3. Roupas: camisas para dentro, suéteres em dias frios. Verificar se não há buracos nas roupas, até nas meias. Capa e guarda-chuva quando estiver chovendo. Botas para neve. Sempre chapéu e luvas quando estiver frio. Cachecol quando a temperatura baixar muito.
4. Assistir à previsão do tempo todas as noites; checar de novo de manhã se tiver tempo.
5. Falsificar: autorização para assistir Quebra-nozes, bilhete de M por faltar à reunião de pais e professores.
6. Ausência de M na representação de Natal devido a???

A lista continuava e incluía dias de coleta de lixo, informações sobre contas a pagar, lembretes para cancelar com Max que aparentemente limpava a casa de 15 em 15 dias, uma lista de alimentos (canja de galinha era um deles) e vitaminas para prevenir resfriados e assim evitar uma ida ao médico, o que eu imagino que seria impossível sem um dos pais. Na margem,

Clare tinha escrito em letras maiúsculas: ESQUECI DE ENVIAR CARTÕES DE NATAL! MANDO NO ANO-NOVO? LISTA NO COMPUTADOR?

Clare era incrível, ativa, imaginativa e corajosa, o tipo de menina que você normalmente só encontra em livros organizando rebeliões de órfãos ou salvando o mundo das forças do mal. Este pensamento deixou-me esperançosa; meninas assim sempre venciam no final, sempre. Mas sofri por sua solidão e me espantei com sua necessidade profunda de manter seu segredo. Imaginei que talvez manter o segredo fosse vital não só porque tinha medo do que o mundo pudesse fazer a uma mãe como a dela, mas também porque se tratava de um projeto, um projeto grande, minucioso, trabalhoso. Um modo de controlar alguma coisa.

Mas nem mesmo Clare teria conseguido manter esse segredo por muito tempo: a lista também me mostrou isso. Naquele exato momento, alguém poderia estar dizendo, "Sabe, querida, Viviana não mandou cartão este ano, e pensando bem, já faz alguns meses que não temos notícias dela, e você se lembra de como ela estava estranha da última vez que a vimos..." Mesmo que Viviana não tivesse desaparecido, alguém teria vindo em socorro de Clare, por mais que ela não quisesse ser socorrida. Essas fileiras de Parmalat e de comida enlatada... a idéia de que a maioria acabaria intocada nas prateleiras era um consolo.

Enquanto eu contemplava a lista, Martin entrou no quarto. Isto é, ele não entrou exatamente, mas ficou parado à porta e evitou cuidadosamente olhar para qualquer coisa no quarto que não fosse eu. Era assim que ele se comportaria o tempo todo na casa, parado na soleira, parecendo nunca estar realmente lá. Quando eu apontei para a lista, ele a leu rapidamente e balbuciou:

– Eu gostaria de ter sabido o que estava acontecendo, gostaria que ela tivesse me contado.

Parecia exalar tanta tristeza que eu tive vontade de acariciá-lo, e o fiz. Passei o dedo da sua orelha até o queixo. Eu sempre achara o contorno do seu rosto marcante e preciso; naquele momento notei quão marcante era a semelhança com o rosto de Clare. Ele segurou meu dedo e apertou-o contra os lábios.

Como eu disse, o dia transcorreu surpreendentemente bem. Estávamos todos nos esforçando muito, Teo e eu – e Martin também, suponho –, por causa de Clare, e ela estava se esforçando porque viu o quanto nós queríamos que ela ficasse alegre; ela era esse tipo de criança. Além disso, talvez o dia tenha sido bom porque Natal é Natal. Eu não sou sentimental – tudo bem, eu sou sentimental em relação a algumas coisas, mas não em relação ao Natal – mas quando uma data é vendida como algo alegre anos após ano, ela ganha uma certa força. A idéia de alegria empurra você. Ela nos empurrou quase até o final da ceia – uma ceia que, se não foi a melhor ceia de Natal do mundo, não foi de todo má. Pelo menos, o peru não estava seco, nem mesmo o peito, o que não é fácil de se conseguir em qualquer circunstância, o que prova o quanto estávamos nos esforçando.

Mas não podia durar. Clare tinha pensado na mãe o dia inteiro, é claro, e tinha me chamado de lado numa certa hora para me mostrar um retrato das duas juntas. Em quase todos os cômodos da casa havia fotos de Clare, que tinha sido um lindo bebê e que, fora um breve intervalo de troca de dentes e cabelos descabelados, tinha tido 11 anos de beleza ininterrupta. Não havia retratos de Martin e, até Clare me mostrar o que estava na biblioteca, eu não tinha visto nenhum de Viviana, o que, depois de ver sua foto, eu tomei como um sinal de grande modéstia e discrição da parte dela, porque, se eu tivesse aquela aparência, precisaria de uma modéstia e de uma discrição *hercúleas* para não estampar minha imagem em cada parede. Eu tinha imaginado Grace Kelly, e me enganei, mas não muito. De fato, Viviana se parecia muito com uma atriz não muito conhecida chamada Lizabeth Scott, que às vezes é citada como sendo uma Lauren Bacall dos pobres, mas que era uma beldade e que rouba cenas de gente como Barbara Stanwyck em *O tempo não apaga*. Além disso, que pobres são esses? Afinal de contas, é de Lauren Bacall que estamos falando. Na pior das hipóteses, esses pobres são pessoas que possuem apenas uma casa de veraneio e um iate pequeno. Poupe a sua compaixão.

No retrato, Clare tem cerca de 8 anos, está com as mãos erguidas na altura do queixo e abertas de um jeito que mostra que acabaram de ser posicionadas, e ela está olhando para cima como que maravilhada, e a mãe está ao lado dela, olhando não para cima, mas para o rosto de Clare e, apesar de Viviana ser linda, o que tem de realmente bonito nesse retrato é sua expressão. De tão amorosa que é. Eu tive vontade de chorar, pensando que aquela mulher jamais assustaria ou abandonaria a filha de propósito.

– Era uma borboleta. Mas voou no último minuto – Clare explicou, e enquanto olhava para o retrato, sorrindo um sorriso secreto provocado pela lembrança, ela não parecia uma heroína de romance, e sim uma menininha, muito mais jovem do que os seus 11 anos. Tive vontade de abraçá-la, mas me contive. Eu sei quando um momento não me pertence.

Portanto, embora Clare tenha passado o dia alegre e animada, eu sabia que o fato de voltar para casa a faria sentir a mãe ao mesmo tempo mais presente e mais ausente. Se até eu meio que esperava que Viviana entrasse pela porta, então o que Clare devia estar sentindo?

O fato não ocorreu no momento em que a faca de trinchar estava prestes a cortar o peru. Nossa ave já estava fatiada e distribuída e estava sendo comida por nós quatro. E a música que estava tocando não era "We Wish You a Merry Christmas" e sim o coro dos Meninos Cantores de Viena cantando "Noite Feliz" em alemão e enchendo a sala com suas vozes luminosas. Mas o momento foi marcante, e não apenas em retrospecto, acho que não. Clare tinha acabado de descobrir que eu tinha adorado a coleção *Anne* de L. M. Montgomery quando era criança, e parecia que tinha descoberto uma mina de diamantes de tanto que ficou radiante. Eu senti como se tivesse realizado algo fabuloso, embora só tivesse lido alguns livros vinte anos atrás. Clare bateu palmas e estava me olhando enlevada quando houve uma batida à porta.

Todo mundo ficou paralisado. Olhamos para a porta, depois uns para os outros, eletrificados. Se fôssemos animais, nosso pêlo estaria em pé. Não ocorreu a ninguém que dificilmente Viviana fosse bater na própria porta, muito menos a Clare, que ficou sentada com as costas retas e os braços cruzados – um agarrando o outro – e com uma respiração tão forte que eu conseguia ouvi-la apesar da música.

Então, ela voou até a porta, abriu-a e deu vários passos para trás. Um homem de uns 30 anos, com cabelos um tanto compridos, óculos de Ben Franklin e uma jaqueta de esqui estava ali parado, parecendo muito surpreso. Ao mesmo tempo Martin se levantou e exclamou: "Lloyd!" Clare emitiu um som sufocado e terrível, e Teo e eu saltamos de nossas cadeiras. Ele a alcançou primeiro e a abraçou, mas ela se libertou dele e saiu correndo da sala. Nós a ouvimos subir as escadas correndo e nos entreolhamos.

– Vamos deixá-la sozinha? – Teo perguntou, e eu concordei. Nós a deixaríamos sozinha por alguns minutos. Era difícil saber o que fazer porque, nesta casa, nós éramos intrusos, éramos as pessoas erradas, não importa o quanto ela gostasse de nós.

– Entre, Lloyd – fez Martin com uma voz cansada, e Lloyd entrou e fechou a porta, mas não fez menção de tirar o casaco, e ninguém sugeriu que ele o tirasse, nem mesmo Martin, para quem modos impecáveis eram uma espécie de reflexo.

– Desculpe aparecer deste jeito, gente. Natal e tudo mais. Tenho passado de carro pela casa de vez em quando, só para checar. Vi as luzes acesas. – Lloyd não se parecia com nenhum detetive durão que eu conhecesse, mas falava como um. Frases curtas. Ausência de pronomes.

– É claro – Martin disse. – Lloyd, estes são Cornelia Brown e Teo Sandoval. Minha filha, Clare, abriu a porta para você. Ela está se comportando muito bem, mas tem sido um período difícil.

– Não há nada de novo para relatar. Nenhuma correspondência foi entregue. Ela deve ter sustado a entrega. Vi algumas pessoas passarem por aqui. – Lloyd tirou um caderno espiral de algum lugar e o abriu. – Uma senhora com uma garota mais ou menos da idade de Clare. Dirigia um Ford Expedition. Preto. Placas da Pensilvânia. Uma senhora alta numa Mercedes branca. Deixou uma travessa de biscoitos e um cartão. "Feliz Natal. Vou passar o ano-novo em Barbados com o Zach. Lembra dele? O cara dos cabos? Parecido com Tom Cruise? Seth está cuidando da loja. Ligo quando voltar. Amor, Sissy." A maioria das pessoas não conseguiria manter um tom de voz sem nenhuma expressão ao dizer a frase "Parecido com Tom Cruise", mas Lloyd era diferente da maioria das pessoas.

– Cobertos de açúcar ou de pedacinhos de chocolate? – perguntei, porque estava ali parada me sentindo uma idiota. É claro que a pergunta me fez sentir ainda mais idiota, mas obrigou Lloyd a usar uma frase completa.

– Eram biscoitos cobertos de açúcar no formato de árvores de Natal e estrelas. Enfeitados com glacê – precisou, e ficou vermelho. – Eu... bem, eu achei... que se ficasse ali iriam atrair insetos e coisas do tipo.

Enquanto eu concordava com a cabeça, especulando o que "coisas do tipo" queriam dizer (moleques de rua, plantas carnívoras?), Martin dava um tapinha no ombro de Lloyd e uma risada tranqüilizadora.

– Tem toda razão, Lloyd. Obrigado. Bem, você vai me manter informado, eu espero.

Lloyd fechou o caderno e balançou afirmativamente a cabeça, apertando os lábios e projetando o queixo para a frente daquele jeito que fazem os xerifes da televisão. Então foi embora, e Martin, Teo e eu ficamos ali parados, sem saber o que fazer em seguida.

– Todo mundo acabou de comer? – Teo disse finalmente e, como seria ridículo voltar para a mesa e começar a comer como se nada tivesse acontecido, e também porque provavelmente todos nós tínhamos perdido o apetite, dissemos que sim.

Teo foi para a cozinha e eu comecei a tirar a mesa quando Martin pediu:

– Podemos conversar um instante?

– Claro – concordei, sentindo-me inexplicavelmente nervosa, e então avisei: – Teo, já vou ajudar num instante, certo?

Martin me levou pela mão até a biblioteca – uma sala acolhedora, com as paredes forradas de madeira – e nos sentamos no sofá de couro. Então ele tirou do bolso do paletó duas passagens de avião e me entregou. Elas eram para Londres.

– Este ia ser o meu presente de Natal para você, Cornelia, a viagem que você recusou no dia em que nos conhecemos. – Ele sorriu. – Tenho negócios a tratar lá e em Paris, mas no final da tarde estou livre. Achei que poderíamos passar uns dois dias em cada cidade.

Eu fiquei olhando para as passagens, permitindo-me imaginar, por alguns segundos, como teria sido aquela viagem. Gloriosa, eu me permiti pensar. Eu teria levado comigo minhas dúvidas acerca da capacidade de Martin em se conectar (e por favor entenda a palavra "conectar" com o sentido correto – estritamente dentro do espírito de E. M. Forster, a quem venero, e não como um reflexo da nossa cultura de auto-ajuda, homens-são-de-Marte, *et cetera*), mas com certeza ele as teria acalmado em Paris, a cidade onde os amantes são praticamente obrigados por lei a revelar suas almas, certo? Mas no momento mesmo em que eu imaginasse tudo isso, o pensamento empalideceu e sumiu como fumaça. Pareceu tão distante, a era antes de Clare e, por mais romântica que fosse aquela era, eu não poderia desejar tê-la de volta sem desejar que Clare fosse embora, o que não era possível. Eu suspirei e olhei para Martin.

– Você ainda podia ir comigo. Um colega meu tem uma filha em idade de freqüentar a universidade que ficaria com Clare; ela é muito confiável – ele deve ter visto a expressão no meu rosto –, mas tenho certeza de que não é uma boa hora para deixar Clare com alguém que ela não conhece.

– É impossível – ecoei tolamente, e então compreendi melhor o que ele tinha dito. – Você disse que eu ainda podia ir *com* você?

Martin concordou com a cabeça, olhando bem nos meus olhos em vez de baixar os olhos envergonhado, o que com certeza deveria ter feito.

– Mas você não vai mais, não é? – Eu perguntei, e mesmo assim ele continuou me olhando firme.

– Eu tentei escapar, mas não há mais ninguém que eles possam mandar. Eu viajo depois de amanhã – continuou. E acrescentou: – Eu detesto ter que pedir isto... – e deixou a frase no ar, sem pedir.

Não havia mais nada a fazer.

– Eu posso tirar uns dias de folga – concordei. – Eu fico com Clare. Aqui ou no meu apartamento, onde ela preferir. Embora, se ficarmos aqui, vamos ter que arranjar uma desculpa para o fato de ela estar comigo e não com Viviana. Mas, Martin...

Foi então que ele perdeu um pouco o controle, nada de dramático, apenas uma mera rachadura.

– Cornelia, ela não me quer. Qualquer um pode ver isso. – Ele esfregou a testa com a mão. – Você acha que eu não sei que o momento de dar o meu apoio a Clare já passou há muito tempo? Eu perdi. Tive centenas de chances, e perdi todas elas. Agora eu não sirvo de nada para ela. Só faço piorar as coisas.

Eu nunca tinha visto Martin tão infeliz. Não havia nada que eu pudesse dizer para fazê-lo sentir-se melhor. O que ele tinha acabado de dizer era verdade.

– Eu vou ficar com ela. Você sabe que eu vou ficar – eu o abracei, bem apertado, e ficamos ali sentados por um longo tempo. Não me sentia apaixonada por ele e achava que era bom para ele estar sentindo aquela dor. Mas saber que você estragou tudo, que nunca poderá consertar o que fez é um dos piores sentimentos que existem. Eu não o deixaria sozinho com aquilo.

Quando entramos na cozinha, Teo tinha guardado toda a comida e estava lavando a louça. Eu o empurrei com o quadril e assumi. Martin pegou um pano de prato e começou a enxugar.

– Eu fui ver Clare. Ela estava dormindo, acho que na cama da mãe. Eu tirei os sapatos dela e a cobri com um edredom. Ela nem pestanejou. – Teo se encostou na porta da geladeira e passou a mão pelo cabelo.

Como já mencionei, não pertenço ao grupo de mulheres que ficam agitadas só de olhar para Mateo Sandoval. Entretanto, devo dizer que o cabelo no qual passou a mão é de um castanho-dourado, o que é um tanto inesperado, uma vez que a mão em si mesma, junto com o resto da pele, é um pouco mais clara, de um tom de caramelo dourado, e esses fatores combinados com os olhos verdes-claros (um verde constante, não variável), a boa saúde e uma tendência a ficar ruborizado dão a Teo uma espécie de brilho que não se vê todo dia. Eu só menciono isso para dizer que qualquer pessoa que passe algum tempo com Teo reconhece que este... – vamos chamar de resplendor na falta de uma palavra melhor – aumenta e diminui de acordo com o humor de Teo. O resplendor serve como uma espécie de barômetro do estado emocional de Teo e é uma ferramenta especialmente útil porque, ao contrário de algumas pessoas que conheço (e me incluo entre elas), Teo não dedica muito tempo a descrever seus estados emocionais, principalmente quando os estados não são muito alegres.

Quando Teo se encostou na porta da geladeira, ele quase não brilhava. Eu imaginei se ele estaria preocupado com mais coisas além de Clare. Talvez ele estivesse com saudades da esposa. Talvez estivesse trabalhando demais. Prometi a mim mesma que perguntaria a ele assim que estivéssemos a sós. Mas como na próxima vez que ficamos a sós eu estava num estado de grande agitação pessoal, sinto dizer que não cumpri a promessa.

– Espero que ela durma bastante – comentou Martin. – Ela está precisando.

– Está mesmo. Não foi só o que aconteceu, Lloyd aparecer de repente. Ela vem acumulando cansaço há semanas – acrescentei, e contei a Teo sobre a lista no quarto dela.

– Jesus! – exclamou Teo, e a voz dele era tão preocupada que estava quase zangada. – Como ela conseguiu fazer tudo isso? Ela me contou sobre essa lista, ou uma versão dela. Ela sentou num restaurante no dia seguinte ao seu décimo primeiro aniversário, do qual tanto ela quanto a mãe se esqueceram completamente, e escreveu um plano para cada dia.

Martin largou o prato que estava enxugando.

– Eu gostaria que ela não tivesse achado que precisava manter a doença da mãe em segredo. Ela poderia ter contado a alguém. Isso teria tornado a vida muito mais fácil para ela. Ela podia ter me contado.

Foi então que aconteceu, foi aí que o castelo de cartas que eu tinha mantido em pé por pura força de vontade, junto com doses generosas de fuga e negação, desmoronou de uma vez. E não houve um momento de pressentimento, como tinha havido antes de Lloyd aparecer, nenhuma calmaria antes da tempestade, nada para anunciar a chegada do que foi inegavelmente um amargo fim.

Depois do que Martin falou, Teo murmurou apenas duas palavras:

– Ela contou.

Eu me virei, com um prato molhado ainda na mão. Teo não estava mais encostado na geladeira. Ele estava bem ereto, mas não com uma postura desafiadora. Ele estava com as mãos nos bolsos do jeans e tinha uma expressão estranha no rosto, como se suas próprias palavras o tivessem pego de surpresa.

Martin só ficou olhando para Teo, mas eu vi o rosto dele ficar vermelho, o que era uma novidade. Quando falou, ele gaguejou um pouco, o que também era uma novidade.

– Cornelia, eu-eu-uh... – ele começou, e então parou.

– Teo – olhei para ele. – O que você está dizendo? Fale.

Quando Teo falou, foi para Martin, não para mim – algo que, quando refleti a respeito mais tarde, compreendi que foi um gesto de respeito por Martin. Ele não falaria em Martin na terceira pessoa estando os dois no mesmo aposento.

— Clare ligou para você. Semanas atrás, talvez há mais tempo do que isso. Ela contou sobre o comportamento errático da mãe, os surtos de compras, os horários estranhos. Clare contou que a mãe a tirou da escola e disse coisas que a assustaram. Ela disse que achava que a mãe estava doente.

Martin virou-se para mim.

— O que ela me disse não me pareceu nada demais, não deu a impressão de ser assim tão grave.

Minhas mãos estavam tremendo, e eu pensei, meu Deus, eu vou derrubar o prato, então me virei e o deixei cair dentro da pia. Ele bateu no fundo e se partiu em dois. Eu podia ver os pedaços através da água cheia de sabão.

Sem tirar os olhos do prato quebrado, perguntei:

— Martin, ela disse a você que estava com medo?

— Sim. É claro que disse, mas eu não entendi a gravidade da situação. De jeito nenhum. Ela me contou esses detalhes: toalhas, vinho, livros de culinária. Talvez eu não tenha interpretado corretamente, mas não acreditei mesmo que a situação estivesse tão ruim.

Foi aí que todo o carinho que eu tinha por Martin, cada lembrança alegre e cada pensamento positivo saíram do meu corpo — desaparecendo como fantasmas. Por mais maluco que pareça, eu os senti saindo. Nem todos permaneceriam fora, mas ali, parada ao lado da pia, eu senti o espaço onde eles costumavam ficar: um lugar frio no centro do meu peito. Estremeci.

— Cornelia, por favor — fez Martin.

— Você sabia que ela estava com medo — interrompi-o. — Era só o que você precisava saber. Que importa se não fazia sentido para você? Ela estava pedindo a sua ajuda. Só isso já deveria ter demonstrado o quanto ela estava desesperada. E *demonstrou* mesmo. Ela pediu a sua ajuda e você negou.

Então comecei a chorar.

– Foi por isso que ela não contou a mais ninguém. Deve ter achado que ninguém iria dar importância.

Martin se aproximou de mim e me segurou delicadamente pelos braços. Por cima do seu ombro, eu vi Teo dar meia-volta e sair.

– Cornelia, você me conhece. – Martin tinha lágrimas nos olhos, mas elas não mudaram nada. – Você sabe quem eu sou. Eu cometi um erro. Um erro terrível. Mas não deixe que esse erro tenha a última palavra. Entende o que eu quero dizer?

Eu entendi.

– Eu amo você. Leve isso em consideração. Não me abandone agora. Não posso perder você agora. Você entende?

Eu entendi, mas ele já tinha me perdido.

16

Clare

No meio de um sonho no qual ela estava andando no meio do nevoeiro, Clare ouviu uma porta bater, e o som foi como um puxão, como um gancho erguendo-a pela fivela do cinto e arrancando-a do nevoeiro, do sono. Não, foi seu primeiro pensamento. De novo não. Por alguns segundos era de noite e ela estava de novo em casa, sozinha com a agitação da mãe no silêncio frágil e perigoso que a noite sempre trazia.

Ela se ergueu na cama. A cama da mãe. Ela viu que estava inteiramente vestida, e o presente voltou subitamente. *Era* mesmo de noite; ela *estava* em casa; mas sua mãe não estava lá. Clare foi invadida primeiro por uma sensação de alívio, e depois de culpa pelo alívio que sentiu. "Eu não estou querendo dizer que não queria que ela estivesse aqui", murmurou para quem quer que trabalhasse no ramo de ouvir e realizar desejos. Ela não podia arriscar nenhum mal-entendido.

Quando abriu a porta para o homem de óculos minúsculos, a esperança de que a mãe viesse para o Natal a havia abandonado com um sorriso cínico. Então quando ouviu a porta bater, a idéia de que poderia ser a mãe chegando nem lhe passou pela cabeça. Depois de estar suficientemente acordada para se preocupar, seu primeiro pensamento foi que o pai tinha vindo em outro carro; Teo e Cornelia podiam estar entrando no carro de Teo, deixando-a sozinha com o pai. Ela se livrou do edredom que alguém tinha colocado por cima dela e correu até seu quarto, na parte da frente da casa. Se alguém estivesse indo embora, ela rezou no escuro, que fosse seu pai.

E era. Enquanto Clare olhava, ele atravessou o gramado da frente na direção do carro prateado que parecia uma espaçonave ali no meio da neve. Na metade do caminho, ele se virou, deu um passo na direção da casa, esfregou a testa com a mão, tornou a se virar e continuou andando na direção do carro. Assim que ele ligou o motor, Clare desceu a escada. Quando chegou embaixo, ouviu outra porta abrir e fechar – desta vez a porta dos fundos – e caminhou silenciosamente até o quarto de despejo, que tinha uma janela que dava para o quintal. Cuidadosamente, ela afastou uma fileira de botas e ferramentas de jardim e se sentou no velho banco de madeira ao lado da janela.

O quintal estava estranhamente claro, e Clare compreendeu que a mãe devia ter programado os holofotes para acender assim que a noite caísse, como sempre fazia quando viajavam. Ela refletiu brevemente sobre a natureza misteriosa da mente da mãe, sobre a facilidade com que ela trafegava entre confusão e clareza, sobre como, em certos aspectos, ela permanecia tão competente. A mulher que fazia reservas em aviões e controlava horários era a mesma que saía no frio usando um vestido de verão.

Clare não se deteve nisso, entretanto, porque do lado de fora da janela, a poucos metros de distância, viu Teo sentado numa das cadeiras brancas Adirondack e em seguida viu Cornelia se aproximando dele, com uma taça de vinho em cada mão. Quando se certificou de que ninguém estava olhando, ela abriu um pouco a janela. Cornelia entregou uma taça a Teo e se sentou na outra cadeira. Ali do seu lugar no escuro, Clare podia ver claramente os dois, podia ver o vapor de sua respiração e as lágrimas rolando dos olhos de Cornelia. Era como assistir a uma peça. Eu estou espionando, pensou Clare. E sentiu-se mal por isso, mas não muito mal. Sua vida estava sendo decidida. Já que não podia controlar o que ia acontecer com ela, podia ao menos tentar manter-se informada.

– Ele mentiu para mim. Não que isso seja o pior. Não que importe, comparado com o resto. Mas ele mentiu para mim, duas vezes... três vezes, se eu contar o que acabou de acontecer. Poucas horas atrás, lá em cima, ele disse que desejava ter sabido do que estava acontecendo. Ele parecia tão... Tive pena dele. Eu sou uma idiota. – A voz de Cornelia estava vibrante de indignação.

– Por que você se acha uma idiota? Por confiar em alguém que você ama? – reagiu Teo. Ele parecia cansado, esvaziado.

Cornelia lançou-lhe um olhar perplexo.

– Teo! Foi isso que você pensou? Não, isso não. Não é tão grave assim. Gostava. Gostava um bocado. Amar nunca. – Ela fez uma pausa. – Eu parecia estar apaixonada por ele?

Teo fez o vinho girar na taça, pensativamente. Então olhou para Cornelia.

– Não. Quer dizer, eu não sei como você fica quando está apaixonada. Mas acho que não. Acho que calculei que você estivesse já que ele é... – Teo parou. O quê? Clare pensou. Ele é o quê?

Cornelia dirigiu o olhar para o céu, embora Clare soubesse que com toda aquela luz lá fora o céu seria apenas uma coisa preta.

– Eu queria estar – confidenciou ela baixinho. – Eu me deixei levar pelo fato de querer tanto. Deixei passar tanta coisa.

Teo também olhou para o céu.

– Qualquer pessoa teria feito o mesmo, aposto. Eu não acho que o amor seja cego, mas querer estar apaixonado, isso provavelmente é cego. Você não pôde evitar.

– Não, eu não mereço esse tipo de crédito. Se eu estivesse cega... Mas não estava. Eu vi, mas ignorei ou arrumei explicações. Eu me recusei a tirar conclusões. – Cornelia suspirou. – E a verdade é que eu não fiquei chocada quando você disse aquilo na cozinha. Se eu soubesse que qualquer outra pessoa, você, por exemplo, tinha optado por ignorar o grito de socorro de uma criança, eu ficaria chocada.

– Ah – Clare deixou escapar. Ela pressionou a boca com os dedos, mas Cornelia e Teo não tinham escutado. Então foi isso. Seu telefonema para o pai.

Cornelia parou de olhar para o céu e olhou para Teo com um ar feroz.

– Mais do que chocada. Eu arrasaria quem dissesse uma coisa dessas. Aquele mentiroso sem-vergonha.

Teo virou o rosto, mas Clare achou que ele estava sorrindo. Quando tornou a olhar para Cornelia, ele estava sério.

– Sinto não ter contado a você antes. Ou talvez eu devesse pedir desculpas por ter contado. Ou contado daquele jeito, na frente de Martin.

Cornelia deu um tapinha no ombro dele.

– Pare. Eu não vou permitir isso. Você sabe e eu sei que você tentou. Ou quase tentou. Ontem à noite. Antes de eu me transformar numa cascavel e morder você.

Clare não sabia do que Cornelia estava falando, mas viu que o que quer que tivesse acontecido na noite passada, ninguém estava mais zangado a respeito.

Cornelia deu um tapa na testa e soltou um suspiro de frustração.

– O que há comigo? *Por que* eu queria tanto estar apaixonada por ele?

Teo riu e tentou responder:

– Você quer dizer o que foi que você viu nele? Ora, Cornelia.

– Não diga nada. – Ela apontou o dedo para ele e lançou-lhe um olhar furioso.

– Se a semelhança fosse maior, ele provavelmente estaria violando a lei do direito autoral. – Teo tornou a rir.

– Você se acha muito engraçado, não é? – Cornelia estava sacudindo a cabeça, mas estava sorrindo.

– O espólio Grant poderia acioná-lo.

Os dois riram. Clare não entendeu nada do que eles disseram, mas entendeu o riso. Ela entendeu que poucos minutos antes Cornelia estava com o rosto molhado de lágrimas e que agora ela e Teo estavam rindo juntos.

Clare se lembrou de que os dois tinham crescido juntos, e imaginou se era assim que irmãos e irmãs agiam um com o outro o tempo todo. Provavelmente não. Ela pensou nos irmãos e irmãs que conhecia. Cornelia e Teo eram um pouco como irmão e irmã, mas também eram outra coisa. Havia uma espécie de energia que passava de um para o outro. Ela compreendeu que era assim uma amizade entre um homem e uma mulher, e se sentiu privilegiada, como se tivesse podido olhar para dentro de um novo mundo.

– E não é só isso – continuou Teo, assim que eles pararam de rir. – Charme, elegância, sofisticação, o que até eu sei que são roupas fantásticas. Aposto que o apartamento dele parece saído de uma revista de decoração. Se eu procurasse no Google "o homem dos sonhos de Cornelia", ele é exatamente o que iria aparecer na tela.

– Eu sou assim tão superficial? – Cornelia perguntou, pensativa, e Clare percebeu que ela queria uma resposta séria, mesmo que a pergunta não parecesse muito séria. Ao falar, Cornelia encostou a cabeça no encosto da cadeira e olhou para Teo. Ele olhou brevemente para ela.

– Não – respondeu ele, e seu tom de voz era alegre. – Nada que não possa ser remediado.

Eles ficaram ali sentados tomando vinho e olhando para a frente. Se a luz não estivesse tão forte, eles teriam visto Clare. Então Cornelia exclamou:

– Ele foi dar uma volta! Quando voltar, vou dizer a ele que está terminado. Porque está. Eu vou embora.

Essa frase quase fez Clare sair correndo para o quintal. Teo ficou imóvel, sem olhar para Cornelia e sem dizer nada. A respiração de Clare ficou ofegante.

– Eu não posso nem ficar perto dele, Teo. – A voz dela era desafiadora.

Teo continuou calado. Cornelia se levantou e começou a andar de um lado para o outro. Clare sentiu-se desolada. Então estava acabado, o sentimento de segurança, de não estar sozinha. Acabado, acabado. A palavra se repetia em sua cabeça com a força de passos pesados, alguma coisa ruim se aproximando.

– Eu não posso fazer isso. Você sabe que eu não posso, Teo. É impensável. – A voz de Cornelia foi ficando mais aguda.

– Sim. É impensável – Teo concordou calmamente. – E seria apenas por pouco tempo. Só até a encontrarem.

Cornelia parou na frente de Teo, com os braços cruzados na altura da cintura. Ali parada, abraçando a si mesma, de costas para Clare, ela era muito pequena, parecia uma menina.

– E o que eu devo fazer? Fingir que estou apaixonada por ele? – Cornelia quase cuspiu essas palavras.

Teo se levantou e pôs a mão no ombro de Cornelia.

– Não, é claro que não. Só conversar com ele, cultivar o relacionamento de vocês – sugeriu ele.

– *Fingir* cultivar o nosso relacionamento?

Teo fez uma careta, ainda com a mão no ombro de Cornelia. Ele parecia estar com vergonha de alguma coisa, mas Clare não sabia de quê. Mas ele não afastou os olhos do rosto de Cornelia.

– Ninguém pode esperar que eu faça isso – Cornelia reagiu, zangada.

– Não – confirmou Teo, ainda com um olhar firme.

– Eu só quero me livrar dele – Cornelia implorava.

– Eu sei – Teo disse delicadamente. Delicadamente *demais*, Clare pensou, Teo não podia ter nenhum motivo para estar envergonhado. Clare o achava o homem mais simpático do mundo.

Cornelia segurou nos braços de Teo com as duas mãos. Ela estava chorando.

– Você tem razão – concluiu ela. – Não posso abandoná-la. É claro que não. Principalmente agora, depois de tudo o que fiquei sabendo.

"Ela", Clare pensou. "Ela" sou eu.

– Não é justo – concordou Teo. – Sinto muito. – Ele puxou Cornelia para si e a abraçou.

Clare também teve vontade de abraçá-la. Ela murmurou "Obrigada, obrigada, obrigada", enchendo o quartinho onde estava com estas palavras.

– Teo – Cornelia disse, quase num sussurro –, e se eu estragar tudo?

– Estragar o quê?

– Você viu o rosto de Clare quando ela abriu a porta esta noite. Ela é frágil. Eu não sei como cuidar de uma criança tão frágil.

– Você não vai estragar nada.

Cornelia se afastou de Teo.

– Tudo bem. Mas você tem que ir embora, certo? Amanhã.

– Eu sei. Eu vou embora.

– Não quero que você veja – continuou Cornelia. – E além disso você tem sua vida. Não queremos que você seja mandado embora. Nem pelo hospital, nem por Ollie. – Ela deu uma risada alegre e enxugou o rosto com a mão. – Vamos entrar.

Teo recolheu as taças de vinho.

– Teo – Cornelia, parecia quase assustada de repente –, mas se eu precisar, você volta? – Então, num tom de voz mais normal: – Porque Clare pode querer você. Acho que ela está apaixonada.

Eu estou, Clare pensou e sorriu para si mesma.

– Tudo bem – assentiu ele. – Se você me chamar, eu volto.

Clare subiu correndo a escada até o quarto da mãe e se enfiou debaixo do edredom. Seu coração estava disparado. Por um longo tempo ela ficou acordada, tentando descobrir o que seu pai tinha feito para Cornelia querer deixá-lo, e por que, pelo mesmo motivo, Cornelia tinha resolvido ficar. Por causa dela, Cornelia tinha decidido ficar. Ela deve gostar de mim, Clare pensou feliz. Teo também. Os dois devem gostar de mim. Agarrada a este pensamento, ela adormeceu.

Quando Clare desceu na manhã seguinte, Cornelia estava sentada sozinha à mesa da cozinha com a testa pousada nos braços cruzados. Era a posição exata que as crianças menores da escola de Clare usavam para os dez minutos de descanso depois do almoço, e Clare sempre se sentira bem naquele pequeno espaço construído por seus braços: sozinha, ouvindo apenas o som da sua respiração e, ao mesmo tempo, ligada às outras crianças que também estavam nos seus espaços solitários na sala escurecida. Mas aqui, na mesa, Cornelia era a única com a cabeça abaixada; ela estava realmente sozinha.

Clare reparou no modo como o cabelo encaracolado de Cornelia se afilava na sua nuca; ela reparou na pequena depressão no centro do pescoço e na vértebra saliente acima da gola da blusa. Cornelia vive no corpo dela assim como eu vivo no meu, Clare compreendeu de repente. Ela é a personagem principal da sua história, assim como eu sou a personagem principal da minha. Clare não poderia ter explicado esses pensamentos nem o sentimento de perplexidade que eles causaram nela. Os pensamentos pareciam óbvios, mas não eram. De algum modo, foram revelações.

– Cornelia? – Clare chamou baixinho.

Cornelia levantou a cabeça, erguendo os ombros como se o som do seu nome a tivesse assustado. Clare imaginou que talvez ela estivesse dormindo. Quando Cornelia viu Clare, seus ombros relaxaram e ela disse, carinhosamente:

– Olá. Você está com fome?

– Faminta – Clare respondeu. Ela revistou a cozinha e encontrou duas tortas, intactas, uma de maçã e outra de abóbora. "Eles não comeram a sobremesa sem mim", ela pensou, e este fato a consolou.

– Cornelia – Clare disse com ar travesso –, vamos comer torta.

Cornelia riu.

– Sabe, de repente eu também fiquei faminta. Se você me cortar um bom pedaço de torta de maçã, querida, eu vou ficar muito agradecida.

Enquanto comiam, Clare perguntou:

– Teo saiu?

Cornelia ficou perdida por um segundo antes de responder.

– Teo é um desses lunáticos que se levantam ao raiar do dia e saem para correr no frio. Imagino que ele vá chegar a qualquer momento implorando para ser colocado no forno para descongelar. Você acha que ele vai caber lá dentro? – As duas olharam para o forno gigantesco.

– Talvez a gente possa descongelar metade dele de cada vez – brincou Clare.

– Boa idéia. – Cornelia sorriu, depois disse, séria: – Mas ele vai embora hoje. Os pacientes precisam dele.

– Ah – fez Clare, tomando cuidado para não parecer desapontada. Ela estava mesmo desapontada, mas sabia que ele voltaria se Cornelia o chamasse. – Acho que Ollie precisa dele também.

– É claro que sim. Ollie nem sempre sabe que precisa das pessoas, mas ela deve precisar de Teo.

– Quem não precisaria de Teo? – observou Clare. – Ele é precisável.

Cornelia piscou para Clare.

– Ora, ora, Clare, você não deve deixar que os homens a façam assassinar a língua pátria, por mais doces que sejam.

– Os homens não, só o Teo. – Clare riu. – Tudo bem, você tem uma palavra melhor?

– Que tal necessário? – Cornelia sugeriu. – Teo é necessário.

Naquele momento, a porta da frente bateu. Teo entrou na cozinha ofegante, e imediatamente curvou-se, com as mãos nos joelhos. Quando retomou o fôlego, ergueu o corpo, depois sentou-se no chão, com as costas na parede. Ele estava usando um suéter de moletom vermelho com a palavra STANFORD em letras brancas na frente. Seu rosto estava vermelho e seus olhos brilhavam. Clare ficou olhando para ele. Ele parece uma rosa, ela pensou, o que na mesma hora pareceu-lhe engraçado. Ela riu.

– O que foi? – Teo disse para as duas pessoas que olhavam para ele.

– Suas orelhas estavam quentes? – perguntou Cornelia.

Teo pôs as mãos nas orelhas.

– Elas estão quentes agora. Minha cabeça toda está quente. Acho que é um bom sinal, porque há dois minutos minha cabeça estava entorpecida.

– O que, acredito, deixaria você idiotizado – comentou Cornelia.

– Não seria a primeira vez – respondeu Teo, sacudindo os ombros. – Onde está Martin?

— Martin está tomando banho, eu acho. Ou provavelmente fazendo a barba, a essa altura. Tomar banho, fazer a barba, duas coisas em que você deveria pensar, Sandoval. E seu cabelo está pedindo um barbeiro decente. Implorando. Na verdade, a essa altura, até um barbeiro indecente serviria. — O tom de Cornelia era leve como uma pluma, mas Clare notou que, quando ela falava no pai dela, não olhava nos olhos de ninguém.

— Não fique querendo mudar minha aparência. — Teo levantou-se. — Você não vai conseguir. — Ele pegou o que restou da torta de Cornelia e enfiou na boca de uma vez só.

— Seu grosso — murmurou Cornelia com afetação, tocando os cantos da boca com o guardanapo.

Clare ouviu o pai descendo a escada, seus passos pesados no chão de madeira. Hoje é o dia seguinte ao Natal, ela pensou aborrecida. Será que ele nunca ouviu falar em tênis?

Mas quando o pai entrou na cozinha, ela se arrependeu de ter sido tão dura com ele, mesmo que em pensamento. Dentro do suéter e da calça de lã ele parecia menor, e seus olhos estavam fundos no rosto pálido, como se ele não tivesse dormido. Ela imaginou quanto tempo ele tinha ficado rodando de carro, pensando em Cornelia, e embora Cornelia fosse terminar com ele em breve, este era o seu palpite, Clare ficou contente por ele não saber o que Cornelia tinha dito no pátio na noite anterior. Clare recordou aquela nota triste e desesperada na voz dela quando disse a Teo: "Eu só quero me afastar dele." Só de pensar no seu pai ouvindo isso Clare estremeceu.

— Martin — chamou Cornelia, e algo no tom dela fez Clare imaginar se ela não estaria pensando a mesma coisa.

– Bom dia a todos. Ah, eu estava imaginando que fim tinham levado essas tortas – comentou ele. Até a voz dele estava menor.

Clare se levantou.

– Nós as transformamos em café-da-manhã, papai. Você vai querer maçã ou abóbora?

Ele sorriu para ela e olhou bem nos seus olhos:

– Vou querer o mesmo que você, meu pardalzinho.

Teo se levantou.

– Tem um chuveiro esperando por mim em algum lugar por aqui.

– Tome um banho bem demorado – brincou Cornelia, apertando o nariz enquanto Teo saía correndo.

– Teo não fede! – Clare exclamou para Cornelia, fingindo indignação.

– No início ele estava congelado demais para feder, mas quando começou a descongelar... – Ela tornou a apertar o nariz.

– Parece que o amor não é só cego, ele também entorpece o olfato – riu o pai de Clare.

Clare ficou meio chocada pelo fato do pai ter percebido sua paixonite por Teo. É claro que Cornelia poderia ter contado a ele. Mas nesta manhã, parecendo menor, com menos brilho, com contornos menos nítidos, o pai pareceu mais carinhoso com Clare. Ele pareceu prestar mais atenção nela. Ela enrubesceu um pouco ao pensar que ele sabia que ela estava com uma paixonite, o que a fez refletir que até aquele momento ela não se importara que Cornelia e Linny, e até mesmo Teo, soubessem. Pouco tempo antes, estar rodeada de pessoas que soubessem de uma coisa dessas a teria deixado extremamente envergonhada. Mas a atmosfera criada por Teo e Cornelia era alegre, carinhosa e, o que mais? Acolhedora. Quando Clare se viu nessa atmosfera, ela se sentiu livre, como se pudesse pensar e dizer o que quisesse.

– Eu não acho que o amor seja cego – corrigiu-o Cornelia, baixinho, e o pai de Clare virou-se para ela surpreso. – O amor verdadeiro é provavelmente o estado em que se enxerga melhor.

O pai de Clare contemplou atentamente a sua xícara de café, como se lá estivesse a resposta para o que Cornelia tinha dito.

– Talvez você tenha razão. Talvez o amor verdadeiro faça você enxergar e amar apesar de tudo – comentou, finalmente. Depois, mudou o tom. – Aliás, quem foi que inventou essa expressão? "O amor é cego."

– Ah, Shakespeare, provavelmente. Pelo menos ela está em Shakespeare, mas pode ter sido algo que as pessoas diziam, uma... como se diz mesmo? Não uma expressão idiomática. Um chavão?

– Acredito que o termo técnico seja "algo que as pessoas diziam" – comentou o pai de Clare, ficando uma fração mais alegre. Pelo menos foi o que Clare achou. Uma fração? Ela tentou lembrar como se mede a luz. Um watt?

– Como "Twinkle, Twinkle Little Star" – continuou Cornelia, coisa que Clare não entendeu. Entretanto, na mesma hora o pai ficou mais alegre ainda.

– Exatamente. Foi Mozart quem compôs ou ele apenas escreveu variações de uma canção folclórica já existente?

– Acredito que o termo técnico seja "algo que as pessoas já cantavam" – Cornelia brincou, e seu sorriso não foi o seu sorriso normal, mas o pai de Clare não pareceu notar. Ou talvez ele estivesse simplesmente contente por eles estarem conversando daquele jeito, trocando frivolidades. Como badmington, pensou Clare, e desejou poder dizer aquilo em voz alta, porque era um bom símile. Ah, ela pensou: um lúmen. Um lúmen, correto?

Mas mesmo enquanto pensava em como medir a luz e o seu pai e Cornelia falava sobre "Twinkle, Twinkle", Clare podia sentir a seriedade e a preocupação. Era como se outra conversa, esta sim verdadeira, estivesse à espreita logo abaixo da superfície, como uma contracorrente no oceano. O que Clare viu no rosto de Cornelia também dava esta impressão. Cornelia sentada à mesa da cozinha com a cabeça apoiada nos braços surgiu na mente de Clare; ela ajudaria Cornelia, se pudesse.

– Talvez pudéssemos partir hoje – sugeriu Clare – e voltar para a Filadélfia. – Fora desta casa, Cornelia não teria que ver tanto o pai de Clare. Cada um moraria no seu próprio apartamento. Ela ficaria com Cornelia, é claro.

– Acho que podemos. – O alívio na voz de Cornelia deixou Clare orgulhosa. Tinha ajudado. – Se você estiver disposta. Ah, e a partir de amanhã de manhã você e eu ficaremos sozinhas por alguns dias. Seu pai vai para Londres amanhã.

Clare ficou alegre com a notícia, mas tentou não demonstrar.

– Só vou ficar fora alguns dias – observou o pai. Ele fez uma pausa, depois continuou. – A menos que você queira que eu fique, Clare. Nesse caso eu posso adiar a viagem.

Cornelia lançou-lhe um olhar espantado; por alguns segundos ela pareceu confusa, como se não soubesse o que pensar daquela proposta.

— Tudo bem, papai. Pode viajar — respondeu Clare. — Acho que vou escrever outro bilhete para a mamãe.

Depois de escrever o bilhete, ela se dirigiu para a cozinha mas parou no meio do caminho. Lá em cima, por cima do barulho da água, ouviu Teo cantarolando uma canção que ela não conhecia. Ele devia estar fazendo a barba. Então Clare foi para a cozinha o mais silenciosamente possível e olhou para dentro. Espionando de novo.

Seu pai tinha sentado numa cadeira ao lado da de Cornelia e estava inclinado na direção dela.

— Mantenha a confiança, é o que eu quero dizer — comentou com uma voz magoada. — Se você ainda tiver alguma confiança em mim.

— Estou tentando, Martin — reagiu Cornelia. Os cantos de sua boca viraram para baixo depois que ela disse isso.

O pai de Clare segurou uma das mãos de Cornelia e ficou olhando fixamente para ela; com a outra mão, ele tocou cada um dos dedos, como se os estivesse contando. Depois, com uma voz rouca, pediu: "Posso?" Cornelia concordou com a cabeça e o pai de Clare beijou as costas da mão dela, depois virou-a e beijou longamente a palma de sua mão. Clare apertou as mãos de encontro ao coração. Em seguida, saiu de fininho e foi se sentar na sala, refletindo sobre o que tinha visto.

Concluiu que, mesmo quando alguém não é perfeito nem mesmo especialmente bom, você não pode ignorar o amor que essa pessoa sente. Amor era sempre amor; tinha uma retidão própria, mesmo quando a pessoa que o sentia era cheia de defeitos. Cornelia tinha dito que o pai dela havia ignorado o grito de socorro da filha. Até um homem capaz de fazer isso podia sentir um amor real. Ali sentada na sala, numa cadeira que tinha cem anos, Clare estremeceu diante dessa verdade que tinha descoberto sozinha, e se sentiu velha e participante da vida.

Teo encontrou-a assim. Ele entrou silenciosamente na sala e chamou por ela. Quando olhou para ele, ela viu que ele ainda estava com o cabelo molhado do banho e que seu rosto estava bem barbeado e bronzeado de sol. Nossa, ela quase disse alto, por falar em lúmen...

Antes de sair, Teo apertou a mão do pai de Clare. Depois beijou Cornelia dos dois lados do rosto.

– Não é assim que fazem no seu café? – disse com um sorriso.

Cornelia balançou afirmativamente a cabeça, mas segurou a manga do casaco de Teo com uma expressão de pânico no rosto.

– Vejo você em breve – Teo disse com firmeza, e Cornelia largou a manga do casaco.

– Quer me levar até o carro, Clare? – Teo perguntou e Clare se apressou em concordar. Teo ofereceu-lhe o braço e eles saíram quase dançando. Na outra mão, ela segurava um saco de papel, algo para Teo levar com ele.

Parados ao lado do carro de Teo, Clare tirou o presente de dentro do saco. Era a história que tinha escrito; havia feito o possível para desamassar a capa.

– Eu fiz isso para dar de Natal para a mamãe – Clare disse.

– Você devia guardar para ela. – respondeu Teo. Ele prendeu uma mecha solta de cabelo atrás da orelha de Clare.

– Eu posso escrever outra para ela. Esta é para você e Cornelia. Para os dois. Então você vai ter que trazer de volta quando for a vez dela. – Clare fez uma pausa. – E acho que a vez dela vai chegar logo, certo?

— Certo. Obrigado. — Teo sorriu e então entregou um pedacinho de papel para Clare. — Este é o meu telefone. Você pode ligar sempre que tiver vontade, está bem?

Clare balançou a cabeça, segurando o papel com as duas mãos.

Teo olhou mais uma vez para a casa de Clare.

— Clare, você acha que pode fazer uma coisa por mim?

Ela faria qualquer coisa por ele.

— O que você quiser — respondeu ela.

— Ligue se precisar de mim. E ligue se achar... Se Cornelia parecer estar com problemas, você me liga também. Você pode fazer isso?

— Eu prometo — assentiu Clare solenemente. Então, rápido, antes de perder a coragem, ela deu um beijo no rosto macio e moreno de Teo.

No carro do pai, no caminho de volta para a cidade, Clare anotou no seu diário o que Cornelia e o pai conversaram. Eles se ativeram a assuntos impessoais. Primeiro conversaram sobre filmes, a maioria dos quais Clare não tinha visto, e depois sobre poesia — os Metafísicos, fossem eles quem fossem — e Emily Dickinson, cujo nome trouxe à mente de Clare a imagem de uma mosca zumbindo no parapeito de uma janela, e Edna St. Vincent Millay, e Auden e outros nomes que Clare não conhecia. Só uma vez a voz de Cornelia ficou séria e pensativa.

— É verdade. Eu tenho uma longa história de valorizar a ironia. Ironia e inteligência. Supervalorizar, eu acho.

— Sem problemas — o pai de Clare respondeu com naturalidade. — Nunca se pode valorizar demais a ironia e a inteligência.

— Pode sim. Estou começando a achar que sim. Quanto mais velha eu fico, mais eu gosto de Whitman.

Clare se lembrou de um homem falando para um talo de grama. Ela se lembrou também de uma parada no posto de pedágio de Nova Jersey. "Eu celebro e canto a mim mesmo!", sua mãe sempre exclamava quando passavam por ali. Ah, mamãe, Clare pensou. Volte para casa.

– Whitman é muito inteligente – comentou o pai de Clare.

– É claro – Cornelia rebateu com impaciência. – Mas inteligência não é a questão. Ninguém jamais amou Whitman por sua inteligência. A questão é o seu coração, sua enorme generosidade, sua exuberância. – Ela parecia furiosa.

– Motivos melhores para amar alguém, você acha? Atributos melhores para uma pessoa ser amada – fez o pai de Clare, parecendo de repente cansado, derrotado. Do que é que eles estão falando, pensou Clare.

– Martin, você não acha... – Cornelia suspirou. – Eu não quis exagerar, nem ser agressiva. Certo? Só estou falando de poesia. A poesia às vezes me deixa nervosa, me transforma numa fera. Certo? – Ela ergueu a mão para tocar no joelho dele, mas hesitou. Ele pegou a mão dela.

– Certo – fez o pai de Clare. – Mesmo quando você vira uma fera, não fica uma fera feroz. – Ele parecia feliz de novo.

Não precisava muito para deixá-lo feliz, Clare pensou. Então ela escreveu isso no diário. Em seguida, escreveu: "Ele precisa acreditar que ela o ama."

17

Cornelia

Existe um tipo de ternura que só é possível um pouco antes do amanhecer, uma ternura azul-acinzentada, solitária, que nasce do sono, do silêncio, do início de claridade. Um tipo de ternura e um tipo de esperança. Eu sempre achei difícil sentir raiva naquela meia hora que antecede o nascer do sol, e quando Martin veio se despedir de mim na manhã seguinte à nossa volta para a Filadélfia, eu não senti nenhuma raiva. Não que eu tivesse esquecido a forma como ele tinha abandonado Clare, com a mãe doente e seu terror. Eu não tinha esquecido nadinha. Mas quando o vi parado à porta, com o rosto tão pálido, tão despido de brilho e sofisticação, como o rosto de uma criança, quase não o reconheci. Pela primeira vez, eu olhei para Martin e não vi a beleza dele; só vi que ele era humano.

Então Clare saiu do quarto e Martin exclamou "Olá, meu pardalzinho" e sua voz soou exatamente igual à sua aparência, nua e triste, e ele estendeu a mão para ela.

Quando ela se aproximou, ele pôs as mãos nos ombros dela e beijou o alto de sua cabeça, depois seu rosto. Eu pude ver o espanto nos olhos dela.

– Pardalzinho, eu agi mal em não dar atenção quando você ligou para dizer que sua mãe estava se comportando de um modo estranho. – Ele fez uma pausa. Eu pude ouvir a respiração de Clare se acelerando. – Desculpe por não ter sido mais atento. E por não ter ajudado.

O corpo de Clare ficou tenso, e eu percebi o quanto ela estava confusa. Não era assim que o pai falava com ela; não era mesmo. Ela ficou dura e imóvel ali parada de pijama, e eu tive vontade de intervir, para explicar ou interromper aquela situação, mas não o fiz. Passado algum tempo, Clare assentiu com a cabeça:

– Eu vejo você na volta, papai – e então se virou e voltou para o quarto.

Martin ficou olhando para ela. Quando continuou olhando depois que ela já tinha sumido da vista, eu não pude evitar: segurei a mão dele. Ele se virou mas não se aproximou de mim, e ficamos como duas pessoas trocando um aperto de mãos, selando um pacto por cima de um córrego.

– Enquanto eu estiver viajando, você vai pensar em nós? Vai pensar se vai conseguir me dar outra chance? – Sua voz ficou embargada, o que foi suficiente para abalar minha determinação e me fazer correr para os seus braços. Quase suficiente.

– Martin – balbuciei apenas.

– Eu não mereço você. Mas quero fazer por merecer – continuou ele.

– E Clare? – perguntei. – Você quer fazer por merecer a Clare?

– Sim, quero. – Ele me olhou com um olhar meio suplicante, meio desafiador. – Você vai me ajudar?

Não me pareceu a resposta errada, mas *sim* também.

– Por favor, pense nisso – pediu novamente, mas não pareceu muito esperançoso.

– Sim. Está bem, Martin. Eu vou pensar. – Suspirei, e na mesma hora me arrependi porque o suspiro fez com que minhas palavras soassem impacientes e provavelmente insinceras também. A mão dele na minha era quente e real; eu podia sentir seus ossos. Pensei no que eu tinha dito a Teo sobre fingir que estava me esforçando para construir um relacionamento com Martin, e compreendi que, se eu não ia terminar com ele, não podia simplesmente fingir, mesmo que esse esforço fosse inútil. – Não, Martin, é verdade. Eu vou pensar nisso.

Então ele me beijou impetuosamente na boca e saiu.

Durante o dia inteiro as despedidas de Martin pairaram sobre mim e Clare. Nós precisávamos de algumas horas a sós com nossos pensamentos, mas, como estávamos juntas, passamos o tempo o mais calmamente possível. Clare leu e escreveu no seu caderno, e eu li e limpei a cozinha. De tarde, nós lavamos e secamos roupa e Clare me ajudou a dobrá-la, e eu percebi que ela gostava de fazer isso pelos mesmos motivos que eu: as roupas frescas como pão em suas cestas, quentes ao toque, e depois as pilhas arrumadas e os armários cheios. À noite, eu e Clare fomos à casa de Linny para comer sua especialidade, espaguete com almôndegas, e para deixar que sua conversa engraçada e seu espírito bom e generoso preenchessem a nossa solidão. Linny se movimenta no mundo com passos tão firmes e seguros que estar com ela faz com que você esqueça as suas inseguranças, pelo menos por um tempo. Depois Clare e eu fomos para casa juntas, caminhando pelas ruas movimentadas e barulhentas, e fomos dormir.

Às cinco horas da manhã eu acordei. A porta do meu apartamento estava aberta. Clare tinha desaparecido.

Será que preciso descrever o que senti? O pânico que me invadiu; o gemido no peito; as preces desesperadas? Todo mundo conhece esta sensação, e se você ainda não conhece, um dia vai conhecer. Todos nós já vimos isso. A mãe na praia, o pai na loja de departamentos, a babá no parque que só virou de costas por três segundos, só três segundos, e o que nós todos sabemos é que não importa o tempo que dure, esse momento é sempre interminável. E mesmo quando a criança só está perseguindo uma gaivota ou se escondendo num armário ou fazendo carinho num cachorro a poucos metros de distância, durante aquele momento interminável a criança desapareceu para sempre.

Eu levei vinte minutos para encontrá-la. Vinte minutos correndo pela cidade escura como uma louca, negociando com Deus e o demônio, xingando a mim mesma, e chamando sem parar. Chamar é a pior parte: você lança o nome no ar e percebe que ele já está ficando impessoal, que é só mais um som no mundo, e você quase não acredita que ele voltará a ser o nome de alguém – do seu alguém.

Ela estava usando o casaco de pele e estava sentada na mesa acorrentada em frente a uma lanchonete, dando de comer a um pombo. Eu solucei o nome dela, atravessei a rua correndo e me ajoelhei na poça fria da luz do poste, passando a mão nos seus braços e no seu rosto para me certificar de que ela era real e estava inteira.

Quando consegui falar, balbuciei:

– O que foi que aconteceu? O que aconteceu com você?

– Eu fui dar uma volta – Clare respondeu, e a calma contida em seus olhos e na sua voz deveria ter me tranqüilizado; eu sei disso. O alívio deveria ter caído do céu como uma chuva de primavera, e eu deveria ter abraçado Clare e a levado para casa.

Mas não foi isso que eu fiz. O que você precisa lembrar é que eu tinha organizado a minha vida de tal modo que nunca fosse obrigada a me responsabilizar demais por outras pessoas, por seu bem-estar ou paradeiro. Eu nunca tinha tido que tomar conta de ninguém, então nunca tinha tido ninguém para perder, e quando você nunca teve ninguém para perder, não sabe como se comportar quando acha. O que é só uma desculpa, é claro, porque embora eu não soubesse, poderia ter imaginado como me comportar.

Mas não o fiz. Minha imaginação falhou. A mágica do pré-amanhecer também falhou. Eu estava tão assustada, tão estressada que surtei. Fiquei louca. Fiquei furiosa. Me levantei de um pulo e andei de um lado para o outro, gritando, e gostaria de poder dizer que esqueci o que gritei, mas me lembro de cada palavra.

– O que você estava pensando? Que diabo você estava pensando? Eu acordei e você tinha sumido e eu estou correndo e berrando pelas ruas neste frio. E se eu não achasse você? Podia acontecer qualquer coisa com você aqui. Qualquer coisa! O que há de errado com você?

– Desculpe – pediu Clare baixinho. Mas eu a interrompi. E então disse a pior coisa que poderia ter dito.

– Eu sabia. Eu sabia que não devia ter me metido nisso. Eu devia estar louca quando achei que podia fazer isso.

E, mesmo estando furiosa, eu não tive a intenção de dizer aquilo. Não tive a intenção de dizer que não a queria.

Então Clare se levantou. Eu pude ver seu corpo tremendo dentro do casaco, mas sua voz estava firme e gelada.

– Então não faça – respondeu ela com ódio. – Deixe-me em paz.

Ela tirou o casaco de pele e o atirou no chão.

– Ponha isto já que está com tanto frio. Eu não quero. Eu detesto vocês todos.

E saiu correndo.

Quando a alcancei, estávamos na Rittenhouse Square. Clare estava sentada num banco, e eu me sentei ao lado dela, deixando um espaço entre nós. Ela não olhou para mim.

As bolas coloridas das luzes de Natal pendiam das árvores acima de nós como pequenos mundos, e eu pude ver algumas janelas iluminadas nos prédios ao redor da praça, sombras movendo-se por trás das cortinas. Longe do banco onde eu estava sentada com Clare, pessoas estavam fazendo café, entrando no banho, começando aquele dia de inverno que se estendia diante delas.

Ainda sem olhar para mim, Clare falou e o que ela disse me assustou mais do que o fato de acordar e ver que ela não estava lá:

– Eu queria desaparecer.

– Clare – esbocei, desolada.

– Não, quer dizer, eu queria ver como era ir embora. Eu fiquei imaginando...

– O quê? – quis saber.

– Eu fiquei imaginando o que aconteceria comigo se eu estivesse sozinha. Se ninguém soubesse onde eu estava ou quem eu era, eu ainda seria eu? Ou eu seria outra pessoa?

– E o que aconteceu? – Eu perguntei, com o coração pesado. – Você ainda era você?

– Sim. – Ela suspirou. – Eu comecei a ficar preocupada de você acordar antes de eu voltar – e de repente a amargura que eu tinha percebido na voz de Clare debaixo do poste de rua estava de volta. – Foi assim que eu soube que eu ainda era eu. Porque não queria assustar você e porque queria voltar.

Por um segundo, eu achei que era comigo que ela estava zangada, mas quando vi o rosto dela – aquela expressão magoada, abatida em seus olhos – eu compreendi.

– Você acha que a sua mãe não está preocupada com você?

Clare fechou os olhos e sacudiu a cabeça.

– Ela não está. Ela foi embora e me esqueceu. Como o meu pai sempre faz. Se minha mãe estivesse preocupada, ela voltaria.

As palavras que eu tinha dito pouco antes me voltaram à mente: *O que há de errado com você?* Como eu posso ter gritado com essa menina por ter saído e me deixado? Quem no mundo tinha sido mais abandonado do que Clare? Eu me aproximei dela no banco e coloquei o casaco de pele sobre nós duas.

– Cornelia? – começou Clare. – Eu quero contar uma coisa para você, mas tenho medo.

– Não tenha medo, meu bem – pedi a ela, passando a mão no seu cabelo.

— Às vezes eu fico com tanta raiva por ela ter ido embora — Clare murmurou — que o meu estômago dói. Às vezes eu a odeio.

Depois que ela disse isso, eu senti o seu corpo relaxar, como se ela estivesse retesada, carregando um peso enorme, e finalmente o tivesse largado no chão. Sua respiração ficou mais lenta, como se tivesse adormecido, mas seus olhos estavam abertos.

— Você achou que se contasse isso para alguém a sua mãe não voltaria? — perguntei e ela fez que sim com a cabeça. — É bom a gente contar o que está sentindo. Bom, honesto e corajoso.

Ela tornou a balançar a cabeça.

— Clare, desculpe por eu ter gritado com você.

— Não faz mal.

— Eu tive medo de ter perdido você — confessei. — E ficar com você foi a melhor coisa que eu já fiz na vida.

Ela não disse nada. Então sorriu.

— Você está de pijama.

Eu olhei para mim mesma.

— É, estou sim.

— Então é melhor irmos logo para casa.

Naquela noite, quando Martin ligou, resolvi ser boa, honesta e corajosa também. Resolvi dizer a ele o que estava sentindo de verdade.

— Martin — comecei, delicadamente —, eu pensei muito no assunto, e acho que não posso amar você.

— Bem — respondeu ele —, eu tinha esperanças de que você pudesse.

– Eu também – concordei.

– Não há nenhuma chance? – Ele perguntou, com a voz embargada.

Eu comecei a chorar.

– Acho que não. Sinto muito.

– Não... Não se desculpe, Cornelia – pediu ele, gentilmente. – Eu fico agradecido por você ter tentado. – Ele era um perfeito cavalheiro.

– Martin, preciso dizer mais uma coisa.

– O quê?

Eu respirei fundo.

– Clare. Ela precisa de mim. Ela está muito machucada. Ela precisa de mim.

– Ah.

Após um instante de silêncio, ele continuou:

– Você estava com medo de me dizer que não me ama porque temia que eu não deixasse mais você ver a Clare?

Eu não consegui falar.

– Ah, Cornelia – Martin suspirou.

– Não é só de mim que ela precisa, Martin. Ela precisa de nós dois. Hoje de manhã. Bem, hoje de manhã eu vi como é difícil protegê-la, afastar os seus medos. Uma pessoa não pode fazer isso sozinha. Eu sei que eu não posso.

– Você quer que nós tomemos conta de Clare juntos? – Ele perguntou, e havia uma nota de esperança em sua voz quando ele disse "juntos" que me deixou nervosa, mas eu sabia muito bem como é difícil perder a esperança. Ele ainda se apegaria à esperança, não importa o que eu dissesse.

Talvez eu tenha escolhido a saída mais fácil. Não sei. Talvez eu devesse ter dito a Martin, naquele momento, que ele não devia ter nenhuma esperança, que nós nunca ficaríamos juntos do jeito que ele queria. Mas mais tarde eu me alegraria por não ter dito nada. Mais tarde e para todo o sempre, quando me lembrasse dessa conversa, eu ficaria contente por ter dito apenas "sim".

18

Clare

Na noite seguinte, enquanto Clare e Cornelia estavam lavando a louça, o telefone tocou e Cornelia atendeu. Ela levou o telefone para a cozinha, apoiado no ombro, e começou a enxugar um prato.

– Sim, é claro que me lembro de você. Como vai? – Houve uma longa pausa. – O que você está dizendo? – Clare a viu largar o prato cuidadosamente e viu seu corpo todo começar a tremer. O coração de Clare começou a bater mais forte. *Mamãe.* Ela pronunciou a palavra sem fazer som; dentro da sua cabeça a palavra soou como um grito agudo, ensurdecedor.

– Ele está o quê? Não pode ser – exclamou Cornelia. – Não.

Ele. Não era a mãe de Clare. *Mamãe.* Ela conseguiu respirar de novo. *Mamãe, você está bem.* Então eu vou ficar viva, Clare pensou.

– Não, não, não, não – Cornelia murmurou no telefone. Ela deixou os braços penderem de lado, com o telefone pendurado numa das mãos. Olhou para Clare sem vê-la. Clare nunca tinha visto ninguém com um olhar daqueles. Deve ser algo terrível, ela pensou. Não é a minha mãe, mas é uma coisa terrível. Clare começou a chorar.

Cornelia tornou a colocar o telefone no ouvido.

— Eu preciso... eu preciso. Você pode me ligar daqui a pouco? Sim. Obrigada.

Ela apertou um botão no telefone e voltou para Clare.

— Ah, Clare – sua voz soava desesperada, e enquanto Clare esperava pelo que ela ia dizer em seguida, as cores da cozinha ficaram mais fortes, pareceram vibrar. O único objeto sem cor na cozinha era Cornelia; até seus lábios estavam brancos.

— Teo – Clare gaguejou. – O que foi que aconteceu com Teo? Me diga.

Por um instante, o rosto de Cornelia clareou, depois tornou a ficar estranho.

— Não foi o Teo, Clare. Foi o Martin. Houve um acidente de carro em Londres. Martin está morto.

Clare foi invadida por um imenso alívio, inteiramente sem querer. Não foi Teo! Ela apertou o estômago e dobrou o corpo, soltando um som abafado de gratidão. Então, quando compreendeu o que mais Cornelia tinha dito, endireitou o corpo e olhou para ela, atônita.

Cornelia correu e tomou Clare nos braços.

— Ah, Clare – ela gritou. – Ah, Clare, eu sinto tanto. O seu pai morreu.

19

Cornelia

Antes de mais nada, preciso dizer o seguinte: a morte de Martin não me pertence.

Não que eu não tenha ficado triste com ela; eu fiquei. Mas a tragédia da morte dele não é minha; não é nem mesmo de Clare, embora existam aspectos nesta história capazes de partir o coração de qualquer um. Mas o fato mais importante é que a morte de Martin pertence a Martin. Eu o conheci durante três intensos meses; ele foi ele mesmo durante cada segundo ao longo de 44 anos, e então foi tirado de si mesmo. Martin foi um bebê, recém-entrado no mundo, virando a cabeça na direção do próprio nome, em seguida foi uma criança descobrindo o mundo, e depois foi um homem. Entende o que estou dizendo? Esqueça a unidade cósmica, um plano global em que cabem todos os eventos da terra: Martin perdeu sua chance na terra cedo demais. Esta é a tragédia. Não pense que eu acho que estou dizendo algo de novo. Mas eu precisava dizer isso.

Mas eu também preciso voltar a mim (lá vai, eu, eu, eu, vibrando como uma máquina ou um coração), à minha história, porque é a única que me cabe contar.

Quem era eu nos dias que se seguiram àquele telefonema? Não sei ao certo. Com certeza não o que a maioria das pessoas parecia achar: uma pessoa perdida, uma quase-viúva. Eu fiquei ali no velório que tinha organizado junto com a secretária de Martin, Theresa Blum, e seu advogado, Woods Rawlings, segurando a mão de Clare, imaginando o que as pessoas à minha volta, e havia muitas, viam ao olhar para mim – uma figura com a estatura de uma criança, empertigada, vestida de preto, alquebrada mas estóica, de cabeça erguida – e eu só queria vomitar. Fora uma criança, ninguém inspira mais piedade do que uma mulher baixinha, e a piedade escorria dos olhos de todo mundo, passava para a minha mão quando ela era apertada, e estava na voz das pessoas quando elas expressavam suas sinceras condolências. Se pareço zangada com elas, é só impressão. O que senti foi humilhação e um desejo de restabelecer a verdade.

Há pessoas cujas mortes causam em você profunda tristeza. E há pessoas cujas mortes impedem o sol de nascer, mortes que deixam as paredes negras em cada cômodo que você atravessa, mortes que lançam nuvens negras e vendavais na sua cabeça e impedem você de ouvir música e de reconhecer a própria mobília ou o seu rosto no espelho. Quanto a este segundo tipo de dor, eu jamais o experimentei, nunca estive próxima dele a ponto de tocá-lo com os dedos.

Eu não estava apaixonada por Martin Grace. Não estava. Se parece frieza eu ter me agarrado a isso, ter ficado repetindo isso dentro da minha cabeça enquanto a marcha fúnebre de Chopin enchia o ar à minha volta, pense como teria sido pior, principalmente naquele momento, fingir, especialmente para mim mesma, que eu o amava. Incorrer nessa mentira teria sido obsceno, imperdoável.

Entretanto, Martin me amava, e você não deve pensar que eu não dava valor a isso. Sem querer pontificar, de uma coisa eu sei: existe algo sagrado no amor, retribuído ou não, e as pessoas que não o recebem com gratidão são extremamente arrogantes. No enterro de Martin, eu me agarrei a este fato e, nos últimos segundos, o libertei. Lancei meu agradecimento no ar como se fosse um pássaro, na esperança de que, se ele não encontrasse Martin, pelo menos se somaria à bondade que devia haver por lá.

Eu me lembro de ter tido esses pensamentos, de ter sentido essas emoções. Eu me lembro de estar com frio e tensa, com os olhos e o coração secos. Mas muito do que aconteceu se embaralhou na minha cabeça, foi apenas um borrão. Mas um borrão pontuado de momentos de lucidez – momentos em tecnicolor, tão nítidos que eram quase cruéis.

Houve o encontro no escritório suntuoso de Woods Rawling, onde ele me fitou com seus olhos redondos, de um azul de ovo de tordo, como dois refletores, por cima do lago brilhante da mesa, e me perguntou por que Clare estava morando com o pai.

– Isso é um tanto inusitado, não é? Uma visita prolongada. A Sra. Hobbes está viajando? Não está doente, eu espero – quis saber com sua voz elegante.

– Ela não está doente – respondi com toda a calma. – Precisou de um tempo para si mesma, para viajar e pensar. Para se reabastecer. Martin não podia recusar, já que ela passou tanto tempo cuidando sozinha de Clare. Não sei ao certo onde ela está agora, para dizer a verdade, embora ela tenha mencionado que iria à Espanha. – Eu não desviei os olhos, nem mesmo pisquei.

Houve Linny, parada à porta da minha casa com uma camisa vermelha de caubói.

– Cornelia – fez ela, com a voz neutra, esperando uma pista. – Como você está lidando com isso?

Eu quase podia ouvi-la perguntando: do que você precisa?

– Então Hayes contou onde tinha comprado – observei, tocando num dos botões de pérola.

– Ele contou, mas – ela piscou o olho – esta aqui é a dele. – E abriu um sorriso astuto, coquete, tão próprio dela que eu o comi como se fosse uma pêra, um maná dos céus, e ele me alimentou a alma.

Houve Teo aparecendo como que por um passe de mágica na manhã do enterro, usando um paletó azul-marinho e calças cáqui e cheirando a chuva.

Houve a ruiva estonteante usando um terninho Chanel que se atirou nos meus braços depois do enterro.

– Perdoe-me – ela soluçou. – Eu não devia contar isso para você, já terminou há tanto tempo, mas eu o amava. Eu era louca por ele.

Houve waffles para Clare, preparados por mim, e a voz de Martin, carinhosa e reverberante. Eu a ouvi, como acontecia às vezes quando ele falava comigo, com todo o meu corpo, de modo que não só os ossinhos dos meus ouvidos vibraram, mas também os ossos da minha espinha, as extremidades nervosas dos meus dedos. Sua voz foi tão presente e viva que eu me virei para vê-lo e deixei cair a caixa de ovos no chão.

– Seus silêncios – ele disse. – Esses silêncios atentos.

E houve Clare, Clare que – cercada por mim, Teo e Max (taciturna e feroz, vestida de roxo dos pés à cabeça) – tinha deslizado pelo enterro e pela recepção que se seguiu tão serenamente quanto uma nuvem, apertando a mão de pessoas que até aquele dia nem sabiam que ela existia. Acima de tudo, houve Clare – aquela doçura de criança – no meio da noite, com os olhos arregalados, perguntando com uma voz desesperada que eu nunca mais vou esquecer:

– Cornelia, eu agora sou órfã? Eu sou órfã?

20

Clare

– *Você já leu A princesinha?* – perguntou Clare de baixo de uma pilha de casacos.

Ela e Teo estavam comprando um novo casaco de inverno para ele. Era o dia seguinte ao enterro do pai dela, um dia gelado, com o tipo de sol que só ofusca, não aquece.

– Um sol estridente – Cornelia tinha dito naquela manhã quando os três estavam saindo do prédio. – Como uma soprano berrando na sua cabeça.

Clare tinha achado isso interessante, mas Teo reclamara "Alguém precisa atirar uma bola de neve em você", embora não houvesse neve.

– Ele está zangado porque eu o obriguei a fazer compras – explicara Cornelia, pondo o braço em torno de Clare com um ar conspiratório. – Eu estou confiando em você, Clare. Se ele se aproximar de alguma loja de excedentes do exército ou da marinha, você tem licença para atirar nele.

– Eu sabia que não devia ter aparecido aqui com o cabelo cortado – Teo gemeu. – Você dá a mão e ela quer o braço.

– Clare, você pode explicar ao Teo que junto com a beleza vem uma certa responsabilidade para com essa beleza? Ele nunca aceitou isso – riu Cornelia, sacudindo a cabeça. Clare notou as olheiras de Cornelia e ocorreu-lhe que aquela conversa bem-humorada com Teo devia estar exigindo um certo esforço.

– A beleza traz responsabilidades, Teo – Clare pronunciou gravemente.

– E pode falar também sobre buracos de traça – emendou Cornelia.

Clare apontou para os buracos de traça no casaco de Teo.

– Buracos de traça. Você tem alguns.

– Grande coisa – Teo resmungou.

Suas alternativas eram uma butique sofisticada de roupas masculinas e uma loja de departamentos, e quando Teo grunhiu alguma coisa sobre alergia e produtos de limpeza que não fez nenhum sentido para Clare, Cornelia deu um apertãozinho no braço dele e anotou o endereço da butique.

– Uma butique – Teo tinha gemido. Mas não era tão ruim assim, Clare pensou. De fato, ela gostou da loja, o prédio antigo com cornijas formando desenhos de flores e uvas e um mural pintado no teto de pé-direito alto.

O vendedor, um homem magro e elegante que fez Clare pensar numa foca, ouviu-a descrever o que eles estavam procurando e depois examinou Teo com seus olhos pretos, grandes e brilhantes. Quando Teo tirou o casaco para procurar o tamanho, o homem disse "Não é preciso, mas eu posso..." e estendeu a mão com os dedos juntos (como um golpe de caratê, pensou Clare) para Teo pendurar o casaco como se o homem fosse um cabideiro.

Ele tinha colocado Teo diante de um espelho de três faces e depois tinha deixado Teo e Clare sozinhos com pelo menos uma dúzia de casacos. Teo experimentava um, pedia a opinião de Clare, e depois jogava o casaco no colo dela.

No momento em que ela estava perguntando a Teo sobre *A princesinha*, o vendedor entrou com um sorriso enigmático.

– Eu já li – respondeu. – E como vamos indo com os casacos?

– Você leu? – Clare perguntou espantada.

– O macaco. Um macaco vai até o sótão visitar a menina. Eu gostei daquele macaco. – O vendedor falou sonhadoramente, olhando para o infinito. E tornou a sair.

Teo e Clare se entreolharam e caíram na gargalhada, tentando não fazer barulho para não ferir os sentimentos do homem. Clare enterrou o rosto nos casacos e riu até a barriga doer.

Quando se controlaram, respondeu à pergunta.

– Eu não li. Mas gostaria de ter lido. Eu não sabia que havia um macaco na história.

– O pai da menina, Sara Crewe, morre – revelou Clare.

Teo estava vestindo um casaco cor de café, com um feitio muito parecido com o do seu velho casaco, e ficou parado, olhando para Clare pelo espelho, esperando o resto.

– E é terrível. Na noite em que recebe a notícia, ela entra num "estado de desespero nada infantil". – Clare observa o rosto de Teo. – E tem outra palavra: angústia. "A angústia de sua jovem mente." O som dessa palavra não combina com o seu sentido? Ela não soa como a pior coisa que se possa sentir?

— É mesmo — Teo concordou após uma pausa. Clare adorava isso em Teo, a paciência em ouvir, o modo como ele prestava atenção e a deixava dizer as coisas ao jeito dela.

— Quando Cornelia recebeu aquele telefonema eu estava lá, e soube que alguém tinha morrido, e tive medo de que fosse você. E senti... angústia. — Clare tinha que pôr isso para fora. — E quando soube que não era você, fiquei muito contente.

Ela respirou e olhou para ele pelo espelho, depois fechou as duas mãos. Estava na hora de concluir.

— Fiquei triste quando soube quem era. Mas fiquei feliz porque você não estava morto antes de ficar triste por ele estar. Senti *mais* alegria. Então isso deve significar que, mesmo não querendo que ele morresse, eu não queria que você morresse *mais*. E ele é meu pai. Isso parece... maldade. — Ela abriu as mãos e esticou os dedos, relaxando. Teo talvez a odiasse, mas tinha dito o que precisava dizer.

Teo sentou-se no chão ao lado dela.

— Às vezes você conhece uma pessoa e na mesma hora parece que você conhece essa pessoa há muito tempo — explicou ele. — É assim que me sinto em relação a você. Como se a conhecesse melhor do que muitas pessoas que conheço há anos.

Clare concordou com a cabeça.

— Então, espero que você não se importe se eu pedir para você confiar em mim, embora não nos conheçamos há muito tempo.

Clare olhou para as mãos longas de Teo, depois para os seus olhos verdes. Sem parar para pensar, tinha confiado nele desde o primeiro minuto em que o vira. E embora ela gostasse de compreender tudo, de fazer perguntas e acompanhar uma idéia até sua conclusão, ela não se importava com o fato de não compreender sua fé em Teo.

– Eu confio em você – respondeu com simplicidade.

– O que eu acho é o seguinte: você é uma boa pessoa. Você é feita de um bom material. Isso é só um fato. Ollie diria que está nas suas células, que está no seu DNA, assim como os seus olhos castanhos. Onde quer que esteja, o que importa é que você é intrinsecamente boa.

Clare se concentrou nas palavras, tentando imprimi-las na memória e desejando que elas fossem objetos sólidos que ela pudesse guardar e carregar sempre com ela.

– Não estou querendo dizer que você não possa cometer erros como todo mundo. Mas você tem mais sorte do que a maioria das pessoas porque, se você fizer o que for mais parecido com você, você se dará bem. E esqueça essa história de maldade. Isso não aconteceu.

Clare ficou ali sentada no meio dos casacos, perto dos três retângulos de espelho, com as luzes suaves da loja sobre ela e o dia claro do lado de fora, e se sentiu iluminada também. Ela achou que o alívio e a gratidão deviam estar fazendo sua pele brilhar.

– Obrigada – disse finalmente, desejando que ele pudesse ver o quanto estava sendo sincera.

Teo sorriu e começou a se levantar, mas Clare puxou a manga surpreendentemente macia do casaco dele. Teo tornou a sentar.

– Sabe de uma coisa? – limpou a garganta e confidenciou, quase sussurrando: – Ele não me amava.

Era um fato, não uma queixa. Pareceu-lhe importante dizer isso naquele momento. Ela esperava que Teo fosse negar, embora soubesse que era verdade. Mas ele comentou apenas:

– Então ele é que saiu perdendo.

Clare tornou a tocar na manga do casaco de Teo.

– Eu gosto deste.

Teo examinou o casaco.

– Não pinica. Disfarça a sujeira. Cornelia vai parar de me amolar, aquela macaquinha. – Ele sorriu para ela. – Vamos levá-lo.

Aquela noite, depois do jantar, Clare foi para o quarto de Cornelia para escrever no diário o que Teo tinha dito a ela sobre ser boa. Era importante usar as palavras certas, mas também era importante descrever a voz dele e capturar o que ela sentiu no momento e também depois. Ela refletiu sobre a palavra "capturar", em como ela aproximava um escritor de um caçador, e dava a entender que as histórias ficavam andando soltas pelo mundo e o papel do escritor era agarrá-las. Só que, evidentemente, um escritor não matava o que agarrava, não empalhava e pendurava na parede; o importante era manter as histórias vivas. Ela se sentiu um tanto insatisfeita sobre essa maneira de encarar o ofício de escrever, mas gostou de ter tido esses pensamentos.

Quando ouviu Teo e Cornelia saírem da cozinha, onde estavam lavando a louça, e irem para a sala, automaticamente largou o caderno e foi até a porta do quarto para ouvir o que eles estavam dizendo.

– Eu despedi o nosso amigo Lloyd – Cornelia anunciou, atirando-se no sofá.

– É mesmo? – Clare não podia ver o rosto de Teo, mas sua voz soou estranha, cautelosa talvez.

— Ele não inspirava confiança. Pelo menos não em mim. E em você?

— Não especialmente. Mas Martin estava muito preocupado em ser discreto, em não deixar os amigos e vizinhos saberem o que estava acontecendo. Talvez se Lloyd tivesse mais liberdade de ação...

Cornelia se inflamou.

— Mas você não percebe? Mais liberdade de ação é o que menos queremos neste momento. A discrição é mais importante do que nunca — declarou com a voz baixa e carregada, como alguém que queria estar gritando.

— Cornelia... — Teo começou, devagar.

— Viviana está viajando. Clare está morando comigo até ela voltar. Essa é a nossa história. Ela funciona. Se as pessoas soubessem do que está realmente acontecendo. Bem, imagine só, Teo.

Clare tentou imaginar, mas não sabia ao certo o que ela ou Teo deveriam sugerir. Esperou para ver o que Teo ia dizer.

— Cornelia, talvez esteja na hora de procurar a polícia. — Clare sentiu uma onda de frio percorrer-lhe o corpo.

— Não — respondeu Cornelia. — Não, não, não. Como você pode sugerir uma coisa dessas?

Clare teve o mesmo pensamento. Teo não disse nada.

— Teo, nós estamos aqui sentados discutindo a vida de Clare. Decidindo o seu destino como duas velhas gordas com suas linhas e tesouras.

Clare não fazia idéia do que aquilo significava. Velhas gordas?

— Velhas gordas? — repetiu Teo.

— Eu sempre as imagino gordas. Provavelmente elas não são gordas. Esqueça. O que eu estou dizendo é: vamos incluir Clare. Vamos chamá-la aqui.

Clare lembrou o que Teo tinha dito sobre ela ser feita de um bom material. Era bom espionar pessoas que gostavam de você? Ela respirou fundo e saiu do quarto. Teo e Cornelia olharam para ela.

– Eu estava espionando. Não espionando, mas ouvindo a conversa de vocês, o que acho que é... espionar. – Ela fez uma pausa, sentindo as têmporas pulsando. – Desculpe, eu fico com medo de não saber o que está acontecendo.

– É claro que fica – Cornelia disse carinhosamente. – Nós devíamos ter chamado logo você. Acho que estávamos com medo de dizer coisas que fossem difíceis para você ouvir.

Clare foi até o sofá e passou a mão pelo xale bordado que cobria as costas do sofá. Ela não gostava da idéia de sentar encostada numa coisa tão linda sem ao menos tocá-la primeiro, para que essa coisa soubesse que tinha sido apreciada.

Cornelia se levantou e com um movimento rápido tirou o xale do sofá e o fez voar no ar como se fosse uma grande borboleta, fazendo-o depois pousar nos ombros de Clare.

– Você nos perdoa? – perguntou Cornelia. Clare não sabia o que dizer; não entendia por que Cornelia e Teo precisavam ser perdoados. Ela só balançou a cabeça afirmativamente, depois sentou no sofá com os pés debaixo do corpo. Cornelia sorriu e fez o mesmo.

– Teo acha que deveríamos pensar em chamar a polícia. Pedir ajuda para encontrar sua mãe.

– Eu não quero a polícia – pediu Clare. Ela não sabia se estava parecendo um bebê fazendo má-criação, mas não queria a polícia. A idéia de chamar a polícia a deixava doente.

– Teo?

Teo ficou vermelho e se agitou na cadeira.

– Até onde eu sei – ele disse de modo firme – o sistema existe para ajudar as famílias. Para manter as famílias juntas. Quando acharem sua mãe, eles vão ajudá-la para que ela possa tomar conta de você como sempre fez.

– Eu quero que tudo volte a ser como era. Eu não... – Clare hesitou. – Eu não posso voltar a morar com ela enquanto ela estiver doente. Mas...

Ela olhou para Cornelia e depois para Teo.

– Mas se nós chamarmos a polícia, eu vou poder ficar com Cornelia enquanto eles procuram a minha mãe? Eu vou poder ficar aqui enquanto eles estiverem cuidando dela para ela ficar boa?

Cornelia acariciou a mão de Clare. Clare viu que os olhos dela estavam úmidos.

– Talvez – respondeu Teo. – Acho que eles tentam manter as crianças com pessoas que elas conhecem.

– Talvez sim, mas talvez não – Clare disse com um fio de voz. – Certo? Talvez não.

Ela visualizou Anne Shirley no asilo de órfãos e a mulher má com quem tinha morado antes de ir parar lá. Só havia uma única árvore no pátio do asilo e as únicas amigas de Anne eram meninas imaginárias. Clare ficou apavorada.

– Acho que vou simplesmente esperar aqui até minha mãe voltar – concluiu ela. – E então talvez vocês possam ajudá-la a encontrar um médico.

Teo esfregou os olhos com as duas mãos, depois olhou para Cornelia.

– Clare já passou por coisa demais – Cornelia entoou firmemente. Mas Clare viu que a expressão dos olhos dela era muito menos firme. – Você tem que entender isso.

— É claro que eu entendo — Teo disse, com um tom de frustração na voz — mas vocês já pensaram... — Ele fechou os olhos por alguns segundos. Depois apoiou os cotovelos nos joelhos e se inclinou para Clare. — Sinto muito, Clare, mas tenho que dizer isso.

— Não diga — pediu Cornelia com amargura. — Simplesmente não diga. Essa insistência na verdade é brutal, sabia? Quem você é, Atticus Finch? Bob Ewell caiu sobre a faca. Aceite isso!

Clare sabia quem era Atticus Finch. Era o pai de Scout e Jem. Um herói. E Bob Ewell. Clare lembrou que ele tinha perseguido as crianças, que Scout tinha corrido desajeitadamente, dentro da sua fantasia de peru. Ou seria um presunto? E como era que Atticus e Bob se encaixavam no que ela e Teo e Cornelia estavam discutindo? Para seu próprio espanto, ela riu.

— Clare? — Cornelia virou-se para ela, espantada.

— Desculpe, mas... Atticus Finch? Eu fiquei confusa. — Ela tornou a rir. O que tinha dado nela? Ela começou a rir sem parar.

— É você — Teo apontou calmamente para Cornelia. — Você é muito esquisita.

Cornelia baixou os olhos, mas os cantos dos seus lábios tremeram de vontade de rir. A tensão entre Cornelia e Teo tinha desaparecido. Clare deixou o riso seguir o seu curso, como uma febre; depois respirou fundo, exausta, mas preparada. O xale tinha escorregado dos seus ombros; ela o puxou para cima e o segurou com as duas mãos.

— Eu sei o que você ia dizer, Teo — Clare disse, finalmente. Foi o que pareceu, *finalmente*. Essas palavras, esse momento.

Teo ficou olhando para ela. Seu olhar firme, franco, bondoso dava forças a ela. Ele a amava; ela sabia disso com absoluta certeza. Seu coração deu um salto.

– E se minha mãe nunca voltar para casa. – Clare imaginou como tinha tido coragem de dizer aquilo. O pior de todos os pesadelos. Ela finalmente tinha expressado em palavras o pior.

– Ah, meu bem – a voz de Cornelia tremeu de pena, mas também de orgulho dela.

– Sim, temos que considerar essa possibilidade, por mais remota que seja. – Teo fez um gesto indicando eles três. – Nós não podemos manter esta situação para sempre. – Clare gostou de ele ter dito "nós".

– Você tem razão – assentiu Cornelia. – Mas podemos manter por mais algum tempo, não é?

– E se esperarmos até as aulas começarem? – Clare podia ser firme agora. Ela se sentia anos mais velha. – Quando as aulas começarem, vai ser muito difícil. Vai ficar muito longe para ir e voltar todo dia, e a minha professora, a Sra. Packer, ela já estava desconfiada de que houvesse algo errado. Quando ela vir Cornelia em vez da minha mãe...

– Quando começam as aulas? – Teo perguntou resignadamente.

– As pessoas viajam para esses lugares sofisticados nas festas, então nós só voltamos no dia dez.

– São dez dias a partir de hoje – calculou Cornelia. – Se ela não tiver voltado em dez dias, vamos tomar outras medidas para procurá-la.

– Outras medidas? – repetiu Teo com ar cético. – Parece um eufemismo para você percorrer o país num sobretudo e um El Camino.

– Muito engraçado – comentou Cornelia. – Nem morta eu usaria um El Camino.

– O que é um El Camino? – Clare perguntou a Cornelia, que de repente começou a examinar as unhas.

– Ela não faz idéia – respondeu Teo. – Se Viviana não tiver voltado em dez dias...

– Nós vamos chamar a polícia – Clare decidiu com firmeza. De repente ela se lembrou: – Ei, hoje é véspera do ano-novo.

– Tem razão! Eu não tinha notado. Nada de champanhe para você, senhorita, nem uma gota! – Cornelia ralhou, fingindo. Então ficou séria. – Você tem um ano maravilhoso à sua frente, Clare. Maravilhoso, cheio de novidades. Anote o que estou dizendo! – Cornelia falou com tanta intensidade, como se fosse fazer acontecer aquele ano maravilhoso de qualquer maneira. E Clare acreditou que, se alguém era capaz de uma coisa dessas, esse alguém era Cornelia, aquela mulher pequenina ao lado dela, que na realidade não era nem um pouco pequena.

Clare percebeu com alegria no coração: Cornelia também me ama.

21

Cornelia

Aconteceu comigo. Comigo.

Aconteceu logo depois da morte de Martin, como acontece com a maioria das pessoas em algum momento, caso elas tenham sorte ou azar, dependendo do ponto de vista e das circunstâncias. Mas eu não acredito realmente nisso, acredito? E nem você. Nós não acreditamos realmente que uma reviravolta dessas (porque é mesmo uma reviravolta, estonteante, inesperada) possa ser um azar. Quando ela acontece – a grande mudança, a transformação da vida de alguém em algo produtivo e estranho –, quando ela escolhe alguém, a pessoa tem sempre sorte, automaticamente. Eu estou falando em transformação, e a transformação a que me refiro é sempre um presente. Uma bênção.

Como eu estava dizendo, aconteceu comigo, logo depois da morte de Martin. Alguns podem achar que foi cedo demais, mas eu não controlava o tempo. Eu não dirigi essa cena. Não sei quem a dirigiu, mas não foi Cornelia Brown. Ela também não a escreveu. Ela desempenhou o papel que lhe coube.

Uma transformação de proporções oceânicas. Eu adoro esse termo. Shakespeare de novo, é claro. De *A tempestade*. Só que Ariel estava declamando o que aconteceu com o corpo afogado de um homem no fundo do mar, e embora houvesse uma espécie de afogamento no caso, eu estava num carro e mais viva do que nunca. Eu tinha eletricidade no corpo. Vibrava de vida.

Que diabo estou falando? "Com os ricos e poderosos, é preciso ter paciência", como escreveu o sábio homem, e embora eu não seja rica nem poderosa, sou eu que estou contando esta história. Paciência, amigo. Confie em mim; vou chegar lá. Já cheguei até aqui, não foi?

E eu não me apaixonei por Teo Sandoval, se é isso que você está pensando.

Tudo começou com um telefonema. Na realidade, começou com o *big bang* no início dos tempos ou antes mesmo, mas como você poderia dizer que isso serve para tudo, que todos os momentos foram meros prelúdios para aquele que você está descrevendo, vou me ater ao telefonema. Foi a segunda de duas conversas telefônicas com minha mãe; a primeira ocorreu na noite em que eu soube da morte de Martin. Assim que fui capaz de apertar os botões do telefone, eu liguei para ela. O que você acha? Que eu sou diferente do resto da humanidade? Quando ocorre uma catástrofe, eu quero a minha mãe. Quero muito a minha mãe.

Como sempre, ela atendeu ao primeiro toque. É grosseria deixar as pessoas esperando, foi o que cresci ouvindo, é muita grosseria, mesmo quando alcançar o telefone significa voar por cima dos móveis como se você trabalhasse no Cirque du Soleil. Se cada adolescente de 14 anos da América precisa de um celular preso ao corpo o tempo todo, minha mãe é sem dúvida a perfeita candidata a ter um. Entretanto, ela diz que celulares abrem novos caminhos para grosseria (ninguém poderia discordar disso), e além disso meus pais não conseguem sinal na rua em que moram, por motivos que ninguém consegue determinar. A conclusão é que temos vivido por todos esses anos numa versão mais leve, com cheiro de magnólia, do Triângulo das Bermudas, o que não me surpreende nem um pouco.

Em todo caso, eu tinha ligado para ela porque precisava dela de forma geral mas também de uma forma mais específica. Especificamente, eu queria que ela me dissesse que eu não era responsável pela morte de Martin. Mais especificamente, eu queria que ela me dissesse que eu não tinha causado a morte dele por ter recusado seu convite para ir para Londres (o segundo; eu não tinha contado a ela sobre o primeiro), e que não tinha causado sua morte por ter dito a ele que não o amava, que minha voz em sua cabeça dizendo que não o amava não tinha causado nenhuma distração ou descuido que ele possa ter tido naquela rua de Londres. Eu queria que ela me assegurasse que, além de ser injustificado, sentir-me culpada era presunçoso, até mesmo arrogante, e totalmente improdutivo. Porque assim que soube da morte de Martin, a culpa desabou como um piano em cima de mim.

E ela fez isso, em poucas frases. E o fez com paciência, preocupação e boa vontade, tanto que eu percebi pela primeira vez o motivo real de ela correr para atender o telefone: tinha quatro filhos. Eu levei 31 anos para compreender isso. Que vergonha.

Mas o segundo telefonema, o que eu pretendo descrever, veio depois, uns dois dias depois do enterro de Martin. Teo tinha acabado de voltar para casa, no Brooklyn, e eu percebi que Clare estava com saudades dele: ela exibia um ar tristonho no rosto mesmo quando sorria para mim, o que fazia com freqüência, garota corajosa.

Não posso negar que eu também estava me sentindo um pouco perdida. Afinal, como diz a canção da Escola de Rock: "É preciso três pernas para fazer um tripé ou para sustentar uma mesa; é preciso três rodas para fazer um veículo chamado triciclo." Três *é* um número mágico, especialmente quando o terceiro é Teo, a quem Clare tinha chamado de "precisável" e verdadeiro.

Mas depois que ele partiu, depois que o vimos entrar no carro e ir embora, eu fiquei parada na calçada com Clare e esperei que o pânico tomasse conta de mim, e veja só: isso não aconteceu. Eu fiquei nervosa, é verdade. Percorrer com Clare o terreno incerto da ausência de Martin e de Viviana ia ser complicado, e eu não sabia se era capaz de me sair bem. Mas quando olhei para ela com as mãos nos bolsos, inclinando a cabeça para trás com os olhos fechados por causa do sol, ela me pareceu tão firmemente plantada na terra que eu acreditei que encontraria um jeito.

E teríamos mesmo encontrado, se não fosse por esse segundo telefonema, que minha mãe me deu, o telefonema que fez transbordar o copo.

Resumindo, a Sra. Goldberg morreu.

Menos resumidamente e mais idiotamente, como fazem os obituários, ela "sucumbiu ao Mal de Alzheimer" como se pudesse ter feito outra coisa, como se tivesse desistido. Ela morreu numa casa de repouso, que, por mais cara que fosse, não podia ser uma casa, não para a Sra. Goldberg, que sabia mais do que ninguém o que era uma casa de verdade.

– Ela está num lugar melhor agora, meu bem – foi o comentário inevitável da minha mãe.

– Sem chavões, mamãe, por favor. Ela não era uma pessoa de chavões – comentei com amargura.

Silêncio, e meus soluços.

– Eu só quis dizer que ela está bem agora – justificou-se minha mãe. – Você parece ter recebido tão mal a notícia. – Ela pareceu um tanto desconcertada.

Hoje em dia, todo mundo rotula comportamentos e reações como sendo "impróprios", mas minha mãe vem usando esta palavra há anos. E embora para muita gente essa seja apenas uma maneira de parecer isento e intelectual enquanto se chama o outro de imbecil, da forma como Eleanor Campbell Brown define "impróprio", a palavra descreve especificamente comportamentos ou mesmo emoções que "vão além do que a ocasião requer", com uma ligeira conotação de imbecilidade pairando, tão ligeira que ela provavelmente diria que eu estou imaginando coisas.

Em todo caso, ela freqüentemente considera as minhas reações impróprias, e tenho certeza de que mordeu a língua para não dizer isso naquele momento. Porque eu estava mesmo recebendo muito mal a notícia. Eu tinha amado a Sra. Goldberg quase a vida inteira. Além disso, vinha passando por um período muito estressante. Se ao chorar pela Sra. Goldberg eu também estava chorando por Martin (o que ainda não tinha feito, nem uma única lágrima) e por Clare e por Viviana e por mim mesma, acho que podia ser perdoada. Talvez, se o choro era por todos nós, sua duração e intensidade eram precisamente adequadas à ocasião.

Este choro, com toda a sua impropriedade indecorosa, poderia ter continuado ad *nauseam*, senão *ad infinitum*, se eu não tivesse avistado Clare parada à porta do meu quarto, branca, segurando-se no batente da porta como se fosse um mastro de navio, e olhando para mim com olhos cheios de terror.

– Está tudo bem, querida – tranqüilizei-a , lutando para dominar o choro. – Não foi Teo. Nem ninguém que você conheça. Está tudo bem.

Ela apenas balançou a cabeça, mas eu vi a preocupação substituir o medo, e ela se sentou no chão, num gesto de proteção e solidariedade, como a verdadeira amiga que era.

– Cornelia, tem mais uma coisa – minha mãe disse.

Ah, por favor, não quero ouvir mais nada.

– O quê? – perguntei.

– Ruth disse que a mãe se lembrou de você no testamento dela. – Minha mãe parecia pouco à vontade. Sei, pensei. A Sra. Goldberg se comportou de forma imprópria, mesmo estando no túmulo.

– Ela me deixou os colares de pérolas – tentei adivinhar.

– De certa forma, sim. Ela deixou a casa e tudo o que tem lá dentro para você.

Eu fiquei sem fala.

– E pediu para você examinar tudo e dar para os filhos dela o que achar que eles possam querer. O resto é seu.

Eu fiquei mais sem fala ainda.

– Ruth pareceu à vontade com isso. Aparentemente, além da casa, a Sra. Goldberg deixou vários bens. O valor da casa é pequeno em comparação. Mesmo assim, é um tanto embaraçoso, não acha?

Por mais que isso soe ofensivo, eu sabia que o comentário da minha mãe tinha origem numa sincera preocupação com os filhos da Sra. Goldberg. O fato de uma mãe se arriscar a ferir os sentimentos dos filhos como a Sra. Goldberg tinha feito, ou minha mãe achava que ela tinha feito, era algo impensável.

– Ruth e Bern não vão se importar. Eles sabem que ela os amava – comentei, e era verdade. Quando a Sra. Goldberg amava alguém, a pessoa sabia.

– O enterro é depois de amanhã. Eu disse a Ruth que você provavelmente não poderia vir, com Clare e tudo. Mas, assim que a mãe de Clare voltar de viagem, você vai ter que vir aqui para ver as coisas da Sra. Goldberg.

– Está bem. Obrigada por ligar, mamãe.

Eu desliguei e Clare se levantou depressa e veio sentar-se do meu lado na cama, toda preocupada. Quando ela me abraçou, eu ouvi a voz da Sra. Goldberg dizendo "minha filha do coração" como tinha dito no último dia que passamos juntas na casa dela, e não pude evitar; comecei a chorar de novo. A chorar e contar a Clare, como um dia tinha contado ao pai dela neste mesmo quarto, sobre a Sra. Goldberg – quem era ela e o que representava para mim. Que eu sabia que ela estava para morrer e como era difícil suportar a sua perda.

Embora às vezes eu seja um pouco melodramática – quando minha mãe acha que minhas reações emocionais são desmedidas, às vezes, *às vezes* ela tem razão – eu não estava sendo naquele momento. Eu tinha tropeçado e caído num chão cheio de pedras, num lugar onde iria buscar consolo junto a uma menina de 11 anos que tinha tido tantas perdas que mal tinha como lidar com elas. Eu não tive a intenção de buscar consolo junto a ela, mas quando ela começou a massagear minhas costas, eu vi que precisava ser consolada exatamente assim.

Quando o telefone tocou, Clare murmurou "Volto já" e foi atender na cozinha. Eu a ouvi falando, e então ela trouxe o telefone para mim.

– É o Teo.

– Teo – sussurrei com uma voz infeliz. Pude ouvir ruídos e vozes, algo que parecia uma intercom. Ele devia estar falando do hospital. Eu o imaginei ali de jaleco, falando comigo ao telefone, com aquela atmosfera de morte ao redor dele. Morte e doença todos os dias. Que coisa horrível, pensei. Um bom sinal, percebo agora, estar pensando em outra pessoa. Um sinal de que talvez eu não fosse sucumbir à autopiedade. Mas na hora nem pensei nisso.

– Minha mãe acabou de ligar. Sinto muito, Cornelia.

– Eu não posso acreditar. – Não era bem isso. – Não, eu acredito. Só que não queria que ela estivesse morta. Não queria que ela tivesse ficado doente e morrido.

– Eu também não queria. Mas para mim ela era uma espécie de fada boa. Acho que todas as crianças sentiam a mesma coisa. Para você, ela era algo diferente. Eu me lembro de ter notado como vocês olhavam uma para a outra. Era como se ela fosse da sua família, não era?

– Como uma fada boa e alguém da família. As duas coisas.

Nenhum chavão da parte de Teo, é claro. Mas também nada daquela história de que "ela parou de sofrer", que você poderia esperar de uma pessoa que passava tanto tempo com corpos em sofrimento – corpos cujas próprias células os haviam traído. Ele também não usou nenhum jargão científico para apontar os porquês e os modos de destruição do Mal de Alzheimer, sua marcha impiedosa e inexorável. Existem fatos e conhecimentos que não têm nada a ver com o fato. Teo é um cara que entende isso, na qualidade de médico ou não.

– Eu vou até lá para o enterro. Ollie não pode ir, mas eu vou... a menos que você queira que eu fique com Clare para você ir.

A voz dele soou um tanto hesitante.

– Eu posso fazer isso – ele continuou. – Só que pode parecer... As pessoas podem achar...

Eu entendi o que ele estava querendo dizer. Um homem sem nenhum parentesco sozinho com uma menina que ele conhecia havia pouco tempo. Que mundo louco. De repente eu soube o que ia fazer.

– Não, obrigada. Clare vai ficar comigo.

– Tudo bem. – Teo pareceu aliviado. – Todo mundo vai entender os motivos da sua ausência.

– Não – corrigi. – Nós vamos. Clare e eu. Hoje. Vamos tomar um trem.

– Cornelia. Você não pode fazer isso. Certo? Escuta, eu não sei se você está desrespeitando alguma lei por manter Clare com você, por não informar o desaparecimento de Viviana, tudo isso. Mas talvez esteja. Você sabe disso?

– É possível que sim.

A idéia me havia ocorrido, mas eu a tinha deixado de lado porque a realidade era mais premente.

– Então você deve entender que levar Clare para outro estado é uma má idéia.

A expressão "cruzar a fronteira estadual" surgiu na minha cabeça. Mas eu não era uma seqüestradora. Eu era uma mulher assumindo responsabilidades. Mentir e quebrar regras nunca tinha sido natural para mim, mas se assumir responsabilidade significava tecer uma vasta teia de mentiras e desrespeitar a lei, que fosse.

Eu pensei na casa em que tinha sido criada, as árvores, o quintal e os meus pais, e pensei na alegria sólida, perfeita e mantida a todo custo, que tinha me levado à loucura quando eu morava lá. Aquela casa era o melhor lugar para Clare neste momento, para nós duas. Eu tinha certeza disso.

– Teo, não é só o funeral. – Eu suspirei, depois disse baixinho "*Taaaay-yo-oh*".

– Sim, eu sei – respondeu ele. – Eu sei que você quer ir para casa. Não culpo você por isso. Mas só não...

Teo não é o único que sabe quando ceder. Eu esperei.

– Está bem. Jesus, Cornelia. Está bem.

– Está bem – eu disse, aliviada.

– E esqueça o trem. Eu pego vocês duas amanhã de manhã.

Três é um número mágico. Teo também achava.

– Eu estou indo mesmo. – Ele falou de um jeito brusco, mas eu não me deixei enganar.

Nessa altura, eu gostaria de dizer algumas palavras sobre carros. Eu não tenho carro, o que alguns diriam ser totalmente antiamericano da minha parte, quase igual a, digamos, me enfiar numa cabana em Montana e me recusar a pagar impostos ou a não cuidar direito do meu gramado. Assim, organizei minha vida de forma a quase nunca precisar entrar num veículo motorizado, inclusive ônibus. Minhas botas foram feitas para andar, andar, andar – deixando pegadas por toda a cidade – e eu prefiro gastar o dinheiro da gasolina em botas bem bonitas: feitas à mão, de saltos altos, e produzidas nas montanhas da Itália.

Mas não me imagine num palanque, pregando sobre efeito estufa e destruição de florestas, embora os que o fazem tenham bastante razão. Mas os motivos que essas pessoas dão para viver livres de automóveis não são os meus motivos.

Carros simplesmente não me interessam, em primeiro lugar. Quando alguém no café uma vez perguntou a marca do carro de Martin, eu só pude responder que era prateado.

Em segundo lugar, eu sou medrosa, como acho que já contei, e carros são assustadores.

Mas tenho também que dizer que minhas melhores lembranças envolvem carros. Talvez não lembranças individuais, mas sim uma sensação geral de alegria e bem-estar. Felicidade na infância significa passeios de carro, sonolentos, no banco de trás, com uma luminosidade dourada ou prateada entrando pela janela, dependendo da hora, encostada em Ollie, Toby ou Cam, ouvindo música no rádio e o som dos meus pais conversando – e nossos pais sempre ali, na frente, competentes, vigilantes, protegendo-nos com uma bondade sem limites, levando-nos pela estrada certa.

Pode haver magia num carro, uma intimidade mágica que vem do fato de você estar num lugar fechado e ao mesmo tempo não estar em lugar nenhum, estar só de passagem. Ninguém deixa os problemas para trás, na verdade, mas você consegue acreditar que sim. Você consegue acreditar que está num lugar intermediário aonde os problemas não chegam, e Clare e eu acreditamos nisso quando nos sentamos juntas no carro de Teo, com o sol entrando pelas janelas. Teo acreditou também, quem sabe, e embora tivesse os seus próprios problemas, não tinha falado neles. A magia se apoderou de nós três e pelo menos por um curto espaço de tempo nós nos sentimos livres de preocupações, e com os corações leves.

Clare estava dormindo no banco de trás, o rosto calmo e sereno, e eu tinha acabado de contar a Teo uma história engraçada que tinha como base o fato de eu ser ridiculamente baixa (para mostrar como eu estava bem-humorada) quando Teo ficou pensativo e disse o que ninguém nunca tinha me dito antes.

– Sabe de uma coisa, eu nunca pensei em você como sendo baixinha.

– Não? – Eu perguntei, incrédula. – Você me acha o quê? – Porque, quando alguém externa uma opinião tão ridícula, você tem que ir atrás dela como se fosse um cão farejador.

Teo fez uma pausa, como que procurando a palavra certa.

– Uma miniatura – respondeu, com a maior cara-de-pau.

– Você daria um grande comediante – reclamei – se não fosse tão sem graça.

– Sério – fez Teo. – Acho que você é baixa, mas nunca pensei em você assim.

– Você pensa em mim como sendo... – esperei.

– Essencial – completou.

Eu ri porque foi inesperado e também porque, embora eu não tivesse entendido o que ele estava querendo dizer com aquilo, eu gostei.

– Quer dizer, se você encarregasse um cara de criar uma mulher usando o mínimo possível de material mas sem poupar no acabamento, ele faria você.

– Ora, Teo, isso é tão... doce? – Mas era doce. Ninguém nunca tinha me dito que eu era bem acabada.

– Não sei se é doce, mas é verdade. Quando você está perto de outras mulheres, elas acabam parecendo grandes demais ou excessivas, como se quem as fez tivesse exagerado.

– Extrapolado o orçamento – precisei.

– Isso. – Teo olhou para mim. – Embora a pessoa que fez você tenha sido um pouco extravagante com o seu rosto, mas provavelmente porque sobrou dinheiro para isso.

– Por mais que ele fosse um cara econômico. – Eu ri e Teo também, mas quando me virei para olhar para ele, ele pareceu um tanto envergonhado, não exatamente envergonhado, mas *tímido*.

Agora, não vá pensar que eu me apaixonei por um homem porque ele me disse que não me achava baixa. Em primeiro lugar, eu não sou assim tão frívola e insegura. E em segundo lugar, eu não me apaixonei por Teo.

O que aconteceu foi o seguinte:

Como a maioria das pessoas, quando estou num carro quentinho, encolhida no banco da frente com um dia frio lá fora e o sol me cobrindo como um cobertor amarelo, eu fico sonolenta. Às vezes fico tão sonolenta que durmo, e foi o que aconteceu. Eu cochilei – um cochilo maravilhoso.

Dormi, acordei. Quando acordei, vi as mãos de Teo na direção, os pulsos saindo dos punhos virados da sua camisa. A camisa: azul; os pulsos e as mãos: morenos, cobertos com uma poeira dourada de pêlos. Camisa, pulsos, mãos. Eu os vi com muita clareza, e esta visão me comoveu de uma forma inteiramente inusitada.

Esta pessoa, eu disse para mim mesma, esta pessoa, é claro, é claro, é claro. As palavras tornaram-se minha respiração e minha pulsação, o mundo todo vibrou com elas. "É claro." Eu não pensei nas palavras "Eu te amo", por serem tão óbvias, tão *elementares*, que pensar nelas teria sido supérfluo.

Mas eu o amava. Teo. Eu estava apaixonada por ele. Eu sempre estaria apaixonada por ele. É claro que eu estava. É claro que estou. É claro.

Então, você está vendo que eu não me apaixonei por Teo Sandoval. Apaixonar-se é um processo e o que aconteceu não foi um processo. Não foi seqüencial e nem gradual.

Uma transformação de proporções oceânicas. Uma transubstanciação. Num minuto eu era uma mulher que não estava apaixonada por Teo, e no minuto seguinte eu era uma mulher apaixonada por ele. Ossos, sangue, pele, cada célula se transformou.

– Teo? – chamei, atônita.

– Sim, Teo. – Ele sorriu, achando que eu estava ainda meio dormindo. – Lembra de mim?

Eu tinha acabado de enterrar meu amante; estava a caminho de outro enterro; uma criança, meio sem mãe, meio raptada, estava no banco de trás; e eu estava apaixonada pelo marido da minha irmã. Pode acreditar em mim, ninguém planeja a vida de modo a torná-la o enredo de um filme de Bette Davis. Ninguém deseja isso, e tudo ia desabar na minha cabeça. Logo logo. Mas naquele momento, naquele carro, pela duração daquela viagem, eu consegui esquecer tudo *menos* Teo. Pode chamar de negação, se quiser. Eu chamo de bênção.

Teo. Seus olhos. Sua boca. Seus ombros dentro da camisa. Eu nunca tinha desejado tanto tocar em alguém, e ao mesmo tempo, não precisava tocar nele. Apaixonada, eu cresci, fiquei sem limites. Não estava mais contida no espaço entre meu chapéu e minhas botas. Eu levitei. Abracei Teo. Ocupei todo o espaço ao redor dele.

Clare estava dormindo no banco de trás. Do lado de fora da janela, surgiram montanhas, sutis e cor de oceano. Eu estava num banco, Teo no outro. E viajei abraçada com ele até em casa.

22

Clare

— *Espero que* você não tenha levado ao pé da letra quando eu disse que aqui era silencioso – comentou Cornelia. Ćlare riu porque não estava nem dentro de casa ainda, tínhamos acabado de saltar do carro de Teo e estávamos paradas no amplo pátio circular, mas Clare já podia ouvir o barulho: música, gritos e alguém cantando desafinadamente mas com muito entusiasmo: "Deixa nevar, deixa nevar, deixa nevar."

– Será que ele sabe que não está nevando? – gracejou Clare.

– O que ele não sabe encheria o Grand Canyon – acrescentou Cornelia. Ela apontou para um Jeep Cherokee velho, amassado, azul-escuro, com um adesivo da Universidade de Vermont no vidro traseiro e anunciou: – Cam.

"E Toby – continuou, apontando para um Jeep Cherokee um pouco mais novo, ligeiramente menos amassado, verde-escuro, com um adesivo de CU Boulder no vidro traseiro e outro que dizia VT dentro de um oval verde.

Clare olhou os carros, depois o pátio com suas árvores altas enfeitadas de luzes de Natal e depois a própria casa – de tijolos vermelhos com acabamentos brancos, venezianas pretas e uma porta preta com uma aldrava de cobre no formato de um abacaxi. De cada lado da porta tinha uma guirlanda enfeitada com pinhas e frutinhas vermelhas. A casa não era grande nem imponente como a de Clare, que tinha uma torrinha e um telhado pontudo, mas Clare gostou de seus espaldões largos e do modo como ela se erguia solidamente do chão como se sempre estivesse estado ali. E ela gostou do pátio espalhado como uma saia, mas que não era tão grande que não se pudesse ver as casas de cada lado dele. Uma casa normal numa rua normal, ela pensou. Um bairro.

– Vamos entrar? – Cornelia perguntou, puxando de leve o cabelo de Clare.

– Vamos – anuiu Clare, um tanto nervosamente. Então ela se virou para Teo, que estava tirando a bagagem da mala do carro. – Você pode vir também?

– Você está brincando? – fez Cornelia, sorrindo para Teo. – Se ele fosse embora sem desejar feliz ano-novo, seria fervido em óleo.

– Iaque. – Clare fez uma careta.

– Seria mesmo – Teo confirmou. – Fervido duas vezes. Uma vez aqui e outra na casa dos meus pais. Se minha mãe perguntar pelos Browns e eu não souber responder...

– Então é melhor você vir conosco – resolveu Clare. – Ser fervido duas vezes é péssimo.

Cornelia sorriu para Clare.

– Não se preocupe, meu bem. Os nativos são amigáveis. Barulhentos mas amigáveis. E só alguns são barulhentos.

Com isso, ela segurou a mão de Clare e, em vez de se dirigir para a porta da frente, levou Clare, com Teo atrás delas, por um caminho de tijolos que ia dar em uma porta lateral.

Eles entraram numa ante-sala de chão de pedra, paredes e teto azuis da cor do céu, fileiras de botas e sapatos de diferentes tamanhos e caixotes de leite cheios de uma miscelânea de luvas, chapéus e cachecóis. Jaquetas e casacos pendiam de ganchos de metal na parede. Teo ajudou Clare a tirar sua jaqueta de lã vermelha, e Clare pendurou-a, feliz ao ver que ela combinava com aquela exuberância de cores.

Ela sentiu uma pontada ao se lembrar do casaco de mink da mãe, ainda guardado no armário de Cornelia. Mas então relaxou. Tudo bem. O mink significava que ela ia voltar. Sua mãe ia achar o bilhete que tinham pregado na porta da casa de Cornelia e ia telefonar, e Clare e Cornelia voltariam e sua mãe iria buscá-la e vestiria o casaco para voltar para casa. Ali no ambiente festivo daquela salinha apinhada, Clare não teve nenhuma dificuldade em acreditar nisso, como uma certeza, uma promessa de um amigo fiel que nunca mentiria.

Assim que eles entraram na cozinha, antes mesmo que o cheiro do assado e o som da música de Natal tivesse penetrado os sentidos de Clare, um rapaz alto, magro, com um suéter de esqui vermelho apareceu, gritando.

– Ei! – ergueu Cornelia nos braços e, carregando-a como se fosse um bebê, galopou pela cozinha. – Mamãe, papai, Tobe! Eles chegaram! – O rapaz era Cam, Clare adivinhou. Outro rapaz, mais baixo, de cabelos cacheados, apareceu. O primeiro atirou Cornelia nos braços do outro, que girou no ritmo da música.

– Argh! – gritou Cornelia. – Vocês são uns bobos!

Toby parou de girar e testou o peso de Cornelia em seus braços.

– Puxa, você está gorda. Não leve a mal, mas você está ficando gorda, Cornelia. – Ele a colocou no chão e virou-se para Teo. – O que o senhor acha, Dr. Sandoval, eu tenho ou não tenho razão?

– Excesso de filés com queijo. – Teo riu. Ele estendeu a mão e Toby apertou-a primeiro, depois Cam.

– Feio como sempre, estou vendo – Cam disse para Teo. Depois, para surpresa de Clare, ele cochichou no ouvido dela: – *Mais feio* do que nunca, mas não conte a ele.

Antes que ela pudesse responder, Cam pareceu se lembrar de alguma coisa:

– Que saco isso da Sra. Goldberg – exclamou ele para Cornelia. –Você está bem?

– É um saco mesmo – disse Cornelia friamente, depois amoleceu. – Eu estou bem, Cammy.

– Embora gorda – implicou Toby. – Gorda como uma porca premiada.

Ele olhou para Cam, e os dois bateram as mãos em sinal de vitória.

– Que alívio – relatou Cornelia. – Já estamos aqui há dois minutos e vocês ainda não tinham feito esse gesto. Achei que estavam doentes. Com meningite, talvez.

Ela deu o braço a Clare.

– Estes são os meus irmãos desordeiros que não vão crescer nunca. Irmãos desordeiros, esta aqui é a Clare.

Enquanto eles trocavam apertos de mão com ela, duas outras pessoas entraram: um homem de óculos, cabelo grisalho e colete de lã (como um professor num filme, Clare pensou) e uma mulher bonita de olhos azuis – olhos de gato, como os de Cornelia.

A mulher foi direto até Cornelia e a abraçou. Cornelia a abraçou de volta. Finalmente a mulher soltou-a. Segurou Cornelia afastada do corpo e olhou para ela.

– Deixe-me olhar para você, meu bem.

Cornelia ficou parada docilmente, para a mãe examiná-la. Depois abriu um sorriso doce.

– Oi, mamãe – saudou-a baixinho.

O homem, pai de Cornelia, afagou os cabelos de Cornelia, depois olhou por cima da cabeça dela para Teo.

– Você continua feio como sempre, Teo – brincou.

Clare ficou ali parada no meio da família de Cornelia, e algo fantástico aconteceu com ela.

Ela teve a sensação de estar flutuando num colchão de ar com cheiro de canela. Sentiu como se tivesse sido erguida no ar, embalada e atirada de um lado para o outro. Dentro do peito, ela sentia o coração bater: abrindo e fechando, abrindo e fechando. Antes que os pais de Cornelia falassem com ela, antes que a mãe de Cornelia tocasse seu rosto e exclamasse "Então, essa é a Clare". Antes de ser levada à mesa repleta de peru, molho, sanduíches e pãezinhos amanteigados – a melhor comida que ela já tinha provado. Antes de jogar bola com Cam e Toby, o ar ardendo em seus pulmões, antes de acender as velas para o jantar. Antes de dar um passeio sob o céu cheio de estrelas e luzes de Natal com Cornelia, que tinha apontado para ela a colina que desciam de trenó e a casa de Teo, o lugar onde ela tinha sido beijada pela primeira vez, sua árvore favorita de subir, e antes de pararem diante da casa da Sra.

Goldberg, Cornelia com lágrimas rolando pelo rosto. Antes de Clare ganhar do pai de Cornelia no jogo de damas, antes de dormir no sótão debaixo dos lençóis cheirosos de flanela e edredons feitos à mão com estrelas brilhando do lado de fora da janela. Antes de ter escrito a palavra "lar" no seu caderno.

Antes de tudo isso, ali parada na cozinha apertando o peito com a mão, antes e com muito mais força depois, Clare soube: ela estava apaixonada.

23

Cornelia

Foi a expressão no rosto de Clare que me fez decidir, que fez o plano se encaixar na minha cabeça como um quebra-cabeça – um quebra-cabeça de criança na verdade, porque as peças eram grandes e simples, embora o resultado final fosse de tirar o fôlego.

Enlevada. Quando olhei para Clare ali parada na cozinha da casa da minha mãe naquele primeiro dia, ela estava enlevada, maravilhada, extasiada. Clare era uma menina de carne e osso, e sua história não era nenhum conto de fadas, mas mesmo assim ela ficou enfeitiçada – confusa também, provavelmente – em um piscar de olhos. Mas se aqueles olhos estavam dizendo a verdade, como sempre diziam, ela não ficou nem um pouco incomodada.

Tem um certo encanto a casa dos meus pais, não posso negar. (Nos últimos meses, por exemplo, tinha atraído Cam e Toby de volta "temporariamente", embora eles tivessem planos de ir embora.) Um tipo de encanto de madeira encerada, de vasilha-de-porcelana-azul-com-desenhos-de-maçã, tão encantador como qualquer outro. Mais encantador, se você fosse Clare naquele momento da vida dela. Naquele momento da vida dela, o que emanava das panelas de cobre penduradas na cozinha, das bancadas de ladrilho e dos rostos da minha família era uma luz aconchegante, alegre, que ofuscou sua visão.

Eu tinha esperado aquela reação. Eu a desejava. Foi por isso que a levei comigo. Mesmo assim, quando vi Clare entrar naquela alegre e bondosa desordem que é a minha família, tive vontade de lhe dizer: "Aprecie tudo isso, meu bem, mas não demais."

Eu sei que pode soar mal, mas não estou me referindo às pessoas; elas são adoráveis e muito amadas. Amadas por mim, de fato, muito. Eu as amo cada vez mais. Pode acreditar. Estou falando do pacote. A alegórica Família Feliz – vigorosamente feliz, tão bem acabada e brilhante como uma pérola. Nossa família é tão feliz quanto Martin era afável: inexpugnavelmente, impenetravelmente, completamente. Nós somos um belo quadro pendurado na parede que é minha mãe, a mais completa e acabada de todos, e na bela moldura estão gravadas as palavras: NÃO BALANCE O BARCO.

Mas às vezes um barco precisa balançar; um barco precisa ir direto para o centro de uma tempestade e sair do outro lado, um tanto avariado mas inteiro. Quadros. Barcos. Será que estou misturando as metáforas? Muito bem, eu estou sendo incoerente. Às vezes, quando você está em apuros, só uma mistura incoerente de metáforas serve.

Para dizer de outra maneira, na minha família eu tenho colegas – alegres e leais – mas eu preciso é de amigos íntimos, e nunca consegui promover essa mudança. Nunca consegui entrar na intimidade de ninguém ali.

Mas às vezes as almas precisam de águas calmas, e naquele momento a alma de Clare estava assim. Clare, a minha Clare, precisava de um barco que não balançasse. Ela merecia.

Mas de volta ao meu plano. Se ele começou a tomar forma, como eu disse, assim que vi o rosto enfeitiçado e radiante de Clare, então ele se completou no dia seguinte, no enterro da Sra. Goldberg. (Se você acha que a minha história está cheia demais de enterros, atulhada deles, saiba que este é o último.)

Eu fiquei sentada entre meu pai e Toby usando o vestido preto que estava fazendo sua segunda aparição no espaço de uma semana e que eu planejava arrancar do corpo e queimar na primeira oportunidade, ouvindo uma pessoa atrás da outra contar histórias sobre a vida da Sra. Goldberg. Eu mesma contei uma. Para uma senhora que não era nada doce, do tipo "doce velhinha", e que também não era nem um pouco adoravelmente rabugenta, que não se encaixava em nenhum padrão, Suzette Goldberg era universalmente querida. Querida por sua grandeza, bondade, inteligência e humanidade, querida como todos nós deveríamos viver o suficiente para ser.

Eu falei, ouvi, e meu coração se partiu, o que significa que não quebrou mas que ficou subitamente consciente da sua inteireza de um modo que doeu como o diabo. A Sra. Goldberg me amou; ela me escolheu. De repente, entendi que uma mulher como aquela, ao me deixar uma casa cheia de tesouros, quis me deixar muito mais do que isso. Uma chance. Mais do que uma chance. Um desafio. Tinha lançado um desafio sob a forma de um par de luvas de ópera. Aí está, Cornelia! O que você vai fazer agora?

O que eu ia fazer era lutar por Clare. Lutar como uma loba para ficar com ela. Lutar com unhas e dentes. Derramar sangue. Contratar um advogado, ir ao tribunal, a dez tribunais, se fosse preciso. Lutar e vencer.

Clare ia me ajudar. Eu me lembrei daquele nosso primeiro dia no apartamento de Martin, do modo como tinha olhado para o pai e lançado três palavras verdadeiras, penetrantes, que eu agora sabia que eram uma acusação – não, mais do que uma acusação. Um veredicto, culpado: "Ela. Estava. Doente." Eu recordei o brilho gelado em seus olhos. A garota tinha coragem. Além disso, Clare não era uma criança desamparada à mercê da sorte, ela era uma heroína, a rainha dos finais felizes, a garota do romance que termina indo morar com alguém que a adora. Qualquer um podia ver isso.

E eu tinha a casa, presente da Sra. Goldberg. Eu a exibiria para quem quisesse ver. Um lar. A palavra, com todo o seu brilho dourado, estava ali, indiscutivelmente, no topo do telhado, no perfume dos lilases, no vidro ondulado das janelas e no suave declive do gramado. *Entre,* a casa murmurava a partir de cada tijolo. *Entre e fique à vontade.*

E eu tinha a minha família – minha. Impecável e feliz em ajudar a criar a filha adotiva da filha. A felicidade da minha Família Feliz me deixava maluca, mas não pense que eu não a usaria. Eu os exibiria, um a um, Toby e Cam, corados e resplandecentes com seu uniforme de lacrosse, meu pai de colete de lã, médico de profissão, e minha mãe. Eu a mostraria usando um avental de algodão listrado, se fosse necessário.

Porque isso fazia parte do plano. Voltar para casa. Ou sair de casa e vir para cá, para morar, se não no seio da família, pelo menos a uma quadra dela. Aqui, onde Clare poderia correr nos gramados bem tratados, comer torta feita em casa, sentir-se segura, em paz, e onde seu rosto iria brilhar o dia todo.

É fácil para você, do seu posto privilegiado de observação, ver qual era a base desse plano: o desaparecimento permanente de uma mulher que Clare amava, de uma mulher cujo desaparecimento permanente eu nunca desejei, nunca. Um fato tão claro para você e que eu ignorei com tanta facilidade, que Deus me perdoe. E você também.

Pouco antes do sepultamento (a parte de um enterro a que eu normalmente não assisto, mas este era da Sra. Goldberg; eu iria até o fim), enquanto eu estava ali parada na temperatura incrivelmente amena de dezembro, alguém pôs a mão no meu ombro e eu senti um calo do lado esquerdo do corpo. Meus olhos subiram da mão – tão sublime a mão humana, uma construção tão sofisticada – passando pela manga marrom do casaco até o rosto, aquele rosto único. O queixo, os dentes, a curva incomparável da face. O meu Teo.

Meu não. Meu não. Meu não. De Ollie. Teo, marido de Ollie. Aquela única hora passada no carro com Teo, a hora em que o amei com uma alegria infinita tinha terminado. Ele era de Ollie outra vez. O marido de Ollie, Teo. Não se esqueça disto.

Voyager, O clamor do sexo, Dr. Jivago, A princesa e o plebeu, até mesmo *Casablanca* – é claro, *Casablanca.* Todos aqueles filmes em que a mulher não fica com o homem, aqueles filmes de desejo nã satisfeito, de corações inquietos. Você gosta deles; eu também gostei. Mas vou dizer uma coisa: tente pertencer de corpo e alma a um homem que nunca lhe pertencerá; então veja se ainda gosta desses filmes. "Não deseje a lua – nós temos as estrelas!" É claro, Bette, mas eu fiquei ali no cemitério tremendo sob o toque da mão de Teo, todo o meu ser gritando: "Perdoe-me por dizer, mas danem-se as malditas estrelas!"

Se pareci amarga, foi porque estava mesmo. Amarga e sofrendo como uma mulher em chamas.

Mas pense na alternativa: *In this Life*, também estrelado por Bette. Bette como uma mulher chamada Stanley, por motivos inexplicáveis e insondáveis, que rouba o marido da irmã e faz todo mundo em torno, inclusive ela mesma, mergulhar numa espiral de dor, desespero, ruína e desolação, num verdadeiro inferno. Você não tem que ser especialista em cinema para interpretar esta mensagem: se você roubar o marido da sua irmã, irá pagar caro por isso.

Não que eu pudesse roubá-lo, mesmo que tentasse. Ninguém poderia. Mesmo que Teo fosse infeliz com Ollie, ele era íntegro demais para fugir com a irmã dela ou qualquer outra pessoa. E talvez ele não fosse infeliz. Eu tentei desejar que ele fosse feliz, pelo bem dele, imensamente feliz com Ollie, mas não consegui.

– *Você está bem?* – Teo me perguntou. Uma pergunta que quase me fez soltar uma gargalhada irônica. Mas me contive. Afinal de contas, ele era Teo, e eu não o amava apenas daquele jeito novo, apaixonado, mas também do velho jeito. Apertei a mão dele.

– Mais ou menos – respondi. – Não muito bem, mas vou levando.

E era verdade.

O que você faz quando se apaixona pelo último homem por quem poderia se apaixonar?

Você planeja uma vida, uma vida real, sem ele.

24

Clare

Clare passou a manhã cozinhando com a mãe de Cornelia e, quando chegou na varanda da casa da Sra. Goldberg, ainda podia sentir o cheiro de gengibre no seu cabelo, e por um instante teve a impressão de que o aroma não vinha dela e sim da própria casa, dos tijolos, das colunas e do telhado. Uma casa de conto de fadas, mas sem nada malvado lá dentro; Clare tinha certeza disso. Ainda assim, quando Cornelia girou a chave e Clare ouviu o clique da fechadura se abrindo, prendeu a respiração. E manteve os olhos fixos nas costas de Cornelia, em um ponto entre seus ombros, quando as duas cruzaram a soleira da porta.

Então Clare olhou em volta e ficou boquiaberta. Havia uma magia lá dentro, mas não do tipo que ela tinha esperado. Não havia lençóis cobrindo a mobília, transformando cadeiras em fantasmas solitários; não havia veludo empoeirado e roxo como as pétalas de uma violeta africana. A magia da casa era viva e não fantasmagórica. A luz entrava pelas janelas e se espalhava pelo chão e pelas mesas. Uma sala de estar, Clare pensou: uma sala de *estar.* Não havia nada morto ali. Nada esquecido. Até o sofá parecia abrir os braços para ela, e sem pensar ela se sentou nele.

– Ah – ela ouviu Cornelia suspirar, e depois repetir. Cornelia entrou na sala e caiu devagar de joelhos como alguém numa igreja. Clare ficou calada, deixando Cornelia a sós com a casa. Após alguns segundos, Cornelia se sentou de pernas cruzadas no chão e tirou o casaco.

– Olá, casa – fez ela alegremente.

– Ela está viva – observou Clare.

– Está mesmo.

As duas contemplaram o papel de parede ouro pálido e os dois castiçais de prata sobre o mármore da lareira, e Clare imaginou se Cornelia também estava esperando que surgissem chamas alaranjadas crepitando na grelha da lareira.

Então Clare percebeu outro cheiro, não de gengibre, mas de algo frágil e fresco. Ela se levantou e examinou de perto o vaso de flores brancas na mesa em frente ao sofá. Inclinou-se e cheirou-as, depois tocou uma das pétalas cremosas. Retirou a mão e olhou para Cornelia.

– São de verdade – ela murmurou. – Elas também estão vivas.

Cornelia se aproximou e tocou as flores, e por alguns segundos Clare soube que as duas acreditavam em milagres.

Então Cornelia disse numa voz triste e abafada:

– Gardênias. É claro, gardênias – e então – Marielle.

– Marielle?

Cornelia enxugou os olhos e sorriu para Clare.

– Ela sempre limpou a casa da Sra. Goldberg. Minha mãe disse que Ruth e Bern mantiveram os serviços dela para tirar a poeira e arejar a casa. Ela deve ter vindo aqui hoje, logo depois do enterro.

– Ela deixou as flores para nós – concluiu Clare.

– Talvez. Mas não sei. Eu não ficaria surpresa se ela as deixasse sempre. Ficaria surpresa se não deixasse. A Sra. Goldberg adorava gardênias.

E de alguma forma, para Clare isso não pareceu menos mágico do que se elas tivessem ficado vivas durante anos, que uma mulher pudesse gostar tanto de outra que continuasse fazendo gentilezas para ela mesmo depois de ela ter partido. O amor era um hábito que você não conseguia largar.

– Vou mostrar tudo para você. A casa toda. A sala de visitas com as conchas, a mesa de cozinha de duzentos anos... daqui a pouco – prometeu Cornelia, virando-se para Clare com os olhos brilhando. – Mas vamos direto para o sótão. Agora mesmo. O que você acha?

– Acho que sim – concordou Clare. – Direto para o sótão.

Ao seguir Cornelia pelas escadas que levavam ao sótão, ela se viu não caminhando simplesmente, mas andando com passos precisos e passando a mão pelo corrimão de madeira como se o fato de estar indo para o lugar preferido de Cornelia fosse uma dança, algo que tivesse que ser feito da maneira certa. E então, com um movimento ágil, como se as duas tivessem sido levadas pelo vento, Cornelia e Clare atravessaram a porta e ficaram paradas no sótão de paredes inclinadas e cor de mel da Sra. Goldberg.

25

Cornelia

Eu mostrei a Clare uma foto da Sra. Goldberg aos 11 anos.

– A mesma idade que eu.

A voz dela estava ofegante, e eu vi que ela sentia o mesmo que eu naquele aposento: encantamento. Na casa toda, mas principalmente ali. Mesmo quando comecei a contar a história naquela mesma voz ritmada e abafada que a Sra. Goldberg sempre usava para contar histórias, Clare continuou com os olhos pregados na fotografia.

– A família da Sra. Goldberg era de Nova York, mas ela passou o verão aos 11 nos na casa dos tios, uma fazenda não muito longe daqui. Sua prima Sarah também tinha 11, e as duas estavam vendo o irmão de Sarah, Albert, e alguns amigos dele jogarem beisebol. Um dos meninos era mais alto do que os outros e tinha olhos azuis e sérios. A Sra. Goldberg não tinha o hábito de prestar atenção em meninos, mas reparou naquele. – Olhei para Clare.

– Eu às vezes presto atenção nos meninos – Clare comentou timidamente. – Bem, não em meninos da minha idade, mas... – Ela parou e sorriu.

– Hmmmm... De quem será que você está falando? Bem, esse menino também não era da idade dela. Ele tinha 17 anos.

– Puxa! – Clare exclamou, como se reparar num rapaz de 17 anos fosse mais surpreendente do que, digamos, reparar num homem de 34.

– E enquanto ela reparava nele, o primo dela, Albert, atirou a bola para ele e, em vez de agarrá-la, ele errou, e a bola bateu na cabeça dele.

– Puxa – Clare se encolheu.

– E sem conseguir se controlar, a Sra. Goldberg começou a rir.

– Que horror.

– Ela pensou a mesma coisa. Ficou horrorizada, de fato. E correu para onde ele estava meio que rolando na grama, e se ajoelhou, se apresentou e se desculpou. O rapaz sorriu lentamente, estendeu a mão e disse: "Eu sou Gordon Goldberg. E acho que foi engraçado eu ter caído assim como um pato abatido a tiros." "Foi mais como um pino de boliche", a Sra. Goldberg disse, e Gordon riu e desmaiou.

– E eles se apaixonaram um pelo outro.

– Ela sim – confirmei. – Ele levou mais seis anos, mas aí ficou caidinho por ela. Eles ficaram casados por mais trinta anos, até ele morrer.

– Ela nunca mais se casou – Clare afirmou com segurança. – Só existe um amor verdadeiro, certo? – Uma pergunta excelente. Complicada.

— Eu não sei. Talvez para algumas pessoas possa haver mais de um. — Foi o que eu respondi a Clare. O que eu não disse foi: Por favor, tomara que eu esteja certa. Se eu não estiver certa, estou frita.

Clare e eu compartilhamos um silêncio confortável durante algum tempo, olhando retratos da família de outra pessoa. Então eu senti o olhar de Clare e ergui os olhos.

— Minha mãe se casou com o meu pai — refletiu ela. — Isso é estranho, não é? Eles deviam estar apaixonados. E depois minha mãe não se casou com mais ninguém. Quer dizer, até agora. Mas eu não acho que seja porque o meu pai era o amor verdadeiro dela, e você?

— Eu não sei — respondi com honestidade. Pensei na ruiva que estava no enterro dele. Só porque eu não pude me apaixonar por Martin não queria dizer que ninguém mais podia.

Clare não disse nada, mas aquele não foi um silêncio tranqüilo, foi um silêncio que anunciava alguma coisa.

— Eu vi minha mãe. — Eu não pude ver o que havia nos olhos dela. Ela parecia estar vendo alguma coisa que não estava ali. — Uma noite. Depois que ela ficou doente, eu a vi. Com um homem. Eles estavam... — Ela ficou olhando para mim, sem conseguir terminar. Medo. Era isso que havia nos olhos dela. Medo e nojo. Eu tinha que pensar depressa, para desfazer o que aquela visão tinha causado nela. Eu não podia deixar que ela crescesse com aqueles sentimentos com relação ao sexo.

— Não sei quais foram os motivos da sua mãe para fazer sexo com aquele homem. Sexo. Você sabe o que é isso, não sabe?

— Sim — assentiu Clare, e eu notei uma certa impaciência na voz dela, como quem diz "que pergunta idiota", e isso me aliviou.

— O que eles estavam fazendo não foi errado em si. Se fazia parte da doença da sua mãe, então pode não ter sido o melhor, mas não foi mais errado do que comprar todos aqueles livros de culinária. Entende o que eu quero dizer?

— Acho que sim – fez Clare, e depois de uma pausa: – Não acho que ela estivesse apaixonada por ele. Quer dizer, talvez estivesse, mas eu acho que não.

Eu respirei fundo.

— As pessoas pensam de forma diferente a respeito disso, e você vai ter que formar sua própria opinião. Quer saber o que eu acho?

— Sim.

— Eu acho que não faz mal não estar apaixonada. Se você gostar da pessoa e confiar nela e se você decidiu que fazer sexo com aquela pessoa é o que você quer, então tudo bem.

Só para registro, eu tinha refletido muito tempo sobre isso, e não falei de acordo com a minha condição atual de amor não correspondido e possivelmente futura de nunca mais amar ninguém enquanto vivesse, embora deva dizer o seguinte: com ou sem amor, eu não ia me tornar uma celibatária de jeito nenhum. Fala sério.

— Você já se apaixonou? – Clare perguntou, pegando-me desprevenida.

Eu torci para ela não perceber o meu desconforto, mas como fiquei ali sentada sem dizer nada, com o rosto vermelho, acho que ela teria que ser cega para não perceber.

— Sim, claro – confirmei, tão naturalmente que quase bocejei as palavras. Então sacudi um ombro, completando minha caricatura de naturalidade.

— Por quem?

– Ah, por... alguém. – *Por alguém?* Seria possível ser mais imbecil? Eu suspirei. – Por alguém que não me ama.

– Aposto que você está enganada. – Clare disse na mesma hora. – Aposto que ele ama você.

– Obrigada, Clare, mas não. Para início de conversa ele é casado. – Eu examinei o rosto dela para ver se havia um súbito clarão de reconhecimento, mas um monte de gente era casada, talvez todos os homens apaixonáveis do planeta, embora eu sinceramente desejasse que não. Ela me lançou um olhar inocente. – E os sentimentos dele por mim são puramente fraternais. – Eu acrescentei isto para ser sincera, e vi a expressão confusa no rosto de Clare, mas eu não podia explicar. Então continuei: – E, como se isso já não fosse o bastante, eu não sou o tipo dele.

– Como você pode não ser o tipo de alguém? – Clare perguntou, com um espanto genuíno que eu achei adorável.

– Falta de ambição. – Mas não era bem isso que eu queria dizer. – Nenhum propósito divino guiando minha vida. Deve ser porque eu não sou uma pessoa de grandes paixões.

Clare riu. Depois ficou séria.

– Desculpe. Mas isso foi engraçado. Você é apaixonada por *tudo*! Por *Núpcias de escândalo*, pelas panquecas da mãe de Teo, pela Sra. Goldberg, pelas coisas que ela tem no sótão, por pijamas, por Walt Whitman... – Ela tornou a rir.

Eu ri também, embora estivesse tão comovida que poderia ter chorado.

– E por mim. Até por mim. Você é apaixonada por mim, não é? – Ah, Clare. Até por você.

– Sim, do fundo do coração – respondi.

– O que você vai fazer com tudo isso? – Clare perguntou, olhando em volta.

– Tenho pensado nisso. Quero que Ruth e Bern, os filhos da Sra. Goldberg, fiquem com o que quiserem. Com tudo, se quiserem.

– Eu sabia que você ia dizer isso – Clare exclamou com satisfação.

– Mas primeiro eu vou examinar e catalogar cada objeto, cada fotografia. Catalogar e escrever a história de cada um, a história que a Sra. Goldberg me contou, porque tudo aqui é importante e tem uma história.

– Então, quando eles estiverem decidindo o que vão querer, vão saber da importância de cada coisa. Não seria justo simplesmente mostrar o objeto, certo?

– Certo – confirmei, espantada com a compreensão de Clare. – E quando levarem alguma coisa, estarão levando junto a história.

– Boa idéia – empolgou-se Clare. E ficou ali refletindo. – O seu apartamento é exatamente assim, não é, Cornelia? Ele realmente *pertence* a você. Eu tive essa impressão na mesma hora, assim que entrei lá. O modo como você escolhe tudo, e como tudo é importante. Você é igualzinha à Sra. Goldberg. – Eu nunca tinha ouvido um elogio mais bonito.

Da janela do sótão eu podia avistar as folhas da magnólia ao lado da casa, sem os botões brancos que surgiriam no verão e, mais além, podia ver o velho e magnífico carvalho branco que lançava suas bolotas e sua sombra no quintal da Sra. Goldberg. E mais além ainda, as outras casas da rua com suas chaminés, sebes e canteiros de flores, com o entardecer sombreando seus telhados. Cada casa um receptáculo de mistério e cotidiano, cada uma abrigando em seu interior uma família. E ao longe o Blue Ridge, envolvendo-nos a todos.

– Cornelia? – chamou Clare.

– Eu só estava pensando que a Sra. Goldberg me deu de presente suas histórias – expliquei, com as lágrimas embaçando meus olhos. – E que, se você quiser, posso dar as minhas de presente para você.

26

Clare

— *Suas mãos estão* doendo? – perguntou Ellie a Clare. A mãe de Cornelia queria que Clare a chamasse de Ellie, diminutivo de Eleanor.

Clare largou as tesouras afiadas que estava usando, tirou as luvas de jardinagem e exercitou os dedos, gostando da sensação pouco familiar de endurecimento.

– Sim – respondeu ela. – Mas é uma dor boa.

Elas estavam podando arbustos no quintal. Clare tinha levado um certo tempo para se acostumar com a poda, para entender que não estava matando as plantas. Pareceu-lhe drástico – severo – cortar os galhos numa altura de trinta centímetros do chão, e ela teve pena dos galhos solitários que saíam do pedaço frio de terra.

– Eu sei que parece ruim, mas estes arbustos só florescem com galhos novos – explicou Ellie. – Estamos fazendo um favor às plantas. Às borboletas também. Espere só até o verão;

você não vai saber onde terminam as flores e começam as borboletas. E os beija-flores. Eles também vão agradecer.

Clare sorriu para o arbusto que estava podando; a mãe de Cornelia a queria de volta no verão, não só a queria mas a estava esperando. Clare imaginou as duas sentadas no banco de madeira do jardim, tomando chá gelado e vendo os beija-flores girando como pequenos motores e as borboletas esvoaçando ao redor das plantas. Mesmo assim, apesar do seu cérebro saber que não estava danificando os arbustos, suas mãos levaram algum tempo para acreditar. Elas hesitavam antes de cortar cada galhinho.

– Você está fazendo um ótimo trabalho – aprovou Ellie. Clare tornou a sorrir.

– Você já leu *O jardim secreto*? – Clare perguntou.

– Puxa, deixe-me pensar. Claro que li, mas há muito tempo. Era Ollie que adorava esse livro ou era Cornelia? – Mesmo enquanto falava, Ellie não parava de trabalhar. Clare admirou a segurança dos movimentos dela. Como Teo picando legumes. Ela imaginou se algum dia faria alguma coisa tão bem assim.

– Aposto que era Cornelia – disse Clare. – Tem um garoto no livro, Dickon, que sabe dizer imediatamente se uma planta está morta ou não. Acho que todas parecem mortas mas ele consegue encontrar os galhos novos. Quando encontra um vivo, ele chama de "pavio". Ele é meio mágico, eu acho.

– Algumas pessoas são assim; têm um dom para isso. Mas vou dizer uma coisa para você, Clare, eu li um bocado de livros e artigos de revista até aprender. – Ela sorriu para Clare, um sorriso igual ao de Cornelia. – Também matei um bocado de plantas.

— Em casa nós temos um jardineiro, o Sr. Field, que é um bom nome para um jardineiro, eu acho. Ele vem uma vez por semana, mas acho que nunca prestei muita atenção no que ele faz. — Clare gostaria de ter prestado. — Eu devia achar que era só plantar que as plantas cresciam.

— Muitas plantas são assim — observou Ellie, apontando para outro tipo de arbusto. — Aquela murta toma conta de si mesma. Mas se eu não podar direitinho a minha hidrângea — ela apontou para outro arbusto — ela não dá nada.

— Nós também temos hidrângeas — exclamou Clare animadamente. — Elas são as minhas favoritas, com as flores crescendo em buquês. E eu gosto da cor. Um azul tão escuro que é quase roxo.

— As azuis são as minhas favoritas — comentou Ellie. — Bem, quando você voltar para casa, vai ter que pedir ao Sr. Field para deixar você ajudar. Meus filhos nunca se interessaram. Talvez, em parte, pelo fato de Ollie e Cornelia morarem na cidade e não terem que cuidar de nada.

Ellie não pareceu desapontada nem zangada, apenas normal, portanto foi mais para si mesma do que para Ellie que Clare pensou em voz alta:

— Isso não parece próprio de Cornelia. — Ela ficou vermelha. Não estava querendo desmentir. — Desculpe.

A mãe de Cornelia sorriu e abanou a mão como quem diz "Não há motivo para se desculpar".

— Mesmo não tendo um jardim, Cornelia está sempre cuidando de alguma coisa, *com muito cuidado.* Porque tudo no apartamento dela é velho, e muita coisa é frágil (pelo menos me parece frágil) e ela cuida com muito carinho. Ela nem usa a lava-louças porque tem medo de que a louça quebre ou que a borda dourada dos pratos fique gasta. E tira o pó dos seus quadros com um espanador. E pelo modo como ela pega as coisas, dá para ver que gosta muito delas. – Clare sabia que estava falando demais, mas tinha prazer em dizer coisas boas e verdadeiras sobre Cornelia em voz alta, para alguém, em vez de simplesmente escrevê-las no seu caderno.

Pela primeira vez desde que tinham começado, Ellie parou de trabalhar. Ela esfregou o queixo com as costas da luva, pensativamente, e depois olhou para Clare.

– Sabe de uma coisa? Você tem razão. Eu nunca tinha pensado nisso. Cornelia e eu normalmente não gostamos das mesmas coisas, mas ela cuida de tudo o que gosta.

– De pessoas também – Clare acrescentou efusivamente. – Como eu. Depois que minha mãe desapareceu, meu pai me pegou e me levou até o café onde ela trabalha. E eu desatei a chorar. Aí Cornelia veio e me abraçou bem forte, por muito tempo.

– A sua mãe desapareceu? – Ellie parecia confusa, mas Clare não notou.

– E ela nem me conhecia – Clare prosseguiu. – Nunca tinha me visto antes. E depois eu descobri que ela nem sabia que o meu pai tinha uma filha. Mas começou a cuidar de mim, como se fosse a coisa mais normal. Aposto que pouca gente faria isso.

– Acho que você tem razão – respondeu Ellie. – Cornelia sempre foi uma boa moça. Uma moça boa e generosa. Estou contente que vocês tenham encontrado uma a outra. Você teve muitos problemas antes disso?

De repente Clare ficou engasgada. Cornelia tinha dito a Ellie que a mãe dela estava viajando. Clare tinha esquecido.

Mas quando ela se virou para Ellie, seu nervosismo desapareceu. E ela começou a explicar, a explicar tudo. Por que Cornelia tinha mentido e qual era a verdade. Depois que começou a falar, foi simples. Inspirar, expirar, podar as pontas, abrir e fechar a tesoura de poda, e falar. Quando terminou, ela olhou para Ellie. A expressão do rosto dela era meio zangada, meio preocupada; Clare não esperava esta expressão.

– Sinto muito que você tenha passado por tudo isso. Sua mãe abandonando você aos poucos e finalmente abandonando de vez – pronunciou, com uma voz dura.

– Mas ela não teve a intenção – Clare explicou com ansiedade. – Ela estava doente.

A expressão de Ellie se suavizou.

– É claro que estava – sua voz tornara-se doce. – É claro que não teve a intenção. Ela ama você. – Clare sentiu a ansiedade que lhe apertava o peito diminuir. – Eu conheci uma pessoa que ficou doente assim. Não exatamente assim. Ela esteve doente por muito tempo, anos, e nunca fez nada para ficar boa. Nada. Exceto beber, o que não funcionou, naturalmente.

Clare não soube o que dizer. Ellie olhou para ela, largou a tesoura e jogou as luvas no chão. Pôs as mãos sobre os ombros de Clare.

– Ah, meu bem, o que eu estou fazendo? Sinto muito. Esta é uma história muito antiga. – Ela parecia espantada. – Eu não sabia que ainda havia esta raiva. Eu podia bater em mim mesma por ter dito tudo isto na sua frente.

– Está tudo bem – tranqüilizou-a Clare, e estava mesmo. Ela sorriu. – Cornelia também me chama de "meu bem".

– Sabe o que eu acho? – Ellie disse alegremente. – Eu acho que a sua mãe está fazendo *tudo* para poder voltar para junto de você. Se eu fosse você, não me preocuparia e me divertiria bastante até ela voltar.

Clare estava se divertindo, de verdade e sem culpa, não tanto porque tinha tanta certeza quanto Ellie de que sua mãe ia voltar, sã e salva. Havia momentos em que tinha esta certeza, mas geralmente procurava não pensar no assunto. A verdade era que ela tinha vivido muito tempo com o demônio do medo agarrado a ela e berrando em seus ouvidos, e viver deste modo não tinha ajudado em nada; não tinha trazido de volta a sua mãe. Ela não queria sentir-se doente e cansada de viver, e a preocupação a tinha deixado assim.

Na noite anterior à poda, Clare estava deitada na cama, quase dormindo, e de um jeito calmo e preguiçoso tinha explorado a idéia do que aconteceria caso sua mãe não voltasse. A resposta veio imediatamente, navegando como uma bóia numa piscina azul. "Eu vou morar com Cornelia e Teo", ela pensou. E embora ela fosse acordar na manhã seguinte, fosse lembrar do que tinha pensado e perceber que aquilo não fazia sentido, esse pensamento a fez esquecer o demônio e adormecer.

Dois dias depois, Clare sentou-se diante do computador que ficava num canto do quarto do sótão, sozinha em casa, ou o mais sozinha que alguém conseguia ficar naquela casa. De fato, Toby e Cam estavam no quintal jogando um jogo que tinha como objetivo evitar que um saquinho cheio de feijões, areia ou algo assim caísse no chão. De onde estava sentada, Clare podia vê-los pela janela. Mas o Dr. B (todo mundo o chamava de Dr. B ou apenas B, o que Clare achava engraçado, como se Brown fosse longo demais para dizer todas as vezes que você falava com ele) estava no consultório e Ellie estava fazendo compras.

Cornelia estava na casa da Sra. Goldberg, onde Clare também tinha estado até 15 minutos antes. Elas estavam catalogando coisas, como vinham fazendo nos dois últimos dias, e Cornelia estava digitando as histórias dos objetos no seu laptop. Clare adorava o sótão, tão cheio e com as histórias flutuando no ar ensolarado como névoa, e ela amava a paz de estar ali com Cornelia, conversando ou apenas ouvindo os dedos rápidos de Cornelia batendo nas teclas do computador.

Mas hoje Clare tinha vindo embora mais cedo, dizendo que ela e Ellie iam juntas ao salão cortar o cabelo.

– Sei – fez Cornelia. – Não deixe a Ellie convencer você a fazer algo drástico. Nada de moicano ou mechas roxas, está ouvindo?

Mas Clare sabia que Ellie ainda não estaria em casa, que a combinação delas era para mais tarde. Ela se sentou diante do computador, olhando tensa para a tela. O quarto estava escuro e ela não tinha acendido a luz. Na semi-obscuridade, o computador brilhava com uma luz que parecia um tanto perigosa, como radiação, embora ela soubesse que isso era bobagem.

– Anda logo – dizia a si mesma. – Anda!

E ela fez o que tinha que fazer. Quando terminou, pegou uma caneta preta e, com cuidado e prática, forjou a assinatura da mãe. Depois imprimiu um endereço no envelope que tinha tirado de uma caixa que estava lá embaixo dentro da escrivaninha, selou o envelope, dobrou em três a folha de papel que tinha assinado e a colocou dentro do envelope. Quando ergueu o envelope para lamber a cola, ela parou. Fez menção de lambê-lo de novo, e tornou a parar. Depois suspirou, se levantou e enfiou o envelope debaixo do travesseiro da cama onde estava dormindo.

Algumas horas depois, ela viu Cornelia atravessar o gramado, com o laptop dentro da pasta vermelha, e correu para encontrá-la, com o envelope na mão.

– Olha só você! – Cornelia exclamou encantada. – Dê meia-volta.

O cabelo castanho de Clare caía logo abaixo dos ombros. A parte de trás estava um pouco mais curta do que a da frente, de modo que duas mechas pontudas de cabelo se projetavam para a frente.

– Está maravilhoso! Perfeito! – elogiou Cornelia.

– Veja só isso – e ela alegremente sacudiu a cabeça com força. Quando parou, o cabelo voltou direitinho para o lugar.

– Adorei – comentou Cornelia. – Tão Vidal Sassoon.

Clare quase perguntou o que aquilo queria dizer, mas não queria distrações. Ela tinha um assunto sério a tratar, e se não tratasse logo tinha medo de desistir.

Ela entregou o envelope a Cornelia.

– Eu quase pus no correio sem mostrar para você – confessou ela. – Mas não consegui. Como quando você me chamou para conversar com você e com o Teo daquela vez. Nós devemos tomar decisões juntas.

Cornelia ergueu as sobrancelhas, depois pegou a carta e leu.

– Ah, Clare – exclamou.

– Só faltam dois dias – justificou-se Clare.

– E você não está preparada para ir – Cornelia suspirou. Ela tocou no cabelo de Clare, fazendo-o balançar.

– As pessoas voltam mais tarde das férias o tempo todo. De verdade. E estão só esquiando ou outra coisa igualmente boba.

– Não deixe Cam e Toby ouvirem isso – Cornelia disse com um sorriso cansado. – Esquiar é a religião deles. Eles acham que, se você for um bom rapaz, você vai para Courchevel quando morrer.

– O que é isso? – Clare perguntou.

– É uma estação de esqui idiota na Suíça.

– Nós agora estamos conversando sobre esquiar? – Clare perguntou esperançosa.

– Não, acho que não – respondeu Cornelia. – Para dizer a verdade, eu também não me sinto preparada para partir. O que torna isso muito difícil. – Quando disse "isso", sacudiu a carta.

– Como assim?

– Quer dizer que eu tenho que esquecer o que eu quero e pensar no que é certo. Para você.

– Eu não posso... – a voz de Clare tremia. – Eu não posso voltar ainda. Não posso. Não consigo nem imaginar.

– Clare, esta carta só nos dá mais uma semana – argumentou Cornelia. Seus olhos estavam preocupados.

– Eu sei. Eu sei, e prometo que então eu volto. Vou estar pronta.

Cornelia olhou para a carta e depois para o chão. Clare esperou.

– Se você precisa tanto, Clare, tudo bem. Mais uma semana.

Clare abraçou-a e beijou-a. Uau, ela pensou, qualquer dia eu vou estar mais alta que Cornelia.

– Tem mais uma coisa. – Clare disse de repente. Ela queria ser totalmente honesta com Cornelia. Isso era importante.

– O que foi?

– Outro dia, quando estávamos podando, eu contei para a sua mãe que a minha mãe estava doente, e que tinha ido embora. Tudo.

– Você está brincando? – Cornelia não parecia zangada, apenas espantada.

– Você não está zangada?

– Não, meu bem. O segredo era seu. Eu só não consigo acreditar que a minha mãe não tenha dito nada sobre isso em dois dias. Eu teria jurado que ela chamaria imediatamente a Guarda Nacional para procurar a sua mãe. Que interessante. – Ela parecia perplexa. – Bem, eu não vou tocar no assunto, a menos que ela o faça.

– Então vamos mandar a carta? – propôs Clare.

– Tem uma caixa de correio no final da rua. Vamos até lá agora mesmo – concordou Cornelia.

Elas começaram a andar, então Cornelia parou. Quando ela parou, tudo pareceu parar, de leve, como uma tarde na ponta dos pés, as árvores imóveis, prestando atenção.

– Você é uma garota corajosa, Clare, sabe disso? Eu adoro isso em você. – Ela contemplou a mão de Clare por um segundo, em seguida segurou-a e apertou-a. Quando tornou a olhar para o rosto de Clare, tinha uma expressão entre alegre e triste, uma expressão crepuscular, que combinava com a hora. – Eu amo você. Você precisa saber disto.

Naquele momento, Clare não se sentiu como uma menina jogada de um lado para o outro pela vida; sob o céu azul pontilhado de estrelas, ela se sentiu uma garota de sorte, feliz por ser ela mesma. As palavras estavam ali, prontas para serem ditas.

– Eu também amo você – respondeu.

27

Cornelia

Às vezes uma casa pode ficar anos num lugar, precisando desesperadamente ser destelhada, e então, de repente, há uma pequena ventania e o telhado voa, desaparecendo no ar como se nunca tivesse existido. E as pessoas que estão dentro, o que elas fazem quando ele desaparece? Provavelmente varia de casa para casa, mas quando a casa era dos Brown e a ventania um cartão de Natal menor que a minha mão, eles faziam o seguinte:

– Jesus Cristo – berrou meu pai, andando de um lado para o outro na cozinha, quase em lágrimas, e isso num homem para quem "Jesus Cristo" é o limite; o "Jesus Cristo" de um homem é o "Puta que pariu" de outro, e meu pai é esse primeiro tipo de homem. – Jesus Cristo! Isso vai matar o Rudy. Podem ter certeza. Vai matar o Rudy.

– A culpa é toda dela – Toby gritou furioso, segurando uma bola e dando um soco nela. – Ela acha que pode *mudar* de idéia. Do tipo "Ah, mudei de idéia. Tchauzinho".

Cam enfiou um biscoito do tamanho de um prato de sobremesa na boca e opinou, cuspindo:

– Ela é mulher! O que vocês esperavam! As mulheres são umas porras de umas... excêntricas. – E isso me impressionou, devo dizer, me impressionou duplamente, primeiro pelo expletivo dito na frente dos dois pais, e depois pela palavra "excêntricas", que eu juraria que ele não conhecia. Isso mostra o quanto ele foi pressionado, pensei, a ponto de recorrer ao vocabulário aprendido no curso preparatório para o exame de avaliação do ensino médio, feito dez anos antes.

Clare também estava à mesa, mas parecendo menos uma menina educada comendo um biscoito e mais o gato enfiando dentes e olhos no proverbial canário. Muito satisfeita. Acho até que ela lambeu as garras depois.

Eu tinha passado horas trabalhando no sótão da Sra. Goldberg, e, toda inocente, tinha entrado num mundo enlouquecido. Eu me virei para a única pessoa na sala que parecia estar normal, ou quase. Os tendões do seu pescoço estavam um tanto esticados, mas fora isso ela parecia calma e controlada como sempre.

– Mamãe, o que está havendo, pelo amor de Deus? – perguntei, e ela teve a presença de espírito de me lançar um olhar reprovador, como se "pelo amor de Deus" não fosse quase invisível diante do "porra" e do "Jesus Cristo". Ainda assim, eu considerei isso um bom sinal.

Ela me entregou um cartão dentro de um envelope.

– Há um modo certo de fazer as coisas, quando elas têm que ser feitas – comentou, tensa. – E este não foi o modo certo.

Eu examinei o envelope e depois tirei o cartão, um cartão de Natal, quase três semanas atrasado. Um cartão da minha irmã, Ollie. O atraso não foi surpresa. A surpresa foi ela ter mandado um cartão. E, para ser justa, este cartão em particular tinha uma desculpa para estar atrasado. Vinha das ilhas Galápagos.

— *O efeito* Westermarck – observou Teo, lúgubre.

Assim que consegui respirar, liguei para ele.

O efeito Westermarck foi como Ollie explicou sua partida para Teo, pessoalmente, o que foi decente da parte dela porque deixar um bilhete era muito mais o seu estilo, como demonstrou o cartão de Natal. Entretanto, ela só tinha avisado a ele 24 horas antes de pular num avião, o que me pareceu um pouco menos decente. Mas quem sou eu para julgar?

Eu pensei um pouco.

– Ah, certo, essa coisa de que uma borboleta bate as asas num país e causa um furacão do outro lado do mundo.

– Esse seria o efeito borboleta – corrigiu Teo. Percebi um sorriso em sua voz que me deixou aliviada, embora eu tenha ficado um tanto desapontada em ter que abandonar aquela imagem de um lepidóptero negligente em Pequim. Uma borboleta azul com as asas traseiras no formato de uma cauda de andorinha era o que eu tinha imaginado, não sei por que motivo, alçando vôo e criando um vento forte no Brooklyn que fez Ollie sair voando do seu apartamento e cair direto nos braços musculosos de Edmund Battle. Pensei na confusão e na gritaria que tinha deixado lá embaixo. Teoria do caos, realmente.

– O efeito Westermarck é um mecanismo inato que nós temos para evitar que nos casemos com nossos irmãos.

– Ah, mas você e Ollie não são irmãos... são? – De repente, qualquer coisa parecia possível.

– Não, Cornelia, não somos. – A voz de Teo foi seca como pó. – Mas, de acordo com a teoria, como a maioria dos machos e fêmeas que crescem juntos são irmãos, todos os machos e fêmeas que passam a infância juntos são programados para não se sentir atraídos sexualmente uns pelos outros. É instinto.

Não é não, eu quase gritei. Danem-se o Dr. Westermarck e o método científico! Eu me imaginei marchando para dentro de um laboratório em algum lugar, com Teo atrás de mim, e me oferecendo como um desmentido vivo desta teoria babaca. "Vejam!" Eu iria gritar, vitoriosamente. "Eu não consigo tirar as mãos dele!" E só de pensar em pôr as mãos nele o meu rosto ficou quente e a minha respiração ofegante porque, não sei se já mencionei isso antes, além de estar apaixonada por Teo, eu estava praticamente radioativa de desejo por ele, correndo o risco de uma combustão espontânea, de explodir numa nuvem em forma de cogumelo em miniatura só de ouvir sua voz.

– Você acredita nisso? – Eu perguntei, séria. Houve uma longa pausa do outro lado. Eu quase pulei para dentro da pausa gritando imprecações contra Westermarck, aquele ignorante filho-da-mãe, e seu efeito de merda, mas me contive.

– O que eu acredito é que fui um idiota em me casar com uma mulher que eu não amava. – A voz de Teo estava tão consternada que eu não pude ficar contente com o que ele tinha dito. Além disso, se ele tivesse algum juízo, e ele tinha muito, latir debaixo da árvore da família Brown era a última coisa que Teo Sandoval faria. Efeito Westermarck ou não, para que arriscar?

Enquanto ficávamos ali calados, cada um na sua infelicidade, eu comecei a pensar no que não tinha pensado até aquele momento: que se Ollie tinha partido tantas semanas atrás, então Teo, o próprio retrato da honestidade, tinha vivido uma mentira, grande parte dela ao meu lado, meu e de Clare. Cozinhando no meu apartamento e sentado nas cadeiras Adirondack do pátio da casa de Clare e dirigindo o carro, a mentira sentada entre nós o tempo todo, como uma outra pessoa, um estranho que não podíamos enxergar. Este pensamento me entristeceu, mas eu resolvi poupá-lo do "Por que você não me contou?". Essa conversa ia ser sobre o sofrimento de Teo, não sobre o meu.

– Cornelia, eu ia contar para você – adiantou-se Teo. – Eu fui até o café para isso.

– Tudo bem – acalmei-o. – Não se preocupe em dar explicações.

– Mas quando cheguei lá, estava acontecendo tanta coisa. Clare e Martin. Depois o acidente. Como eu podia incomodar você com essa... merda tão idiota?

Se Teo, que, sob circunstâncias normais, era a última pessoa capaz de minar a importância de algo que fosse remotamente importante, estava chamando a dissolução do seu casamento de "merda", era porque ele estava muito mal.

– Ah, Teo – suspirei.

– Mas acho que isso é só uma desculpa. Você teria aberto lugar para esta confusão idiota. Eu sei disso. Você teria ouvido.

– Eu teria. E posso ouvir agora também. – Agora e pelo resto da vida, o que você quiser dizer. Experimente.

– Eu sei. Esqueça o que eu disse sobre não querer incomodar. Isso soa... não sei... nobre. E eu não fui nobre. – Ele quase cuspiu a palavra "nobre". Teo parecia enojado de si mesmo, e isso me fez mal. – Eu fiquei contente de poder mergulhar no sofrimento dos outros, para dizer a verdade. Lembra quando você disse que era fácil para mim chegar e me tornar um herói para Clare?

– Teo – alarmei-me. – Você sabe que eu não quis dizer isso.

– Não quis, mas estava certa. Foi fácil chegar e achar que podia ajudar, como se eu fosse capaz de consertar alguma coisa. Eu estava tão cansado de mim e de Ollie. De tudo aquilo. Não havia nada ali que eu pudesse consertar – ele fez um som amargo – e nada que valesse a pena consertar.

– O que vai acontecer agora? – Teria sido mais gentil, eu sei, deixar que ele conduzisse a conversa, mas não pude me conter.

– Divórcio – Teo anunciou. – O que não é nenhum piquenique em Nova York. Não tem isso de que ninguém é culpado em Nova York. Ou eu tenho que dizer coisas horríveis sobre Ollie ou ela tem que dizer coisas horríveis sobre mim, e aí tudo termina depressa. É isso que Ollie quer. Ou então... – Teo parecia ter desistido, cansado demais para continuar, mas eu não ia desistir.

– Ou então?

– Ou então nos separamos, vivemos separados durante um ano, e no fim de um ano nossa separação se transforma sem alarde em divórcio.

– Você quer fazer isso, não quer? – É claro que sim. Maldita integridade. Puxa vida, Teo.

– Eu odeio a idéia de nos acusarmos mutuamente. Oficialmente. Foi um erro que cometemos juntos.

— Como foi que isso aconteceu? Posso perguntar? Como foi que você e Ollie acabaram ficando juntos? – Porque, se você vai agir como um repórter investigativo, do tipo que as pessoas chamam de intrépido quando querem mesmo é dizer detestável, é melhor ir até o fim.

— Logo depois que Edmund partiu, Ollie e eu nos encontramos por acaso em Midtown. Nós nos conhecemos desde crianças, sabe? Gostamos um do outro. Nunca fingimos estar apaixonados. Ollie não queria mais saber dessa história de amor verdadeiro; pelo menos achou que não queria.

— E quanto a você? Você também tinha desistido do verdadeiro amor? – Meu Deus, eu estava sendo implacável. Mas eu tinha que saber.

— Não. Não exatamente. Mas eu tinha certeza de que a mulher certa... o amor verdadeiro, eu acho... não ia... acontecer. E estava desgostoso com a pessoa que eu estava me tornando, uma pessoa que só tinha "relacionamentos sem compromisso". – As aspas foram dadas pelo tom de amargura com que ele formulou a frase. E eu percebi. Eu também já tinha percebido que expressões como ficar, paquerar, galinhar, eram eufemismos para um jogo maquiavélico. Nesse jogo, ninguém estava a salvo. Então ele acrescentou, com veemência: – E eu estava de saco *cheio* de gente doente.

Fez uma pausa, como uma criança que disse uma coisa horrível e estivesse esperando levar uma bronca. Eu não disse nada. Quando ele tornou a falar, sua voz estava mais calma.

— Ollie disse que as pessoas se casam por amor o tempo todo, e não dá certo. Nós pensamos, por que não arriscar; talvez o amor viesse depois. Ollie citou todos aqueles casos de países com casamentos arranjados que deram certo.

Eu tive que sorrir ao ouvir a palavra "citou". Ollie era sempre Ollie.

– Você embarcou nisso com espírito de aventura – concluí. E pude imaginar o que tinha acontecido, como eles tinham sido tomados pelo espírito de aventura. Vamos fazer isso! Pássaros fazem, abelhas fazem, até mesmo pulgas ensinadas fazem. Eu pude ver o desejo de fazer parte da vida em todo o seu acasalamento e continuidade; de fato, ultimamente eu tinha ficado especialista nesse tipo de desejo.

– Eu nunca mais vou fazer isso – resolveu ele. – Nós dissemos que era uma aventura. Mas na verdade fomos apenas levianos. Totalmente. Conseguimos ferir todas as pessoas que gostam de nós. Acho que não deixamos ninguém de fora. – Ele fez uma pausa, depois declarou com firme determinação: – Meus dias de assumir riscos estão terminados.

Meu coração quase parou, porque, se havia um risco, este se chamava Cornelia Brown. Irmã de Ollie. Amiga de infância de Teo. Se ele tinha desistido de assumir riscos, eu não tinha nenhuma chance.

Assim que desligamos, eu me lembrei de uma coisa. Segundos depois, tornei a ligar para ele.

– Cornelia – falou ele, assim que atendeu, embora não houvesse um mostrador no telefone para ele ver quem estava ligando. Nós dois detestávamos esses mostradores. Ele achava que eles violavam a privacidade das pessoas. E se uma pessoa ligasse e depois mudasse de idéia? Eu apenas menosprezava esses mostradores como sendo mais uma forma de tirar o mistério da vida.

– Teo – respondi e fiquei na mesma hora incrivelmente sem graça. – Eu só... bem, eu fiquei pensando... eu – gemi para dentro e recomecei. – Você disse que foi à Filadélfia para me contar sobre você e Ollie. Por quê? Por que para mim e não para outra pessoa? – Você deve estar entendendo por que eu tinha que perguntar isto, por que eu não tinha outra escolha senão perguntar. O que você teria feito?

– Porque você é meu... – Ah, meu Deus, o quê? Meu coração começou a bater na garganta. – Meu par de olhos límpidos.

Ah.

Eu raciocinei. "Par de olhos límpidos" não é o mesmo que "grande amor", mas já é alguma coisa.

– Você é como uma ressonância magnética, sabe? Eu estava meio... perdido. Queria que você me ajudasse a entender, me dissesse se o estrago era muito grande ou não.

– Ah, entendi.

Ele riu.

– Vou ser honesto, eu queria que você desse uma olhada e me dissesse que não era tão grave assim.

Eu respirei fundo. Causa perdida ou não, eu ia me arriscar.

– Quer saber o que estou vendo agora?

– Estamos ao telefone, Cornelia.

– Eu sei. Eu sou incrível. Posso ver você mesmo na sua ausência. – Em cada esquina e toda vez que fecho os olhos, Teo.

– E o que você está vendo?

– Contusão. Feia, mas já vi piores. E quer saber o que mais?

– O quê?

– Estou vendo um homem que ainda tem um restinho de capacidade para se arriscar. Um homem que devia manter a confiança.

Houve uma pausa.

– Boa noite, Cornelia – Teo disse com sua voz normal.

Só isso. Nada mais.

– Boa noite.

Boa noite, doce Teo, boa noite, boa noite. Até logo.

Nunca é uma chuva, é um temporal. E foi um temporal que caiu sobre a casa recém-destelhada dos Brown, deixando-nos encharcados.

Naquela noite, minha mãe levou Clare junto com ela à casa dos Sandoval. Uma missão diplomática, embora eu não visse necessidade disso. Pessoas civilizadas não culpam os pais pelo comportamento da filha, por mais fútil ou adúltero que seja, e os Sandoval eram civilizados. E Teo, sem dúvida, tinha ligado imediatamente para eles para informar que, não importa o que diga a lei de Nova York, a separação dele e de Ollie era um caso claro de ausência de culpa, o que, pensando bem, significa que os dois tiveram culpa, e alivia o lado de Ollie. Além disso, e mais importante que tudo, Ingrid e Rudy amavam Ellie e B, e Ellie e B também os amavam.

Minha mãe voltou para casa uma hora depois, mas Clare ficou para jantar.

– Clare começou a falar em panquecas suecas no tipo de voz que as pessoas usam para falar no Monte Evereste ou na lua, e antes que ela terminasse Ingrid já estava separando a farinha – contou minha mãe. Então ela veio até onde eu estava sentada e primeiro tocou o punho do meu suéter, depois segurou o meu pulso. Ela sorriu para mim. – Ela é uma menina simpática, meu bem. E adora o chão que você pisa.

– É mútuo – confidenciei.

— Sim, dá para ver — anuiu minha mãe. Ela soltou o meu pulso, tornou a sorrir e saiu para fazer alguma tarefa, para dar vazão à sua fúria e preocupação a respeito de Ollie e Teo batendo tapetes, trocando lençóis ou esfregando os ladrilhos já impecavelmente limpos do banheiro. Se não estivesse tão escuro lá fora, eu sabia que ela estaria no jardim, torturando alguma planta que mais tarde daria flores maravilhosas.

Eu também não sou muito de ficar sentada pensando. Não torturo as pobres plantas mas, especialmente em momentos de estresse, raciocino melhor caminhando, como você deve ter observado, e teria feito exatamente isso se pudesse contar com o ouvinte certo. Era Linny que eu queria. Eu podia ter usado o telefone, mas Linny é uma pessoa que expressa seus sentimentos através de pequenos movimentos com a boca, com os dedos, com os ombros e os olhos muito aguçados. Eu a queria em pessoa e, além disso, até eu consigo ter momentos de contemplação e calma de vez em quando. Embora, desta vez, a calma fosse um tanto forçada.

Depois que minha mãe saiu, eu fiquei ali pensando. Pensei em Teo, em como ele estava fora do meu alcance. *Estão escrevendo canções de amor, mas não para mim.* Esse tipo de coisa. Mas pensei principalmente em Clare, em como garantir nosso bem-estar. Minha mãe fazia parte do conselho da escola particular que nós todos tínhamos freqüentado e, mesmo estando no meio do ano letivo, ela mexeria os seus pauzinhos para conseguir matricular Clare. Havia dinheiro suficiente de Martin, que tinha deixado tudo para Clare, um fato que me havia surpreendido, embora não devesse. Martin tinha muitos lados obscuros, mas quando via a coisa certa a fazer, quase sempre a fazia. Eu tinha certeza de que o advogado de Martin, Woods Rawlings, daria dinheiro a Clare se ela precisasse. Mas eu esperava que ela não fosse precisar. Eu ia arranjar um emprego de verdade, e talvez fizesse alguns cursos de especialização.

Eu ainda não sabia o que queria passar a vida fazendo, mas sabia que queria cuidar de Clare – o que já é saber muito – e que queria envelhecer ao lado de Teo, o que não era provável. Mas pensei no que Ollie tinha dito sobre o casamento, que você podia casar primeiro e aprender a amar depois. Isso tinha sido um completo fracasso, mas era uma filosofia que eu achei que poderia dar certo em relação a uma ocupação. Eu sabia ler, escrever e falar muito bem. Por que não procurar um emprego numa biblioteca, num hospital, num museu ou num escritório de advocacia e então tentar sinceramente gostar dele?

Eu tinha acabado de visualizar a mim mesma no estilo de Goya, trabalhando num escritório de advocacia, e estava quase riscando "escritório de advocacia" da minha lista com o pilot preto que carrego na cabeça exatamente para isso quando ouvi chegar um carro. Cam e Toby provavelmente, voltando de algum filme típico da idade deles em que deviam estar tentando, sem dúvida com sucesso, afogar suas mágoas. Para ser justa, a tristeza por Teo era real, e como, apesar da exibição de lealdade masculina que eles tinham feito na cozinha, eles também amavam Ollie, estavam um tanto perdidos. Mas iam acabar ficando bem, já que os dois não conseguiam ficar muito tempo tristes ou zangados, logo se distraíam com uma bola de futebol, uma garota bonita, ou um filme de alienígenas e perseguições de carro. Eu não estou sendo má. Meus irmãozinhos são resistentes, à prova d'água. O mundo precisa dos seus Tobys e Cams, e eu preciso dos meus.

A campainha tocou. Então não eram Toby e Cam. Eu abri a porta e vi uma mulher ali parada, uma mulher muito magra usando um lindo casaco de pêlo de camelo que era grande demais para ela. Sob a luz da varanda, a cor do casaco combinava com o seu cabelo.

– Sim?

Então ela respirou fundo, como se fosse dar um mergulho, retesou o rosto e endureceu o olhar. Eu vi que estava tentando se controlar e, antes que ela dissesse alguma coisa, eu soube quem era. Por baixo do rosto endurecido, seus ossos salientes, sua boca pintada de um vermelho insolente, eu vi outro rosto, belo, delicado e amoroso: a mãe do retrato olhando uma menina que olhava para uma borboleta.

Minha mãe chegou por trás. De repente, eu me vi tonta e com calor. Sem pensar, agarrei a mão da minha mãe.

– Cornelia. Meu bem. – Espantada, minha mãe olhou por cima do meu ombro. – Quem é esta moça, Cornelia?

– Viviana – respondi, com uma voz rouca. – A mãe de Clare.

Para meu espanto, o corpo todo da minha mãe se retesou, e quando ela tornou a falar, sua voz – a voz de uma mulher cuja regra mais importante era "todo mundo que bate à porta é uma visita", que rotineiramente perguntava ao entregador da UPS se ele tinha almoçado, como preferia o café – sua voz estava fria como gelo.

– Espero que você não pense que pode simplesmente empacotá-la e levá-la para casa. Você deve saber que não vai ser assim tão simples.

Eu estava consternada, sem fala. Sem pensar, ergui a mão como se fosse tocar em Viviana. Minha mão ficou erguida no ar por alguns segundos antes que eu a baixasse, mas acho que ela nem percebeu. Seus olhos, dois poços cinzentos de sofrimento, sem nada da dureza anterior, estavam fixos no rosto da minha mãe.

– Nada. – A voz dela foi o som mais abatido e solitário que eu já ouvi. – Nada é simples.

28

Clare

Lá onde Clare tinha morado com a mãe, as casas eram como segredos, bem distantes umas das outras, cada uma com sua longa entrada de carros, seu pára-choque de árvores. Clare gostava daquilo, do grande gramado e as árvores mais adiante, por toda volta. Era como morar numa cesta, ela pensava. Para ir de uma casa para outra, cortava-se caminho por entre árvores e flores porque a rua principal que ligava todas elas era estreita, sinuosa e sem calçadas. As pessoas caminhavam na rua, às vezes, ou andavam de bicicleta, mas a mãe de Clare raramente permitia que ela fizesse isso e, embora ela de vez em quando pedisse, a consciência que tinha do perigo tirava todo o prazer da aventura. Ela nunca tinha andado na rua depois de escurecer.

Mas Clare não sentiu o menor medo quando voltou da casa dos Sandoval para a dos Brown. Havia postes de luz – poucos – e todas as casas estavam iluminadas por luzes na varanda, luzes na entrada de automóveis, luzes no jardim. Ela nem precisaria da lanterna que Ingrid tinha lhe dado, mas não a teria apagado por nada no mundo.

– Era o que sempre fazíamos quando Cornelia ou um dos outros ia para casa depois que escurecia – Ingrid tinha lhe contado, com sua voz notável. – Os Brown faziam o mesmo com nossos filhos, as lanternas indo e vindo de uma casa para outra durante anos. Meu Deus, parece que foi ontem. – Portanto, o fato de ter a lanterna dava a Clare a sensação de fazer parte do presente e também do passado, de que ela, Teo, Cornelia, Cam, Toby e até mesmo Ollie e a irmã de Teo, Star, que morava na Inglaterra, eram todos crianças, amiguinhos. Enquanto passava o facho da lanterna pelas casas e gramados, pelos troncos das árvores sob as quais caminhava ou por seus galhos, ela se sentiu orgulhosa como se o bairro lhe pertencesse, como se ela fosse criada ali.

Ela viu primeiro o carro. O carro e depois as pessoas na varanda. Cornelia, Ellie e uma outra pessoa. Ela as viu antes que a vissem. Antes de Clare reconhecer a mãe, seu corpo a reconheceu. Deve ter reconhecido, porque de repente ela estava correndo pela grama e o ar cantava em seus ouvidos, cada vez mais alto. A cerca de dois metros da varanda, ela parou e ficou como que paralisada. Sem ar.

– Mamãe – murmurou.

Ela ergueu as mãos até os lados da boca, como alguém que chama outra de muito longe.

– Mamãe – tornou a murmurar.

Quando ia tentar de novo, sua mãe se virou e a viu.

– Mamãe! – Clare gritou. Ela quis correr para a mãe, mas não conseguiu.

A mãe de Clare pôs a mão sobre a boca, depois saiu correndo na direção de Clare. Quando a mãe a abraçou, Clare sentiu uma emoção diferente de tudo que ela já havia sentido, uma emoção complicada – alegria, seu corpo libertando-se do medo como se ele fosse um casaco pesado e sufocante, e uma sensação fininha, quase que de tristeza. Mas quando a mãe de Clare apertou sua cabeça contra o corpo, quando Clare sentiu a respiração da mãe no seu rosto, o que prevaleceu sobre todas as outras emoções foi uma grande paz, como se o universo voltasse para o lugar. Esta sensação foi tão familiar que pela primeira vez ela a reconheceu como sendo uma sensação; porque a vida inteira tinha feito parte da sua condição de ser vivo, como o coração batendo ou as pupilas encolhendo sob a luz do sol.

– Clarey. – A mãe murmurou de encontro ao seu cabelo. – Clarey. Minha garotinha.

Depois a mãe se afastou um pouco e contemplou o rosto de Clare por um longo tempo.

– O seu cabelo – notou a mãe, e então sorriu. – Ah, que bom ver você, minha querida.

– Que bom ver você também – Clare respondeu com simplicidade, e a mãe começou a chorar silenciosamente, com as lágrimas escorrendo pelo rosto.

Doía ver a mãe chorar daquele jeito, então Clare olhou para Cornelia, parada na varanda. Ellie estava atrás dela e, enquanto Clare estava olhando, Ellie abraçou Cornelia de uma forma protetora e Cornelia se apoiou nela.

– Mamãe? – pediu Clare baixinho. – Por favor, não chore. Eu quero que você conheça a minha amiga Cornelia.

A mãe balançou a cabeça, enxugando as lágrimas com as duas mãos.

Quando se dirigiam para a varanda, outro carro chegou – um carro comprido, baixo, vermelho, estranho, cuja parte de trás parecia uma caçamba de caminhão. Ele parou, e uma mulher e um homem saltaram. A mulher correu e segurou o rosto de Cornelia entre as mãos. Cornelia reconhecera de longe o casaco comprido, arroxeado da mulher. Linny.

Linny virou-se e sacudiu um dedo na direção da mãe de Clare.

– Você é rápida, madame.

Sentada na sala dos Brown, aquecendo as mãos com a caneca de chocolate quente que Ellie tinha lhe dado assim que ela se sentou, Clare ficou muito contente por Linny estar ali, por sua presença efervescente, tagarela. Embora a mãe estivesse sentada ao lado de Clare com um braço ao redor dos seus ombros, dentro de casa, na sala iluminada pelo lustre e pela lareira, Clare se sentiu mais separada da mãe do que tinha se sentido do lado de fora. E embora conhecesse todo mundo ali, exceto o homem que ela identificou como sendo Hayes, que estava sentado num canto da sala com um ar um tanto desconfortável e que, exceto pelas botas, não se parecia nada com um caubói, Clare estava acanhada. Eu fico acanhada perto deles, ela pensou. Até de Cornelia. Espantou-se por ter dito "até de Cornelia" em vez de dizer "até de minha mãe". E estremeceu.

Mas Linny estava contando uma história. Clare dirigiu sua atenção para ela como uma lanterna, colocando Linny no centro do seu círculo de luz e deixando os outros no escuro.

– Eu fui regar suas plantas, Cornelia, o que, pensando bem, acabei não fazendo, de modo que talvez elas estejam mortas quando você voltar – contou Linny.

– Tudo bem – fez Cornelia. – Eu nunca gostei muito daquelas plantas. – Clare percebeu que Cornelia também estava contente por Linny estar ali, pela expressão de seus olhos.

– E ela estava ali parada, olhando para a porta como uma pessoa que bateu e não teve resposta, sentindo-se como a porta, silenciosamente surrada.

– Uma boa descrição – comentou a mãe de Clare.

Ah, por onde você andou, mamãe, Clare pensou. Esta pergunta estava ali na sala com eles – outras perguntas também, mas Clare não queria fazê-las. Ela não queria ouvir as respostas ainda.

– Obrigada. E eu reconheci você. Reconheci Viviana. Pelas sobrancelhas. Você sabe como eu sou com sobrancelhas, Cornelia – brincou Linny.

– Eu sei, Linny. Você coleciona sobrancelhas.

– Ah – lembrou Clare. – As de Teo são como acentos. *Accent grave, accent aigu.* – Ela demonstrou no próprio rosto com os dedos.

– As sobrancelhas de Teo – Linny declarou, com o ar de quem estava anunciando um fato importantíssimo – são obras de arte. Poemas. Sonetos!

Clare olhou para Hayes, que parecia ser namorado de Linny, para ver se isso o incomodava. Ele sorriu para Clare e revirou os olhos como que para dizer "A Linny é doida". Clare sorriu de volta. Hayes também era bonitão, olhos brilhantes, o nariz meio torto que o deixava mais bonito e não menos, então talvez ele não se importasse com o que Linny tinha dito a respeito de Teo.

Minha mãe está sentada aqui e eu estou pensando no nariz de Hayes, Clare pensou.

— As sobrancelhas de Viviana também são bonitas, bem-feitas, e ultrapassam as extremidades externas dos olhos. Iguais às de... — Linny virou-se para Clare.

— As minhas — completou Clare.

— Mas o nosso bilhete — Cornelia quis começar, confusa, dirigindo-se a Viviana. — Clare e eu deixamos um bilhete pregado na porta com o endereço e o telefone dos meus pais. Você não viu o bilhete?

— Não havia nenhum bilhete — respondeu a mãe de Clare. Parecia cansada. — Eu vi o que estava na nossa casa, então liguei para o seu apartamento. Como ninguém atendeu, eu fui até lá. Duas vezes. Linny me viu da segunda vez.

— E eu tentei ligar imediatamente para o seu celular, Cornelia, mas não consegui — emendou Linny.

— O Triângulo das Bermudas — Cornelia gemeu. — No que se refere a celulares, meus pais moram no Triângulo das Bermudas.

— Seus pais moram na Pleasant Street — corrigiu Linny. — Como isso é inesquecível, eu não me esqueci. Eu sabia também qual era a cidade. Mas não tinha o telefone deles. E não está no catálogo.

A mãe de Cornelia entrou na sala com uma bandeja cheia de xícaras de café e pratos de biscoitos. Clare notou que ela parecia tensa. Quando estavam todos na varanda, depois que Linny e Hayes já tinham chegado, Clare tinha visto Cornelia e Ellie trocarem olhares — olhos castanhos e olhos azuis, os castanhos perguntando alguma coisa e os azuis respondendo — antes de Cornelia convidar todo mundo para entrar.

— Médicos — fez Ellie, com a voz ainda alterada. — Eles nunca põem seus telefones no catálogo.

— O que terá acontecido com o bilhete? — quis saber Cornelia, um tanto sem graça. — Viviana, eu não teria saído assim. Mas não quis... — Cornelia olhou rapidamente para a mãe, que estava servindo café com um bule de prata. — Eu não quis deixar recado com ninguém. Estávamos tentando manter tudo o que aconteceu só entre nós.

— Obrigada por isso — disse a mãe de Clare.

— A senhora que limpa o seu prédio. Aposto que ela pegou o bilhete. Você sabe que ela odeia você — sugeriu Linny.

— Eu sei — respondeu Cornelia, distraída. Ela estava olhando para a mãe de Clare.

— Você é pequena. E assustadiça. Ela deve achar que você é um camundongo.

— Eu não sou nada assustadiça — reclamou Cornelia, voltando a olhar para Linny. — E você sabe disso. — Sua voz tornou a falhar. — Mas talvez tenha sido mesmo a faxineira.

— A faxineira ou a mão do destino — Hayes acrescentou alegremente.

— Assim que eu consegui falar com Hayes para me pegar no carro dele, eu vim para cá. Nós viemos depressa.

— Oitenta, oitenta e cinco — Hayes anunciou, orgulhoso. — Cheguei aqui sem nenhuma multa, graças a Deus.

— Mas Viviana foi mais rápida. Eu me lembrei do pátio circular e da caixa de correio no formato de uma casinha, mas como...

— O nome deles está na caixa — explicou a mãe de Clare. Ela puxou Clare mais para perto dela. Clare podia ver a pulsação em sua têmpora. Clare viu Ellie olhando para a mãe dela.

— Viviana parece cansada — percebeu Ellie, dirigindo-se a Cornelia. — Eu podia ligar para um dos hotéis aqui perto ou quem sabe para o Calloway Inn?

O rosto de Cornelia ficou vermelho.

– Mamãe – fez ela.

– Na verdade, eu estava querendo falar a sós com você, Cornelia – propôs a mãe de Clare. – Clare, pode ficar aqui um pouquinho enquanto nós damos uma volta? – Ela se virou para Ellie. – Obrigada pelo oferecimento, mas eu vi um hotel quando estava a caminho.

Linny se levantou.

– Nós vamos ficar na pousada, e já estamos de saída. Eu estou faminta. – Hayes também se levantou.

– Você vai direto para a minha cozinha e eu vou esquentar alguma coisa para você, Linny – levantou-se Ellie. – Você também, Hayes.

– Não precisa falar duas vezes – Linny concordou, rindo, e olhou para Cornelia, que jogou um beijo para ela.

Clare, sua mãe e Cornelia ficaram finalmente sozinhas na sala.

– Está frio demais lá fora – observou Cornélia –, mas tenho um lugar aonde podemos ir. Mas acho... – Ela tocou no cabelo de Clare. – Acho que Clare devia vir junto.

– Não sei se é uma boa idéia – objetou a mãe de Clare, com uma clara tensão em sua voz.

Clare olhou para uma e para outra. Viu Cornelia erguer as sobrancelhas, depois suspirar e fechar brevemente os olhos. Quando tornou a abri-los, parecia cansada.

– É que se trata da vida de Clare. Nós decidimos que é melhor ela saber do que está acontecendo.

– *Você* decidiu – rebateu a mãe de Clare.

– Mamãe – pediu Clare, num tom de súplica. – Eu preciso saber. Para não ser apanhada de surpresa pelos acontecimentos.

A mãe de Clare pareceu refletir. Seu olhar ficou mais brando.

– Está bem. Você vai saber.

Na sala de visitas da Sra. Goldberg, com suas fileiras de conchas faiscando sobre estantes mágicas, iluminadas por luzes ocultas, Clare e Cornelia ouviram a história que a mãe de Clare contou – com uma voz calma e quase sem expressão, como se quisesse dizer as palavras sem se lembrar realmente do que estava dizendo.

– Eu continuei a dirigir. Pensei no aeroporto e na viagem para Barcelona, mas quando vi que estava indo na direção errada, não fiz a volta. Eu tinha uma maleta cheia de dinheiro, e quando ficava quase sem gasolina, parava no posto, reabastecia e continuava rodando. Fiquei muito tempo sem parar nem dormir. Simplesmente dirigindo. Eu acho... – Ela olhou rapidamente para Clare e depois continuou: – Eu acho que queria dirigir até desaparecer.

Clare viu que Cornelia estava sentada imóvel, fitando o rosto de sua mãe e ouvindo. Ela admirou a forma como Cornelia escutava, sem se mexer nem desviar o olhar. A qualidade da sua atenção, do seu olhar fixo, não era desafiadora, era... outra coisa. *Respeitosa* foi a palavra que lhe ocorreu, mas não era bem isso. Mais amigável do que respeitosa. Clare tentou ouvir assim também.

A história não era tão terrível. Quer dizer, o que tornava a história não tão terrível, a única coisa que a tornava não tão terrível, era o fato de que ela poderia ter sido bem pior.

Sua mãe tinha seguido, parando apenas uma vez num motel vagabundo para dormir algumas horas, e tinha finalmente parado no norte de Michigan, num hotel majestoso, mas que tinha sido bem mais imponente no passado.

– Podem contar comigo – comentou ela, com a voz cheia de ironia – para ter um colapso nervoso a duzentos dólares por noite.

Ela ficara lá vários dias; quantos exatamente ela não sabia, e foi neste ponto da história que Clare compreendeu que os fatos não eram o mais importante. Quando sua mãe descreveu sua estadia no hotel, seus olhos mudaram, ficaram grandes e assustados.

– Bipolar – revelou enfim a mãe de Clare. – O termo não explica nem metade. Eu não oscilei de um extremo a outro; eu vivi todos os extremos ao mesmo tempo. Escuridão, obsessão e uma mente que não parava.

Ela estendeu a mão e tocou no queixo de Clare.

– Você tem certeza de que quer ouvir tudo?

Clare refletiu sobre a pergunta. Ela olhou para Cornelia, que a olhou de volta com carinho mas sem respostas. Cornelia ia deixar que ela decidisse. Ela recordou a voz de Cornelia, dizendo que ela era uma menina corajosa. Seja corajosa, Clare disse a si mesma. Ela balançou a cabeça afirmativamente.

– Eu estava delirante – continuou sua mãe com naturalidade. – A cor das cortinas do hotel significavam uma coisa, a expressão do rosto da camareira significava outra. Havia um homem – ela parou, olhou para Clare e em seguida continuou –, um estranho que eu achei que era outra pessoa, um homem que tinha conhecido anos atrás. – Ela envolveu o corpo com os braços. – Graças a Deus ele era uma pessoa decente. Ele não... não me machucou, embora eu o tenha assustado horrivelmente.

Clare sentiu um frio por dentro.

– Cheguei a pensar em me matar. Mais de uma vez. E uma vez eu cheguei a pendurar um cinto no lustre.

Sua voz tremeu.

– Ah, Clarey, eu fiquei sentada olhando para aquele cinto. Acho que não pensei realmente em fazer aquilo. – Clare devia ter ficado aliviada ao ouvir aquilo, mas ficou ainda mais assustada. Ela conseguiu balançar a cabeça. Sua mãe continuou. – E a camareira simplesmente o retirou de lá, sem uma palavra ou um olhar, enrolou-o como se fosse uma cobra e o guardou na gaveta.

Sua mãe parecia perplexa, como se esse fato é que fosse realmente chocante.

– Eu terminei batendo nas portas dos quartos no meio da noite, fazendo perguntas malucas. As pessoas batiam as portas, chamavam a segurança. Mas uma mulher, o nome dela era May, olhou para mim e me puxou para dentro. Podem imaginar isso? A compaixão desse gesto? – Seus olhos estavam úmidos.

A mulher tinha usado o computador para procurar uma clínica psiquiátrica ali perto.

– Não um manicômio – frisou a mãe de Clare. – Um bom lugar, graças a Deus.

E os médicos tinham dado remédio a ela e outros a tinham feito conversar, e ela levou um bom tempo para voltar ao normal.

– E, assim que fui capaz, liguei. Primeiro para casa. Depois para a casa de Martin. Depois para diversos amigos. Malditas férias, estava todo mundo viajando. As mensagens de Feliz Natal nas secretárias eletrônicas eram cruéis como bofetadas. Eu ainda estava dopada de remédios; ainda não tínhamos conseguido um equilíbrio. Finalmente, liguei para o trabalho de Martin e me contaram que ele tinha morrido e que você, Clare, estava com Cornelia.

Ela sacudiu a cabeça, como se quisesse livrar-se de más recordações.

– Mesmo assim, eu a encontrei.

Então, a mãe de Clare começou a chorar, primeiro silenciosamente, e depois com soluços sentidos.

– Eu sinto tanto, Clare. – Ela repetiu, diversas vezes.

Clare se recostou no sofá; a imagem de sua mãe no carro, chorando e dizendo que sentia muito por tudo cruzou sua mente.

– Pare de chorar. Por favor, pare.

Sua voz era um murmúrio rouco. Ela viu Cornelia endireitar o corpo e apoiar uma mão em cada braço da cadeira como se estivesse se preparando para ficar em pé.

– Eu não gosto desse choro, mamãe. Por favor, pare. – A voz de Clare estava ficando mais fria.

Sua mãe parou. Clare a viu enxugar o rosto, engolir os soluços. Então a mãe virou-se para Cornelia.

– Quero agradecer a você por tudo. Eu sei que Martin... – Ela parou no meio. – Eu sei que Clare precisou de você. Obrigada.

Os olhos de Cornelia encheram-se de lágrimas, e ela sacudiu a cabeça mas não disse nada.

– Estou melhor agora, Clare – continuou ela – e quero levar você para casa.

É claro, pensou Clare. É claro que isso tinha que acontecer. Era o que devia acontecer. Sua mãe viria e a levaria para casa. Mas ela foi tomada por uma onda de náusea e, junto com ela, a velha sensação de terror. "Cornelia", balbuciou, e Cornelia se ajoelhou na frente dela, abraçando-a. Clare teve a impressão de que os braços de Cornelia eram a única coisa que a estavam impedindo de explodir.

– Não posso – Clare exclamou. – Eu ainda não posso ir. Tenho medo de ir.

Cornelia embalou-a:

– Shh, vai ficar tudo bem. Vai ficar tudo bem.

Clare ouviu a mãe se levantar, e olhou para ela. O rosto da mãe estava desolado, mas Clare não conseguiu ir até ela.

– Vou procurar um hotel. Amanhã de manhã eu volto. E então nós conversamos, está bem? – A voz dela estava muito triste. Clare ficou aterrorizada.

– Não! – ela quase gritou. – Você não pode ir embora de novo.

Cornelia interveio, com firmeza:

– Não. Deixe-me falar com minha mãe. Você vai ficar conosco.

Depois que ela saiu, a mãe de Clare colocou-a no colo, e Clare se enroscou ali, e ficaram assim por um longo tempo. Clare não queria conversar. Ela só queria ficar entre aqueles braços que foram os primeiros que a embalaram e recostada naquele corpo que lhe era tão familiar. Se elas não falassem, apenas se tocassem, sua mãe podia ser a mulher com quem Clare se sentia segura, a mulher que ela sempre conhecera.

29

Cornelia

A mãe da minha mãe, uma mulher que tinha morrido quando minha mãe tinha 20 anos, havia feito aquilo: colocado na voz dela aquela fúria assustadora que eu tinha ouvido aquela noite na varanda. E no coração dela também.

Quando eu tinha uns 11 anos, mais ou menos na época em que sentia meu nome "Cornelia" como uma erupção cutânea, perguntei a minha mãe o que tinha dado nela. Por que havia escolhido um nome em homenagem a uma tia-avó cujos principais atributos tinham sido não ter faltado um só dia de aula desde o jardim de infância até a graduação e ter inventado um bolo de maçã cujo ingrediente secreto era gordura de galinha? Por que ela não havia homenageado a minha avó materna, por exemplo? Susan. Susan eu poderia tolerar.

E eu tinha visto aquele brilho duro, feroz, nos olhos dela. Também tinha ouvido quando minha mãe respondeu agressivamente: "Não considerei este nome nem por um segundo." Mas, como em seguida sorriu e continuou com sua voz normal "E não faltar um único dia é um feito e tanto", eu ignorei aquilo, acreditando que a morte prematura de uma mãe era motivo suficiente para tudo, além de um mistério que era melhor não tentar entender.

E a morte prematura era um dos motivos, mas não o mais importante. O mais importante foi o que ocorreu antes da morte.

– Ela era uma bêbada – minha mãe exclamou com violência quando cheguei em casa depois de ter deixado Clare e a mãe na casa da Sra. Goldberg. Estava avivando o fogo na lareira como quem pretende matar um bicho. – Hoje chamam isso de automedicação!

Meu pai entrou na sala ao ouvir isto, e disse zangado:

– Cornelia, pare já.

– Eu não fiz nada – defendi-me. E não tinha feito nada mesmo. Mas queria saber, queria rachar ao meio aquele momento como um pedaço de lenha para ver como era o fogo que havia dentro.

Minha mãe endireitou o corpo e meu pai tirou o atiçador da mão dela.

– B – ela o chamou com ternura –, está tudo bem.

Minha avó tinha sido uma alcoólatra, do tipo violento, mas mesmo quando não estava bêbada era tomada pelo demônio da fúria. Uma vez ela arrancou as prateleiras da geladeira, jogando tudo no chão. Quando minha mãe me contou isso, ela nem piscou. Isso e mais. Mais e pior.

– Eu jurei que nada parecido jamais tocaria esta família – e seu corpo todo se inclinava para a frente, tamanha era a sua raiva. Era a cena de *E o vento levou* em que Scarlett ergue o punho no ar, com a Georgia em cinzas ao seu redor, o sol da manhã pintando o mundo de vermelho.

Quando ela disse isto, eu compreendi. Eu vi a verdade de repente, como uma imagem na tela de cinema, compreendi que esta afirmação, a determinação da minha mãe, costuravam com fio de aço os alicerces desta casa, tanto paredes e vigas quanto a rotina de cada dia.

Minha mãe saiu e meu pai sentou-se ao meu lado, olhando para o fogo.

– É disto que ela tem nos protegido o tempo todo – exclamei com espanto.

Meu pai, normalmente tão calmo, lançou-me um olhar e respondeu, quase com violência, fazendo um gesto em torno da sala:

– Você achou que tudo isto era de graça? Felicidade não acontece quando você leva a vida assoviando, fingindo que não existem coisas ruins. Não, não diga nada, Cornelia. Eu sei que você acha que é isso que ocorre nesta casa. Mas você está errada. A felicidade é *conquistada*, como tudo na vida. É alcançada. O problema é que sua mãe fez tudo parecer fácil demais. E isso era exatamente o que ela queria.

Foi o discurso mais forte que ele havia feito para mim. Quando terminou, ele puxou minha cabeça e estalou um beijo em meu rosto. Levantou-se para sair, depois virou-se.

– E pode convidar a mãe de Clare para ficar aqui. Toby vai dormir com Cam.

– Mamãe não vai se importar?

– Não sei se ela vai se importar, mas sei que ela já esvaziou e limpou duas gavetas do armário, e já trocou os lençóis da cama.

Quando me deitei naquela noite, minha cabeça estava cheia demais para eu conseguir dormir: Viviana, Teo, Clare, minha mãe e minha avó brigando por espaço, lutando para se fazer ouvir, suas vozes ecoando. Então, quando Clare entrou e se deitou do meu lado, eu ainda estava acordada e, sem dizer uma palavra, esfreguei suas costas até ela adormecer.

— *Eu disse* "Hayes querido, vá visitar uma vinícola!"

Linny e eu estávamos almoçando num restaurante na cidade. Eu tinha visto um clarão de pânico no rosto de Clare quando disse que ia sair um pouco, mas ela e Viviana precisavam passar um tempo sozinhas. E, naquele momento, eu precisava de Linny como outras pessoas precisam de cocaína. Sabe esses filmes em que uma brisa perfumada joga uma poeira branca no chão? E todo mundo fica de quatro pelo chão? Assim.

— Ele obedeceu? – perguntei.

— Não, aquele moleque teimoso. Foi para a casa de não-sei-quem. Você sabe, aquele presidente. O nome está me fugindo

— Thomas Jefferson.

— Bingo. Descobri que Hayes idolatra Thomas Jefferson, diz que ele é um gênio. Ele citou aquela frase dita sobre ele em meio a um bando de ganhadores de Prêmio Nobel jantando na Casa Branca. Algo do tipo: "Há mais cérebros juntos nesta sala do que em qualquer outro tempo, exceto quando Thomas Jefferson jantava aqui sozinho." Jantava sozinho. Eu me lembro desta parte.

— Acho que quem disse isso foi um cara chamado John F. Kennedy. Já ouviu falar nele?

Fiquei ali sentada, feliz, vendo Linny devorar um sanduíche de peixe até ela exclamar:

– Cornelia!

– Estou simplesmente gozando a sua companhia – respondi, sorrindo para ela.

– Achei que estava mesmo – sorriu Linny, lambendo os dedos. – Eu disse "Hayes querido, vá visitar uma vinícola! Clare quer gozar da minha companhia". – Linny ficou séria. – Escuta aqui, meu bem. Você não vai perdê-la, você sabe disso. Vocês vão continuar amigas, vão manter contato. Ela não mora tão longe assim.

Minha amiga Linny não me magoaria nem por todas as estrelas da galáxia. Mas cada palavra que ela disse – perdê-la, amigas, manter contato – me picou como uma vespa. Quando se tratava de Clare, eu era uma pessoa em carne viva. Até o ar queimava.

Linny deve ter percebido, pois sugeriu em seguida:

– Mas podemos deixar Clare de lado por um momento?

Eu concordei, aliviada.

– Você quer falar de Hayes?

– Nós estávamos falando de Hayes – Linny brincou, fazendo-se de ofendida. – Lembra? Vinícola? Thomas Jefferson? Jantando sozinho?

– Linny.

Linny franziu os lábios e olhou para o horizonte.

– Gostar. Estamos em gostar. Gostar um bocado até. E eu vejo tudo caminhando em boa direção. – Ela moveu a mão como se fosse um avião decolando. Depois estalou os dedos e tocou a ponta do meu nariz. – Mas o que vejo aí, nesse rosto? Não estamos falando desse assunto.

Eu me recostei na cadeira, espantada. Como ela fazia isso?

– Como você faz isso? – perguntei.

– Onisciência. – Ela sacudiu os ombros, modesta. Depois deixou escapar, subitamente séria. – Não é Martin. Você não olhou para trás e percebeu...

– Não.

– Graças a Deus – Linny exclamou com fervor, porque, apesar de estar sempre brincando, Linny pode ser muito zelosa quando a situação exige.

Ela olhou para mim. Se eu sou uma ressonância magnética, Linny é uma ressonância magnética de luxo, superfabulosa, que faz seus magnetos ressoarem nos confins inexplorados da alma de uma pessoa. Eu cobri meu rosto com uma máscara de inescrutabilidade, sentindo-me como uma suspeita tentando enganar um detector de mentiras.

– Ah – fez ela de forma conclusiva e definitiva. – Bem, *isso* traz certas complicações – e bebeu um gole d'água calmamente. Maldita Linny. Ela sorriu. – Mas seja bem-vinda ao mundo dos vivos! – Então jogou a cabeça para trás e berrou *Eu podia chorar lágrimas salgadas. Onde estive todos estes anos? Et cetera. Et cetera.* Quando cantada direito, não se trata de uma canção curta, especialmente quando você cantarola todas as partes instrumentais, o que, naturalmente, Linny fez.

Um homem elegante na mesa ao lado debruçou-se sobre a mesa e perguntou educadamente:

– Quanto tempo isso vai demorar?

Eu lancei um olhar de impotência para ele.

– Se ela não fosse ininterrompível, eu a interromperia.

– Ah – exclamou ele. – Então vamos ter que deixar isso para o Senhor. – O que foi delirantemente engraçado, ou eu é que estava delirando.

Quando meu acesso de riso passou, chutei Linny por baixo da mesa.

– O garçom está vindo. Com ódio escorrendo pelo rosto. Você quer ser expulsa antes da torta pecã?

– Uuhh – Linny se conteve. – Um garçom enfurecido. Cornelia, você devia gostar de saber o quanto eu aprecio a música que você me obriga a ouvir.

– Eu gosto da sua apreciação; é o uso que você faz dela que eu não aprovo. Atirar em mim com minha própria arma! Bem, não foi assim que aconteceu.

– Humpf! – Linny pigarreou ceticamente. – E como foi então?

– Eu não caí em mim de repente e vi a luz, uma luz que já estava acesa. Não havia nenhuma luz para ser vista, e então, de repente, na viagem de carro até aqui, fez-se a luz.

– Como o Gênesis. *Creatio ex nihilo* – Linny informou, brincando com o garfo.

– Sim! – E eu me lancei apaixonadamente na minha metáfora da transubstanciação, que adoro e que, se eu não estivesse tão excitada, jamais teria exposto ao olhar investigador de Linny. Mas eu estava excitada, então não só me lancei como esqueci de finalizá-la com a rapidez devida.

– Tudo bem, podemos deixar de lado agora as imagens religiosas? – Linny perguntou. – Porque, francamente, isso está me deixando apavorada. A questão é a seguinte: você está apaixonada por Teo desde que teve idade suficiente para amar alguém, ou até antes disso, mas só percebeu agora.

– Não – balbuciei sem muita convicção. – Transubstanciação, *creatio ex*-esquece.

– Está esquecido. E o que você vai fazer a respeito?

Eu contei a ela sobre Ollie e Edmund e o efeito Westermarck e que, caso ela pudesse me perdoar pela mistura de metáforas, com todos os peixes que havia no mar, não havia possibilidade de Teo tornar a mergulhar no poço da família Brown – fala sério – e por que arriscar a perder a amizade dele, e sobre a luz puramente fraternal com que ele me via, e sendo luz fraternal ou não, eu não era mesmo o tipo dele. Toda essa baboseira.

– Ele também não é seu tipo. O que além de mostrar que você é cega e insana, mostra também que existe um mundo em que tipos perdem o sentido, e você agora está vivendo nesse mundo.

– Você acha que eu devia contar para ele? Eu sabia que você ia achar isso. Mas não é tão simples assim.

– Diga simplesmente o seguinte – resolveu propor Linny e, para meu horror, ela começou a cantarolar os acordes iniciais de "Night and Day" o que tomei como sinal de que estava na hora de atirar um dinheiro na mesa, arrastá-la para fora do restaurante e deixar para pensar mais tarde no que ela havia dito.

Uma coisa é a sua melhor amiga descobrir, com uma irritante facilidade, o segredo mais bem guardado do seu coração; outra coisa é uma pessoa quase desconhecida e, se você for honesta, quase inimiga fazer a mesma coisa.

Acho que era inevitável uma conversa franca entre mim e Viviana. A cena obrigatória para estreitar relações entre mulheres, o papo informal, sem cerimônias, dividindo uma garrafa de Chardonnay, com Aretha Franklin cantando "Respect" ao fundo. Mas, apesar da inevitabilidade e da obrigação, ou talvez por causa delas, esta era precisamente a cena que eu estava evitando.

Olha, eu estava contente pelo fato da mulher estar viva. É claro que estava. Estava muito contente por ela ter voltado para junto da filha. Mas eu não era a primeira pessoa do mundo a me agarrar a um sonho muito depois de ele ter se tornado pó, e meu sonho de criar Clare tinha sido o sonho de uma vida. Eu ia desistir dele, mas se era difícil para mim, se o processo estava me deixando triste, quem poderia culpar-me?

Eu amava Clare. Amava? Eu amo Clare. Não se esqueça disso.

– Eu amo Clare – declarei para Viviana também.

Era tarde. Eu estava enroscada numa poltrona com meu velho exemplar de *Anne of Green Gables* e uma taça de vinho (um shiraz, só para registro) quando Viviana entrou na sala. Ela estava com melhor aparência do que dois dias antes, menos frágil, com mais vida no olhar, e seu rosto pálido tinha adquirido uma transparência suave, como vidro achado no mar, como se ela mesma tivesse sido transformada pelo mar. A canção de Ariel de novo, mas ao contrário. Esta era uma mulher que tinha se afogado e saído do mar. Seus olhos eram duas pérolas.

– Quer uma taça de vinho? – perguntei a Viviana. Ela recusou com um movimento de cabeça.

– Não posso – explicou. – Meu remédio. – Então corrigiu a si mesma. – Meu tratamento. – Havia uma certa amargura em sua voz.

– É... é muito ruim? – perguntei.

– Ele me trouxe de volta – respondeu, e eu entendi que a impaciência em sua voz era dirigida a si mesma e não a mim. – De volta para Clare.

Nós conversamos um pouco sobre Clare e, como tinha feito na sala de visitas da Sra. Goldberg, ela me agradeceu e, como tinha acontecido na sala de visitas da Sra. Goldberg, seus agradecimentos me irritaram.

– Por favor – pedi, com a voz um tanto trêmula –, não me agradeça. Eu não quero que me agradeçam. Como se eu fosse uma pessoa qualquer. Uma estranha. Eu amo Clare.

– Sim, eu sei. Eu sei que você não é uma pessoa qualquer – comentou ela suavemente. E logo depois: – Posso fazer uma pergunta que você não precisa responder se não quiser?

Eu sorri.

– Bem, colocada desse jeito, por que não?

– Você estava apaixonada por Martin?

Aquilo me pegou de surpresa, mas fui em frente.

– Não. Quase – sacudi a cabeça. – Nem mesmo quase. Mas eu queria muito estar, pelo menos por um tempo.

– Fico contente. Fico contente por você não ter perdido o homem que amava. – Eu percebi o alívio na voz dela. E acrescentou: – Não consigo acreditar que ele esteja morto.

E ao ouvir aquilo eu percebi que não me ocorrera que, ao voltar para casa, ela teria que enfrentar a realidade da morte de Martin. Além de todas as outras coisas que ela teria que enfrentar, havia também a morte de Martin.

– Isso dói? – quis saber.

– Acho que sim, um pouco. Mas o que eu quero mesmo dizer é que ele parecia eterno.

Eu entendi essas palavras.

– Ele era tão pleno, tão bonito e charmoso, sempre dizendo a coisa certa. Ele parecia intocável, como alguém famoso ou um personagem de livro. Talvez ele tenha começado a me dar essa impressão por causa da distância que cresceu entre nós ao longo dos anos. – Então ela riu com uma certa amargura. – Não, ele já era assim quando estávamos casados. Esse foi o problema.

– Foi o nosso problema também. Eu nunca consegui conhecê-lo direito. – Que estranho, eu pensei, conversar com a ex-mulher de Martin; estranho, mas ao mesmo tempo natural. – E ele não amava Clare o suficiente. Eu não podia tolerar isso.

– Nem eu. Eu o odiei por isso durante muito tempo. – Nada de chocante nisso. O incrível era que ela não o odiasse mais.

– Sabe, é engraçado – contei. – Eu tentei tanto me apaixonar por Martin. E então, *bum*, sem precisar tentar eu me apaixonei por Clare. – Eu estava prestes a dizer "e por Teo também", mas me contive a tempo.

– Por Clare e por quem mais? – Viviana quis saber, para meu espanto.

Havia desafio em sua voz. Eu fiquei olhando para ela. Com ou sem remédio, esta mulher era perspicaz, um fato que ela queria que eu soubesse.

– Desculpe – disse ela, mas sem parecer arrependida. – Eu não devia ter perguntado isso. Mas você está apaixonada por outra pessoa além de Clare. – Não se tratava nem remotamente de uma pergunta.

– Isso não importa – respondi finalmente.

Ela sorriu para mim.

– O amor sempre importa.

Eu não tinha como negar.

30

Clare

Teo encontrou Clare e a mãe no jardim. Clare estava mostrando os arbustos que tinha podado, aqueles tristes pedacinhos de pau.

– Parece engraçado chamá-los de arbustos – Clare tinha dito. – Do jeito que estão nus.

Sua mãe tinha rido e Clare sentiu o velho orgulho que sentia sempre que fazia a mãe rir, mas aquele sentimento de orgulho não foi igual ao que costumava ser. Clare pensou que era como entrar numa casa onde você tinha morado a vida inteira, encontrar uma mobília estranha lá dentro e ficar com medo de se sentar.

Clare recordou como a mãe tinha descrito a sua doença, não como se estivesse oscilando entre dois extremos, mas como se estivesse experimentando sentimentos que não faziam nenhum sentido. Era assim que Clare se sentia em relação à mãe desde que ela voltara. Clare estava contente, mas debaixo daquele contentamento havia uma tristeza, uma inquietação e um desejo de fugir. Clare não suportava o fato de querer fugir da mãe, mas não podia negá-lo. Havia momentos em que ela queria abrir a porta, sair correndo e não parar nunca mais.

Então, quando Teo apareceu com o casaco que tinham escolhido juntos, Clare ficou radiante. Quando ele a abraçou, seus olhos encheram-se de lágrimas, e ela ficou abraçada a ele mais tempo do que o normal para secar as lágrimas na maciez do seu casaco.

– Teo – ela disse, largando-o – esta é minha mãe, Viviana. Mamãe, este é o Teo.

– Já ouvi falar tanto de você. – Sorriu alegremente a mãe de Clare, estendendo a mão para ele.

– Seja bem-vinda. – Teo sorriu de volta.

Clare observou os dois juntos, parados no sol de inverno, sob o mesmo céu azul: sua mãe e Teo com um sorriso nos cantos da boca e os olhos verdes no rosto moreno. Ela era assim, pensou Clare. Não exatamente, é claro, mas como se o sol não a iluminasse apenas, e sim saísse dela.

Teo podia casar com a minha mãe, ela pensou de repente. Então Teo seria meu pai. Mas antes de continuar, outra idéia apareceu, ainda mais subitamente, como um vento afastando a névoa e revelando o que estava ali o tempo todo: Cornelia ama Teo.

Clare não sabia como chegara àquela conclusão – ou talvez houvesse tantas razões para isso que não conseguia nem nomeá-las –, mas assim que a idéia surgiu em sua cabeça, ela entendeu que era a mais pura verdade. E havia uma outra verdade: se Cornelia amava Teo, e ela o amava, então eles deviam ficar juntos. Eles tinham que ficar juntos. Ela se indagou o que eles estariam esperando.

– Eu achei que talvez Clare quisesse dar um passeio. Mas podemos fazer isso mais tarde – comentou Teo.

– Podem fazer isso agora – interveio a mãe de Clare. – Acho que é uma boa idéia. Se você quiser, Clare.

Clare quase pulou de alegria.

– Sim, eu quero. Eu quero.

Sua mãe riu.

– Imaginei que sim.

Já sozinhos, caminhando na direção do portão, Teo contou:

– Minha mãe gosta muito de você. Ela ficou feliz por você gostar tanto das panquecas dela.

– Eu sei – disse Clare. – Ela contou que eu a fazia lembrar de Cornelia. Eu adorei ouvir isso. Cornelia sabe que você está aqui?

– Não – respondeu Teo. – Ellie disse que ela estava na casa da Sra. Goldberg. Na casa dela agora, eu acho. Conversei um pouco com Ellie e B. Precisava explicar algumas coisas para eles. – Ele pareceu meio sem jeito.

– Eu sei, sobre Ollie, não é? – revelou Clare, consciente de que estava pisando em território adulto, território coberto de erros: casamentos sem amor, outros homens, esposas em fuga, divórcios tempestuosos. Enquanto andava, ela imaginava que o chão sob seus pés parecia diferente. Diferente mas firme. Ela resolveu ir mais adiante. – Você vai se sentir melhor em breve – ela arriscou. – Quer dizer, você parece estar bem.

– Que confusão. – Teo chutou uma pedra para fora da calçada. – Eu vou me sentir um idiota por uns cem anos. Mas você tem razão, eu estou bem.

Sorriu para ela e acrescentou "Obrigado", e o coração de Clare bateu mais forte. Desde o primeiro minuto em que viu

Teo, sentiu que precisava dele, e era uma necessidade comum: uma criança buscando consolo junto a um adulto. Mas se ela o estava consolando agora, isso tinha um outro significado, não tinha? Clare sabia que sim. Ela contemplou alegremente a calçada a sua frente, comprida e branca, ladeada por uma fileira de árvores. Se ela podia consolá-lo, eles eram amigos.

Clare apontou para um bordo no quintal de uma casa – o quintal dos Wang, ela se lembrou – embora não conseguisse lembrar se os Wang ainda moravam lá.

– Foi lá que Cornelia ganhou seu primeiro beijo.

Teo olhou para ela, espantado, depois sorriu.

– Ela falou sobre isso com você?

Algo no jeito dele despertou a atenção em Clare. Ah, ela pensou. Cornelia tinha contado a ela sobre o beijo, mas não tinha dito quem a tinha beijado.

– Falou – confirmou Clare. – Ela disse que foi o melhor beijo que ela ganhou na vida. – A mentira saiu naturalmente, e Clare imaginou se ficaria arrependida de ter mentido mais tarde.

– Foi mesmo? – Teo exclamou, espantado de novo. – Isso é difícil de acreditar.

– Ela falou sim – insistiu Clare.

– Não... – Teo olhou para ela. – Não foi isso que eu quis dizer. Eu quis dizer que é difícil de acreditar que um beijo que você ganhou de um garoto quando tinha 14 anos tenha sido o melhor beijo da sua vida.

– Às vezes coisas difíceis de acreditar são as mais verdadeiras. Muitas vezes – filosofou Clare, antes de continuar. – Cornelia está trabalhando muito no sótão da Sra. Goldberg. Ela fica o tempo todo no computador, procurando coisas sobre a prataria, os cristais e tudo. Você sabia que a Sra. Goldberg tem um quebra-nozes com um esquilo que, dizem, pertenceu a Robert E. Lee?

Teo riu.

– Não, acho que eu não sabia disso.

– Ela procura outras coisas também. Como... ah, você sabe... aquela coisa do Westermarck?

– Sei – fez Teo lentamente, sem olhar para ela.

– Ela descobriu que Ollie estava errada. Se você conhecer uma pessoa depois dos 3 anos, mesmo que vocês cresçam juntos, o efeito não acontece. Ele só acontece quando você conhece a pessoa *antes* dos 3 anos.

Teo parou.

– Você está brincando. – Ele franziu as sobrancelhas. Depois desfranziu e continuou a andar. – Esse é exatamente o tipo de informação a respeito da qual Ollie nunca se engana. Acho que ela deve ter me dito isso para eu não me sentir muito mal.

Clare não gostou de ouvir aquilo. Ela não queria que ele gostasse *mais* de Ollie porque ela havia mentido.

– Não sei por que Cornelia estava tão interessada em descobrir isso. Quer dizer, ela parecia muito ansiosa. Muito. Não é estranho? – Isso estava perto da verdade, embora Cornelia não tenha dito a Clare que estava pesquisando o efeito Westermarck no computador. Clare tinha encontrado uma folha impressa com uma estrela desenhada a tinta ao lado da parte que falava nos 3 anos. Sem dúvida, uma estrela significava que Cornelia estava contente.

Teo não disse nada, e quando Clare olhou para ele, viu que ele estava com manchas rosadas nas bochechas. Clare respirou fundo e tocou o rosto com as duas mãos. Então Teo olhou bem no olho de Clare.

– Sabe de uma coisa? Eu nunca acreditei no efeito Westermarck. Eu sabia que não era verdade.

Eles andaram algum tempo sem falar.

– Teo – quis saber Clare –, você gostou de crescer aqui? Porque eu acho que eu adoraria.

Teo se encostou no belo tronco marfim e preto de um plátano e ergueu os olhos para os seus galhos.

– Foi maravilhoso. – A voz dele era sonhadora. – Todo mundo meio que tomava conta de todo mundo, o que nem sempre acontece entre vizinhos. Nós tivemos sorte.

– Eu gosto de imaginar você e Cornelia aqui, quando crianças. Às vezes, eu ando pela rua imaginando isso. – Ela olhou em volta. – Num lugar como este, o que aconteceu comigo e minha mãe não teria acontecido.

– As pessoas ficam doentes em qualquer lugar, Clare – objetou Teo delicadamente.

– Mas se nós morássemos aqui, eu teria para quem contar. Alguém poderia ter nos ajudado e ela não acabaria indo embora.

– Talvez – cedeu Teo.

Clare chegou mais perto dele.

– Teo, minha mãe me mostrou os comprimidos que ela tem que tomar. Ela só está bem por causa deles. Foi por isso que ela me mostrou, porque queria que eu entendesse que agora ela vai ficar bem. E ela disse que assim que voltarmos para casa ela vai procurar um bom médico para conversar. Ela me mostrou os comprimidos para eu me sentir melhor. – Clare juntou as mãos. – Mas eram tão pequenos aqueles comprimidos. Isso me deixou assustada. Entende o que estou dizendo?

– Sim, Clare, acho que entendo.

Os olhos de Clare encheram-se de lágrimas.

– Eu não quero ficar sozinha com ela. Eu não quero ir para casa e nós ficarmos ali sozinhas, como antes. Mas se eu disser isso, ela vai ficar muito triste. Eu sei que vai.

Teo passou o braço pelos ombros de Clare.

– Às vezes você precisa dizer exatamente o que sente.

– É mesmo? – Clare encostou o rosto no casaco dele.

– Em certas situações, você não pode se preocupar com a reação das pessoas. Você tem que ser honesta e esperar para ver o que acontece.

No jantar daquela noite havia ensopado de carne e pão feito em casa, com a superfície brilhante por causa da gema de ovo pincelada por cima. Clare tinha passado a gema de ovo na massa; de fato, tinha ajudado a preparar todos os pratos. Quando Ellie elogiou o modo como ela picou a carne, ela ficou radiante.

Teo tinha passado a tarde inteira na casa dos Brown, primeiro conversando com a mãe de Clare na varanda, os dois vendo Toby e Cam ensinando Clare a jogar *footbag* e depois, quando Cornelia chegou, sentada com ela na mesa da cozinha, conversando, enquanto Clare e Ellie cozinhavam.

Enquanto picava cebolas, descascava batatas e conversava com Ellie, Clare observava cuidadosamente Teo e Cornelia. Para sua própria surpresa, ela se viu pensando em Ollie na ilha que Cornelia havia descrito para ela – Ollie observando as aves, seus movimentos e bater de asas e as curvas de seus bicos. Eu estou vendo amor, ela pensou, com o coração acelerado. O que significa estar apaixonada? Como você age quando isso acontece?

Clare queria estar com o seu caderno. Observe tudo, ela disse a si mesma, como uma cientista. Respiração, movimentos de olho e de cabeça. O tom de voz de Cornelia, o movimento de suas mãos, as pausas na conversa. O amor estava presente em tudo isso, como ouro numa panela de areia. Peneirar. Separar. Prestar atenção.

Cornelia e Teo pareciam os mesmos de sempre. Mas Clare tinha reparado em Cornelia quando ela chegou e viu Teo sentado na varanda, e na mesma hora não só a sua boca mas todo o seu corpo pareceu sorrir. Era assim que ela costumava sorrir para Teo? Clare tentou lembrar. Clare achou que a mãe também tinha notado, e quando Cornelia deu um beijo no rosto de Teo e desmanchou o cabelo dele como se ele fosse um garotinho, Clare tinha visto a mãe olhar para Cornelia por um segundo com uma expressão no rosto que Clare reconheceu. "Eu sei o que você está aprontando", a expressão dizia.

Na mesa da cozinha, Cornelia e Teo se mantiveram afastados e não se tocaram. Clare contemplou o espaço entre eles. Ela imaginou se o ar entre Teo e Cornelia era diferente do ar comum, se Cornelia o achava diferente, talvez mais quente, ou se Cornelia estava enchendo o ar com alguma coisa que ninguém podia ver.

E então, enquanto segurava uma batata lisa como um ovo, Clare viu: a expressão no rosto de Cornelia quando Teo se virou para dizer alguma coisa a Ellie. Cornelia contemplou com intensidade o perfil ou talvez um lado do pescoço de Teo. Aí está, Clare pensou. Amor. E seu rosto ficou vermelho.

Clare esperou até a sobremesa para dizer o que tinha a dizer. Depois que todo mundo provou o bolo de limão, Clare começou.

— Hoje eu tomei algumas decisões. Na verdade, venho pensando nelas há algum tempo, mas hoje resolvi contar a vocês – ela fez uma pausa para respirar – o que tenho pensado.

O olhar de Clare cruzou com o de Teo, e ele não balançou a cabeça nem disse nada, mas fez um sinal para ela com o canto do olho, o que, por algum motivo, a fez ficar em pé. Ela ficou parada ao lado da cadeira, com todos os rostos voltados para ela, e sentiu o mesmo que sentia quando tinha que apresentar um trabalho na escola. Nervosa e excitada.

— Estou muito feliz com a volta da minha mãe. – Clare virou-se para a mãe, que sorriu para ela, embora seus olhos mostrassem preocupação. – Mamãe, eu tive muita saudade de você, e sabia que você ia voltar. E quero ficar o tempo todo com você, como antes.

Clare sentiu um aperto na garganta, então esperou alguns segundos. Ninguém pareceu se importar com isso.

— Mas tenho medo de ficar sozinha com você, na nossa casa. Quando você estava doente, eu ficava deitada na cama, acordada, prestando atenção, com medo do que você pudesse estar fazendo. E, mesmo que você esteja bem agora, sei que eu ia continuar a fazer isso. Ia ficar ali deitada, escutando, com um mau pressentimento.

"E peço que me desculpe, mamãe, eu não quero ferir seus sentimentos – Clare olhou para Cornelia, que tinha lágrimas nos olhos – mas eu iria sentir muita saudade de Cornelia. – As lágrimas escorreram pelo rosto de Cornelia, e Clare viu

Toby, que estava sentado ao lado de Cornelia, colocar o braço nas costas da cadeira dela.

"E eu amo este lugar. É o melhor lugar em que já estive. Então eu resolvi morar aqui para sempre. Na casa da Sra. Goldberg. Com minha mãe e Cornelia. – Clare fixou o olhar no bolo no centro da mesa, para não ter que ler a expressão no rosto das pessoas. – Isso me deixaria muito feliz. Então pensem por favor sobre isso.

Ela tornou a sentar e colocou o guardanapo no colo. Ninguém disse nada por pelo menos um minuto. E quando alguém finalmente falou, não foi Cornelia nem a mãe de Clare, foi Ellie, com uma voz calma:

– Bem, enquanto estávamos cozinhando hoje, eu pensei que podia dar um ou dois telefonemas e conseguir uma vaga para Clare em St. Anne num estalar de dedos. – E estalou os dedos. Cornelia, a mãe de Clare, a mesa inteira ficou olhando para Ellie enquanto ela partia um pedacinho de bolo com o garfo. – Caso ela termine ficando aqui – finalizou, satisfeita, enfiando o garfo na boca.

31

Cornelia

Minha vida – a minha vida de verdade – começou quando nela entrou um homem, um lindo desconhecido usando um terno elegante – e, sim, eu sei bem como isso soa. Ou como deveria soar para o tipo de pessoa que eu era, alguém que passava seus dias apenas esvoaçando em torno de sentidos como maturidade, compromisso, responsabilidade, realização – qualquer palavra que sirva para descrever o que significa se assumir como pessoa. Pode escolher; todas elas são inadequadas, mas são as que temos.

Se você é o tipo de pessoa que eu era, pode achar que a vida real é ir atrás do que você quer e conseguir. Eu achava isso, enquanto voava em torno (e não me entenda mal, eu gostava disso; havia alegria no que eu fazia – na maior parte do tempo, aquele esvoaçar era como uma dança), observando a vida real dos outros – de Ollie, de B e Ellie, de Teo, da Sra. Goldberg, para citar algumas – como casas iluminadas, lugares em que pessoas reais realizavam as tarefas da vida real. Eu acreditava que elas tinham realizado seus desejos ou estavam chegando perto. O que eu quero dizer é o seguinte: eu acreditava que esse processo era a vida.

Mas, nos meses que se seguiram ao aparecimento de Martin no Café Dora, eu percebi que a vida real não significava realizar o que o meu coração desejava e sim *conhecer* este desejo; não a satisfação, mas sim a vontade. Saber o que você ama e por que, como descobri, é o que existe de mais real.

Eu amo a Sra. Goldberg porque, apesar de ter ficado doente e morrido, ela está mais viva do que nunca. Eu amo as árvores do seu quintal e os tesouros do seu sótão porque eram suas árvores, seus tesouros. Eu amo a casa da minha família porque ela é a casa da minha família. Eu amo Linny, Toby, Cam e Ollie porque é impossível não amá-los. Eu amo meu doce pai por sua firmeza e minha alegre mãe por sua tristeza. Eu amo Teo porque ele é o melhor homem que eu conheço e porque meus braços doem quando não o estou abraçando e porque eu sou eu mesma. Eu amo Martin por ter trazido Clare para a minha vida, e amo Clare porque ela é corajosa, amorosa, inteligente e cheia de esperança. Ah, como eu amo Clare.

Eu queria ser a mãe de Clare, e então a mãe de Clare voltou para casa e a casa para a qual ela voltou era minha.

Eu resolvi o que ia fazer. Bastaram trinta segundos de reflexão e um aceno de Viviana para eu me decidir. Eu resolvi voltar para a rua onde tinha sido criada e morar na casa da Sra. Goldberg com Clare e Viviana. Não era o que eu tinha desejado, e não sabia como aquilo poderia dar certo, mas resolvi arriscar e ver no que ia dar. Como fazer e como gostar do que estava fazendo. Peguei o telefone naquela noite e dei a notícia para Linny, iniciando uma verdadeira campanha para convencê-la a entrar na faculdade de direito que ficava na mesma rua onde eu tinha morado. Eu me demiti do emprego no café, contratei a empresa de mudanças mais barata que encontrei e convenci meu senhorio a desistir de seis meses de aluguel e a tirar meu lustre do teto.

E então, naquela noite, entrei no meu quarto e encontrei uma história sobre uma menina, um urso e um inverno encantado em cima da minha cama. Eu me lembrava da capa amassada. A história estava na mochila de Clare naquela primeira noite em que ela dormiu no meu apartamento, e eu achei que Clare a tinha posto lá até abri-la e encontrar uma folha de papel. As palavras escritas no papel diziam *Presente de Natal de Clare para nós. Um livro que Clare fez para Viviana mas resolveu dar para nós dois. Agora é a sua vez. Tenha coragem. Amor, Teo.* Eu passei o dedo no nome dele, beijei a folha de papel como uma garota apaixonada, e só então li a história. Quando terminei, fiquei pensando sobre ela até o sol nascer.

A história era linda e devastadora, e me deixou com duas possibilidades de interpretação, como dois caminhos. Ambos os caminhos eram áridos, difíceis; qualquer um dos dois me deixaria abalada de corpo e alma, mas um era mais fácil do que o outro. A interpretação fácil era que a doença de Viviana tinha aterrorizado Clare de tal modo que ela tinha desejado um sono eterno, cujos detalhes eu não quis imaginar. O que tornava mais fácil esta interpretação estava na conclusão de que uma criança que tinha ficado assustada a este ponto não podia mais viver sozinha com a mulher que a tinha assustado. A criança precisava de mim.

Mas havia algo diferente que se podia extrair da história, algo ao mesmo tempo difícil e difícil de explicar. Quando o inverno chegou, não foi só o mundo de Annika que a geada devastou, mas sua própria carne e cabelo e olhos, e apesar de toda a sua força e bondade, John o Urso não pôde ajudar Annika. Só a volta da primavera, trazendo com ela o velho mundo, poderia salvá-la. Se você olhasse assim para a história, veria que existe uma força no coração das mães e dos seus filhos – uma ligação misteriosa que ninguém pode tocar. Eu podia viver com Clare e Viviana por cem anos sem nem chegar perto.

Havia duas estradas naquele bosque. *Tenha coragem*, Teo tinha escrito. Eu fiquei parada naquela encruzilhada, esperando ter coragem.

Então, quando Viviana apareceu no sótão da Sra. Goldberg na noite seguinte e perguntou "O que você vai fazer?" a pergunta me imobilizou. Eu fechei cuidadosamente meu laptop, pondo-o para dormir. Como é simples isso, eu pensei; se ao menos eu pudesse fazer o mesmo com Viviana. Desligá-la e a suas perguntas pelo tempo que fosse necessário.

– O que eu vou fazer? – repeti, ganhando tempo. Eu sabia exatamente o que ela estava perguntando.

Só que não sabia. Porque em seguida ela acrescentou:

– Aqui. O que você vai fazer aqui? Arranjar um emprego? Voltar para a faculdade?

Eu fiquei aliviada.

– Puxa. Eu bem que queria poder dizer que tenho um plano.

Viviana sentou-se no chão ao meu lado e pegou o isqueiro *art déco* sobre o qual eu estava escrevendo. Eu a vi segurar aquele objeto elegante nas mãos, que eram bem-feitas e lisas como se também fossem *art déco*.

– Eu sei como você se sente – murmurou ela.

– Você tem certeza do que está fazendo? – Eu não sabia se queria mesmo uma resposta, mas perguntei assim mesmo. – Largando tudo, vindo morar aqui, longe de tudo que você conhece.

– Eu conheço Clare – respondeu Viviana, fazendo uma pausa para deixar as palavras ecoarem em mim. E elas ecoaram. – Eu sei a diferença entre o que ela quer e do que ela precisa. – Viviana olhou em volta do sótão e depois pela janela. – E ela precisa disto.

Então Viviana olhou para mim e seu rosto relaxou. Ela suspirou.

– Não é largar tudo que vai ser difícil. É ficar aqui. Ser vigiada e ter que dividir Clare. E não estou querendo ser indelicada.

Eu vi que não, e fiquei espantada por sermos capazes de conversar desse jeito, eu e Viviana, de uma forma tão íntima.

– Talvez não se trate de dividi-la, na verdade. Talvez o mundo dela esteja apenas ficando maior.

Viviana concordou.

– Ele precisava ficar maior. Eu vejo isso. Um mundo de duas pessoas é pequeno demais. – Ela limpou a garganta. – Então, de volta a você. O que você vai fazer aqui?

Eu contemplei o sótão.

– Preciso terminar de examinar tudo isto. Isso vem primeiro. Então vou arranjar um emprego qualquer até terminar. Depois, não sei ao certo. Vou estudar, eu acho.

— O que você vai estudar? — quis saber Viviana, com um interesse verdadeiro.

— Não sei exatamente. Eu adoro fazer o que estou fazendo. Comecei anotando as histórias que a Sra. Goldberg me contou sobre suas coisas.

— Uma tarefa de amor — definiu Viviana. — Clare me contou o quanto a Sra. Goldberg era importante para você.

— Sim. — Eu fiquei um pouco nervosa, não sei por que e tratei de mudar de assunto. — Mas existem tantas outras histórias ligadas a tantos desses objetos que eu acho que nem a Sra. Goldberg sabia disso. Histórias que descobri navegando na rede e nas bibliotecas das universidades. — Eu peguei um turbante prateado e pus na cabeça. — Como isto aqui.

Viviana sorriu ao me ver com aquele chapéu.

— Não é engraçado? Foi feito por Lilly Dache, uma francesa que se tornou a chapeleira mais famosa de Nova York no seu tempo. Quer dizer, quem ia saber que existiram chapeleiras famosas? — Eu não sabia explicar por que essas coisas me entusiasmavam tanto. — E a prataria. Há peças que datam do século XVIII. E aquele portão de ferro batido que está ali eu acho que foi feito na Filadélfia por um antigo escravo. Tudo vem de algum lugar. Tudo passou por muitas mãos.

Eu tirei o chapéu, envergonhada do meu próprio entusiasmo. Aquela mulher e a filha iam morar comigo e eu estava falando em chapéus e portões.

— Quem sabe história da arte? — sugeriu Viviana. — Restauração? Ou produção cultural. — Ela parou de falar, largou o isqueiro e olhou para mim. — Tem um programa maravilhoso em Delaware, imagine onde, com um museu próximo que abriga uma coleção fantástica, interiores inteiramente recriados.

Assoalhos de tacos, cornijas de gesso, móveis, quadros, tudo. Eu organizei festas para uma mulher que faz parte do conselho. Tenho certeza que ela lhe daria uma carta de recomendação. – Ela parou.

Delaware.

– Viviana – comecei na voz mais neutra que consegui –, o que você está pedindo?

– Não é muito longe – continuou ela. – Você podia voltar para cá, para casa, todos os fins de semana. Para a sua casa.

– O que você está pedindo?

Ela murchou.

– Ela vai para o seu quarto todas as noites. Eu ouço.

Ela não ia chorar, eu percebi, e fiquei grata por isso. Ela ficou ali sentada, calma e digna, os olhos orgulhosos como os de uma estátua de mármore, mas eu podia sentir sua tensão por baixo daquela superfície tranqüila. Implacável, eu pensei. Esta mulher poderia ser implacável se fosse preciso. Eu a admirei por isso.

– Eu preciso ser a pessoa de que ela mais precisa – Viviana disse com firmeza. – Ela é a minha vida.

Eu quis falar, mas não encontrei o que dizer.

Viviana se levantou e se dirigiu para a porta. Então se virou para mim.

– Por favor – pediu.

E eu a interrompi. Ver aquela mulher orgulhosa implorando pela filha era mais do que eu poderia suportar.

– Não. Não diga nada.

E a mãe de Clare me deixou sozinha comigo mesma.

32

Clare

– *Não sei se ela é linda* – Clare exclamou no meio do filme – ou se é apenas a mulher mais bonita que eu já vi.

Cornelia estava sentada no chão, encostada na poltrona onde Clare estava sentada. Quando Cornelia ouviu Clare, virou a cabeça para trás para olhar para ela e riu.

– Exatamente! Ela é simplesmente maravilhosa!

Ela era maravilhosa, Tracy Lord, com seu vestido branco, sua boca zangada, seu rosto perfeito e aqueles olhos grandes cuja expressão podia ir do desprezo à mágoa sem que ela piscasse.

O espanto foi maior quando Clare viu Dexter pela primeira vez:

– Uau!

– Põe uau nisso – Cornelia suspirou.

– Mas não é só isso. Ele se parece...

– Com você. – Cornelia sorriu e acrescentou. – E com o seu pai.

Eu me pareço com o meu pai, Clare pensou. As pessoas sempre diziam isso, e Clare costumava ficar chateada. Mas agora não ficava mais. Martin Grace era seu pai. Morto ou não, ele fazia parte da natureza dela, e cada vez mais ela queria ser exatamente como era.

"Eu tenho os olhos do meu pai", ela disse para si mesma. E uma janelinha abriu-se em sua mente: só porque o meu pai não me amava não quer dizer que eu não possa amá-lo, um dia. A janela fechou-se mas Clare sentiu algo novo dentro dela, um começo. "Eu tenho os olhos do meu pai", repetiu em pensamento.

Quando o filme terminou, Clare comentou com satisfação:

– Todos os filmes deviam terminar assim. Com as pessoas boas conseguindo tudo o que desejam.

Cornelia desligou a televisão e se virou para olhar para Clare. Ao ver Cornelia ali sentada, de jeans e pernas cruzadas, Clare recordou como ela era pequena, igual a uma criança.

– Clare, eu preciso dizer uma coisa para você. – Ela parou. – Você faz parte da minha família, não é só uma amiga. Você sempre vai fazer parte da minha família.

Isso era maravilhoso, era tudo que Clare queria ouvir. Ela devia ter se sentido feliz, mas o que sentiu foi medo. A voz de Cornelia e a expressão do seu olhar a faziam parecer mais do que nunca uma criança, uma criança tentando mostrar-se mais forte e corajosa do que estava se sentindo na realidade.

Clare balançou a cabeça e propôs:

– Por que não vemos o filme de novo, desde o começo?

– Você e sua mãe vão morar na casa da Sra. Goldberg. – Clare viu que ela estava tremendo. – E eu irei visitar vocês sempre.

– Não – respondeu Clare. – Você não pode fazer isso, Cornelia. Você disse que ia ficar.

A raiva na voz dela espantou Cornelia. Ela parecia furiosa, quando estava mesmo era triste e assustada. Mas não pôde evitar que sua voz soasse zangada, e logo começou a se sentir zangada também.

– Nós vamos passar os fins de semana e os feriados juntas. E você pode vir me visitar sempre que quiser. Na Filadélfia ou onde eu estiver. – E acrescentou depressa: – Mas onde quer que eu vá morar, não vai ser longe, eu prometo.

– Você *prometeu* que ia ficar. – As palavras doeram em Cornelia, Clare percebeu e, apesar de zangada, ela não conseguiu sentir nenhuma satisfação com a dor de Cornelia. Mas sua decepção era terrível demais.

– Eu prometi porque queria muito ficar com você. Ainda quero. Mas você precisa ficar sozinha com a sua mãe. – Cornelia estava apertando tanto uma mão na outra que elas estavam ficando vermelhas.

– E se ela ficar doente de novo? – temeu Clare. – Você chegou a pensar nisso?

– Você vem direto para cá e conta para Ellie e B. E você liga para mim e eu venho, de qualquer maneira. E todos nós vamos ajudar. – O tom de Cornelia era solene como o de uma promessa. – Ah, meu bem – A voz de Cornelia falhou e ela estendeu a mão para Clare.

Mas Clare se levantou e a deixou lá, pequena e sentada no chão, com o coração partido.

33

Cornelia

Faz sentido que aquele lugar que eu amava, o sótão da Sra. Goldberg, abrigasse, além de todas as suas histórias, parte da minha própria história. Fazia sentido que Teo me encontrasse ali – um vestido azul-safira da Sra. Goldberg estendido no meu colo – calma mas com uma tristeza profunda que parecia que nunca mais sairia do meu coração.

"Que luz é essa que entra pela sua porta?", foi o que me veio à cabeça quando ele entrou. E tive que sorrir porque eu não podia estar menos disponível para uma história de amor impossível. Eu queria um destino claro e sem complicações e um final feliz escrito no céu. Mas, se você é como eu, não aprecia aquela peça pelo seu final trágico e sim pela forma perfeita com que ela exprime o amor. Quando o seu homem tem que deixar você de manhã, o pássaro que canta lá fora é sempre o rouxinol, nunca a cotovia, e quando o seu homem aparece à porta do sótão, a lua sempre empalidece diante do seu brilho. Ou o sol, se for durante o dia.

Teo chegou e se sentou em frente a mim numa poltrona de couro laranja-queimado, uma cadeira que diziam que o próprio Gordon Goldberg havia comprado e, durante 15 anos, recusara-se terminantemente a se desfazer dela, mesmo diante da sensibilidade ofendida da mulher. Teo tirou o casaco, o que me deixou delirantemente feliz. Tire o seu casaco, eu pensei, e fique para sempre.

– Eu a perdi – confidenciei a Teo, mostrando a ele minhas mãos vazias. Não sei como, eu sabia que ele sabia a respeito de Clare.

– Ela não vai ficar zangada por muito tempo – assegurou ele.

– Eu sei que não.

– Ela vai crescer aqui, onde nós crescemos. Vocês sempre irão pertencer uma à outra.

– Mas não do modo como eu queria. – Esta era a pura verdade.

– Você queria vê-la todo dia.

– Eu queria vê-la todo dia. Eu queria que ela viesse para a minha cama à noite quando não conseguisse dormir. Eu queria que ela voltasse para casa cheia de histórias sobre a escola. – Eu passei a mão sobre o cetim azul, alisando-o, embora ele não pudesse ficar mais liso do que já era. – E quase consegui isso. Mas não teria sido certo. – Eu olhei para ele. – Teo, eu só quis fazer a coisa certa.

Eu queria que ele me dissesse que eu tinha feito a coisa certa, mas, em vez de dizer alguma coisa banal, Teo disse algo de miraculoso:

– É claro que você fez. Você é assim. Por que acha que eu a amo tanto?

Antes de ficar empolgada demais, lembre-se de que nunca houve nenhuma dúvida de que Teo me amava; ele me amava desde que eu tinha 4 anos. Disso eu sei; sempre soube. Mas nem este conhecimento irrefutável, de 27 anos, evitou que o meu coração batesse mais forte.

E imagine o seguinte: uma vida inteira desejando que "Eu te amo" fosse uma poesia servida numa bandeja, uma fala de um roteiro de cinema, e lá estava eu, a ponto de sair voando na direção do céu ao ouvi-la dita como uma simples verdade, algo que nem precisava ser dito. Como se o amor de Teo fosse como as árvores e o céu, o mundo em que sempre vivêramos. Que acho que era mesmo. Mas eu precisava pedir uma coisa a ele.

Quando consegui falar, foi:

– Preciso pedir uma coisa para você.

E ele deu aquele seu sorriso largo e carinhoso antes de responder:

– Você sabe que pode me pedir o que quiser.

Não que isso significasse que teria sido tão fácil de acreditar, para mim, pois Teo Sandoval era o ser humano mais generoso do mundo. Todos que o conheciam sabiam disso. "Seja corajosa", disse a mim mesma.

– Esclarecimento – disse, com a voz trêmula. – Aquela declaração sob a forma de pergunta que você acabou de fazer. Você pode esclarecê-la? Porque eu faria qualquer coisa para ela significar o que eu gostaria que significasse... – Minha voz falhou. Seja corajosa. – Qualquer coisa. – Lágrimas me queimavam os olhos. – Qualquer... coisa.

E ele me olhou com doçura.

– Você foi apanhada de jeito, não foi?

– Ah, Teo, eu estou de quatro.

Teo não respondeu, ficou ali sentado olhando para mim com uma expressão de compaixão no rosto. Eu fiquei tonta, baqueada.

– Mas você não, eu acho.

– Ah, fui sim. – Ele me olhou bem nos olhos. – Mas há tanto tempo que já me acostumei.

– Há quanto tempo?

– Esse é o meu segredo. – Ele sorriu. – Não planejo guardar outros segredos de você, mas este é só meu.

Se você está imaginando orquestras tocando, uma luz celestial vindo do céu e um futuro perfeito se abrindo diante de mim, está enganada. Em vez disso: o sótão da Sra. Goldberg, uma tarde comum de sol, Cornelia sentada no chão, Teo sentado numa feia poltrona cor de laranja. Tudo que se poderia desejar.

– Estamos esclarecidos? – Teo perguntou.

Eu sei ser tímida quando é necessário. E sei que tem uma hora para ser tímida e outra para jogar no chão o que você está segurando e correr para o colo do seu amor, confiando na sua força, nos seus 42 quilos e na ajuda da força da gravidade, porque as forças da natureza estão do lado do amor, para imobilizá-lo.

– Eu te amo – falei. – E seria bom esclarecer um pouco mais. – Enlacei-o em torno do pescoço, com o rosto a centímetros de distância do dele, para não lhe deixar nenhuma escolha a não ser me beijar. Eu beijei Teo. Teo me beijou. Nós nos beijamos por uma vida inteira. Uma centena de vidas. Mil vidas.

Sim, é verdade o que eu disse antes: uma vida real não significa conseguir o que você quer; a realização, o privilégio, é saber também o que você ama.

Mas conseguir aquilo que você ama? Conseguir que a pessoa que você ama também ame você? Ah, meu amigo, é um milagre: seu pequeno encontro com a divindade.

Quando está apaixonada, você quer que todo mundo saiba, quer contar para os peixes do mar e para o poste de luz da esquina e espalhar a notícia pelos quatro cantos do mundo, para que toda a criação possa alegrar-se também.

Quando você está apaixonada pelo marido da sua irmã, ou apaixonado pela irmã da sua mulher, você tem que contar primeiro para a família.

Depois que você e seu amado trocaram carícias eternas, vocês têm que descer a escada do sótão com pés comuns e atravessar os gramados até as casas de suas respectivas famílias com o coração na boca e os dedos cruzados e passar as 48 horas seguintes enfrentando o que tiverem que enfrentar.

Conversa número um: Meu pai, naquela mesma tarde.

> Cornelia: Papai, eu e Teo estamos apaixonados.
> Papai [*com um olhar de espanto por trás dos óculos*]: Você está falando sério?
> Cornelia [*ganhando tempo, prendendo-se a minúcias*]: Você quer saber se o que eu disse é verdade ou se o que sinto por Teo é sério?
> [*Pausa.*]

Papai: Em se tratando de você e Teo só pode ser sério, então acho que o que eu quero dizer é se o que você disse é verdade...

Cornelia [*do fundo do coração*]: É verdade.

Papai [*rindo*]: Teo não se parece muito com Cary Grant.

Cornelia [*rindo também*]: Não sei do que você está falando.

Papai: Não conte para Ollie, Cornelia, mas foi o que eu sempre desejei.

[*Olhos de papai brilhando. Cornelia parada humildemente sob seu brilho.*]

Conversa número dois: Toby e Cam, de tardinha, enquanto jogam bola e trocam insultos amigáveis.

Cornelia [*gritando por cima dos insultos*]: Ei, caras, vocês nunca vão adivinhar. Eu e Teo estamos apaixonados.

[*Toby pára com o braço no ar. A bola cai no chão. Cam dá uma cambolhota típica do golden retriever que ele é. Finalmente...*]

Cam [*gemendo*]: Mas é a minha vez depois de Ollie.

Toby: Cala a boca, palhaço. Ele é meu!

[*Lutando.*]

Cornelia: Eu adoro vocês, sabiam disso?

[*Toby e Cam com um ar contente e envergonhado. Momento de felicidade, timidez e encantamento interrompido pelo ritual inevitável de pegar Cornelia no colo e atirar de um irmão para outro, enquanto as estrelas observam.*]

E não precisa me dizer que as conversas acima foram muito melhores do que poderia esperar uma filha e irmã com uma notícia que é uma bomba. Eu escapei com facilidade, eu sabia disso, e fiquei muito grata, acredite. Muito, muito grata. Fui me deitar naquela noite transbordando de amor pela minha família.

Você também não precisa dizer que ao contar primeiro para o meu pai e os meus irmãos eu não corri para agarrar o touro pelos chifres, não enfrentei o leão em sua toca. Mas pense bem: quando você joga uma bomba dessas, por que não escolher primeiro os alvos mais fáceis e depois lidar com os mais difíceis, após uma boa noite de sono embalada pelas vitórias anteriores?

Está vendo? Não foi covardia e sim estratégia.

Conversa número três: Clare, na mesa de café, na manhã seguinte, sozinha com Cornelia.

Cornelia: Clare, preciso contar uma coisa para você.
Clare [*sem erguer a cabeça da tigela de cereais*]:
Cornelia: Eu estou apaixonada pelo Teo. E sabe de uma coisa?
Clare [*sem erguer a cabeça da tigela de cereais*]:...
Cornelia: Ele está apaixonado por mim.
[*Clare olhando para Cornelia com olhos cheios de alguma coisa que Cornelia não consegue identificar*]
Cornelia [*respirando fundo*]: Eu vou para Nova York com ele amanhã. Quer dizer, não permanentemente, mas por alguns dias, até eu conseguir suportar ficar longe dele. Aí eu vou voltar e desmanchar meu aparta-

mento e me mudar para cá. Em algum momento. E você sabe, é Nova York. Não é nada longe. E eu vou aprender a dirigir, portanto vou poder visitar você o tempo todo. Teo também vai visitar você um bocado, sempre que puder, comigo ou sozinho. Porque nós amamos você muito e não vamos conseguir ficar muito tempo longe. Clare, meu bem, por favor diga alguma coisa.

[*Nada. Então...*]

Clare: Tá.

Ah, Clare.

Depois de tormarmos café em silêncio, eu fui para o meu quarto e liguei para Linny. Contei a ela o que já tinha contado a todo mundo.

– Cornelia, estou tão feliz que nem consigo fazer uma piada – reagiu ela.

– Não consegue? Porque eu bem que estou precisando de uma – suspirei.

– Não consigo, mas posso perguntar sobre sexo. Isso ajuda? – brincou ela.

– Acho que sim – respondi.

– Vocês estão fazendo sexo?

– Linny, ainda não se passaram nem 24 horas!

– Mais ou menos 24 anos.

Eu pensei em discutir, em reapresentar a minha teoria da transubstanciação, mas percebi logo que era loucura.

– Não – respondi.

– Meu Deus, Cornelia. – A voz de Linny soou horrorizada. – Você não está adiando isso para depois do divórcio, está?

Uma boa pergunta. Pertinente. Tão boa e pertinente, de fato, que Teo tinha feito uma igualmente urgente, mas uma versão menos horrorizada da mesma pergunta durante a meia hora que passamos no tapete persa do sótão da Sra. Goldberg na noite anterior, depois que eu tinha me afastado, ofegante, ao sentir a mão dele deslizando por dentro do meu suéter e subindo pelas minhas costelas.

— Então vamos seguir as regras? – Ele tinha perguntado com a voz rouca. A mão recuou, que era o que eu queria, sem dúvida, senão eu não teria me afastado, só que assim que ela recuou, eu teria feito qualquer coisa para tê-la de volta.

— Teo. Ela é minha irmã. – Suspirei, sabendo que nós dois estávamos pensando a mesma coisa: que, marido ou não marido, não havia a menor possibilidade de que Ollie estivesse se privando de nada, que naquele exato momento, enquanto Teo e eu lidávamos com a frustração ali deitados, Ollie e Edmund deviam estar na sua praia, transando diante de Deus e das tartarugas.

Mas na minha mente, ao lado dessa imagem lúgubre, havia outra, mais lúgubre ainda, de mim mesma me olhando no espelho e vendo os olhos saltados de Bette Davis me olhando de volta. Quem seria capaz de enfrentar um tal futuro? Você seria?

Eu disse a Linny a mesma coisa que tinha dito a Teo:

— Nós vamos levar a lei ao pé da letra, mas vamos ignorar o seu espírito sempre que tivermos oportunidade.

Ao ouvir isso, Teo tinha respondido, com uma risada carinnosa:

— Só você diria uma coisa dessas.

E Linny respondeu, com uma impaciência carinhosa:

– Você é muito esquisita.

Então, timidamente, eu acrescentei, como tinha acrescentado para Teo:

– Pelo menos este é o plano por enquanto.

Teo tinha objetado, cavalheirescamente:

– Não, é melhor não deixar a porta aberta. Eu posso ser tentado a convencê-la a mudar de idéia.

E Linny, cinicamente:

– Por enquanto? Rá! Isso não vai durar uma semana, cara. – Então perguntou: – Por falar nisso, já que eles não estavam apaixonados e assim por diante, será que ele e Ollie...? – Linny não é de deixar nada pendente.

– Linny, eles foram casados por dois anos – argumentei. – Presume-se que tenham feito sexo.

– Presume-se? Qual é, eu sei que você perguntou a ele. Tenho certeza!

– Não sei por que você acha isso.

– Cornelia!

Maldita Linny.

Certo, eu tinha perguntado. Para testar uma teoria de que o amor por Teo existia num plano acima do ciúme, e sua resposta não tinha doído nem um pouco. Meu coração à prova de ciúme sentiu-se triunfante.

– Fizeram sim. Ele disse que foi bom. – Suas palavras exatas.

– Bom? Por aqui diríamos: foi muito do chocho, isso sim! – exclamou a minha amiga Linny e, à prova de ciúme ou não, devo admitir, a maldade que percebi em sua voz foi música para os meus ouvidos.

Naquela noite eu estava fazendo as malas e minha mãe entrou no quarto com a minha calça jeans mais velha, passada com todo o capricho.

– Não vai esquecer esta calça.

Eu me sentei na cama.

– Mamãe.

Ela se sentou do meu lado.

– Você balançou mesmo as coisas por aqui – comentou ela, e meu coração gelou, pois sei muito bem que balançar as coisas era a última coisa que a minha mãe queria que acontecesse.

– Eu o amo de todo o coração – declarei, porque eu também sabia disso.

Ela olhou para mim.

– E por que não? Ele é um rapaz maravilhoso.

– Ele é o melhor homem do mundo.

– Seu pai é o melhor homem do mundo. – A força do seu amor pelo marido bateu em mim como uma onda. Uau, eu pensei. Será que tinha sido sempre assim?

– Olhe para nós – pedi. – Duas bobocas apaixonadas. – E ela sorriu.

– Quando vai ser assinado o divórcio? – Ela perguntou. Então eu dei a ela a explicação que Teo tinha me dado, e o plano dele de esperar um ano.

– Um ano? – Minha mãe repetiu horrorizada. – Isso é loucura. – E eu achei que eu era a louca. Ou ela. Eu estava certa de que ela teria aprovado a nobreza da decisão de Teo.

– Ele se recusa a dizer coisas horríveis a respeito de Ollie. – Eu suspirei. – Ele simplesmente se recusa.

Os olhos de minha mãe brilharam.

– Mas Ollie pode ser convencida a dizer coisas ruins sobre ele, você não acha? Com um empurrãozinho da mãe?

— Mamãe! — Eu fiquei chocada.

Ela segurou o meu rosto.

— Benzinho — fez ela —, por que a surpresa? Eu sempre estive do lado do amor. Você não sabia?

Quando pensei melhor, percebi que sabia sim. É claro. Eu sempre soubera.

Na manhã seguinte, Clare não desceu para o café.

— Sinto muito, Cornelia — desculpou-se Viviana. — Sinto mais por ela do que por você, porque ela vai odiar não ter se despedido de você. Mais tarde ela vai odiar.

Então ela fez uma pausa e eu me preparei para mais agradecimentos. Mas Viviana simplesmente sorriu:

— Quando você vier aqui, vai ter três lugares para ficar. Esta casa, a casa dos pais de Teo e a casa da Sra. Goldberg.

Um convite. Eu sorri de volta.

— Sua casa agora — corrigi.

Após uma longa conversa em que eu tinha insistido em dar a casa para elas e Viviana tinha insistido em comprá-la, eu acabei concordando em vender.

— E de Clare — acrescentei feliz, porque é isso que o amor faz: você desiste de uma casa que foi o lar do seu coração durante a maior parte da sua vida e fica com a sensação de que ganhou o sol e a lua.

— Planeje visitas longas — avisou Viviana.

Ela esperou um longo tempo. Assustou-me com esta espera. Mas, quando eu estava pondo as malas no carro de Teo, de repente ela apareceu. E logo estava em meus braços.

– Chame-me de meu bem – pediu Clare, com o rosto encostado no meu.

– Ah, meu bem – falei. – Clare, minha filha do coração. Eu detesto deixar você.

Eu estava odiando deixá-la.

– Mas você vai voltar logo para me ver.

– Você sabe que sim.

Então ela me olhou com seus lindos olhos castanhos e sorriu.

– Eu quero que você e Teo se casem – murmurou ela – e fiquem juntos para sempre. – Ela estava chorando. – Eu quero que nós todos fiquemos juntos para sempre. Eu queria que alguém pudesse prometer isso.

Eu a beijei.

– Essa é a promessa mais difícil que você tem para pedir? Porque essa é fácil.

Eu recordei Teo dizendo: "Por que acha que eu a amo tanto?"

– O nosso amor é o nosso mundo, assim como a grama sob nossos pés – recitei para Clare. – Não importa onde estivermos, é o nosso mundo. Você entende isso?

E com a cabeça enterrada no meu ombro Clare fazia que sim, sim, sim.

Eu esperei para chorar depois que Teo e eu partimos.

– Como vou poder ficar longe dela? Não vou conseguir.

Ele me deu a mão.

– Você acha que ela sabe o quanto eu a amo? – perguntei a ele.

– Eu sei que ela sabe – assegurou.

De repente pareceu vital que todo mundo que eu amava soubesse disso. Eu me virei para Teo.

– Você sabe o quanto eu amo você? – perguntei.

– Sim.

– Não, eu não estou brincando – fui enfática. – Isto não é simplesmente... um namoro.

– Eu sei.

Eu fiquei olhando para ele, admirando sua beleza que era ainda mais bela porque era dele. Não havia no mundo ninguém com uma beleza igual à de Teo. De repente eu tive um pensamento absurdo.

– Teo... eu não amo você pela sua beleza.

– Opa – ele riu. – E que mais eu tenho para oferecer?

Ninguém no mundo, pensei. Exceto talvez Lawrence Olivier, um pouquinho, mas só nas maçãs do rosto.

Viajamos por algum tempo em silêncio.

– E eu preciso avisar que quero ter um bebê. Não imediatamente, mas logo. Muito em breve. – Pronto, eu tinha dito. Fiquei olhando para Teo, em estado de graça, com vento soprando no rosto e canto de passarinhos em meus ouvidos.

– Tudo bem – Teo concordou, tão serenamente que eu achei que ele não tinha entendido.

– Com você – frisei. – Eu quero ter um bebê com você. Logo.

Ele não riu. Parou o carro no acostamento e beijou meu rosto úmido.

– Quanto mais cedo melhor – respondeu.

E prosseguimos viagem, as montanhas azuis e generosas sumindo ao longe. Mas não de todo. As montanhas, Clare, a Sra. Goldberg, minha mãe e meu pai, Ollie, Cam, Toby, Linny,

Martin, Viviana, todos aqui. Você também. Meu coração é grande; pode conter tudo ao mesmo tempo, até a estrada por onde estou seguindo com Teo, você pode vê-la? Ela se estende à frente e atrás de nós, e não importa para que lado estejamos indo, a direção é sempre a mesma. Você sabe a que direção me refiro: a direção de casa.

Agradecimentos

Agradeço sinceramente às seguintes pessoas:

Todo mundo na Dunow, Carlson e Lerner, especialmente minha agente, Jennifer Carlson, por sua imensa lucidez e paciência e por acreditar neste livro *antes* de se tornar realidade.

Toda a equipe da Dutton, especialmente minha editora Laurie Chittenden por sua orientação clara e sensata, junto com sua amável assistente Erika Kahn;

A maravilhosa Shari Smiley, da CAA;

Meu conjunto inestimável de cérebros – Ralph Ashbrooke, Julianna Baggott, Susan Davis, Dan Fertel, Rebecca Flowers Schamess, Annie Pilson, Kristina de los Santos e David G. W. Scott – os primeiros leitores deste livro, que me aconselharam e animaram o tempo todo;

Mark Caughey e Kym Pinder, pelo incentivo e por terem cedido a casinha em Vermont para mim, Cornelia e Clare;

Diane Sheehan, segunda mãe dos meus filhos;

Arturo e Mary de los Santos, meus pais, pelo amor inabalável;

Meus filhos Charles e Annabel que me deixam exausta, me fazem rir e alegram minha vida;

E, principalmente, agradeço ao meu marido David Teague: ator principal, primeiro leitor, gênio particular e grande parceiro. Não há palavras suficientes no mundo para isso.

Este livro foi composto na tipologia Eidetic Neo Regular, em corpo 11,5/15,5, e impresso em papel off-white 80g/m² no Sistema Cameron da Divisão Gráfica da Distribuidora Record.